KB041171

작가=주몬지 아오   일러스트=시라이 에이리

재와 환상의 그림갈

level. 7 ― 저 너머의 무지개

다가감에 따라 서서히 모습을 판명할 수 있었다.

환각 같은 것이 아니다. 여러 개의 건물 같은 것이 분명히 보인다.

거리라고 할 만한 규모는 아니다. 촌락인가?

웬일로 유메가
란타에게 다정하다.
아니, 어째서
이런 전개가
되었는지 모르지만
유메가 란타에게
무릎베개를 해주고 있다.
지나칠 정도로
보기 드문 일이라서
눈을 의심할 만한
광경이었다.

저 너머의 무지개

재와 환상의 그림갈 level. 7

주몬지 아오

그 외의 캐릭터
Other Characters

팀 렌지

렌지 *class* : 전사
리더. 야수계. 위험하다.

론 *class* : 성기사
팀의 No. 2

삿사 *class* : 도적
화려한 여자. 아마도 M.

아다치 *class* : 마법사
안경.

꼬마 *class* : 신관
마스코트.

팀 토키무네(토키즈)

토키무네 *class* : 성기사
상큼한 훈남. 붙임성이 좋고 낙천적.

이누이 *class* : 사냥꾼
보기에는 아저씨. 소위 중2병—인가?

타다 *class* : 신관
싸우는 신관. 상당히 나서기 좋아함. 은근히 중증.

미모리 *class* : 마법사
전사 출신 마법사. 별명은 '거녀'.

안나 씨 *class* : 신관
금발에 파란 눈인 자칭 미소녀

킷카와 *class* : 전사
처세술에 뛰어남. 하루히로의 동기.

모구조 class ——— 전사

곰과. 약간 둔하지만 믿음직한 곰.
그에게 지나치게 의존했다.

마나토 *class* ——— 신관

파티의 총괄역이었다.
좋은 녀석이었다(과거형).

소우마 *class* ——— 무사

클랜 '새벽 연대'를 창립한다.
뭔가 목적이 있는 모양.

초코 *class* ——— 도적

하루히로와 아는 사이였다?
오크 보루 전투에서 쓰러진다.

Characters

유메

class

사냥꾼

천연 힐링계.
살짝 수상한 칸사이 사투리?

하루히로

class

도적

졸린 눈이다.
초식계 잠정 리더.

시호루

class

마법사

내성적.
노력가이고 존재감이 희미하다.

란타

class

암흑기사

촐랑이에 제멋대로에 적당주의
인간. 인기 없기로는 넘버 1.

메리

class

신관

쿨한 미인. 의용병으로서는
선배이며 약간 어른스럽다.

쿠자크

class

성기사

새로운 동료.
의욕이 있는 건지 없는 건지.

"나후슈베랏, 토부롯, 후라구라슈랏, 푸라푸라푸롯."

"아나부숏, 화카나카낫, 바라와라후레놋, 쿠라코숏."

"카챠뷰료홋, 캬파샷, 챠팟, 류바랴부랏, 호코숏."

파란 빛이 흘러나오는 바위벽의 구멍, 구멍, 구멍. 이 플랫(공동 주거지)에 도대체 몇 마리의 그렘린이 살고 있는 건가? 백 마리? 천 마리? 어쩌면 만 단위? 박쥐와 고블린을 합쳐놓은 것 같은 저 생물은 기본적으로 무해하다. 알고는 있어도 약간 무섭다. 만약 뭐가 잘못되어 떼로 덤벼든다면 당할 수 없을 테고.

플랫을 빠져나가면 그 앞은 스토리지(알 창고)다. 스토리지의 구조는 단순하다. 한 줄기 길 양쪽으로 그렘린들이 알을 낳는, 옆으로 긴 방이 죽 늘어서 있다. 알에는 볼일이 없으므로 그쪽 방은 무시하고 외길을 걸어가면 된다. …가면 되는 건가…?

하루히로는 란타, 쿠자크, 유메, 시호루, 메리의 모습을 몇 번이고 몇 번이고 확인하면서, 이대로 걸어가야 할지, 되돌아가는 편이 좋은 것이 아닐지 자문자답하고 있었다. 아니, 오로지 자문만 할 뿐 자답은 하지 않았다. 답 같은 건 모르겠으니까.

앞에서 걸어가는 여왕님과 그 시종의 발걸음은 신중하지만 머뭇거리지 않는다. 시종 노노가 든 랜턴의 불빛이 라라 여왕님의 대담하고 극단적인 몸매를 비추고 있다.

정말이지, 이렇게까지 여성적인 부위를 강조하거나 보여서는 안 될 곳을 아슬아슬하게 풀어 노출시키거나 하지 않아도 될 텐데. 보고 싶은 건 결코 아니다. 하지만 보게 되어버린다. 노출증인가? 보이는 것으로 인한 여러 가지 효과를 노리고 있는 건지도 모르겠다.

백발에 얼굴 아랫부분을 검은 마스크로 가린 노노는 말이 없다. 그보다 하루히로는 아직 한 번도 그의 목소리를 듣지 못했다. 휴식 때 노노는 라라의 의자가 된다. 도대체 뭐냐고….

조심스럽게 말하자면, 참으로 이상한 2인조다.

실력은 있다. 무서울 정도로. 의지가 되긴 한다. 단, 의지해도 될 지 어떨지. 애매하다. 섣불리 신용하다가는 발목을 잡혀 험한 꼴을 당할 것 같다.

이윽고 스토리지는 끝났다. 그 앞은 진짜 오로지 한 줄기 외길이 다. 길은 완만하게 오른쪽으로 휘다가 갑자기 급격히 오른쪽으로 꺾어진다. 막다른 곳이 T자로가 되어 있다. 하루히로는 기시감을 느꼈다. 원더 홀에서 스토리지로 통하는 길과 똑같다. 그 T자로는 왼쪽으로 가도, 오른쪽으로 가도 결국 만나게 되고 그 너머에는 원 더 홀로 이어져 있고… 혹시나 되돌아갈 수 있는 것 아닐까? 한순 간 그런 생각이 들었다. 물론 그럴 리는 없지만.

라라와 노노는 T자로에서 오른쪽으로 돌았다. 또다시 커브. 예상 대로 길은 두 갈래로 나뉜다. 우회전해서 거기서부터는 길었다. 폭 이 좁고 천장이 낮은 구불구불한 길이 끝없이 이어진다. 비슷하긴 하지만 역시 원더 홀에서부터 들어가는 입구와는 다르다. 도대체 어디로 나가는 걸까? 하루히로 일행은 돌아갈 수 있는 걸까?

"출구가 가깝다"고 라라가 속삭이는 것처럼 말했다.

듣고 보니 희미하게 공기가 흐르고 있다. 아까보다 약간 기온이 낮다. 노노가 랜턴에 덮개를 씌우자 갑자기 어두워졌다. 앞쪽에 빛 같은 것은 없다.

"밤인가…?" 란타가 중얼거리고는 침을 삼켰다.

누군가가 한숨을 쉬는 소리가 들렸다. 발소리. 옷깃이 스치는 소리. 갑옷이 울린다. 숨소리. 랜턴 덮개는 벗기지 않았다. 덮개 틈 사이로 희미하게 불빛이 흘러나온다.

라라가 발을 멈추고 몸짓으로 노노에게 뭔가 사인을 보냈다. 하루히로 팀도 멈췄다. 라라는 노노에게 혼자 상황을 살피도록 보내려는 모양이다. 노노는 스니킹(미행)을 익혔다. 도적인 하루히로는 그것을 알았다. 게다가 상당히 레벨이 높다. 노노는 라라에게 랜턴을 맡기더니 소리를 전혀 내지 않고 어둠 속에 녹아들어 금방 보이지 않게 되었다. 분명 5분 정도 만에 노노는 돌아왔다. 노노는 라라에게 가까이 가서 무슨 귓속말을 하는 것 같았지만 목소리는 들을 수 없었다.

아무튼 라라는 한 번 끄덕이더니 노노에게 랜턴을 돌려주고는 걷기 시작했다. 하루히로 팀은 따라가는 수밖에 없었다.

랜턴에는 여전히 덮개가 씌워져 있었고 캄캄했으나, 분명히 바깥은 가깝다.

조금만 더.

이제 금방이다.

"웅냐…." 유메가 이상한 소리를 냈다.

바깥은 습하고 차가운 어둠으로 닫혀 있었다. 소리가 들린다. 무슨 소리지? 오우, 오우, 오우… 라는 것 같은, 규칙적인… 동물의 울음소리인가? 시… 슈… 라고 하는 것 같은 연속적인 높은 소리도 들린다. 저건 혹시나 벌레 소리인지도 몰라.

쯔, 쯔, 쯔, 쯔, 쯔, 쯔쯔쯔쯔쯔쯔쯔쯔쯔쯔쯔쯔쯔쯔쯔쯔쯔쯔쯔…. 혀를 차는 것 같은 소리가 나기 시작했다. 기분이 나쁘고 가슴이 답답해졌다.

"도대체 어디야? 여기…." 쿠자크가 힘없는 목소리로 중얼거렸다.

훌쩍거리는 것은 분명 시호루다.

"괜찮아." 격려해주는 메리의 목소리도 흔들렸다.

"…밤…." 하루히로는 갑자기 생각이 났다. "여기는, 거기 아냐? 나이트렐름(밤의 세계)…."

원더 홀에서 들어갈 수 있는 그렘린 플랫이 더스크렐름 말고 또한 군데, 다른 이세계로도 이어져 있다는 사실을 발견한 것은 다름 아닌 라라 & 노노다. 더스크렐름에는 아침도 밤도 찾아오지 않지만, 그 이세계에는 아침이 오지 않는다고 했다. 그래서 나이트렐름이라는 이름이 붙었다.

"그런… 거라면…!" 란타가 펄쩍 뛰었다. "돌아갈 수 있는 것 아니야? 우리…?!"

"그럴지도 몰라." 라라는 훗 하고 코를 울렸다. "그렇지 않을지도 모르고. 거기는 거기 나름대로 위험하긴 하지만. 우리도 거의 탐색하지 않았어. 위험해서."

하루히로는 배를 문질렀다. 위가 아프다. 정말 강렬하게. 기쁨으로 인해 잠깐 힘이 났던 란타도 입을 다물었다.

이러는 동안에도 어둠 너머에서 정체 모를 괴물이 나타나 덤벼들지도 모른다.

"그러니까, 우리는 이만 가보겠어."

라라와 노노가 멀어져간다. 그 말과 두 사람의 행동의 의미를 이해하는 데 얼마간 시간이 필요했다.

"…어?! 그건…. 자, 자, 잠깐?!"

"뭐야?"

"아니, 가다니… 어? 그게 무슨…? 어? 어…? 두, 둘이서만…?"

"이 앞에 뭐가 있을지 전혀 모르니까."

"아니, 우, 우리도, 물론 그렇… 지만… 요…?"

"모르는 장소에서는, 경험상, 우리끼리만 움직이는 게 베스트. 지금까지도 그렇게 했고 앞으로도 그럴 생각."

"아니, 하, 하지만….."

"두…!" 란타가 엎드려 조아리기를 시전했다. "두고 가지 말아줘 어어어…! 부탁이야, 부탁한다고, 진짜, 진짜로! 부부부 부탁합니다 …! 저를… 버리지 마요…!"

란타가 어떤 인간, 혹은 얼마나 쓰레기인지는 너무나 잘 알고 있는 하루히로였지만 이 광경을 보고는 과연 기겁을 했다. 기겁할 수밖에 없었다. 아무리 그래도 창피하지 않아? 후안무치도 정도가 있지. 그보다 저를이라니, 너, 아주 자연스럽게 자기 생각만 하는구나. 알고는 있었지만, 저질에 최악인 놈이다….

"Bye."

라라는 손을 흔들었는지 안 흔들었는지, 아무튼 이제 보이지 않는다.

여왕님과 시종은 가버렸다.

"…어, 어떻게… 해?" 쿠자크가 물었다.

좋지 않아, 이거. 어이가 없을 정도로 캄캄해. 아아아아… 아무것도 보이지 않아. 이 어둠은 고형이다. 하루히로는 새카만 덩어리

속에 갇혀 있다. 꼼짝도 할 수 없다. 도망칠 수 없다. 끝장이다. …
아니, 아니야. 그런 건 전부 착각이다.

"그, 그렇지. 우선, 불빛…."

하루히로는 가방을 뒤져 랜턴을 꺼냈다. 불을 켜자 아주 약간 마
음이 가라앉았다. 유메도 자기 랜턴을 꺼내어 불을 켜려고 했다. 하
루히로는 말렸다.

"…한 개면 됐어. 우선 내 것만. 오일을 절약하고 싶으니까."

"아우. 그렇구나. 맞아…."

"젠장, 그 여자…." 란타가 바닥을 치며 이를 갈았다. "절대로 용
서 못 해…."

"울지 마…."

"아, 안 울어! 바보… 바보, 파루피로 바보! 우우우우웃…."

메리가 시호루를 꼭 껴안아주고 있다. 그렇게라도 하지 않으면
당장이라도 시호루는 무너져버리겠지. 하루히로는 심호흡을 하고
애써 어깨 힘을 뺐다. …정신 똑바로 차려야 해. 이래 봬도 리더니
까. 팀원 모두를 받쳐줘야 해. 이끌어야 해. 아무도 죽게 하지 않아.
사는 거야. 전원 다 살아남는다.

"이동하자. 조금씩. 어떻게든 될 거야. 어떻게든 해볼 테니까. 내
가… 뭐랄까, 뭐, 다들, 있으니까. 소리만, 조심해. 만약 뭔가가 다
가오는 것 같은 기척을 느끼면 곧바로 가르쳐줘. 그러면 경계하고
… 응. 좋아. 움직이자."

스스로 생각해도 종잡을 수 없는 말을 하고 있다고 생각한다. 자
신이 뭘 생각하고 있는 건가? 뭘 생각하면 되는 건가? 그걸 모르는
것이다. 그래도 여기에 있는 것은 위험… 한 것 같은? 아니면 이 장

소에 머물러 있고 싶지 않은 것뿐인가? 가만히 있는 것이 더 무서워서 그러는 것뿐일지도 모르겠다. 하지만, 경험 풍부한 라라와 노노는 일찌감치 떠나버렸고. 그렇다. 역시 여기에 있어서는 안 된다.

하루히로 일행은 바위벽을 등지고 있다. 스토리지로 통하는 구멍은 그 바위벽에서 입을 벌리고 있다. 라라와 노노는 왼쪽 방향으로 사라졌다. 앞쪽은 완만한 경사의 내리막길이다. 지면은 울퉁불퉁하다. 자갈밭이다. 오른쪽인가? 앞인가? 왼쪽인가?

오래 망설이지는 않았다. 하루히로는 라라와 노노를 뒤쫓아 가기로 했다. 아마도 따라잡을 수 없을 것이다. 그래도 두 사람은 왼쪽으로 갔다. 오른쪽보다는 다소 안전… 하지 않을까?

발밑을 확인해가면서, 왼쪽의 바위벽을 따라 주의 깊게 걸어간다. 가느다란 외나무다리를 건너가는 것처럼 걸어갔다. 너무 느린가? 좀 더 서두르는 게 좋을까? 서둘러서 어쩌려고? 적어도 날이 밝아주기만 하면. 이 세계에 아침은 오지 않는 건가?

시호루가 훌쩍이고 있다.

"작작 좀 하라고…." 란타가 혀를 찼다. "…아얏."

"시끄러워, 멍청아." 보아하니 유메가 란타를 때린 모양이다.

입을 열면 푸념이 튀어나올 것 같다. 시간. 얼마나 흘렀지? 짐작도 안 간다. 언제까지 걸어가면 되는 건가? 좀 쉬는 게 나을까? 동료들은 지치지 않았을까? 물어보는 게 좋을까? 배는? 목은? 물. 식량도 필요하다. 어쩌지? 어떻게 확보하면 돼? 다 함께 살아남는다? 그건 현실적인 목표인가? 이 상황에서…?

어느샌가 시호루도 울음을 그쳤다. 거의 90도에 가까웠던 바위벽의 경사가 다소 완만해졌다. 올라갈 수도 있을 것 같지만, 올라갈 마음은 들지 않는다.

오른쪽은 계속 어둠, 어둠, 어둠이다. 랜턴을 그쪽으로 들이대는 정도로는 아무것도 보이지 않는다.

오우, 오우, 오우… 쉬… 슈… 쯔, 쯔, 쯔, 쯔쯔쯔쯔쯔쯔쯔쯔쯔… 생물의 울음소리 같은 소리는 여기저기에서 끊겼다 이어졌다 하며 들린다.

갑자기 바람이 불어왔다.

"기다려." 하루히로는 한 손을 들어 동료들을 멈추게 했다.

천천히 전진한다. 얼마 안 가 바닥이 소실했다. 낭떠러지다. 벼랑이 있었다. 깊이는? 몸을 낮추고 랜턴을 든 손을 한계까지 내려보았다. 보이지 않는다. 밑바닥 같은 건 아무 데도. 귀를 기울인다. 이건… 물소리? 강이라도 있는 건가? 물. 그렇다면, 물이 있다. 그렇다고 해도 이 벼랑은 내려갈 수 없다. 뛰어내릴 수도 없다.

돌멩이를 주워 던져봤다. 잠시 후에 돌멩이가 물에 빠지는 소리가 들렸다. 수십 미터나 되는 건 아닌 것 같지만, 10미터 정도는 되겠다.

"밑에… 강이 있어."

하루히로가 그렇게 말해도 반응은 없었다. 란타조차도. 모두 다 상당히 지친 것이다. 심신이 전부.

"여기서부터는 벼랑을 따라 걸어가면서 내려갈 수 있는 곳을 찾는다. 물만 있으면…."

"…그러네." 쿠자크가 짧게 말했다.

"시호루, 괜찮아?"

물어보자 시호루는 말없이 끄덕였다. 별로 괜찮을 것 같지 않다.

걱정이 되지만, 마실 물을 찾으면 시호루도 조금은 안심이 될 것이다. 하지만 강물을 마실 수 있을까? 그대로는 위험하겠지. 끓이면 … 그렇다, 불을 지펴서….

일단 벼랑으로 떨어지지 않도록 조심해야 해. 그 정도까지 얼간이는 아니라고 생각하지만, 만약을 위해서다.

벼랑을 따라 습한 느낌이 있는 바람이 강하게 불어 추웠다. 머지않아 불을 피우지 않으면 좀 추운 정도가 아니라 덜덜 떨릴 정도가 될 것 같다.

이윽고 안개가 나타났다. 지면은 이제 자갈밭이 아니다. 흙 위에 풀 같은 것이 나 있다. 그 풀 같은 것은 녹색이 아니라 흰 것 같다. 과연 진짜 풀인지 뭔지.

"우옷!" 란타가 갑자기 펄쩍 뛰었다. "우와, 와, 왓…."

"왜 그래?"

"뭐, 뭔가를 밟았어. 생물은 아닌 것 같은데… 아앗." 란타가 뭔가를 집어 들었다. 하얀 물체였다. "봐! 이거! 뼈야…!"

"꺅…!"

"왜 줍는 거야?!"

"어이없어…."

여성진으로부터 집중 공격을 당하자 란타는 오히려 뻔뻔하게 이것 보라는 듯이 하얀 물체를 흔들었다.

"뼈 같은 걸 갖고 겁을 먹고 난리야, 바보 여자들! 이런 걸 겁낼 필요가 어디 있어? 나는 전혀 아무렇지 않은데. 그야 나니까!"

"…무슨 뼈야? 그것." 하루히로는 눈을 부릅뜨고 보았다.

손인가? 손뼈로 보인다. 저렇게 함부로 만지는데도 우수수 흩어지지 않는다는 것은, 뼈에 말라붙은 피부인지 뭔지가 부착되어 있는 건지도 모른다.

"응…?" 란타는 그것에 얼굴을 가까이 대고 빤히 들여다보았다. "크기 면에서는, 인간… 치고는 손가락이 긴데? 너무 길어. 그보다 손가락이 많네? 여덟 개나 있는데? 응? 응…?"

쿠자크가 란타 옆에 쪼그리고 앉았다. 하얗게 보이는 풀 같은 것에 숨어 다른 부위의 뼈도 어딘가에 있을 것이다.

"…역시 인간이 아닌 것 같네요. 다른 생물 아닌가?"

유메와 시호루, 메리는 뒤로 물러섰다. 하루히로는 란타와 쿠자크에게 다가가 몸을 웅크렸다. 그것은, 뼈랄까, 시체랄까. 금속제 갑옷 같은 것을 입었다. 팔이 두 개고 다리도 두 개. 꼬리가 있으니 사람은 아닌 것 같다. 머리 부분은 보이지 않는다. 원래 없는 건가? 아니면 동물 같은 것이 물고 간 건가? 앞으로 쓰러진 것 같다. 막대기 같은 물체는 도검인가? 원형의, 저것은… 방패인가? 허연 풀 같은 것이 거기에 얽혀 있다.

쿠자크는 방패 가장자리를 움켜잡고 잡아당겼다. 허연 풀 같은 것이 뚜둑 끊어졌다.

"쓸 수 있을까? 이거."

"방패 없는 성기사는 벌레나 마찬가지니까. 들고 가." 란타는 손뼈를 휙 내던지고 도검을 집었다. "…이건 틀렸나? 녹이 엄청 슬었어."

하루히로는 얼굴을 찡그리고 란타가 내던진 손뼈를 힐끔 보고 나서 그의 시체를 보았다. 아니, 그녀인지도 모르지만, 편의상 그라고 하자. 무장한 것을 보니 그는 이곳의 지적 생명체라는 뜻이겠지. 사후 얼마나 경과한 건가? 며칠은 아닌 것 같다. 몇 개월? 1년? 수년? 아니면 수십 년?

"란타, 그거, 뒤집어 눕혀봐."

"싫 · 어. 왜 내가 너 따위의 말을 들어야 하냐? 뒈져라."

"내가 할게요." 쿠자크가 그를 들고 뒤집었다. "영… 차…."

드러누운 자세가 된 그를 찬찬히 관찰했다. 머리 부분은 역시 절단되거나 뭔가 당한 것 같다. 목뼈로 짐작되는 뼈를 확인할 수 있었다. 허리의 벨트에 상자 모양의 주머니가 고정되어 있다. 열어서 내용물을 꺼내보니 검고 딱딱하고 둥근… 이것은 동전인가? 그리고 나무열매 같은 물체가 몇 개. 녹슨 단도. 열쇠? 어떤 기구. 그는 목에 사슬을 매달고 있었다. 이 사슬은 깨끗하다. 금처럼 보이기도 했다. 설마 순금은 아니겠지만.

갑옷 앞면에 묻은 흙을 털어내자 글자인지 무늬인지가 새겨져 있다는 것을 알았다. 아마도 글자일 것이다. 동전 같은 검은 것에도 같은 글자가 새겨져 있었다.

참고로 그림갈의 경우를 보면 오크는 독자적인 언어를 갖고 있다. 언데드(불사족)는 인간족과 엘프, 드워프들과 비슷한 언어를 사용한다고 했나?

그의 종족은 하루히로네와 동등한 정도거나 비슷할 정도로는 지적이라고 생각해야 타당할 것 같다.

"하루 군." 유메가 하루히로의 외투를 잡아당겼다. "…뭔지 있잖아. 부스럭부스럭하는 소리가 들리는 것 같기도 하네."

란타가 화들짝 놀라 주위를 둘러보았다. 메리와 시호루는 서로 몸을 기대고 숨을 죽이고 있다. 쿠자크는 그의 방패를 들고 한쪽 무릎을 세우자마자 롱 소드에 손을 댔다.

하루히로는 그의 유품을 쓸어 모아 가방에 쑤셔 넣었다. 귀를 곤두세운다. …부스럭. 부스럭. 부스럭. 부스럭. 부스럭…. 확실히 들린다. 벼랑 반대 방향이다. 대기해? 도망쳐? 하루히로는 곧바로 결단을 내렸다. 절충안이다. 도망가면서 태세를 갖춘다.

"경계하면서 전진한다. 란타, 쿠자크…."

손짓으로 대형을 지시했다. 하루히로가 선두이고 메리, 시호루, 유메… 이렇게 한 줄이 되고, 란타와 쿠자크는 그 옆, 벼랑 반대쪽에 붙는다. 불빛을 들고 있는 것은 날 노려주십시오… 라고 말하는 셈일까? 하지만 랜턴을 끄면 정말로 캄캄하다. 벼랑 밑으로 떨어져버릴 위험성도 있다.

하루히로 팀은 이동을 개시했다. 부스럭… 부스럭… 부스럭… 소리는 아직 들린다. 쫓아오고 있어…? 그리 멀지는 않은 것 같다. 꽤 가깝다. 10미터 이내? 아니, 아마도 더. 더 가깝다.

이 눈으로 그것을 보고 정체를 확인하고 싶은 충동에 휩싸였다. 그러는 편이 좋지 않을까? 안 돼. 결심이 안 선다.

벼랑에 주의하며 소리에 귀를 기울이고, 그 이외에 뭔가 변화가 없는지 계속 살피고… 머리가 이상해질 것 같다. 이제 그만두고 싶다. 몇 번이나 그렇게 생각했다. 몇 분마다. 심할 때에는 몇 초마다. 모든 걸 다 내던지고 도망치고 싶다. 도망치다니, 어디로…?

랜턴의 불이 약해졌다… 고 생각했더니, 꺼졌다.

"오, 우어어어어어이?! 얌마, 파루피로. 아무것도 안 보이잖아, 멍청아! 쓸모없는 놈…!"

"오일이 떨어진 것뿐이야! 어디, 그럼 다음은 유메의 랜턴을…."

"잠깐만." 메리가 내리깐 것 같은 목소리를 냈다. "하늘이⋯."

하루히로는 멀리⋯ 벼랑 너머 쪽으로 시선을 던졌다. 진짜다. 하늘이.

"⋯혹시나, 아침?"

아득히 저편의 능선이 희미하게 불타고 있다. 빨간색이라기보다는 오렌지색이다. 묘했다. 보통 태양이 뜨고 날이 밝을 때에는 하늘 끝에서 서서히 어둠이 걷히기 마련이다. 파랑이나 보라색이나 그런 색으로 물들고, 그러고 나서 붉은빛을 띠기 시작하는 것이다. 저런 식으로 갑자기 하늘이 불타는 것 같은 모양이 되는 적은 없다.

아침도 밤도 없는 더스크렐름 같은 이세계도 있다. 이쪽 세계의 하늘이 기이한 변화를 보여도 그리 놀랄 일은 아니다.

단, 적어도 이곳은 그림갈도, 나이트렐름도 아닌 것 같다. ⋯그렇게 생각하고 약간 충격을 받았다.

"어라⋯?"

하루히로는 고개를 갸웃거렸다. 아까의 그 부스럭거리는 소리가 들리지 않는다. 사라졌나? 아니면 숨을 죽이고 있는 것뿐? 어느 쪽이든, 이 틈에 이 장소를 벗어나는 편이 좋다. 하루히로는 출발을 재촉하려고 했다. 그때였다.

"우놋." 유메가 이상한 소리를 내며 쓰러졌다. 아니다. 쓰러진 것이 아니다. 누가 쓰러뜨린 것이다. 뭔가가 유메를 덮쳤다. 뭔가라고밖에 표현할 말이 없다. 보이지 않는다.

"어어어어어⋯?!" 란타는 그 뭔가를 유메에게서 떼어놓으려고 하는 건가?

"젠장, 어두워서⋯!" 쿠자크가 외쳤다.

"유메, 유메! 유메…!" 하루히로는 동료의 이름을 외치면서 뭔가에게 달려들려고 했다. 당황한 탓인지 벼랑에서 발을 헛디딜 뻔했다. 엄청나게 조바심이 났다.

때리는 소리, 마구 치는 소리가 들린다. 유메가 울부짖고 있다.

"…도망쳤다!" 란타가 외쳤다. 불빛이 켜졌다. 양초. 휴대용 촛대인가? 시호루다.

시호루는 촛대를 들고 유메 옆에 쪼그리고 앉아 있다. "…유메…! 정신 차려…!"

"적! 그놈! 적은…! 젠장!" 란타는 검을 마구 휘둘렀다.

"뭐였어…?!" 쿠자크는 방패를 들고 어깨를 들썩이며 숨을 몰아쉬었다.

유메는 옆으로 쓰러져서 목을 누르고 있었다. 피. 피가. 목이다. 목을 당했다. 피. 엄청난 출혈이다. 끅. 푸. 푸. 핫. 끅. 푸. 핫. 유메의 호흡은 좁고 얕고 거칠었다.

이건 거짓이야. 그러지 마. 농담이지? 뭐냐고. 거짓이라고 말해줘, 누가. 부탁이니까, 사실이 아니라고. 이런 건. 아니야. 거짓이다. 있을 수 없어. 그렇지? 왜냐하면, 이상하잖아. 이런 건.

"우와아아아아아아아아아아아아아아아아아아아아아아아."

평상심. 사명감. 책임감. 자제심. 이성. 사고력. 전부 한꺼번에 날아가버렸다. 하루히로는 유메를 부여잡지조차 못했다. 그 자리에서 그저 큰 소리를 냈다. 이제 견딜 수 없다는 것만은 알고 있었다. 완전히 폭발했다. 끝이다. 끝이어도 돼. 아니, 되지 않지만, 어쩔 수 없다. 그야 어떻게 할 수도 없잖아. 어떻게도 안 되잖아. 유메가 죽어버리잖아.

"빛이여…!"

메리는 다섯 손가락을 이마에 대서 오망성 모양을 그리고 나서 가운뎃손가락을 미간에 대고 육망성을 완성시켰다. 그리고 유메에게 달려가더니 그 목에 손바닥을 가까이 댔다.

"루미아리스의 가호 아래에! 새크라멘토(빛의 기적)…!"

—뭘.

뭘, 하는 거야? 정신 나간 거야? 소용없잖아. 왜냐하면, 더스크 렐름에서는 광마법은… 여기는 더스크렐름이 아니지만, 그림갈이 아니니까, 그러니까 역시 광명신 루미아리스의 힘은 미치지 않을 테고… 그런 일은 메리도 너무나 잘 알고 있음에 틀림없다. 그래도 포기할 수 없었던 건가? 실낱같은 희망에 걸어본 건가?

"…아아… 하…." 유메가 몇 번이나 눈을 깜빡였다. "히야아…?"

그 온몸이 흐릿하고 희미한 빛을 발하고 있다.

메리는 이를 악물었다. 어깨가, 팔이, 손이, 온몸이 덜덜 떨리고 있다.

—거짓… 이지?

진짜로?

거짓이 아니라…?

"상처가…!" 시호루는 눈을 커다랗게 떴다. "유메! 상처가, 덮이고…!"

란타는 검을 휘두르는 것을 멈추고 멍하니 유메를 바라보고 있다.

"하핫." 쿠자크는 이상하게 웃었다. "우하핫. 하하하하핫. 와하하 핫."

하루히로도 웃고 싶었다. 웃고 싶어질 만도 하다. 웃는 수밖에 없다. 하지만 어째서인지 웃음소리가 아니라 눈물이 흘러나왔다. 유메는 아직 몸을 일으키지는 않았다. 메리의 치료는 계속되는 모양이다. 새크라멘토치고는 유난히 시간이 걸린다. 하루히로는 유메 곁으로 가 바닥을 손으로 짚었다. 메리가 그제야 손을 물리고 엉덩방아를 찧었다. 호흡이 거칠다. 상당히 힘을 소진했다. 유메가 메리를 보고 활짝 웃었다.

"고마워, 메리. 어라? 하루 군, 왜 울어…?"

"유메…!" 하루히로는 자기도 모르게 유메를 부둥켜안았다. "다행이다! 다행이다, 유메! 다행…! 미안! 나, 이제 틀린 줄 알고…!"

"우와아. 그렇게 달라붙으면 하루 군한테 피가 묻어."

"상관없어, 그런 건!"

"그래? 하지만 그렇게 꼭 껴안으면, 유메, 기쁘지만, 좀 괴로운지도?"

"미미미미, 미안!" 당황해서 몸을 휙 떼자 누군가가 뒤통수를 쥐어박았다. "…웃?! 아아?! 라, 란타?! 왜 그래? 갑자기?!"

"아무것도 아니다, 빌어먹을 놈아!"

결국 노려보더니 으름장을 놓는다. 정말로 뭐냐고? 이 녀석. 바보야? 쓰레기야?

"정신없는 와중에 미안하지만…." 쿠자크가 조심스럽게 말했다. "여기를 벗어나는 게 좋지 않을까요? 아까 그놈도 놓쳤고…."

"앗…." 하루히로는 두 손으로 얼굴을 닦았다. …그렇구나.

그렇다. 완전히 제정신이 아니었다. 맹렬하게 반성해야 하지만, 그건 나중에 하자. 지금은 쿠자크의 의견에 따라야 한다.

"유, 유메, 설 수 있어?! 메리는? 그렇지, 누군가, 랜턴을 꺼내! 좋아, 그럼 가자!"

출발하기 전에 오렌지색으로 불타는 저 너머의 능선을 다시 한 번 쳐다보았다. 해가 떠오르려고 하는 건가? 도저히 그렇게는 생각 되지 않았다.

정체불명의 습격자는 벼랑을 기어 올라와 유메를 덮쳤을 가능성이 높은 것 같다. 하루히로 일행은 조심하기 위해 벼랑에서 조금 떨어져서 걷기로 했다.

광마법이 효과를 보였다는 것은, 이 세계에는 광명신 루미아리스의 힘이 미치는 것이다. 단, 메리가 말하기를, 새크라멘토를 사용할 때 통상의 몇 배나 더 피곤했다고 한다. 하루히로도 이상하다고 생각했는데, 상처가 치료되기까지 시간도 유독 많이 걸렸다. 원래 새크라멘토는 온갖 부상을 순식간에 치유하는 마법이다.

시험 삼아 란타에게 데이몬을 소환시켜봤더니 분명히 나타나긴 했다. 그것은 보라색 시트를 머리에 뒤집어쓴 인간 같은 모습으로, 구멍이 뚫린 것 같은 눈이 두 개 있고 그 밑에 찢어진 균열 같은 입이 있다. 오른손에는 식칼 같은 칼, 왼손에는 곤봉 같은 흉기를 들고, 허공에 둥둥 떠 있는 주제에 다리가 있다. 란타의 데이몬 조디악은… 하지만 사이즈가 평소의 약 3분의 1이었다.

이 세계에는 암흑신 스컬헬의 힘도 닿는다. 그러나 거리 문제 때문인지, 혹은 다른 뭔가가 원인인지 루미아리스도 스컬헬도 3분의 1 정도의 가호를 초래할 뿐이다. 뭐, 3분의 1이든 4분의 1이든 제로보다는 훨씬 낫다. 덕분에 유메는 살았다. 루미아리스 님 만만세다.

광명신의 힘을 간신히 쓸 수 있다고는 해도 안심은 할 수 없다. 하루히로는 세심한 주의를 기울여 기척을 살폈다. 물론 지친다. 힘들어서 마음이 꺾여버릴 것 같아지면 빈사 상태의 유메를 떠올렸다. 그런 심정은 두 번 다시 겪고 싶지 않다. 힘든 게 뭐 대수야? 견디면 돼. 참고 견딜 수 있다면 아직 한계에는 달하지 않았다는 뜻이다.

아무리 시간이 지나도 하늘이 하얗게 되는 일은 없었다. 이 세계의 태양은 심하게 낯을 가리는 건지도 모른다. 결국 해는 뜨지 않았고 아득히 먼 능선에서 보이는 불꽃 같은 빛은 다 타버렸다. 밤이 찾아오자 캄캄해졌고 낮 동안은 그나마 밝았었다는 사실을 깨달았다.

다들 말이 없었다. 이따금씩 란타가 생각났다는 듯이 뭔가 쓸데없는 말을 했지만 대화다운 대화로는 발전하지 않는다. 누군가의 발이 멈추면 휴식을 취했다.

아침이라고는 느껴지지 않는 아침이 오고, 밤보다도 어두운 밤이 왔다. 고대하던 아침은 기대가 어긋났다. 하지만 능선을 불태우던 불꽃이 꺼지면 마음이 약해지고 가슴이 답답해졌다.

어찌 되었건 의용병 말단이므로 비상용 식량과 물만은 갖고 다녔다. 그것도 금방 바닥났다.

란타는 때때로 조디악을 소환해서 이야기상대로 삼았다. 그렇게 해서 기분 전환을 하는 건지도 모른다. 하루히로는 자기가 제정신인지 의심하기 시작하고 있었다. 가는 길 앞에 불빛이 보여도 꿈이나 환상이라고 생각했다. 있을 것 같지 않은 것이 보인다. 환각이 틀림없다.

화톳불 같은 불빛이 드문드문 있었다. 자연현상은 아닌 것 같다. 환각이 아니라면, 지적 생명체가 지핀 불빛일 것이다. 그 지적 생명체와 유메를 죽이려 했던 습격자 사이에는 무슨 관계가 있는 건가? 그야 알 수 없다.

지면은 완만하게 내리막길이다. 불빛까지의 거리는? 1킬로미터 정도?

다가감에 따라 서서히 모습을 판명할 수 있었다. 환각 같은 것이 아니다. 여러 개의 건물 같은 것이 분명히 보인다. 망루 같은 건조물도 확인할 수 있었다. 불빛은 화톳불과 등불인 것 같다. 건물 처마 밑과 망루 위에 불이 지펴져 있다. 숫자는 20개 정도.

거리라고 할 만한 규모는 아니다. 촌락인가?

"어떻게… 할까?"

"어떻게 하긴, 너."

란타는 긴 한숨을 쉬었다. "…어떻게… 하지?"

'끼히… 묻지 마, 망할 비치 란타… 오래오래 고뇌해라… 숨이 끊어질 때까지… 이히히히.'

"…농담이라도 그런 말 하지 마, 조디악아. 이럴 때. 살짝 풀이 죽잖아. 아무리 그래도….'

'안심해… 쿠히… 쿠히히….'

"아니, 그야 뭐, 어디까지나 조디악이 나름대로의 블랙 조크에 불과하다는 건 나도 분명하게 이해하고 있지만 말이야."

'…이히히히… 이히… 그거, 란타의 오해… 조디악, 언제나 진심… 이히….'

"진짜, 진짜루?! 조디악이, 그런 거야?! 그보다, 왜 미묘하게 말이 어눌해…?!"

"…기운이 있네요, 란타 군은." 쿠자크가 중얼거렸다.

기운이 있으면 뭐든지 할 수 있다고 말한 것은 누구였던가? 뭐든지 할 수 있는 것은 아니라고 하루히로는 생각한다. 그래도 기운이 없으면 할 수 없는 일은 꽤 많을 것 같다. 그러니, 란타가 기운이 난 것은 나쁜 일은 아닐 테지만, 시끄럽고 짜증스럽다.

"부주의하게 다가가는 건…." 시호루가 주저하면서 말했다.

"그래." 메리가 동의했다. "귀신이 나올지, 뱀이 나올지 모르니까."

"그래도, 약간 흥미는 있는디. …우." 유메의 배가 꼬르륵… 울렸다. "아웅. 유메 배고파…."

—그렇… 겠지.

솔직히 공복과 갈증은 위험한 영역에 달했다. 빨리 물과 식량을 입수하지 않으면 큰일 난다.

"내가 정찰하고 온다. 다들 여기서 대기하고 있어."

"부탁한다, 도적." 란타가 하루히로의 어깨를 두드렸다.

짜증이 솟구쳤지만 하루히로는 꾹 눌러 참고 란타에게 귓속말을 했다. "…무슨 일이 있으면 너에게 뒷일을 맡길 테니까."

"오, 어. …뭐, 그때에는 맡아줄 거지만. 바, 바보! 돌아오라고! 무사히…."

"오글거려. 그런 거…."

하루히로는 곧바로 뇌를 전환했다. 첫째, 자기 존재를 지우는 잠(潛)—하이드. 둘째, 존재를 지운채로 이동하는, 부(浮)—스윙. 셋째, 감각을 총동원해서 타인의 존재를 알아차리는 독(讀)—센스. …스텔스(은폐)한다.

땅바닥 밑으로 소리도 없이 가라앉아 흙 속의 두더지가 되어 이동하는 것 같은 이미지다. 그러면서도 눈과 귀는 지표면으로 내밀어 보고 듣는다. 느낀다.

뭔가 소리가 들린다. 캉, 캉… 딱딱한 것을 두드리는 것 같은 소리.

가장 가까운 불빛은 망루 위의 화톳불이다.

망루에서 25미터 정도 떨어진 위치에 수로가 있다. 폭은 20미터 정도 될 것 같다. 깊이는 불명. 아마도 얕지는 않을 것이다. 망루 위에는 인간형의 생물이 앉아 있다. 상반신이 유난히 크고 머리가 작다. 그 작은 머리를 천 같은 물건으로 덮었다. 등에 짊어진 것은 활과 화살통인가? 저 생물은 틀림없이 보초다. 촌락의 주민들은 수로로 침입을 막고자 했고 보초까지 두었다. 역시 들어가는 것은 무리인가?

아니, 아직 판단을 내리기에는 이르다. 하루히로는 마주 보고 왼쪽, 강이 있는 것으로 짐작되는 방향으로 갔다. 잠시 후에 벼랑에 다다랐다. 벼랑이라고 해도 아래까지 2~3미터 정도겠지. 못 내려갈 것은 없다. 아래는 강가다. 그 앞에 강이 흐른다. 수로는 강에서 물을 끌어 오는 모양이다.

벼랑 앞에서 수로 너머로 눈길을 향하자 또 망루가 있었다. 망루 위에는 화톳불이 지펴져 있고 보초도 있다. 그런데 첫 번째 보초보다 훨씬 체구가 작다. 짜리몽땅하고 키는 인간 어린아이 정도밖에 안 된다. 단, 머리에 천 같은 것을 쓰고 있다는 점은 첫 번째와 같다. 무장도 첫 번째와 같아서 활과 화살인 모양이다.

하루히로는 두 번째의 망루를 망루 B, 첫 번째를 망루 A라고 부르기로 했다. 되돌아와서 망루 A 앞을 가로질러 반대쪽으로 갔다. 수로는 이윽고 구부러지기 시작했다. 몇 개의 건물이 뚜렷하게 보였다. 전부 단층이고 열 채 정도다. 그러다 또다시 망루가 나타났다. 망루 C다. 망루 C는 튼튼하고 크다. 문이다. 망루 C는 문과 하나로 되어 있다. 활짝 열어둔 그 문에서 다리가 튀어나와 있다. 목제인가? 튼튼해 보이는 구조다. 마차로도 건널 수 있을 것 같은 다리가 수로에 걸려 있다.

망루 C 위에도 보초가 있다. 앉아 있지 않았다. 서 있다. 망루 A의 보초와도, 망루 B의 보초와도 다른, 묘하게 길쭉한 몸집이었다. 그 팔은 뭔가 이상했다. 관절이 많은가? 팔꿈치가 두 개, 세 개 있는 것 같은…? 다른 보초와 마찬가지로 천 같은 것을 뒤집어쓰고 있는 머리 부분은 극단적으로 튀어나와 있다. 게다가 꼬리. 망루 C의 보초에게는 꼬리가 있다.

적어도 망루 A, B의 보초와 망루 C의 보초는 종족이 다르다. 그렇게 생각했다. 하루히로의 상식으로 조합해보면 그리 생각할 수밖에 없다.

망루 C의 보초는 란타가 발견한 시체와 동일한 종족일까? 꼬리가 있고, 시체의 손가락은 여덟 개였다. 보초는? 어떻지? 손가락 숫자까지는 알 수 없었다.

갑자기 망루 C의 보초가 이쪽을 보았다. 눈치 챘나? 하루히로는 숨을 멈추고 움직이지 않았다. 이런 때에는 당황해서 도망치려고 하면 오히려 나쁜 결과를 초래한다.

보초는 등에 짊어진 활을 손에 들고 화살을 메겼다. 활시위를 당긴다. 이크. 도망치고 싶다. 도망쳐야 해. 아니… 진정해. 아직 눈치 챘다고 단정할 수는 없어. 게다가, 괜찮다. 화살이라면, 쏜 순간에 도망쳐도 늦지 않아. 아마도.

보초는 활시위를 느슨하게 했다. 그리고 화살을 다시 빼서 빙글

빙글 돌린다. 그리고, 기분 탓인가…? 라고 하는 것처럼 고개를 갸웃거렸다. …그렇습니다. 기분 탓입니다… 요.

하루히로는 가만히 숨을 내쉬고는 이동을 개시했다. 위험하네, 저 보초. 예민해. 내가 소리를 내버린 건가? 그렇지는 않다고 생각한다. 무엇보다, 캉, 캉… 규칙적인 소리가 계속 울려 퍼지고 있어서 다소는 소리를 내도 괜찮을 것이다. 하지만, 망루 C의 보초는 뭔가를 알아차렸다. 주의해야 한다.

정찰을 속행했다. 다리를 지나 커브를 이루는 수로를 따라간다. 망루 D, 망루 E를 확인했을 때 벼랑이 나왔다. 아래는 강가다.

즉, 이 촌락은 비뚤어진 둥근 형태를 하고 있으며, 수로와 강으로 둘러싸여 있다.

촌락에 들어가려면 다리를 건너거나 수로를 넘어가거나 강을 헤엄쳐 촌락 안의 강가에 도달하거나.

어두운데다가 물살이 빠른 강을 헤엄치는 건 위험하다. 빠져 죽을 수도 있다. 수로라면 헤엄쳐서 못 갈 것은 없겠으나, 저쪽에 도착한 후에 기어 올라가는 것이 큰일이다.

그렇다는 것은, 기본적으로는 다리를 건너는 수밖에 없다. 당연히 당당히 건너가려고 하면 보초에게 저격당하겠지. 유메의 활이나 시호루의 마법으로 배제한다? 그 뒤는? 밀어붙이나? 여섯 명이서? 활을 든 보초가 저것 말고도 최소한 넷은 있다. 전력이 그것뿐이라는 보장은 없다. 이길 수 있을까? 애초에 이기고 지는 문제인가? 그게 아닌 것 같다.

하루히로 팀으로서는 물과 식량을 입수하면 된다. 어떻게든 적의가 없다는 것을 나타내고 안에 들여보내달라고 할 수는 없을까? 그리고 소지품과 소지금과 교환이든 뭐든 해도 좋으니 음료수와 음식을 나눠달라고 하자. 불가능한 건가? 안 될까요…?

하루히로는 수로 너머의 촌락을 관찰하면서 왔던 길을 되돌아갔다. 주민을 몇 명 발견했다. 놀랐다. 인간뿐만이 아니다. 아니, 인간형이 아닌 자도 있다고 해야 할까? 가장 강렬했던 것은, 곤충 다리 같은 팔이 여섯 개 있고 하반신이 털 뭉치 같은 놈이다. 그 녀석도 머리를 뭔가로 감추고 있었다. 주민의 다양성이 지나치게 풍부하지 않아…?

동료 곁으로 돌아가서 간단히 설명하자 란타가 콧김을 거칠게 내뿜으며 가슴을 두드렸다.

"맡겨두시라. 나한테 생각이 있어."

'…끼히… 좋은 예감밖에 안 든다… 끼히히히… 란타가 영면할 예감밖에….'

"그거, 전혀 좋은 예감이 아니지 않아? 그리고, 몇 번이나 말하지만, 내가 영면하면 조디악이도 소멸해버린다니까?"

'암흑기사여… 이히… 함께 스컬헬의 품에 안기지 않겠나… 이히히….'

"아, 아직 좀 이르지 않나…? 저기, 뭐랄까, 그, 하고 싶은 일이라거나 그런 게 엄청 많고… 가슴을 주무른다거나… 아니, 무슨 말을 하게 만드는 거야…?"

"아무도 말하게 만들지 않았는데…." 하루히로는 미간을 주물렀다.

"가슴이라는 말을 하고 싶은 것뿐이잖여." 분명 유메의 말이 맞는다고 생각한다.

"저질." 메리가 차갑게 내뱉는 것처럼 중얼거렸다.

"맞으면 좋을 텐데… 조디악의 예감…." 시호루는 작은 목소리로 꽤나 따끔한 말을 한다.

"훗!" 란타는 굴하지 않는다. "그 정도의 비방 중상으로 내가 풀이 죽을 거라고 생각하지 말라고, 평범한 놈들. 뭐… 보고 있어. 언젠가는 너희 다 무릎을 꿇고 내 용서를 구하게 될 거야. 그때에는 가슴 주무른다. 딴소리 못 하게 한다. 아, 물론 여자만."

"…엄청난 강심장이네, 란타 군은."

"당연하지, 쿠잣키. 내 하트는 다이아몬드제라고. 자, 너희 따라와. 이 나 님이 재치 넘치는 방법, 단 하나로 놈을 깨우쳐줄 테니까."

달리 대안이 있는 것도 아니다. 밑져야 본전이다. 란타에게 시켜 보기로 했다.

―그래서, 전원이 다리 근처까지 이동했다.

란타는 투구를 쓰고 바이저를 내리더니 하루히로 일행에게 "너희는 여기서 대기"라고 거들먹거리며 명령했다.

"어떻게 할 셈이야?" 당연히 하루히로는 물었다.

"됐으니까, 잠자코 있어. 내 생각이 맞는다면…."

'쿠히… 란타가 하는 일이니… 분명 잘못 생각한 걸 거야… 쿠히… 쿠히히히….'

"결과는 금방 나온다고."

란타는 걸어 나갔다. …설마, 하루히로는 만약의 사태에 대비해서 남은 멤버들에게 도주 준비를 시켰다. 가는 건가? 가버리는 거야? 위험하잖아, 그거? 될 대로 되라는 건가? 그러나 란타의 발걸음은 희한하게 자신만만했다. 룰루랄라… 콧노래까지 부르기 시작했다.

드디어 머리가 이상해진 건가? 하루히로들은 숨을 죽이고 지켜보는 수밖에 없었다. 란타는 이미 다리에 상당히 접근했다. 망루 C의 보초가 란타를 보고서 활을 들고 화살을 겨누었다. 그것을 보고는 과연 얼간이 바보 란타도 간담이 서늘해진 모양이다. 움찔… 했지만, 멈추지 않는다. 계속 걷는다. 진짜야? 아니, 온다니까. 화살이. 날아온다니까.

"오케이… 오케이." 란타는 무슨 생각을 한 건지 그런 말을 하면서 손을 흔들었다.

슬슬 다리에 접어든다. 드디어 다리에 한 발을 들였다.

보초가 활을 내렸다.

"…말도 안 돼." 하루히로는 입을 쩍 벌렸다.

"웰컴, 웰컴." 란타는 하하핫 웃으면서 다리를 건너갔다.

네가 환영하면 어떻게 해? 그보다, 왜 괜찮은 거야? 모르겠다.

란타는 아무 일 없이 다리를 다 건너가서 망루 C 위의 보초를 올려다보았다. "…아. 미…. 마이…. 프렌드…. 프렌즈? 친구. 투게더. 데려온다. 지금. 나우. 유…? 오케이?"

보초는 고개를 갸웃거렸다. 말은 통하지 않은 모양이다. 하긴 통하지 않겠지.

"굿." 그런데도 란타는 엄지를 척 세웠다. "오케이. 마이. 동료. 투게더. 나우. 오케이, 오케이."

그리고, 명백하게 이해하지 못한 상태인 보초를 그대로 두고 란타는 의기양양하게 하루히로들이 있는 곳까지 되돌아왔다.

"봐라! 어떠냐?! 완벽하게 내 예상대로잖아! 납작 엎드려라, 내 앞에! 나를 숭배해라! 그리고 여자들은 가슴 주무르게 해줘!"

"무슨 일이 있어도 절대로 주무르게 하지 않을 거야…." 시호루는 두 팔로 자기 가슴을 가렸다.

"란타는 왠지 아프게 할 것 같으니까." 자각이 없는 것이겠지만, 유메는 가끔씩 위험한 말을 한다. 조심해줬으면 하는데, 주의를 주기도 껄끄럽다.

"…그래도." 메리는 고개를 틀었다. "어째서? 아무리 봐도 이방인을 경계하는 것 같은데."

"지나칠 정도로 신기하네…." 쿠자크도 납득할 수 없는 모양이다.

"혹시나…." 하루히로가 말하려고 했더니 란타가 가로막았다.

"멍청아! 정답을 밝히는 건 내 역할이잖아! 내가 생각해낸 아이디어니까! 내 공적을 가로채려고 하지 마, 파루피로링!"

'…이히… 얼굴이다… 얼굴을 숨겼으니까… 란타를 들어가게 해준 거다… 이히히….'

"조디악이?! 말해버리는 거야? 그걸?! 응?! 내가 말하고 싶었는데?!"

다섯 명의 보초에 더해서 몇 명의 주민도 전부 천이나 뭔가로 얼굴을 덮어 감추고 있었다. 하루히로도 그것을 기이하게 느꼈었고 마음에 걸리긴 했었다.

거기에서 '촌락에 들어가는 조건＝얼굴을 가린다'는 가정을 도출해낸 것이다. 그건 그렇다 쳐도 갑자기 자기 몸으로 직접 실험해보는 것은 엄청나게… 경솔한 행동입니다. 결과가 올 라이트로 끝났으니 다행인건가? 리더로서는 고민되는 부분이다. 어쩌지? 그렇다.

"란타." 하루히로는 일부러 심각한 태도로 다그쳤다. "잘됐으니 망정이지. 하지만 말이야, 실패했으면 어떻게 하려고 했어? 어떻게 되었을 것 같아? 너, 조금이라도 생각했냐?"

"엉? 그런 걸 일일이 생각할 리 없잖아, 바보. 대천재 란타 님이 틀릴 리가 없으니까."

"너 자신이 위험했을지도 모른다는 사실을 나는 말하는 거다."

"…내, 내 목숨이니까 어떻게 되든 상관없잖아. 내 마음이라고나 할까…."

"동료들 앞에서 그런 말 하지 마. 너한테 무슨 일이 생기면 다들 … 나도 물론, 아무렇지 않을 수는 없어."

"시시시시 시끄러웟. 그그그그 그러지 마, 창피하게시리. 아, 알았으니까."

"그럼 앞으로 주의하겠다고 약속해."

"하, 하면 되잖아, 하면! 야, 약속한닷. 이제 됐지?"

"나중에 딴소리 하지 마."

"아, 안 해."

"됐어."

하루히로는 잽싸게 란타에게서 등을 돌렸다. …웃지 마. 뿜어서는 안 돼. 모처럼 참으며 '열혈 리더'를 연기한 것이다. 하지만 란타, 의외로 이런 것에 약하구나. 웃겼어. 아니, 아니지. 안 돼. 웃긴다고 생각하면 웃음이 터져 나올 것 같아.

하루히로는 헛기침을 하고 동료들에게 뭔가로 얼굴을 가리도록 지시했다. 유메는 멍하니 있고, 메리와 쿠자크는 의아한 것 같았지만, 시호루는 고개를 숙이고 아마도 웃음을 참고 있다. 시호루는 하루히로가 연기를 한다는 걸 꿰뚫어본 모양이다.

쿠자크는 란타와 마찬가지로 투구로 얼굴을 숨겼다. 하루히로는 망토를 머리부터 뒤집어썼다. 낡고 구멍투성이라서 마침 적당한 위치로 구멍을 옮기면 시야도 확보할 수 있다. 유메와 시호루, 메리는 타월 같은 것으로 모양을 생각하며 간신히 복면을 만들어냈다. 조디악은 보기에 따라서는 얼굴을 가린 것 같기도 하다. 그래도, 그렇게 받아들여줄지 아닐지. 확신을 가질 수 없어서 일단 사라지게 했다.

이렇게 해서 기묘한 집단이 완성되었다. 정말로 이걸로 괜찮은가? 불안감은 있었으나, 망루 C의 보초는 활을 들지도 않고 하루히로 일행을 통과시켜주었다. 아무래도 정말로 얼굴을 가리면 이 촌락에 들어갈 수 있는 모양이다.

수로 안쪽에는 열네 채의 건물이 있었다. 크기는 제각각이고 다들 단층이다. 촌락 중앙은 광장이었고 우물 같은 것이 있다. 우물 옆에 앉아 있는 거대한 인간형 생물은 보초인가? 엄청나게 큰 철퇴 손잡이를 품에 안고서 활을 등에 차고 있다. 투구 때문에 얼굴은 알 수 없다.

캉, 캉… 하는 규칙적인 소리의 정체가 판명되었다. 광장에 면한 건물은 다섯 채 있고, 그중의 한 채는 한쪽 지붕이 크게 튀어나와 기둥으로 받쳐놓았다. 그 지붕 아래에 숯인지 뭔지가 새빨갛게 타오르는 거대한 오븐 같은 것이 설치되어 있었다. 화로인 모양이다. 모루도 있다. 알몸의 상반신이 무서울 정도로 울퉁불퉁하고, 등이 굽고, 엉덩이가 튀어나오고, 다리가 짧은 인간형 생물이 불에 탄 금속 막대기를 집게로 철판 위에 고정하고서 망치로 두드리고 있는 것이다. 캉, 캉 하는 소리는 그 소리였다.

"대장간이 있구나⋯."

그 기이한 대장장이가 연마하기도 하고 수선하기도 하는 것으로 보이는 무기나 기구가 건물 벽에 빼곡하게 걸려 있고, 매달려 있고, 또 세워져 있다.

대장장이는 얼굴에 붕대 같은 것을 감고 있었다. 그래도 피눈물을 흘리는 것처럼 새빨간 눈동자와 맷돌 같은 튼튼한 이가 빈틈없이 난 입은 노출되어 있다.

잘 보니 대장간뿐만이 아니었다. 광장에 면한 다른 네 채의 건물도 처마 밑이며 실내에 결코 적지 않은 수량의 물품을 진열해놓고 있었다.

대장간 옆의 건물은 의류 같은 것과 가방 같은 것을, 위에 매달린 선반에 올려놓기도 하고, 진열대에 쌓아놓기도 하고, 늘어놓기도 했다. 진열대 옆에 놓아둔 의자 위에 오도카니 앉아 있는 찌그러진 계란 형태의 물체는, 두 개의 팔(?)이 튀어나와 있고 모자 같은 것을 쓴 것을 보니 혹시나 생물인가? 저것은 옷과 가방 가게의 주인인지도 모른다.

광장을 사이에 끼고 대장간 맞은편은 건물이랄까, 오두막이다. 그 오두막은 광장 쪽 벽이 허물어져 있는데, 원래부터 존재하지 않는 건지, 아무튼 덕분에 안쪽이 잘 보였다.

오두막 벽은 구멍이 뚫린 주머니와 좀 더 정성들여 만든 복면과 가면 같은 것과 투구 같은 것으로 메워져 있었다. 오두막 한가운데에는 고목처럼 여윈 인간형 생물이 앉아 있다. 그 복면 가게의 주인은 팔이 여섯 개나 있고, 전부 합쳐서 30개 이상은 확실하게 있는 것으로 보이는 손가락을 가슴 앞에서 복잡하게 깍지 끼고 있었다. 그 또는 그녀가 쓴 복면은, 가게 주인답게, 적당히 차분한 멋이 있고 금색으로 빛나는 미술품 같은 투구다.

복면 가게 옆, 옷과 가방 가게 맞은편 건물도 구조가 복면 가게와 비슷하다. 단, 한두 둘레는 더 크다. 여기는 한눈에 알겠다. 식료품점이다. 가죽을 벗긴 네발 달린 짐승과 새 같은 생물의 고기가 매달려 있고, 뭔가 식물 다발과 열매 같은 것이 선반에 놓여 있다. 조리가 끝난 경단 같은 것과 꼬치구이도 눈에 들어왔다.

가게 앞에서 인간 크기의 게 같은 모습의 생물이 화덕에 올려놓은 냄비 내용물을 주걱으로 휘젓고 있다. 식료품점의 대게 점주도 복면을 착용했는데, 두 개의 눈알이 근사하게 튀어나와버려서, 저래서는 얼굴을 숨긴 건지 아닌지 애매한 모습이다.

식료품점 옆에 있는 건물은 아무튼 잡다한 물건들이 어지럽게, 온갖 방식으로 놓여 있는 걸 보니 어쩌면 잡화점인지도 모르겠다. 주인으로 보이는 생물의 모습은 보이지 않았다. 건물 안에 있는 것이겠지.

"어때?" 란타가 흐흥… 하고 코를 울리며 자랑스럽게 가슴을 펴고 말했다. "제법 근사한 마을이잖아."

"…왜 자랑하는 건데?" 시호루는 뜨거운 시선이 아닌 경멸의 시선을 란타에게 쏟아붓는다. 얼굴을 숨겼어도 시호루가 지금 어떤 표정을 하고 있는지 쉽게 추측할 수 있다.

"멍청이니까 그렇지." 유메는 한심하다는 듯이 한숨을 내쉬었다.

메리가 두리번거렸다. "우리, 무시당하는 거야…?"

"어디…." 쿠자크는 우물의 보초를 향해서 손을 들어 보였다.

"아, 안녕하세요."

거구의 보초는 철퇴 손잡이를 고쳐 안았다. 쿠자크는 "웃…" 하고 숨을 멈추고 반걸음 뒷걸음질을 쳤으나, 보초의 반응다운 반응은 그것뿐이었다. 대답을 하기는커녕 쿠자크 쪽을 보지도 않는다. 무시다. 실은 주변에서 느긋하게 걸어 다니는 주민들도 있었으나, 역시 하루히로 일행에게는 눈길도 주지 않는다. 그야말로 무시당하고 있다.

하루히로는 팔짱을 끼고 "음…" 하고 신음했다. 어떻게 된 걸까?

"음… 이 아니잖앗." 란타는 바닥을 발꿈치로 찼다. "어떻게 좀 해봐, 리더. 이럴 때를 위해서 너 따위를 리더로 해준 거니까."

"무슨 말을 그렇게 해? 란타 주제에…."

"그런 말을 듣고 싶지 않으면, 이 나를 확실하게 입 다물게끔 해봐."

백 스태브(등 찌르기)인가, 스파이더(거미 죽이기)인가? 란타의 숨통을 끊어 영원히 입을 다물게 할 수 있다면 어떤 스킬을 사용할까?

하루히로는 한순간 심각하게 검토했으나, 망할 쓰레기를 처분하는 것보다도 우선시해야 할 일이 있다. 물과 음식이 바로 코앞에 있는 것이다. 어떻게 해서든 손에 넣고 싶다.

하루히로는 헛기침을 하고 우물로 다가가봤다. 우물의 보초는 움직이지 않는다. 그러나 엄청난 크기다. 앉아 있는데도, 190센티미터가 넘는 장신 쿠자크보다도 머리 위치가 높은 것 같다. 장난이 아니다. 무섭다.

그래도 용기를 내어 더욱 걸음을 옮겼다. 우물까지 5미터. 4미터. 3미터. 이보다 더 가면 이제 완전히 보초의 사정거리 안이다. 보초가 마음만 먹으면, 아마도 일어서면서 휘두르는 일격으로 하루히로를 죽여버릴 수 있을 것이다.

숨이 답답하다. 위장이 입으로 튀어나올 것 같다. 뭐, 튀어나오진 않겠지만. 나온다면 무섭다.

공포와 주저를 떨쳐버리고 발을 앞으로 내딛었더니 갑자기 보초가 허리를 띄운다.

"힉….""뇨왓?!""읏…." 비명을 지른 것은 하루히로가 아니라 여성진이었다. 하루히로는 목소리도 나오지 않을 정도로 꽁꽁 얼어붙었다. …무… 무… 무, 무, 무, 무, 무, 무섭…. 죽, 는… 건가…?

"뼈뼈뼈뼈, 뼈는 주워… 줄… 지도?" 란타가 속닥속닥 말했다.

"…그건 확실하게 주워줘야지…." 쿠자크가 딴지를 걸었다. 아니, 아니, 아니? 뼈를 줍기 전에 할 일이 있는 것 아닌가…?

"프, 플리즈." 하루히로는 반사적으로 두 손을 들었다. …움직였다. 몸이. 나왔다. 목소리가.

그보다, 플리즈라니. 란타도 아니고. 하루히로는 울 것 같은 심정으로 왼손을 든 채로 오른손의 검지로 우물과 자기 목을 번갈아 가리켰다.

"무, 물. 마시고 싶다. 물. 목, 말라서. 저, 우리, 여행자. 물, 원해… 입니다. 알겠… 어요? 물 말이에요, 물! 마시게 해… 주지 않을래요? 물. 우물의 물!"

보초는 어정쩡한 자세로 미동도 하지 않는다.

우물은, 두레박이라고 하나? 우물 양옆에 기둥이 서 있고, 두 기둥을 들보가 가로지른다. 그 들보에 고정된 활차에 바가지가 매달린 밧줄이 걸려 있다.

한쪽 기둥에 붙어 있는 횃불의 흔들리는 불꽃의 빛이 괴물 같은 보초를 비추고 있다. 괴물 같은이 아니라 어디서부터 어떻게 봐도 괴물이다. 팔이라거나, 저건 분명히 인간 한 명의 몸 둘레보다 더 된다고. 너무 두껍다고. 위험하다고. 너무 위험하다니까.

"…물… 을… 마시게… 해줘요….” 하루히로는 이를 악물고 머리를 흔들었다. 지지 마. 지면 안 된다. 목숨이 걸려 있다. 진짜로. "…물을! 워터 플리즈! 물, 제발 물을, 물…! 알잖아, 물이 없으면?! 다들 그렇지요?! 물…!"

보초가 왼손을 움직였다. 그 순간, 하루히로는 죽음을 각오했다. 그러나 보초는 철퇴를 품고 있는 오른팔이 아니라 왼손을 하루히로 쪽으로 내밀었다.

마치, 뭔가 넘겨… 라고 말하는 것처럼.

"돈….” 란타가 외쳤다. "돈 말이야, 하루히로! 돈! 내! 돈을! 빨리…!"

시끄러워, 바보 란타. 네가 말 안 해도 나도 알아. 하루히로는 서둘러 은화를 몇 닢 꺼냈다. 가슴이 짓눌릴 정도로 무서웠다. 큰맘 먹고 보초에게 접근해서 그 왼손 위에 은화를 올려놓았다. 보초는 왼손을 얼굴 앞으로 갖고 가 손바닥의 은화를 빤히 보았다. 그리고 곧바로… 아무렇게나 던져버렸다.

하루히로는 실신할 뻔했다. 이번에야말로 끝장이다. 안 돼. 안 돼. 틀렸다고. 이건 안 됩니다.

"검은 것…!" 시호루가 말한 의미를 곧바로 이해할 수 있었던 자신이 약간 자랑스럽다. 무엇보다, 그것을 생각해낸 시호루는 너무나 위대하다.

"이, 이, 이, 이것!" 하루히로는 꼬리 달린 시체가 갖고 있던 검은 동전을 꺼내어 보초에게 보였다. "자, 이건 안 되나…?! 어떻습니까?! 이걸로…!"

보초는 다시 왼손을 내밀었다. 하루히로는 떨리는 손으로 그 위에 검은 동전을 올려놓았다. 보초는 검은 동전을 쥐더니 턱을 까딱이며 "우아 고오"라고 말한… 것처럼 들렸다. 뭐지? 우아 고오? 우아고오…?

우아하게 가라고?

아닌가? 그건 아니겠지…?

"야호!" 란타가 우물로 달려가 바가지를 우물 안에 담갔다. "물, 물!"

"…아니, 너…." 하루히로는 핏기가 가시는 것을 느끼면서 보초의 모습을 살폈다. 화… 안 내? 괜찮은 것 같네? 우물을 이용해도 된다는 뜻…?

보아하니 그런 모양이다. 그렇게 생각하자마자 안도와 환희가 솟구쳐 올라왔고, 정신이 들고 보니 바가지에 입을 대고서 물을 들이켜고 있었다.

"물 맛있다아아아아아아아아아아아아아아아아아아아아…."

틀림없다. 지금까지 마셔본 물 중에서 제일 맛있었다. 이렇게나 맛있는 물을 마실 수가 있다. 이 얼마나 행복한지. 태어나길 잘했다. 살아 있길 잘했다. 다들 순서대로 바가지로 물을 마시고 있는데, 이미 모두 세 번인가 네 번은 순서가 돌아갔는데도 아무도 "이제 그만"이라고 말하지 않는다. 얼마든지 마실 수 있을 것 같다.

그러나 실제로는 한계라는 것이 있으니 우선 시호루가, 다음은 메리, 하루히로, 쿠자크, 유메, 란타 순으로 마시는 것을 그만두었다.

란타는 바닥에 벌렁 드러누웠다. "…괴, 괴로워. 너무 마셨다…."

"꾸옥." 유메는 쪼그리고 앉아 배를 어루만졌다. "물로 배가 빵빵 부른 거, 유메, 처음이야. 출렁출렁하지 않나…?"

"배가 부르네요. 물로…." 쿠자크는 입을 가렸다.

그러고 보니 란타도, 쿠자크도 투구의 바이저를 올리고 있다. 얼굴이 보이는데, 괜찮은 건가? 보초는 아무 말도 하지 않으니 문제 없는 모양이다. 하지만 진정이 안 된다.

"…혹시나, 그 돈이 있으면…." 시호루가 식료품점을 힐끔 보았다.

"그게 여기의 통화라는 뜻?" 메리는 유메의 등을 문질러주었다.

하루히로는 대장간, 옷과 가방 가게, 복면 가게, 식료품점과 잡화점을 둘러보았다. 만약 그렇다면, 그 동전을 입수하는 방법만 안다면, 우선은 살아갈 수 있다….

6인분의 소지금을 다 모아보니 금화가 하나, 은화는 87개, 동전은 64개 있었다. 소지품은 신변 잡화 정도다. 그것들을 옷과 가방 가게, 복면 가게, 식료품점의 주인에게 보여주며 돌아봤지만 관심 없어 하며 무시했다. 대장장이는 일하는 중인 모양이니 방해하면 미안하다고나 할까, 죽을 것 같다. 잡화점은 실내에 주인이 있을 것으로 보고 문을 두드려봤다. 세 번 두드려도 대답이 없어서 포기했다.

이 촌락 안에서 검은 동전을 입수하는 것은 아무래도 힘들 것 같다. 그것은 너무 쉽게 생각한 것이라고나 할까. 물로 속여둔 공복감은 곧바로 되돌아와 절박감이 강해졌다. 한 개나 두 개라도 좋으니 어떻게든 밖에서 검은 동전을 찾아오는 수밖에 없다.

하루히로 일행은 주린 배를 부여잡고 촌락에서 나왔다. 목적은 생각할 것도 없이 검은 동전 발견이다. 방침은 의논해서 정했다. 위험하니까라고나 할까, 위험한지 어떤지도 모르는 상황이지만, 멀리 나가는 건 피한다. 촌락을 중심으로 해서 머릿속에 지도를 그리면서 조금씩 행동 범위를 넓혀간다.

스타트로 다리를 건너 그대로 직진해보니 100미터 정도 가서 숲과 마주쳤다. 거기에는 하얗고 구부러진, 아마도 나무로 짐작되는 키 큰 식물 같은 것이 울창해서 들어가는 것도 간단하지는 않을 것 같다. 아니, 도저히 갈 수가 없다.

발길을 돌려 수로 바깥쪽을 돌아 낮은 벼랑을 내려가보았다. 강가는 거의 모래사장에 가까웠다. 묘하게 따뜻하다. 하루히로 일행은 강기슭까지 갔다. 강은 깊은 것 같고 물살도 빨랐다. 새카맣게 보이는 강물에 조심스럽게 손을 넣어봤다. 하루히로는 눈을 휘둥그레 떴다.

"…미지근해. 이 강."

"진짜야?" 란타는 신발과 양말을 벗고 맨발로 강에 들어갔다. "오옷! 진짜네! 따뜻하다고 할 정도는 아니지만 뜨뜻미지근해! 목욕탕 대신으로 쓸 수 있겠는데, 이거!"

"…목욕…." 시호루는 멍하니 중얼거렸다. "하고 싶어… 목욕…."

"그러게…." 메리는 허공을 우러러보고 한숨을 내쉬었다. "목욕…."

유메가, 우헤헤 하고 방정맞게 웃었다. "목욕하면 기분 좋겠다."

"아아…." 쿠자크는 끄덕였다. "몸이 꽤 지독한 상태니까. 나도 분명…."

"할까!" 란타가 엄지를 세워 보였다. "다 같이 사이좋게! 좋지? 이런 때 정도는! 알몸의 교류라고나 할까! 보는 바와 같이 어둡고! 어차피 안 보인다니까, 그렇게는! 케헤헤헤헤헤헤헤헤!"

"괜찮을 리가 없지…." 하루히로는 란타를 때려눕히고 싶은 충동에 휩싸였지만, 그런 일로 쓸데없이 체력을 소모하고 싶지는 않았다. "미안하지만, 목욕은 나중으로 미루자. 검은 동전을 발견해서 음식을 어떻게 구해봐야 해. 목욕은 그 후에, 안전을 확보하고, 물론 남녀 따로 교대로 하는 걸로."

"까불지 마, 파루피롯! 난 반대! 반대, 반대, 반대! 반… 대…!"

란타 한 명만은 시끄러웠으나, 다른 동료는 하루히로의 생각에 동의해주었다.

"…우엥?" 강기슭에서 아쉬운 듯이 강물을 찰랑거리며 휘젓고 있던 유메가 뭔가를 집어 들었다. "어라? 뭐여? 이것. 모래? 안에 묻혀 있었는데, 동… 그렇고…."

하루히로는 유메에게서 그것을 건네받았다. "…검은 동전이다."

"아직 더 있을지도?!" 란타가 네발로 기어 헤엄치는 것 같은 기세로 검은 동전을 찾기 시작했다.

"찾아, 찾아라! 너희도 다! 말해두는데, 너희 것은 전부 나 님 것! 나 님 것은 당연히 나 님 것이야…!"

"잠꼬대는 자면서 해라…." 중얼거리면서 하루히로도 손으로 더듬어 검은 동전을 찾았다.

다 함께 제법, 아니, 상당히 진지하게 찾아다녔다.

어느샌가 저 너머의 능선에서 보이던 불꽃같은 빛이 완전히 사라지고 주위는 완벽한 어둠 속에 갇혔다. 아직 촌락에서 가깝기 때문에 캉, 캉 하는 대장간의 망치 소리가 아까까지는 들렸었는데, 이제 그 소리도 사라졌다.

밤이다. 얼마 동안이나 검은 동전을 찾기 위해 진땀을 빼고 있었던 걸까? 잘은 모르지만, 아무튼 밤이 되어버렸다.

"…그 후로는 하나도 못 찾았잖아…!" 란타가 강 수면을 때렸다.

"그렇게 술술 일이 풀리진 않는다는 걸까요…?" 쿠자크는 강가에 주저앉았다.

"우… 선…." 시호루는 젖은 로브 자락을 쥐어짰다. "돌아가서 검은 동전 하나로 먹을 것을 살 수 있을지 어떨지 시험해보는 게…."

"그러게." 유메는 살짝 울고 있는 건지도 모르겠다. "유메, 너무 배고파서 슬퍼졌어…."

"의외로 많이 살 수 있을지도 모르고…." 메리가 위로 비슷한 말을 하는 건 좀 드문 일이다.

"…그러… 네…." 란타는 고개를 숙인다. 과연 란타도 기운이 없다.

"그렇게 할… 까…." 하루히로는 힘없이 말하고 나서, 안 되지, 안 돼… 라고 스스로 분투를 다짐했다. 리더가 풀이 죽어 있으면 어떻게 해? "가, 가자! 밥이다, 밥!"

그러나 2미터 정도밖에 안 되는 벼랑을 올라가는 것은 몹시 힘들었다. 불안정한 발걸음으로 다리까지 되돌아가보고는 경악했다.

다리를 건너서 있는 망루 C는 실질적으로는 문이다. 그 문을 지나가지 않으면 촌락으로는 들어갈 수가 없다. 아까는 열려 있던 문이 어째서인지 지금은 닫혀 있다.

"어… 째서?" 하루히로는 자신의 이마를 주먹으로 눌렀다. "…밤이니까?"

"알 게 뭐야!" 란타는 투구 바이저를 내리고 다리를 뛰어서 건너가려고 했다.

"야, 야…." 하루히로가 말릴 필요도 없었다.

망루 C의 보초가 활에 화살을 메겼다. 조준당하자, 란타는 급정지만 한 것이 아니다. 화려하게 점핑 엎드려 조아리기를 시전했다. "…죄송했습니다…! 쏘지 말아주세요, 쏘지 마요! 부탁이니까 제발 아무쪼록 쏘지 마요…!"

그렇게 한 보람이 있었던 건지 보초는 활을 내리지는 않았으나, 화살을 쏘지도 않았다. 란타는 엎드려 조아리기 자세 그대로 후퇴해서 하루히로 일행 옆으로 돌아왔다.

"이 똥 덩어리! 문어대가리! 멍청이! 하마터면 죽을 뻔했잖아…!"

"나한테 화를 내지 마…." 하루히로는 현기증이 났다. 목소리를 내는 것이 귀찮을 정도로 배에 힘이 들어가지 않는다. "문이 열릴 때까지 기다리는 수밖에 없… 나? 아니면, 그저 기다리는 것도 그러니까, 검은 동전, 찾으러 갈까? 아니, 그건 아니지…. 도저히 갈 수 없다고나 할까…."

움직일 기력이 없다. 체력도 없다. 하루히로 팀은 그 자리에 주저 앉아버렸다. 허탈해도 공복감은 가차 없이 엄습한다. 하지만 오로지 참는 수밖에 없다. 꾸벅꾸벅 졸다가도 맹렬한 공복감에 눈이 뜨인다. 어디 화풀이라도 하고 싶어진다. 그걸 참는 동안에 의식이 흐릿해진다. 얕은 잠은 아픔과도 같은 굶주림 때문에 쉽사리 깬다.

여성 세 명은 서로 뭉쳐 누웠다가 깼다가 했다.

유메가 시호루에게 머리를 비벼대며 "먹고 싶어…"라고 중얼거렸다. "있잖아, 시호루우. 아주 조금만이라도 좋으니까, 시호루를, 먹어도 돼…?"

"…대신에 유메를 먹어도 된다면…."

"우우우. 시호루를 먹을 수 있다면, 유메, 먹혀도 좋을까나…."

"…차라리 서로 먹을까…?"

"그러고 싶다… 시호루, 맛있을 것 같걸랑…."

"저, 나도, 먹어도 돼…?"

"그러면, 메리도 먹게 해줘."

"웅… 먹어…. 먹을 수만 있다면. 이제 다 상관없어…."

"…헐." 란타는 죽은 애벌레처럼 몸을 웅크렸다. "…뭔 헛소리를 해대는 거야? 여자들… 젠장… 부럽잖아… 진짜로, 진짜…."

쿠자크는 큰 대자로 누워 뭔가를 읊조리고 있다. "…내가 그린 기린 그림은 긴 기린 그림이고… 간장 공장 공장장은… 지붕 위의 콩 깍지는 깐 콩깍지…."

"뭐, 아직 한계는 아니라고나 할까…." 하루히로는 슬며시 웃었다. "한계는 아니라고나 할까, 한계란 무언가라고나 할까, 한계… 반계… 삼계… 후후…."

한없이 어둡기만 한 이 세계에 다시금 아침이 찾아올 것이라는 사실이 도저히 믿어지지 않았으나, 결국 그것은 찾아왔다.

능선에서 빛이 보이는 것보다도 빨리, 보에에에에에에에에에 에에에에에에에에에에… 라는, 왠지 소름 끼치는 울음소리가 울려 퍼지고, 망루 C의 보초가 문을 맞은편에서 밀어 열었다. 그 직후에 저 너머의 능선이 타올랐다.

하루히로 일행은 누가 먼저랄 것도 없이 벌떡 일어나 앞을 다투어 다리를 건넜다. 대장장이의 일은 아직 시작하지 않았지만 식료품점의 냄비에서는 김이 나고 있었다. 하루히로는 국자로 냄비 속을 휘젓고 있는 대게 점주에게 검은 동전을 보였다. 복면 위로 튀어나온 대게 점주의 눈동자가 검은 동전을, 그리고 하루히로 팀을 번갈아 보았다.

"우리에게 뭔가 먹을 것을…!" 하루히로는 잽싸게 고개를 숙였다. "엄청나게 배가 고파서 죽을 것 같아요…! 먹을 수 있는 거라면 정말 뭐든지 좋으니까…!"

대게 점주는 나무인지 뭔지로 된 그릇을 여섯 개 꺼내더니 냄비 내용물… 스튜 같은 것을 떠서 그 그릇에 담아주었다. 하루히로 일행은 저마다 고맙다고 말하고서는 그릇을 집어 들었다. 숟가락이라도 있으면 더 좋겠지만, 없어도 상관없다. 거무스름한, 걸쭉한 뜨거운 스튜를 후루룩 마셨다. 맛 같은 건 잘 모르겠다. 하지만 승천할 것 같을 정도로 맛있었다. 보니 다들 후후 불면서 정신없이 스튜를 마시고 있다. 행복하다… 고 하루히로는 진심으로 느꼈다. 행복하다. 행복해서, 너무 행복해서, 정수리가 쩌릿쩌릿하고, 온몸의 구멍이라는 구멍 전체에서 기쁨의 엑기스가 흘러나온다. 환장할 정도로 행복하다.

눈 깜짝할 사이에 걸쭉한 국물을 다 마셔버렸다. 그러나 아직 끝이 아니다. 건더기가 남아 있다. 하루히로는 그릇 밑바닥에 남아 있는 건더기를 손가락으로 집었다. "…이이이이…?!"

자기도 모르게 기괴한 목소리를 내고 말았다.

왜냐하면, 이 건더기는 분명히, 지네 같은… 벌레… 아닙니까…?

"카하핫! 먹으면 그만이야…!" 란타는 영문 모를 소리를 하며 과감히 그 벌레를 입안에 집어 넣고 대담하게 씹었다. "…꾸오오옷?! 써…?!"

보아하니 쓴 모양이다. 란타는 퉤퉷, 벌레를 뱉어냈다. 그도 그렇겠지. 그야말로 맛없어 보이고. 건더기는 먹지 않는 게 좋을 것 같다. 하지만… 모자라. 솔직히, 이런 것으로는 배가 부르려면 아직 멀었다.

하루히로는 아무 생각 없이 대게 점주 쪽을 보았다. 그러자 대게 점주가 무슨 고기의 꼬치구이를 내밀었다. 하루히로의 마음속에서 신앙심이 싹텄다. 대게 점주는 신이라고 생각했다. 하루히로는 약간 감격의 눈물을 글썽이며 감사히, 대단히 황송하게 꼬치구이를 받았다. 이 고기는 괜찮을까? 생각하기 전에 이미 물어뜯고 있었다.

차갑게 식었고, 질기고, 아무래도 구이라기보다는 훈제 같지만, 맛없지는 않다. 물기가 없고 삼키기는 힘들지만, 씹으면 씹을수록 맛이 난다. 이것은 꽤 든든할 것 같다.

대게 점주는 하루히로 말고 다른 멤버들에게도 그 훈제 꼬치를 하나씩 주었다. 검은 동전 하나에는 벌레 스튜 여섯 그릇과 훈제 꼬치 여섯 개의 가치는 있다는 뜻인가?

배고픔이 채워지자 물을 마시고 싶어졌다. 그러나 우물을 이용하는 데도 또 검은 동전이 필요하겠지. 꾹 참고 나중에 강물이라도 끓여서 마실 수밖에 없나? 고민하는 하루히로를 곁눈으로 보며 바보 란타가 종종걸음으로 우물로 다가가 두레박을 내리고 물을 퍼서 꿀꺽꿀꺽 마셨다. 우물의 보초는 움직이지 않는다. …어? 괜찮은 거야…?

란타 다음으로 하루히로도 겁내면서 물을 마셔보았다. 역시 우물 보초는 아무 짓도 하지 않는다. 어제 검은 동전을 줬으니까? 1 검은 동전＝(벌레 스튜＋훈제 꼬치)×6이라고 치면, 물 6인분에 검은 동전 하나는 너무 많이 지불했던 것인지도 모른다. 그래서 오늘도 마시게 해주는 거… 라거나?

어찌 되었든, 각자 수분을 보급하고 그제야 살 것 같았다. 아니, 아직이다.

"…저, 하루히로 군…." 시호루가 손을 들었다. "…목욕하고 싶…어."

지금 그럴 때가 아니잖아… 라고는 말할 수 없었다. 하긴 입욕 준비를 하거나 목욕을 하면서 검은 동전 입수 방법에 관해서 생각할 수도 있겠지. 분명 그럴 수 있다. 재충전하는 편이 오히려 뭔가 떠오를지도 모르고. 응. 목욕이다. 목욕을 하자.

하루히로 일행은 촌락을 나가 강가로 급행했다. 별로 서두르지 않아도 될지도 모르지만, 서두르지 않을 수가 없었다.

우선 강 가까이에 구멍을 판다. 그리고 그 구멍과 강을 물길로 연결한다. 강물이 구멍을 채우면 물길을 막는다. 처음에는 여성진, 그 뒤에 남자들이 입욕하기로 했다. 여자들이 들어가 있는 동안에 남자들은 떨어진 장소에서 대기한다.

욕조로 삼을 구멍은 직경 1.5미터, 깊이는 1미터 정도다. 강물은 사람의 체온 정도였지만 찬 것보다는 훨씬 낫다. 랜턴 불빛으로 비춰 보니 탁하지는 않고 냄새도 없었다. 작업은 계획대로 막힘없이 진행되어 미지근한 노천 목욕탕이 완성되었다.

"그럼, 우리는 멀찌감치 있을 테니까."

하루히로와 란타, 쿠자크는 유메, 시호루, 메리 세 명을 남기고 노천 목욕탕에서 20미터 정도 떨어졌다. 벼랑 바로 옆이다. 해가 떴다. 뭐랄까, 불이 떠올랐다고 해야 할지도 모르지만, 그래도 이 세계는 어둡다. 여기에서는 여자들의 모습은 전혀 보이지 않으니 이쯤이면 되겠지. 하지만 음산하다.

란타가 유난히 얌전하다. 아니. 얌전했다.

"…고로, 작전 개시다?"

"그럴 줄 알았다…." 하루히로는 한숨을 내쉬었다. 이 최저급 쓰레기를 어떻게 말리랴? 다행히 하루히로는 아무것도 하지 않아도 되었다.

쿠자크가 갑자기 란타를 강가 바닥에 찍어 눌렀기 때문이다. "그렇게는 못 합니다."

"아얏. 아야얏. 잠깐! 쿠잣키 너 이 녀석, 뭘 하는 거야? 관절은 꺾지 마, 관절은, 진짜로 아프잖아! 놔, 이 꺽다리 놈…!"

"아니, 란타 군도 힘이 있으니까. 이 정도는 하지 않으면 도망치잖아요."

"팔이 부러지겠어. 어깨가, 내장이 터지겠어. 죽으면 어떻게 해 줄 거야? 멍청앗."

"이 정도로 죽을 사람이 아니잖아요. 란타 군, 괜찮지요?"

"괜찮지 않아, 괜찮지 않아, 괜찮지 않아. 아파 아파 아파 죽겠어 죽겠어 죽어 놔 놔 놔."

"일부러 오버하면서 아파한다는 건 내가 봐도 아니까."

"…젠장. 건방지다, 쿠잣키! 선배에 대한 경의라는 게 없냐?"

"있습니다. 나, 란타 군을 꽤 존경하고 있어요, 사실."

"그렇다면 놔! 알몸! 나는 여자들의 알몸을 볼 거다! 가슴! 라이브로 가슴을 보지 않으면 죽어버리는 병에 걸렸다고! 진짜라니까, 거짓말이 아니야!"

"…있던 경의도 사라지네. 그 언동은 확실히."

란타는 존경할 가치가 있는 인간이 아니므로 그걸로 좋은 것 아닐까 생각한다.

어쨌든 쿠자크의 행동은 신속했다. 그건가? 역시, 메리 때문? 그렇겠지. 보이고 싶지 않겠지. 그야, 여자친구? 연인? 그게 그건가? 그런 사람의 나체를 다른 남자에게 보이고 싶지는 않지. 그런 거겠지. 아마도. 자연스러운 마음이랄까. 하루히로도 그 정도는 안다. 아직 동정이지만요. 쿠자크는 어떨까? 혹시나 이미… 했을까…? 진짜 그렇다거나? 응…?

하루히로는 바닥에 앉아 두 손으로 얼굴을 가렸다. 뭘 생각하고 있는 건지. 한심하다. 그런 건 상관없잖아. 지금 그럴 때가 아니고. 그렇다. 정말로 그럴 때가 아니다. 검은 동전. 어떻게 찾지? 시체에서 찾거나 강가에서 줍거나 우연에 기대는 것 같은 방식은 좋지 않아. 뭔가 확실한 방법은 없나? 돈을 번다고 하면, 일을 하는 것? 임무를 완수해낸다? 예를 들면 촌락의 주민에게서 작업이든 뭐든 의뢰를 받는다거나? 할 수 있을까? 말도 안 통하는데? 무리일 것 같다.

돈. 돈이라. 검은 동전은 돈. 검은 동전은 저 촌락의 통화인 건가? 그렇다면 화폐 경제 시스템이 있다는 거니까… 그런데 화폐를 매개로 한 교환 제도 같은 게 저렇게 작은 촌락 안에서만 성립되는 걸까? 촌락의 인구는? 건물은 열네 채니까 기껏해야 50명쯤 될까? 어느 가게도 나름대로의 종류와 양이 되는 상품을 구비해놓았다. 50명 규모의 촌락치고는 지나치게 충실하지 않나? 그 외에도 손님이 있다거나? 하루히로 일행 같은…?

"까아…!"라는 소리가 들렸다.

그냥 목소리가 아니다. 비명이다.

"어이!" 란타가 쿠자크를 발로 찼다.

발에 차인 쿠자크 쪽이 더 빨리 벌떡 일어섰다. "…메리… 씨?!"

하루히로는 일어서자마자 뛰었다. "메리?! 유메?! 시호루…?!"

"웅차…!" 유메의 포효다. 응전하고 있어? 뭐에? 적?

요란한 물소리가 났다. "…우왓….."

시호루의 목소리인가? 도망치려고 하다가 강에 굴러 떨어졌다거나?

"옷…! 이얏…!" 저건 메리. 메리의 목소리다. 싸우는 것 같다.

"가, 가급적 보지 않도록 주의하면서…!" 하루히로는 대거와 삽을 뽑아들었다.

아니, 뭐, 보라거나 보지 말라거나 그런 말을 할 때일까? 라는 생각도 안 드는 것은 아니지만.

전속력으로 달린다. 희미하게 보이기 시작했다. 역시 유메와 메리는 무기를 들고 움직이는 것 같다. 둘 다 목욕탕에서 나와 있다. 시호루는? 강인가? 상대는 저건가? 처음에는 도마뱀인가? 하고 하루히로는 생각했다. 기어 다니는 것 같은 자세다. 빠르다. 재빨리 좌우로 뛰며 유메와 메리의 공격을 피하고 있다. 크기는 인간 정도. 머리로 뭔가를 생각하기도 전에 하루히로의 몸이 움직였다. 적 뒤로 가서 결박했다. 스파이더. 도마뱀이 아니다. 이 녀석, 털북숭이다. 뭐든지 상관없어. 목 옆에 대거를 찌르려고 했더니 적이 몸부림쳤다.

도약한 것이다. 비스듬히 위로 펄쩍. 높다. "우왓…." 반사적으로 하루히로는 적에게 매달렸다. 위험해. 적은 공중에서 몸을 뒤로 젖혔다. 이대로 있으면 등부터 바닥으로 떨어진다. 하루히로는 그 등에 달라붙어 있는 거니까, 그렇다는 건… 하루히로가 바닥에 깔리는 거잖아? 이건.

놈에게서 떨어지려고 했는데 적의 팔이 하루히로의 몸에 감겼다. 불쾌한 소리. 거의 온몸에 충격. 숨을 쉴 수가 없다. 쾅쾅 울린다. 적이 펄쩍 뛰어 하루히로에게서 떨어졌다. 곧바로 덤벼든다. 하루히로는 두 팔로 목과 얼굴을 보호하려고 했다. 죽는 것만은, 어떻게든. 그것만은 피해야 해.

"카아아아…!" 쿠자크가 뛰어나와 롱 소드로 적을 후려치려고 했다.

적은 바로 뒤로 뛰어 도망쳤다.

"거기다…!" 란타가 날아와서 적을 베었다. 나이스 연계 플레이.

—라고. 태평하게 칭찬해줄 여유가 있냐 하면, 글쎄, 애매하다고나 할까.

일어나려고 했다. 틀렸다. 몸을 옆으로 돌리는 것만으로도 아프다. 여기저기가. 토할 것 같다. 한심하다. 경솔했다. 허둥댔던 것이다. 왜 냉정해지지 못했나? 분하다. 부끄럽잖아. 초심자냐고? 마치 초심자 같잖아. 면목 없다. 아프고, 괴롭다….

쿠자크와 란타가 적을 쫓아다녔다. 메리와 유메가 달려왔다.

"하루…?!" "하루 군…!"

아니, 상관없는 일이지만, 상관없지는 않지만, 당신들 나체잖아요? 어차피 어두워서 자세한 부분까지는 보이지 않지만 왠지 미안했다. 적어도 이렇게라도 해야 할 것 같아 하루히로는 눈을 감았다.

"…시호루… 는…?"

"웅냣?! 그렇지! 시호루! 시호루 어디?! 괜찮아…?!"

"…나, 나, 나는, 괘, 괘, 괜찮아…."

유메의 외침에 시호루가 대답해주어서 하루히로는 진심으로 안도할 수 있었다. 하지만 아직 안심하기는 그렇지. 그런 상황이 아니라고나 할까.

"하루…! 지금 마법으로…!"

"…아니, 안 된다니까… 광마법은… 빛나니까… 그전에, 옷을, 입어…."

"그런 말을 할 때야?!"

야단맞았다. 미안합니다. 정말로, 정말로, 미안합니다….

"메리 씨. 자, 여기 옷…!" 쿠자크가 돌아와 메리를 향해서 옷을 던져준 모양이다.

"상관없…!" 말은 그렇게 하면서도 메리는 일단 그것을 걸치기는 한 모양이다. 그리고 나서 하루히로의 치료를 시작했다.

"…젠자아아아앙!" 란타가 외쳤다. "놓쳤잖아, 멍청아…!"

"바보 란타, 이쪽으로 오지 마!"

"시끄러워! 네 절벽 가슴 따위 굳이 보고 싶지 않다고…!"

"시호루도 있으니까!"

"물론 그쪽은 보고 싶지만! 꼭 좀 제대로 보여줘! 쿠헤헤헤헤!"

"…제스 인 사르크 카르트 프람…."

"자, 잠깐. 기다려, 기다려. 기다려봐, 시호루. 마법은 그만둬, 마법은! 그거 선더 스톰(폭위뇌전, 暴威雷電) 주문이잖아. 그런 걸 맞으면 아무리 나라도…!"

하루히로는 그저 계속 눈을 꼭 감고 있었다. 뜨면 여러 가지가 보일지도 모르겠네. 메리가 상당히 가까이에 있으니까. 이미 신체의 일부가 서로 닿을 정도로 가까이에. 보지 않을 거지만. 절대로 안 본다니까요. 너무나 부끄러워서 울고 싶다.

하지만, 차분히 목욕도 할 수 없는 건가? 괴롭네….

광마법, 암흑마법, 둘 다 사용할 수는 있다. 단, 효과, 지속 시간 등이 전부 3분의 1 정도로 저하해서 두 배 이상의 마력을 소모할 뿐만이 아니라 심신이 상당히 피로해지는 모양이다.

그 때문에 프로텍션(빛의 수호)은 효율성이 너무 나쁘니까 실질적으로는 쓸 수 없다. 치료계의 마법도, 큐어(치유)가 연속 7회, 힐(치유의 빛) 4회, 새크라멘토에 이르러서는 단 1회로 메리의 마법력이 거의 바닥난다고 한다.

란타에게는 가급적 데이몬 콜로 조디악을 소환해두라고 했다. 어차피 란타는 암흑마법을 그다지 유효하게 활용하지 못하는 어설픈 암흑기사다. 게다가 조디악은 있어주는 것만으로도 그런대로 도움이 된다.

하루히로 일행은 아까 그 촌락을 우물이 있기 때문에 우물촌, 강은 미지근해서 미지근 강이라고 이름 붙였다. 방위는 불명이지만, 미지근 강이 북에서 남으로 흐른다고 가정하고, 상류 방향을 북, 하류 방향을 남쪽으로 간주하기로 했다. 낮에는 불이 떠오르고 동쪽 저편의 능선이 타올라 조금 밝아진다. 미지근 강은 건널 수 있을 것 같지 않으니 당분간은 강 서쪽을 탐색하는 수밖에 없다.

우물촌 서쪽에는 숲이 펼쳐져 있다. 남쪽은 어떨까? 강가에는 공격적인 적이 숨어 있는 모양이니 벼랑으로 올라가 남쪽으로 가보기로 했다.

"우물촌에서… 어느 정도일까요?" 쿠자크가 돌아보았다. "…1킬로미터쯤?"

유메가 뮤웅… 하고 이상한 신음 소리를 냈다. "그 정도 될까?"

"칫." 란타가 혀를 차더니 몇 번이나 발을 굴렀다. "걷기 힘들잖아. 질척질척 질퍽거리잖아! 뭐야? 이거! 무슨 심술인가?"

'이히히… 란타… 네놈의 존재야말로 심술이다… 이히… 이히히히….'

"얀마, 조디악이. 그거 무슨 뜻이야?"

"…그, 그래도 이건 정말 지치는데…." 시호루는 지팡이로 몸을 지탱하면서 걷고 있다.

"괜찮아? 시호루. 나를 붙잡아."

"고마워, 메리…. 하지만 그럼 만약 내가 넘어지면 같이 넘어지잖아…."

"그때는 그때고." 메리는 살짝 웃은 것 같다.

하루히로도 살며시 웃었다. 아니, 아까 실수를 한 지 얼마 안 되는 얼간이 리더에게 웃을 자격 같은 건 없지만요. 뭐랄까, 메리가 시호루, 그리고 유메와도 완전히 친해졌구나. 기쁘기 한이 없다.

처음 만났을 때의 메리는 좀 까칠했지만, 원래가 쾌활하고 성격도 좋았던 모양이다. 용모도 빼어나고, 성실한 신관이고, 인품도 양호하고, 무슨 완벽 초인이냐고? 동료로서, 친구로서도 아쉬울 것 없다고나 할까, 이상적이라고나 할까. 리더 입장에서는 행복합니다. 그런 여자친구가 있으니 쿠잣키는 더욱 행복하겠지요….

"우물촌 남쪽은 습지대라는 거로군." 하루히로는 흘러나올 것 같은 한숨을 억지로 참으며 눈을 부릅떴다. "아직 한동안 더 이어질 것 같은데…."

"걷기 힘들지만 나쁜 것만은 아니야." 유메가 말했다. "바닥이 이러면 소리가 나잖여. 질척질척하고. 그러니까 뭔가 있다면 금방 알아차리잖아?"

"…젠장, 유메 놈. 절벽인 주제에 그럴싸한 말을 하고 있네!"

"걸핏하면 절벽, 절벽… 거리지 마!"

유메의 말도 일리가 있다. 확실히 이러면 경계는 하기 쉽다. 지금은 우선 행동 범위를 넓히고 싶은 거니까 조금만 더 가보자.

그래서 300미터 정도 더 걸어가 보니 질척거리는 정도가 아니라 물웅덩이에 발이 빠지게 되었다. 물의 깊이는 고작해야 5센티미터 정도지만 바닥에는 부드러운 부분과 딱딱한 부분이 있어서 성가시다. 그보다….

"이거 말이야, 밑에 뭔가 묻혀 있는 거 아닌가…?"

"보물인가!" 란타는 곧바로 쪼그리고 앉아 진흙 속에 손을 쑤셔 박았다. "…오? 있는데. 뭔가 있어. 이건…."

"밝게 하는 게 좋을까?" 유메의 물음에 하루히로는 긍정했다.

"영차." 유메는 랜턴을 꺼내어 점등했다. "호이."

란타는 끄집어낸 것을 유메의 랜턴에 가까이 댔다. 허연, 막대기 같은 물체다. 하루히로는 금방 감이 왔다. 틀림없을 것이다.

"뼈…?"

"잔뜩 있어. 여기, 혹시나, 시체투성이가 아니야?"

'우히… 란타… 너도 여기서 뼈가 되는 거다… 우히히… 우히히히히….'

"재수 없는 소리 하지 마! 조디악이 놈!"

"찾아보자." 하루히로는 결심하고 끄덕였다. "뭐, 그다지 내키지는 않지만, 뼈뿐만이 아니라 유품을 발견할지도 몰라. 그중에 검은 동전이 있을지도. …지금의 우리에게는 꼭 필요하니까."

이의는 나오지 않았다. 미지근 강물과 달라 물웅덩이의 물은 차가웠다. 특히 몸을 굽혀 물에 가까이 가면 춥기도 했다. 편한 작업은 아니지만, 배고픔과 갈증에 비하면 별것 아니다.

이윽고 시호루가 "핫…" 하고 숨을 들이켜더니 뭔가를 들어올렸다. "…검은 동전!"

"오홋!" 란타가 시호루의 등을 두드렸다. "좋았어! 잘했다, 시호루…!"

"…은근슬쩍 만지지 마."

"무슨?! 이런 때에 화를 내?! 진짜로?! 화낼 흐름이 아니지 않아?! 경사스러운데?!"

'끼히히… 란타… 네 존재가 모든 것을 망쳐버렸다… 끼히히….'

"존재 차원의 문제면 개선의 여지가 없는 거라고?! 분명히 말해두는데!"

그 후에도 수색의 대가가 계속 나왔다. 검은 동전뿐만이 아니다. 녹슬지 않은 단검이 두 자루. 장검이 한 자루. 얇은 금속제 가면 같은 것이 한 개. 검은 동전은 네 개 발견했다.

"흠…." 란타는 장검을 빤히 바라보고 나서 쿠자크에게 건넸다. "이건 네가 가져, 쿠잣키. 비교적 좋아 보이니 갈면 쓸 수 있을 것 같지만 나한테는 너무 수수해. 좀 길고. 아직 뇌검 돌핀의 찌르르 효과도 끊어지지 않았고."

"…감사."

"단검은 두 자루 다 파루피로 것."

'…쿠히… 란타 따위가 뭘 잘난 척하고… 잘난 척하다가 죽어라

… 쿠히히….'

"야, 조디악이?! 그렇게 내추럴하게 매번 매번 디스하는 거 그만하지 않을래?!"

"음…. 아니, 나는 한 자루면 되니까 한 자루는 유메. 어때? 조금 큰 쪽은 헌팅 나이프에 가까운 사이즈고."

"냥. 듣고 보니 그러네. 그럼 유메가 가질까나."

"…가면?" 메리가 얼굴에 가면을 댔다. "…아. 딱 맞아."

그것은 무슨 생물의 안면을 본뜬 것 같다. 인간이 아니다. 하루히로가 알고 있는 어떤 동물과도 닮지 않은 것 같은 느낌이 들지만, 굳이 예를 들자면… 원숭이… 라거나? 좀 장난스럽다고나 할까, 비교적 엉뚱한 느낌의 조형이다.

"어, 어울리네…?" 시호루가 다소 굳은 목소리로 말했다.

"풋!" 란타가 뿜으며 메리를 손가락질했다. "어울려, 어울려! 최고! 걸작! 그거, 메리 거네. 결정!"

"피, 필요 없어!" 메리는 가면을 벗어 누군가에게 넘기려고 했으나 모두 매정하게도 받으려고 하지 않는다. "정말로 필요 없는데?! 시험 삼아 써본 것뿐이고!"

하루히로는 왠지… 어째서 그렇게 되었는지는 모르지만, 쿠자크와 얼굴을 마주 보고 말았다. 아니, 어째서고 뭐고. 쿠자크, 도와주지 않는 거야? 그런 느낌. 그야, 그런 생각할 만하잖아? 이럴 때에는, 역시. 왜냐하면 두 사람은… 그렇고 그런 사이잖아?

먼저 쿠자크가 시선을 피하고 고개를 숙였다. 아무래도 어색한 모양이다. 왜? 아. 그렇구나. 두 사람의 관계에 관해서는 동료들에게 털어놓지 않았다. 숨기고 있으니까? 그러니까 이런 때에도 노골적으로 감싸주는 것 같은 행동은 하기 힘든 건지도 모른다.

괜찮은데. 숨기지 않아도. 이제 냉큼 오픈해버리지그래? 뭔가, 여러 가지로 성가시니까. 그렇게 해주는 편이 이쪽도 개운해지고.

하지만 지금이 발표할 타이밍인가 하면, 그건 아닌지도 모른다. 실은… 뭐랄까, 갑자기 털어놓아도 좀. 난처하고.

그런 생각을 하는 동안에 유메가 자청해서 가면을 넘겨받았다. "그러면 있지, 유메가 가질까? 우물촌에 돌아갈 때 가면이 있으면 편하니께. 이거, 귀엽지는 않지만 조만간 익숙해지면 귀엽게 느껴질지도 몰라."

"…저… 이 검은 동전, 말인데." 시호루가 손바닥에 올려놓았던 네 개의 검은 동전에서 한 개만 집어 들어 모두에게 보였다. "…은근히 크기가 달라. 이 하나만 큰데, 다른 세 개는 한 둘레 작고… 여기 새겨진? 글자도, 조금 다른 것 같아…."

"후오오…." 유메가 랜턴을 가까이 댔다. "진짜네. 그것만 크네."

하루히로는 시호루가 집어든 한 개와 손바닥 위의 세 개를 비교했다. "…가치가 다른 건가? 은화와 동화처럼. 재질은 같은 것 같은데. 처음에 발견한 것과 그다음에 발견한 건 어땠었더라? 음… 잘 기억나지 않아…."

"기억해라, 그 정도는." 란타는 코웃음을 쳤다. "하긴 나도 기억 안 나지만!"

'…끼히히…머리… 텅텅 비었으니까… 끼히… 끼히히… 머지않아 스컬헬의 품에 안기겠지….' 조디악은 갑자기 목소리를 낮춰 덧붙였다. '이제… 금방이다… 끼히히히….'

"어이, 파루피로." 란타가 턱짓을 했다.

"…응." 하루히로는 무릎을 굽히고 중심을 낮췄다. "알고 있어."

암흑기사의 데이몬은 전부 그런 건가? 그 점은 도적인 하루히로는 잘 모르지만, 적어도 조디악은 상당히 변덕쟁이다. 그러니까 그다지 신용할 수는 없다. 그래도 위험이 다가오면 은근슬쩍 가르쳐주는… 경우가 있다.

하루히로가 지시를 내릴 필요도 없이 동료들은 이미 경계 태세를 취하고 있었다.

잠깐 망설였다. 유메에게 랜턴을 끄라고 해야 할까? 아니야, 지금 끄면 눈이 어둠에 익숙해질 때까지는 거의 아무것도 보이지 않겠지. 그건 좋지 않아.

귀를 기울인다. 들린다. 소리. 철벅 하는 것 같은. 서쪽에서다. 철벅. 철벅. 점점 커진다. 뭔가가 물웅덩이를 걷고 있다.

접근한다.

하루히로는 쿠자크를 보고 서쪽을 가리켰다. 쿠자크는 끄덕이고 투구 바이저를 내리고는 서쪽으로 몸을 틀었다. 그 직후였다.

그것이 달려왔다. 유메가 그쪽으로 랜턴을 향했다. 보인다. 검다. 짐승. 크다. 노랗게 빛나는 눈이… 네 개나. 개나 늑대? 아니, 그런 것이 아니다. 호랑이나 사자, 그 정도 크기다. 더 큰가? 돌진한다. 쿠자크가 방패로 그 돌진을 막으려고 했으나 무리였다. 날려갔다. "…크앗…."

"이거 위험하지 않아…?!" 란타가 뇌검 돌핀을 휘둘렀다. 짐승은 피하지 않는다. 놀랍게도 이마로 튕겨냈다. 일단, 그 순간 찌르르하긴 한 모양이지만, 그게 뭐 대수냐는 듯한 태도다. 란타는 펄쩍 뛰어 물러섰다. "…큭! 단단해…! 뭐 이런 돌대가리가 있어?!"

"…옴 렐 엑트 델 브렘 다슈." 시호루는 아머 섀도(그림자 두르기)로 그림자 엘리멘탈을 몸에 둘렀다. 온갖 공격을 무효화하고, 설령 무효화가 안 되더라도 어느 정도는 약화시켜준다. 시호루다운 냉정한 선택이다.

"쿠자크…?!" 메리가 외치자, 곧바로 "…넵!"이라는 대답이 들리고 물웅덩이 안에서 일어나는 소리가 들렸다. 쿠자크는 괜찮은 모양이다.

짐승은 천천히 목을 돌려 하루히로 일행을 둘러보았다. 어깨 높이가 1.2미터 정도. 몸통 길이는 3미터 정도일까? 엄청나게 크고 위압감도 장난 아니지만, 차원이 다르다고 할 정도의 사이즈는 아니다. 그렇긴 해도 덥석 물리면 팔이든 다리든 혹은 목이라도 간단히 뜯겨나가고 말 것 같다. 쿠자크, 저런 것한테 태클을 당하고도 용케도 아무렇지 않네.

유메가 낮은 자세로 "훅… 훅… 훅…"하며 거친 숨을 몰아쉰다. 헌팅 나이프를 뽑아 오른손에 들고 있지만 활은 들고 있지 않았다. 이 상대에게 화살은 통하지 않겠지. 이미 접근전이 되어버렸고. 정말이지, 이 거리는 너무 가까워. 등을 보이고 도망치면 짐승은 곧바로 덤벼들 것이다. 그러면 끝장이다. 분명 순식간에 죽는다.

짐승은 아직 울음소리를 전혀 내지 않았다. 놈의 꼬리가 물웅덩이를 가볍게 치는 소리에 하루히로의 심장이 쿵쿵 뛰었다. 짖기라도 하면 쇼크사할지도 몰라. …무서워….

무엇보다, 도대체 뭐냐고? 이곳은 짐승의 영역이고 허가도 없이 침입한 하루히로 일행을 내쫓으려는 건가? 그래도, 그렇다면 먼저 위협하지 않나? 그게 아니라면, 사냥감? 짐승은 하루히로 일행을 사냥하려는 건가? 식욕을 충족시키기 위해서? 역시 그쪽인가…?

도망치고 싶다. …그러나 바닥이 매끄럽지 않고, 어둡고, 상대의 다리도 빠를 것 같고, 아무런 피해를 입지 않고 도망치는 것은 상당히 어려울 것 같다. 싸우는 수밖에… 없는 건가?

상대의 목적이 포식이라면, 분명 부상을 입히는 것만으로 좋다. 이 녀석들은 만만치 않다고 생각하게 만들면 상대는 물러날 것… 이라는 느낌이 든다. 그럴 거라고 생각하고 싶다.

"한다!" 하루히로는 배에 힘을 주고 가급적 큰 목소리로 선언했다. "몰리지 마. 정면에 서지 않도록 하면서 에워싸!"

하루히로 팀이 이동하려고 했더니 짐승도 움직였다. 거구인데도 너무나 가벼운 몸놀림이다. 란타다. 짐승은 란타에게 덤벼들었다.

"오홋…?!" 란타는 방심하고 있지는 않았던 모양이다. 기괴한 발놀림으로 짐승을 현혹시키면서 회피하려고 한 건가? 아마도 암흑투법의 스킬 미싱(떠나는 새는 흔적을 남기지 않는다)이다. 발밑이 딱딱한 지면이었다면 근사하게 성공했을지도 모른다. 안타깝게도 대성공이라고는 할 수 없었다. 란타는 짐승을 피하기는 했으나, 넘어져서 물웅덩이에 처박혔다. "…꽥…?!"

'…힘내라, 란타… 끼히… 후히헤….'

"란타 군…!" 쿠자크가 짐승에게 바니시먼트(징벌의 일격)를 먹이려고 했다. 성기사의 바니시먼트는 전사의 레이지 블로(분노의 일격)와 비슷한데, 방패로 방어를 굳히면서 비스듬히 검을 내리치는 것이다. 그 차이가 쿠자크를 구했다. 짐승이 엄청난 기세로 몸을 돌려 앞다리를 휘두른 것이다. 짐승 펀치. 훅이다. 쿠자크는 방패로 간신히 막아냈으나 버티지 못하고 자빠졌다.

"제스 인 사르크 카르트 프람 다르트…!" 시호루가 선더 스톰 마법을 짐승에게 때려 넣었다. 몇 줄기의 가느다란 벼락이 짐승을 겨냥했다. 짐승은 "곳…"이라고 신음 소리를 내고 온몸을 떨었으나 쓰러지지는 않았다. 머리를 부르르 흔들고는 시호루에게로 몸을 돌렸다.

"츄앙…!" 유메가 기묘한 목소리를 내면서 짐승에게 돌진했다.

"읏…!" 메리도 쇼트 스태프를 내지르려고 했다.

짐승은 "고옹…!" 포효하면서 그 자리에서 1회전해서 유메와 메리를 한꺼번에 뿌리쳐버렸다. 유메도, 메리도 물웅덩이로 쓰러졌다.

"…젠장, 얕보지 마! 암흑이여, 악덕의 주여…!" 란타가 한쪽 무릎을 세우고 검 끝을 짐승에게 들이댔다. "블러드 베놈(암흑병 독)…!"

란타가 암흑마법을 쓰면 변변한 일이 생기지 않는다. 란타의 몸에서 오싹한 아우라 같은 것이 퍼져 나와 그것이 짐승을 확실하게 휘감아도 하루히로는 불길한 예감밖에 들지 않았다. 애초에 암흑마법의 효과는 줄어든 상태인 것이다. 그걸 굳이 쓰나? 보통?

그런데 짐승은 한순간 비틀거렸다. 곧바로 다시 자세를 잡긴 했지만, 명백하게 뭔가 이변이 일어나고 있다. 블러드 베놈. 암흑신 스컬헬의 장기(瘴氣)로 대상의 컨디션을 악화시키는 마법이었던 것 같다. 확실히 갑자기 몸 상태가 나빠지는 것 같은, 그런 느낌으로 보인다.

덕분에 파고들 빈틈이 생겼다. 란타를 칭찬해주는 건 나중이다. 아니, 칭찬해주지 않고 끝날 수 있다면 칭찬하고 싶지 않다. 다른 누구도 아닌 란타니까 분명히 기고만장해질 테고.

무섭지 않다면 거짓말이 된다. 그래도 하루히로 나름대로 승산은 있었다. 아무리 사나워도 상대는 네발 달린 짐승이다. 뒤에서 놈에게 올라타 등에 매달렸다. 목덜미에 대거를 찔렀다. 힘껏 쑤셔 박는다. 마구 찔러댔다. 물론, 짐승은 몹시 날뛰었다. 몸을 뒤틀면서 앞다리를, 뒷다리를 격렬하게 움직여 하루히로를 떨어뜨리려고 했다. 그러나 신체 구조상, 앞다리이든 뒷다리이든 등까지는 닿지 않는다… 그래야 마땅하다고 생각했으나, 뒷다리의 발톱이 하루히로의 오른쪽 허벅지에 깊이 파고들어 찢어발겼다. "끄윽…?!"

너무 아파서 하루히로는 쉽게 떨어져나갔다. 게다가 짐승을 찌른 대거에서 손을 놓아버렸다. 참고로 얼굴부터 물웅덩이에 처박혀서 아무것도 보이지 않고 숨도 제대로 쉴 수 없다. 위험한 거 아니야? 이거. 죽을… 지도…?

"제스 인 사르크 프람 다르트…!"

시호루가 라이트닝 마법을 발동시켜주지 않았다면 하루히로가 첫 희생자가 되어 짐승에게 잡아먹혔을지도 모른다.

"…응가앗…." 짐승은 틀림없이 타격을 받았다. 그런 목소리였고, 거구가 옆으로 쓰러지며 대량의 흙탕물이 튀었다. 하루히로에게는 그 모습은 보이지 않았지만 소리는 분명하게 들렸다. …대거. 대거인가? 하루히로의 대거가 짐승의 목덜미에 박혀 있다. 시호루는 그걸 향해 라이트닝을 쏜 것이다.

'이히… 지금이다… 이히히히….' 조디악이 부추겼다.

"말 안 해도 알지…!" "…으쌰아…!".

바로 이때라는 듯이 란타와 쿠자크가 짐승에게 덤벼들었다. 하루히로는 얼굴을 닦고 몸을 일으키면서, 될 것 같다… 고 생각했다. 된다고나 할까… 짐승이 도망친다. 도망간다. 빠르네, 결단이. 하긴 어느 세계나 엄격하다. 꾸물거리고 있다가는 타이밍을 놓친다. 즉 단즉결을 할 수 없으면 살아남을 수는 없겠지. 짐승의 기척은 순식간에 사라졌다.

"…다친 사람?" 하루히로는 손을 들었다. "…나 말고."

"나는" 쿠자크가 말했다. "허리가 약간 아픈 정도…."

"유메는 쌩쌩해."

"…나도. 덕분에…."

"나 님은 그야 초절 무적이니까!"

'걱정 마… 끼히… 예정으로는 내일쯤… 너는 패해서 죽는다… 끼히히….'

"있잖아, 조디악이! 마음에 걸리니까 예언 같은 소리는 하지 말아 줄래?!"

"하루, 보여줘." 메리가 달려와서 무릎을 꿇는 자세가 되더니 자기 무릎 위에 하루히로의 오른발을 올려놓았다. "…꽤 심하네. 너무 무리하지 마."

"…아니, 저기, 무리할 생각은 털끝만큼도 없었다고나 할까, 다치지는 않을 거라고 생각했는데 내 통찰이 어설펐다고나 할까… 진짜로 미안해…."

"만회하고 싶었어?" 메리가 속삭이는 것 같은 목소리로 물었다.

그런 마음은… 솔직히, 있었는지도 모른다. 강가에서 적에게 습격당했을 때 하루히로만 부상을 입어 메리에게서 치료받았었다. 그건 망신이었다. 이번에는 파인 플레이를 연출해서 멋진 모습을 보여주고 싶다, 그런 마음이 조금도 없었다고 단언할 수 있을까? 아마도 그런 사심 같은 것이 머리 한구석에 있었다.

이래 봬도 리더다. 찌질한 도적이고, 실력을 보여주며 잡아끄는 타입도, 리더십을 아낌없이 발휘하는 타입도 아니다. 하지만… 가끔씩은 그렇잖아? 오, 의외로 제법인데… 그런 식으로 보이지 않으면 다소 해나가기 힘들다거나 하거든. 특히 란타 같은 것에게서 무시당하면 여러 가지로 성가시고, 단순하게 화가 나기도 하고.

란타에 국한된 것이 아니라 누구에게서든 얕잡아 보이기보다는 존경받고 싶고.

하루히로는 얼굴을 돌리고 작은 목소리로 "…약간은"이라고 대답했다.

"나는 하루를 인정하고 감사하고 있어." 메리는 하루히로에게 지지 않을 정도로 작은 목소리로 살며시 말했다. "다들 그래. 그것만은 알아줘."

"…알고 있다… 고 생각해."

"그럼 됐지만. 치료할게."

"네…." 하루히로는 눈을 감았다.

이렇게 지근거리에서 메리를 보고 싶지 않다. 이렇게 다정하게 이해받고 싶지도 않다. 기쁘지만. 애달프다고나 할까. 아니, 정말 고맙긴 하지만.

하루히로는 부상을 입고 메리에게서 치료받고 애용하던 대거를 잃었다. 물웅덩이를 건넌 곳에서 발견한 단검은 그대로는 쓸 수 없을 것 같다. 직접 갈지 못할 것도 없지만, 숫돌이 없다. 가능하면 프로 대장장이에게 손봐달라고 하고 싶다.

수많은 유해가 잠든 것으로 보이는 물웅덩이 일대를 카바네 습지라고 부르기로 했다. 카바네 습지에서는 검은 동전이나 무기를 더얻을 수 있을 것 같지만, 여기에는 그 네눈박이 짐승 같은 위험한생물이 서식한다. 어지간히 주의하며 작업하지 않으면 안 된다. 방심했다가는 잡아먹힌다. 그렇게 생각해야 한다.

아무튼 큰 검은 동전 한 개와 작은 검은 동전 세 개를 입수하였으니, 그만 우물촌으로 돌아가기로 했다. 안 그래도 카바네 습지는 추운데다가 다들 흙탕물 범벅이 되어 몸이 뼛속까지 시렸다. 장작불이나 그런 걸로 몸을 따뜻하게 하고 싶다. 식사도 하고 싶다.

하루히로 일행은 제각각 얼굴을 숨기고 다리를 건넜다. 우물촌에발을 들이자 진심으로 안도했다. 안도하는 것과 동시에, 마을의 음울한 풍경과 말도 통하지 않는 수수께끼의 주민들의 기이함에 우울해졌다.

그야 장애가 너무 많다. 앞으로 의식주를 확보할 수 있을까? 여기에서 생활해야 하는 걸까? 제대로 된 생활을 할 수 있는 걸까? 별로 이 세계에서 살아가고 싶다고 생각하는 건 아니다. 돌아가고 싶다. 그림갈로. 돌아갈 방법은 있는 건가? 없다면… 만약 평생 돌아갈 수 없는 거라면 어떻게 하지? 어떻게 하면 좋아…?

"오…." 란타가 대장간을 가리켰다. "저거 봐. 누군가… 있는데?"

상반신이 엄청나게 울퉁불퉁한, 피 같은 눈동자를 지닌 대장장이가 탕, 탕 망치를 휘두르고 있다.

대장간 앞에 사람의 실루엣이 있었다.

"누군가라고나 할까…." 쿠자크가 가볍게 고개를 흔들었다. "…하긴, 누군가가 맞지만."

손님일까? 우물촌의 주민인지도 모르지만 눈에 익은 모습은 아니었다. 한 번이라도 봤었다면 잊어버리지 못하겠지.

키가 크다. 족히 하루히로의 두 배는 된다. 그 외모는 뭐랄까, 그렇다, 허수아비다. 허수아비를 닮았다. 흐느적거리며 이동하고, 때때로 허리를 굽히고, 대장간에 진열된 상품들을 물색하는 모습이 아니었다면… 마치, 만약 멈춰 서 있었다면, 아, 어째서인지 저런 곳에 허수아비가 있네… 라고 생각했겠지.

당연히 허수아비는 움직이거나 하지 않으니까 허수아비는 아니다. 게다가 저것에는 가늘고 긴 팔이 있다. 팔 끝에는 손이 달려 있고, 열 개 이상 되어 보이는 손가락은 철사 같다. 망토 같은 것을 머리부터 뒤집어썼다. 얼굴에는 가면을 장착한 것 같다.

"손님인가?" 유메가 중얼거렸다.

"…손님…." 시호루가 되풀이 말하더니 몸을 부르르 떨었다. "…뭔가 끌고 다니는데…?"

"시체…?" 메리가 입을 손으로 가렸다.

하루히로는 후유 하고 숨을 내뱉었다. 침착해. 좋았어. 침착해라, 나. 냉정하게. 괜찮아. 우물촌 안은 안전지대… 맞겠지? 그럴 거라고 생각하는데? 설령 흉흉한 생물과 맞닥뜨려도, 아, 안녕하세요… 이런 느낌으로 대하거나 무시하거나 하면 아무 일도 일어나지 않는 것… 아닐까? 아니면 하루히로가 멋대로 그럴 거라고 생각하고 있는 것뿐일까? 실은 전혀 다르다거나? 무엇보다도 그렇게 생각하는 근거는? 딱히 없다거나 한 것 같은…?

시체. 메리가 말한 대로 아마도 시체일 것이다. 허수아비 씨(가칭)는 인간형 생물의 시체로밖에 볼 수 없는 것을 질질 끌며 걷고 있다. 그리고 잘 보니 그 오른쪽 어깨에도 짐승의 시체로 짐작되는 것을 둘러메고 있는 것 아닙니까?

갑자기 허수아비가 길고 커다란 도검을 들고 대장장이 쪽으로 얼굴을 향하고는 "우 나아?"라고 말했다. 아니, 정말로 우 나아… 라고 말했는지 아닌지. 투박한, 알아듣기 쉽지 않은 목소리였고 자신은 없지만, 하루히로에게는 그런 식으로 들렸다.

대장장이는 망치질을 멈추고 왼손 손가락을 세 개 세우고 나서 다시 여덟 개를 세웠다. "손 자아."

그렇다. 대장장이의 손가락은 다섯 개가 아니라 여덟 개 있는 것이다.

"오운 다아." 허수아비 씨가 고개를 좌우로 흔들면서 말했다.

"보오나 데에." 대장장이가 대답했다.

"기이하." 허수아비 씨는 길고 거대한 도검을 원래 위치로 되돌렸다. "제에 나아."

대장장이는 뭔가 불만스러운 듯이 손을 흔들어 보이고는 다시금 망치를 휘두르기 시작했다. 허수아비 씨는 그 도검을 사려고 했으나 가격 면에서인지 무슨 이유 때문에 협상이 결렬된 건지도 모르겠다. 허수아비 씨는 대장장이에게서 떨어져 이번엔 식료품점으로 향했다.

"우 나아?" 원숭이 같은 가면을 쓴 유메가 고개를 갸웃거렸다. "얼마? 그런 뜻인가?"

"내가 하려던 말을 새치기하지 마! 절벽 주제에!"

"절벽이라고 하지 마! 바보 란타!"

"…만약 그렇다면." 시호루가 턱을 당기는 것처럼 끄덕였다. "…

장보기가 편해질지도…?"

"우 나아." 메리가 몇 번인가 되풀이해서 말했다. "시험해볼 가치는 있을 것 같아."

"…좋은데, 그것." 쿠자크가 중얼거리듯이 말한다.

하루히로는 마음속으로 슬그머니 동의했다. 확실히 좋았다. 메리의 우 나아. 뭔가, 귀엽다고나 할까? 응. 그래서 뭘 말하고 싶은 거냐고? 그보다, 메리를 이상하게 의식하는 건 그만하고 싶다. 안 된다니까. 좋지 않다니까. 이런 건.

허수아비 씨는 식료품점에서 벌레 스튜를 한 그릇 산 모양이다. 그릇에 입을 대고 꿀꺽꿀꺽 마시고 있다. 단숨에 다 비우더니 건더기도 아작아작 씹어 먹기 시작했다.

"…저 사람이 간 뒤에 할까? 이것저것 시험해보는 건. 왠지 무서우니까…."

"우 나아?"="이것은 얼마입니까?"

"후아 노오."="안녕하세요." / "제에 나아."="굿바이."

아=1, 무=2, 손=3, 죠=4, 도오=5, 쿠아=6, 시=7, 자아=8, 자마=9, 자무=10, 잔=11, 자지=12.

주로 유메와 란타가 대장장이와 식료품점 대게 점주에게 이것저것 말을 걸어보고 이 정도는 우선 틀림없을 것이라는 확증을 얻을 수가 있었다.

좀 골치 아픈 것이 숫자다. 하루히로 일행은 십진법이 익숙한데 이것은 아마도 인간의 손가락 숫자에서 유래한 것이겠지. 하지만 우물촌 주민들은 손가락 수가 다 다르다. 따라서 한 손의 손가락이 여덟 개인 주민은 팔진법을 쓰고, 두 손의 손가락을 합쳐 열두 개인 주민은 십이진법을 이용하고… 그런 상황인 것 같다. 물건을 가리키며 "우 나아?"라고 물어보면 가게 주인이 손가락을 세워 가격을 가르쳐주는데, 주인의 손가락 수를 파악해두지 않으면 오해가 생길 수도 있다.

검은 동전은 대, 중, 소 세 종류가 있다. 하루히로 일행이 다소 크다고 생각했던 것이 중동전이고, 소동전은 그것보다 한 둘레 작다. 식료품점의 대게 점주가 친절하게도 실물 대동전을 보여주었다. 이것은 중동전보다 두 둘레는 더 크고, 두께도 있고, 은색 줄이 들어가 있다.

대동전은 로우, 중동전은 루마, 소동전은 웬이라고 불린다.

로우는 상당히 귀중하기 때문에 통상의 거래는 주로 루마와 웬

으로 이루어지는 모양이다. 그럼 몇 웬이 1루마가 되는 건가? 이게
또 복잡한데, 아무래도 일정한 것이 아닌 모양이다. 무슨 말인가 하
면, 예를 들어 대장간과 식료품점에서는 8웬=1루마가 된다. 그런
데 옷과 가방 가게에서는 12웬=1루마이고, 가면 가게에서는 5웬
=1루마라는 식으로, 그 가게랄까, 사람에 따라 달라지는 것이다.

그렇기 때문에 대장장이가 "손 자아", 즉 3 · 8이라고 말하며 손
가락을 세 개, 여덟 개 순서대로 세우면, 3×8=24웬=3루마를 나
타내는 것이다.

옷과 가방 가게 주인이 "죠 자지", 4 · 12라고 말하며 손가락을
먼저 네 개, 그러고 나서 두 손의 손가락 열두 개를 전부 세웠을 경
우는 4×12=48웬=4루마가 된다.

3루마와 4루마의 가치가 웬 환산 방법에 따라서 두 배나 차이가
난다는 의문의 사태가 발생한다. 하지만 이것은 우물촌에서는 극히
보통의 일인 모양이다.

유품인 검은 동전과 강가에서 발견한 검은 동전은 양쪽 다 중동
전이었다. 대게 점주의 식료품점은 상당히 가격 설정이 대충대충인
모양이지만, 1루마를 지불하면 여섯 명이 배불리 먹을 수 있다. 우
물의 물은 처음에 1루마를 지불한 이래로 추가 요금을 요구받은 적
은 없다. 물을 마실 때마다 얼마씩 내는 것이 아니라, 돈을 내고 우
물 이용권을 인정받는 것 같은 형태일 것이다.

용기를 쥐어짜 내어 단검을 갈아달라고 대장장이에게 부탁해봤
더니 3웬을 제시한다. 란타가 손짓발짓으로 값을 깎으려고 했으나
소용없었다. 어쩔 수 없어서 란타의 맹반대를 무릅쓰고 3웬을 내고
갈아달라고 했다. 이 시점에서 하루히로 팀의 전 재산은 1루마가 되

었다. 딱 모두의 한 끼 식사분이다. 대게 점주와 교섭해서 벌레 스튜 이외의 것을 가급적 많이 구입해서 배가 부를 때까지 먹었다. 그 사이에 단검 손질은 끝났다. 근사한 완성도였는데, 그러는 동안에 밤이 되어 문이 닫혀버렸다. 문을 닫으면 강행 돌파라도 하지 않는 한 밖으로는 나갈 수 없다.

근처에서 대충 뒹굴며 자다가 아침을 기다릴 만한 기분도 아니었기 때문에 우물촌 안을 돌아다녀보기로 했다. 참고로 아까 그 허수아비 씨는 아직 마을을 나가지 않고 망루 A 근처에 누워 있었다.

우물이 있는 광장에 면한 대장간, 옷과 가방 가게, 가면 가게, 식료품점, 잡화점 이외에도 마을에는 아홉 채의 건물이 있다. 제일 큰 것은 광장 맞은편에 보이는 건물이다. 이 건물은 돌을 쌓아 만든 것으로, 놀랍게도 탁하긴 하지만 유리창이 있다. 창문으로 불빛이 흘러나오고 있으니 누군가 살고 있는 모양인데, 방문해볼 마음은 들지 않는다.

나머지는 광장을 바라보면서 왼쪽… 북쪽에 네 채, 그 반대인 오른쪽… 남쪽에도 네 채 있다. 다들 벽재는 나무나 흙이고 지붕은 짚이나 판자다. 저 정도의 판잣집이라면 재료만 있으면 하루히로 일행도 흉내 내어 지을 수 있겠지.

몇 명인가 주민들과도 마주쳤다. 인간형이기도 하고 그렇지 않은 경우도 있었는데, 어떤 주민도 다 얼굴을 감추고 있었다. 일단 "후아 노오"라고 인사해봤으나 무시당해버렸다.

수로 안쪽에 있는 강가에는 부두가 있었다. 단, 상당히 노후화되어 일부는 썩었다. 배는 보이지 않았다.

우물촌 안의 강이라면 안전하게 목욕할 수 있지 않을까? 그 생각을 안 한 것은 아니었지만, 함부로 구멍을 파거나 해도 되는 걸까? 하루히로 일행은 어디까지나 신참 이방인이다. 섣부른 짓을 했다가 주민들의 심기를 건드리고 싶지는 않다. 시험해보는 것도 좀 더 상황을 살펴보고 나서 하기로 했다.

주민들에게 민폐를 끼치지 않도록 건물이 없는 공터에서 노숙하기로 했다. 쌀쌀하긴 했지만 망토며 뭐며 이것저것 둘둘 말고 자면 못 잘 것도 없었다. 여성진은 몰려서 서로의 체온으로 온기를 나누고 있다. 솔직히 부럽지만, 남자들끼리 달라붙어 잔다고 생각하니, 장난이 아니다. 추위를 참는 게 낫다. 참자… 고 생각할 수 있는 동안에는 어떻게든 참고 견디자.

란타는 얼마 안 있어 코를 골기 시작했다. 여성진은 소곤소곤 속삭이고 있다. 쿠자크는 빈번하게 몸을 뒤척이는 것을 보니 잠이 오지 않는 모양이다. 그야 그렇겠지. 란타가 이상한 거다.

하루히로는 몇 번인가 쿠자크에게 말을 걸려다가 그때마다 주저했다. 이윽고 여성진이 조용해지자 쿠자크도 몸을 뒤척이지 않게 되었다.

자자, 자는 거다. 자, 자자고. 그렇게 되뇔수록 잠이 달아난다. 이것도 아니고 저것도 아니고… 이런저런 생각이 들자 압도적으로 희망이 없음을 느끼고 암담할 수밖에 없었다. 이래서는 안 된다. 취사선택을 해야 한다. 생각해도 될 일과 생각해선 안 될 일. 생각해야 할 것은 오늘의 반성. 거기에서 도출된 주의점. 그리고 내일. 내일 할 일만을 생각하자. 내일까지다. 그보다 앞날은 잊어버리는 게 좋다. 생각해봤자 알 수 없고. 아니, 알고 있는 것도 없지는 않다. 다들 언젠가 반드시 죽는다. 그것만은 확실하다. 죽는 거지. 어차피. 그렇다면, 뭘 해봤자 무의미한 거 아닌가? 늦든 빠르든 나는 결국 죽는다. 동료들도 죽는다. 어떤 식으로 죽게 될까? 아플까? 무서울까? …마나토. 모구조. 죽을 때 어땠어? 역시, 싫다, 죽고 싶지 않다… 거나 그런 생각을 했을까? 나름대로 만족하며 죽을 수 있는 걸까? 만약 지금 죽는다면 분명히 미련이 남을 것이다. 아직 죽고 싶지 않다. 누구의 죽는 얼굴도 보고 싶지 않다. 이런 일은 생각하지 않는 게 좋다. 너무 무섭다. 어제, 그리고 오늘, 뭘 했었나? 내일 어떻게 할까? 거기에 집중하다 보면 어느새 시간은 지나가고….

"보에에에에에에에에에에에에에에에에에에에에에에에…!"

"…우옷…?!" 하루히로는 벌떡 일어나 주위를 둘러보았다.

동료들도 잠에서 깬 모양이다.

유메가 눈을 비비면서 "…심장에 안 좋아"라고 말했다.

"닭… 인가…?" 시호루는 가슴을 문지르고 있다.

"깜짝이야…." 메리가 중얼거렸다.

란타는 "웅…!" 하고 기지개를 켰다. "제법 상쾌한 아침이잖아!"

"…어디가?" 쿠자크가 중얼거렸다. 동감이다.

잘 보니 우물에 매달아놓은 활차를 고정시킨 들보 위에 갈색의 닭 같은 생물이 앉아 있는데, 닭은 아니겠지. 상당히 크고.

"보에에에에에에에에에에에에에에에에에에에에에…!"

이 무시무시한 울음소리는 저 생물이 내는 모양이다. 최악의 기상이다.

"몸이… 아파…." 쿠자크는 어깨를 흔들기도 하고 허리를 두드리기도 했다.

"…자, 오늘도 힘내자." 하루히로는 의무감에 그렇게 격려해봤지만, 너무나 힘없는 목소리가 나와버렸다.

"아침밥도 없지만!" 란타가 카카캇 웃었다.

"좋잖여." 유메의 가면 안쪽의 볼이 부풀려 있는 것 같다. "다이어트한다고 생각하면."

"절벽인 네가 그 이상 가슴살이 빠지면 어떻게 하나?"

"유메, 가슴 그렇게 쉽게 변하지 않는걸!"

"그렇다면 만지게 해줘봐! 내가 확인해줄 테니까!"

"…너무 직설적 아닙니까? 요구라거나 욕구가…." 쿠자크는 질색한다.

"나, 굶주렸으니까!" 란타는 쿠자크에게 소리를 질렀다. "이 참에 절벽이든 뭐든 상관없으니까 주무르고 싶다…! 위기에 직면해서 성충동이 높아진 거야! 우오오오오오오오오오오오오오오오오오오오오오오! 자손을 남기고 싶다…!"

"지나치게 위험인물이잖아…." 하루히로는 란타라는 남자가 무서워졌다.

"…차라리 죽는 게…." 시호루가 말했다. 적어도 반쯤은 진심이겠지.

"아침이라서…?" 메리의 발언은 수수께끼였다. 잠이 덜 깬 건지도 모르겠다.

"란타." 유메는 바닥에 앉은 채로 뒷걸음질을 쳤다. "엄청 불쾌해."

진심이 담겨 있는 듯한 말투였기 때문에, 제아무리 쓰레기(똥)라도 다소 자제를 한 건지도 모른다. 란타는 허공에 뭔가를 놓아두는 시늉을 했다. "…뭐, 그런 농담은 놓아두고 말이지."

"…얼버무릴 수 있다고 생각해?" 시호루가 딴지를 걸었다.

"넘어가줘, 이럴 땐! 나를 위해서라고 생각하고 넘어가달라고!"

"왜 너 따위를 위해서…." 하루히로는 한숨을 쉬었다. "어쨌든 아침밥이 없다는 건 힘드네. 다시 이렇게 되지 않도록, 오늘은 어떻게든 3루마는 벌어둬야겠어."

"좋… 았어. 파루피로. 이렇게 되지 않도록 어떻게 해서 벌지 자세히 설명해봐. 내가 물어봐줬으니 고맙게 생각해라."

근사한 아이디어가 있는 것은 아니다. 카바네 습지에서 검은 동전과 돈이 될 만한 물건을 찾는다. 그때 네눈박이 짐승 등의 짐승에는 충분히 경계한다. 이상.

란타는 "환장하게 재미없네…!"라고 외치며 맹렬하게 반대했으나 다른 동료들은 찬성해주었다. 하루히로 일행은 우물촌을 나가 카바네 습지로 향했다.

경계하는 건 좋지만, 네눈박이 짐승이 나타나면 구체적으로 어떻게 할 건가? 네눈박이 짐승과는 다른, 아직 모르는 위협이 있을지도 모른다. 대처할 수 있을까? 걱정거리는 얼마든지 있지만 현시점에서는 이것이 가장 확실한 돈벌이 방법이다. 하는 수밖에 없다.

그날은 중동전 하나=1마루와, 소동전 다섯 개=5웬, 그리고 녹이 슬지 않은 검 한 자루와 창 꼭지를 하나 발견했다. 다행히 네눈박이 짐승은 나타나지 않았다.

우물촌으로 돌아가 대장간에 검과 창 꼭지, 그리고 어제의 전리품인 유메의 단검과 쿠자크의 검을 갖고 가봤더니 대장장이는 손가락을 네 개 세워 보였다. 모두 합쳐서 4웬에 사주겠다는 뜻인 모양이다. 분명 단순하게 고철로 쳐서 한 개에 1웬, 합계 4웬이라는 계산이겠지.

다소 고민했으나 대장장이는 흥정에 응해줄 만한 사람이 아닌 것 같고 사용하지 않는 무기를 갖고 다니는 것도 거치적거릴 뿐이다. 팔아버리고 4웬을 받아 소지금이 1루마와 9웬이 되었다. 식료품점에서는 8웬=1루마로 여섯 명이 식사를 할 수 있으니까 두 끼분 이상 된다. 자기 전에 저녁을 먹고 내일 아침에 밥을 먹을 수 있다!

배를 채우고 나서 돈을 벌러 나가는 것은 기분이 좀 좋았다. 공복은 역시 신경을 날카롭게 만드는 것이다. 오늘은 어제보다 벌자. 목표는 3루마다.

무서운 것은 네눈박이 짐승인데, 놈의 기척은 느껴지지 않는다. 유메와 메리, 그리고 하루히로가 중동전 한 개, 소동전 두 개, 검 두 자루를 계속해서 발견했다. 순조로움 그 자체다.

"…응?" 란타가 뭔가 긴 것을 물웅덩이 속에서 끄집어냈다. "뭐야?"

"캬악!" 유메가 펄쩍 뛰었다. "꿈틀꿈틀하잖아!"

"오오오?! 지, 진짜다. 움직이네?!" 란타는 그것을 내던지려고 했다. 그러나 그것은 란타의 오른팔에 감겨 떨어지지 않았다. "뭐뭐뭐뭐야?! 배배배 뱀인가…?!"

"아…." 쿠자크가 자기 하반신을 쳐다보며 말했다. "내, 내 다리에도…."

그곳을 보니 확실히 쿠자크의 왼쪽 다리에도 긴 것이 감겨 있다. 뱀? 인가? 위험한 걸까? 독이 있다거나? 어떨까? 그 점은?

"우, 움직이지 마, 쿠자크. 아니, 움직이는 게 좋을까…?"

"어느 쪽입니까?"

"꾸오오오오오오오오오오오!" 란타는 필사적으로 뱀 비슷한 것을 떨궈버리려고 했지만 떨어지지 않는다. "뭐야? 이 녀석, 뭐야? 이 녀석 뭐야? 이 녀석! 무섭, 무섭, 무서웟!"

"…핫…." 시호루의 온몸이 경직되었다. "…여, 여, 여, 여기… 미, 밑에, 자, 자, 자, 자, 자, 잔뜩… 있을… 지도…."

"어…." 메리는 쇼트 스태프를 무겁게 들어올렸다. 그랬더니 이게 웬걸.

그 쇼트 스태프에도 뱀 같은 것이.

"치치치 침착해." 하루히로는 심호흡을 했다. "더더더 덤벼든 것도 아니니까. 그게 아닌 것 같고. 괜찮으니까. 분명. 일단. 아, 아마도."

'…끼히….' 아까까지 란타 곁에 있었던 조디악이 어째서인지 멀리 있다. '…무슨 보장이 있는 것도 아닌데… 믿는 자는 어리석다… 끼히히….'

"조디악이 나를 버리려고 하는 거야?! 완전히 난리 난 거야…!" 란타는 왼손으로 뱀 같은 것을 떼어내려고 했다. 그러나 전혀 떨어질 기색이 없다. "끄으으으으으으으으으응…! 사사사 사람 살려, 누가 좀 살려줘, 나를 구하라고, 멍청아…!"

"끼야아아아아아아아아아악." 메리는 쇼트 스태프를 호쾌하게 빙글빙글 돌리고 있다. 그렇게까지 하는데도 뱀 같은 것은 여전히 달라붙어 있었다.

"우오오오오오오오오오오오." 쿠자크가 뒤뚱거리고 있다. 어라, 어라, 어라? 왼쪽 다리뿐만이 아닌데요? 오른쪽 다리에도 뱀 같은 것이? 아니, 이미 두 마리, 세 마리, 뱀 같은 것이 점점 쿠자크의 두

다리 위를 기어 올라가 친친 얽어매려고 하지 않나?

"…오, 옴 렐 엑트 델 브렘 다슈…." 시호루는 아머 새도로 그림자 엘리멘탈을 몸에 둘렀다. 냉정하고 정확한 판단일 수도 있다. 그러나 하루히로는 솔직히 그건 좀 아니라고도 생각했다.

"하, 하루 군?!" 유메가 당황하며 하루히로 쪽으로 고개를 향했다. 아니, 나한테 물어봤자.

―라고 할 수도 없다. 하루히로는 리더다. 그렇다. 리더인 것이다. 리더라도 할 수 없는 일은 할 수 없는 거고 모르는 건 모릅니다만? 그렇긴 해도, 어떻게든 하지 않으면 명명백백하게 위험한데?

"무, 물웅덩이에서 나가자! 우선은! 여, 여기는 좀, 그러니까…!"

유메와 시호루가 뛰어가고 란타는 팔을, 메리는 쇼트 스태프를 휘두르면서 그 뒤를 이었다. 하루히로는 쿠자크의 손을 잡고 달렸다. 도중에 란타가 "캬" 하고 외쳤다. 보아하니 뱀 같은 것이 어딘가를 문 모양이다.

"괘, 괜찮아? 란타?!"

"멍청이! 괜찮을 리가 없잖앗! 죽겠어! 제장, 아파…!"

소리도 지르고 몸도 움직이니까 비교적 괜찮을 것 같다.

불행 중 다행이랄까, 뭐랄까, 카바네 습지를 나가자 뱀 같은 것들은 저절로 떨어졌다. 그래서 안도한 것도 잠시. 란타가 쓰러져 경련하기 시작했다.

"꾸에에, ㄲㄲㄲㄲㄲㄲㄲㄲㄲㄲㄲㄲㄲ, 오오오오오오, 구부부부부부부…."

"란타?!" 유메가 란타의 투구를 벗겼다. "…히악…?!"

보기에도 위험해 보였다. 란타는 요란하게 거품을 물고 있다. 독.

분명 뱀 같은 것의 독이다.

곧바로 메리가 퓨리파이(정화의 빛)로 해독하긴 했으나 란타는 여전히 축 늘어져 있다.

"…우우우우… 내가 이런 실수를, 하마터면 죽을 뻔했다. 빌어먹을…."

'이히히… 왜 그대로… 스컬헬의 품에 안기지 않았나… 이히… 이히히….'

"정말이지, 조디악아. 이런 때에는 말이야, 심술을 부리면 못써! 알잖아?"

웬일로 유메가 란타에게 다정하다. 아니, 어째서 이런 전개가 되었는지 모르지만 유메가 란타에게 무릎베개를 해주고 있다. 엄청나게 지나칠 정도로 보기 드문 일이라서 눈을 의심할 만한 광경이었다.

"…그보다… 독, 아직 안 빠졌나? 진짜로… 죽을 것처럼 몸이 안 좋은데… 미안, 유메… 조금만 더, 이대로 쉬게 해줘…."

"후오? 그건 뭐, 괜찮은데."

"한 시간 정도만 더…."

"너무 길지 않아?"

"알았다. 30분으로 좋으니까…."

"웅냐…."

'…끼히… 네놈은 란타에게 깜빡… 속은 거다… 끼히히….'

"아우? 그런 거야?"

"소, 속이지 않았어. 무슨 말을 하는 거야? 조디악아. 나, 나는 진짜로, 진짜로 컨디션 최악이고, 구, 구역질이라거나 두통이라거나 복통이라거나 아무튼 아프거든. 거짓말 같은 건 안했다고."

"엄청 거짓말 같은데! 기운 있어 보이잖아!"

당연히 란타는 유메의 무릎 위에서 강제로 제거되었다. 그런 일은 아무래도 상관없지만, 난감했다. 카바네 습지에서의 확실하고도 건실한 검은 동전 벌이에 있어서 네눈박이 짐승에 이은 제2의 위험 요소, 뱀 같은 것, 개칭 진흙독뱀의 존재라는 요소를 발견한 것이다. 이래서는 이미 건실하다고는 말하기 힘들다.

"…그래서? 어떻게 할 거냐? 파루피로."

삐친 것 같은 말투로 란타가 물어서, 폭발할 것 같았다. 어떻게 할 거냐니? 그렇게 막 던지냐? 최소한 어떻게 할까? 라거나. 의논이나 대화가 먼저지, 이런 때에는.

머릿속으로 란타에 대한 욕설을 한바탕 늘어놓는 동안에 마음이 진정되었다. 쓰레기(찌꺼기) (똥 덩어리) (바보)에게 화내며 설교를 해봤자 어차피 쓰레기라서 개심할 리도 없다. 열을 내봤자 나만 피곤할 뿐. 열 낸 만큼 손해다.

"숲에라도 들어가본다거나…."

제안해봤는데 순순히 받아들여지고 말았다. 괜찮을까? 다들 아무 생각 없는 거 아냐? 그런 생각이 안 드는 것도 아니지만, 생각할 기력이 좀처럼 생기지 않는 건지도 몰라. 실은 하루히로도 그렇다. 아무래도 좋지 않은 흐름이다. 그렇다고 해서 아무것도 하지 않을 수는 없겠지. 뭔가, 어떻게든 하지 않으면 살아갈 수 없다.

우선 우물촌 다리 근처에서 숲을 헤치고 들어가 보기로 했다. 이것이 상상 이상으로 힘들었다. 뒤틀린 허연 나무가 빽빽이 울창하기 때문에 사람 한 명분의 틈새도 간단히는 찾을 수 없었다. 나무를 베면서 나아간다고 해도…?

"…하지만, 이러면 커다란 짐승이라거나 그런 건 그리 없을 것 같네요." 쿠자크가 좋은 지적을 했다.

"…뱀 같은 건 있을지도 모르지만…." 시호루가 좋지 않은 지적을 했다.

"시호루…." 하루히로는 말하려다가 고개를 흔들었다.

"…응? 뭐…?"

"아, 아무것도 아니야. 그러네… 뱀 같은 건, 있을 것 같네… 독사라거나…."

"도, 돌아갈까…?" 란타가 겁을 먹었다. 쌤통이다. 하지만 뱀은 하루히로도 싫다. 란타처럼 물리고 싶지는 않다.

"조심해." 메리가 모두에게 주의를 촉구했다. "퓨리파이도, 연속으로는 힐과 같은 정도의 횟수밖에 사용할 수 없으니까."

유메가 "있잖아"라며 서쪽을 가리켰다. "훨씬 저쪽에서 있지, 멀지만, 뭔가 빛나는 건지도?"

"빛…." 하루히로는 눈에 힘을 주고 그쪽을 보았다. "…진짜네."

그것이 뭔지 분명하게는 말할 수 없지만, 확실히 나무들 너머에 빛 같은 것이 있다. …있는 것처럼 보인다.

"갈 수 있을까? 밤이 되기 전에 저기까지…." 쿠자크가 낮은 목소리로 중얼거렸다.

"거리도 잘 모르겠고…." 란타도 평소와는 다르게 소심했다.

참고로 조디악은 숲에 들어오지 않았다. 나뭇가지 같은 것에 걸릴 것 같으니까 피한 건지도 모른다. 적어도 조디악이라도 있어주지 않으면 란타는 그저 단순한 똥 덩어리 이하의 쓰레기다.

시호루가 조심스럽게 "…돌아갈까?"라고 말했다.

하루히로는 쿠자크와 유메, 그리고 메리 순으로 얼굴을 마주 보았다. 아무도 좋다 싫다 말하지 않는 정도가 아니라, 의사 표시 비슷한 것을 일절 해주지 않는다.

"그래…." 단 한 사람, 란타가 시호루에게 동의했다.

좋지 않아. 엄청나게 좋지 않은 분위기다. 분위기를 바꾸고 싶지만, 어떻게 하면 좋은 건가? 하루히로는 아이디어가 전혀 떠오르지 않았다. 아무튼 생각할 시간이 필요한… 건가? 하지만 생각한다고 뭔가 떠오를까? 시간이 필요해? 그게 아니라, 아무튼 이 상황에서 도망치고 싶은 것뿐 아닐까? 하루히로뿐만 아니라 다들 비슷한 심경인지도 모른다. 안 되겠네. 이래선 안 된다. 안 되는 거다. 틀림없이 안 되는… 건데.

"…돌아갈까? 일단."

말해버렸다. 리더로서 바로 잡아주지 않으면 안 되는데도. 동료들을 질타하거나 격려하거나 해야 하는 상황이라는 건 잘 알고 있는데도, 그럴 수 없었다. 너무나 글러먹은 리더다. 힘이 빠졌다. … 이래서 해나갈 수 있을까? 앞으로….

해나갈 수 없든 어떻든 간에 해나가는 수밖에 없는 것이고.

갖고 있던 1웬에 더해서 카바네 습지에서 입수한 1루마와 2웬, 검 두 자루는 고철로 2웬에 대장간에 넘겨 합계 1루마와 5웬이 되었다. 두 끼분인 2루마에는 좀 모자라지만, 양이 적어도 좋다고 어떻게 흥정해보면 분명 식료품점 대게 점주는 사정을 봐주겠지. 외모는 게지만 그(그녀?)는 좋은 사람일 것이다. 아마도.

시간을 몰라서 저 너머의 능선을 때때로 체크해서, 보기에 불타는 기세가 약해졌다거나, 아직 괜찮다거나, 그런 것으로 밤이 찾아오는 것을 예상하는 수밖에 없었다. 그러고는 뭐, 배꼽시계라거나 감각이라거나. 우물촌 사람들은 어떻게 시간을 알까? 물어보면 가르쳐줄지도 모르지만, 손짓발짓과 극소수의 단어만으로는 표현하기 힘든 질문이다.

밥은 먹었지만 아직 밤이 되기까지 시간이 좀 있는 것 같았다. 잠자코 땅바닥에 앉아 있는 것도 나름대로 힘들다. 시호루가 유난히 추위를 타서 어떻게 좀 해주고 싶은데, 어떻게 하면 좋은 건지.

"뿌콩!" 유메가 괴상한 소리를 내며 일어섰다. "있잖아, 유메 있지, 생각났는데, 모닥불을 피우면 어떨까?"

유메의 계획은 이거다. 숲은 우리의 침입을 거부하는 것 같아 간단히는 들어갈 수 없지만 마른 나뭇가지를 줍는 정도라면 가능할 것이다. 그것을 모아서 우물촌 바로 바깥쪽에서 모닥불을 피운다. 따뜻해진다. 밤이 찾아오면 서둘러 마을로 뛰어 들어가도 된다. 마을 옆이라면 그리 위험하지는 않을 테니까 그대로 모닥불을 둘러싸고 잠들어도 된다.

전원일치로 그렇게 하기로 결정했다. 마을을 나가 숲 가장자리 부근에 떨어져 있는 나뭇가지를 주워 모았다. 잘 마른 건지 아닌지 유메가 판정하고, 덜 마른 것은 옆으로 치워두었다. 다리에서 조금 떨어진 곳에서 준비를 했다. 두꺼운 가지를 밑에 깔고 그 위에 가느다란 가지를 겹겹이 놓는다. 그렇게 하면 밑의 두꺼운 가지가 숯이 되는 느낌으로 타는 것이다. 불을 붙이는 건 유메가 잘한다. 과연 사냥꾼이다. 유메는 화려하게 불을 붙이더니 상태를 보면서 나뭇가지를 지피거나 입김을 불어 화력을 키우거나 했다. 덜 마른 가지도 모닥불 근처에 놓아두면 머지않아 수분이 완전히 날아가 쓸 수 있게 된다.

"따뜻하다…." 란타는 무릎을 세우고 앉아 두 손을 불에 가까이 댔다. "진짜로, 진짜, 따뜻해… 완전 힐링된다… 불, 최고… 사상 최고잖아… 문명의 이기…."

"저, 란타 군." 쿠자크는 양반다리를 하고 앉았다. "우는 거야?"

"안 울어. 이 눈물은 콧물이라고…."

"눈에서 콧물이 나오는구나…." 시호루는 장작불에 지나치게 접근했다. "기분 나빠…."

"시끄러웟! 사람이 모처럼 우수에 잠겨 있을 때 디스로 찬물을 끼얹고 있어! 멍청이가!"

메리는 쪼그리고 앉아 손바닥을 불가에 대고서 눈을 감고 있다. 입술이 살짝 벌어져 기분 좋아 보인다.

"물고기라도 잡힌다면…." 유메는 시호루와 메리 사이에 털썩 주저앉아 자기가 피운 불을 바라보고 있다. "불에 구워서 먹을 수 있을 텐데….”

“낚시라….” 하루히로도 당연히 모두와 마찬가지로 모닥불 앞에 앉아 있다. “미지근 강에 물고기가 있을까? 미지근한데….”

“그야 있어도 이상할 건 없지.” 란타는 흥 하고 코를 울렸다. “식인 물고기라거나. 있을 것 같지 않아?”

“…강가에서 모닥불을 피우면.” 메리가 말을 꺼냈다. “적을 물리치는 효과가 있을지도 모르니까 안심하고 목욕할 수 있지 않을까?”

“아니, 보인다니까.” 쿠자크는 어째서인지 시선을 아래로 떨구었다. “위험하잖아요.”

“아.” 메리도 고개를 숙였다. “…그런가.”

“나는 상관없어.” 란타는 불만스러운 표정을 지었다. “보여도. 기본적으로는 전라 오케이야. 그보다 그렇게 신경 쓸 일인가? 보이든 말든 상관없잖아. 목욕하는 거니까. 그 점은 희생하라고. 트레이드 오프잖아. 차라리 당당히 보이라고. 나는 누가 봐도 괜찮아. 그러니까 너희도 보여줘. 피차 쌤쌤이잖아. 아무 문제도 없어. 그걸로 해결 아닌가? 안 그래? 좋았어. 지금 당장 갈까?”

“…혼자 가든지.” 시호루가 차갑게 내뱉었다.

그래도 목욕은 하고 싶다. 모닥불은 쿠자크의 말대로 조명이 되어버리기 때문에 좋지 않겠지만, 뭔가 방법을 생각하면 안전을 확보할 수 있지 않을까? 혹은 우물촌 안의 강가에 구멍을 파고 욕조로 쓰는 걸 본격적으로 검토해봐야 할지도 모르겠다. 꼭 주민에게서 야단맞을 거라는 법은 없고. 의외로 너그럽게 봐줄지도 모른다. 아예 신경 쓰지 않을지도 몰라. 대게 점주나 대장장이나 우물 보초에게 허가를 요청해볼까? 단, 목욕이 뭔지 설명을 해야 한다면 꽤 힘들 것 같다….

슬금슬금 밀려오는 수마에 저항할 기력은 없었다. 하루히로는 누워서 잠들었다. 짐승이나 뭔가에 습격당하면? 그때는 그때고. 닥치면 해결하는 식은 좋지 않은 사고방식이지만, 피곤하잖아. 따뜻하고. 부탁이야. 오늘만. 제발, 오늘만은….

"…로 군… 루히로 군… 저… 하루히로 군…."

누가 흔들어서 눈을 떴다. 시호루. 시호루다.

"어… 왜 그래?" 하루히로는 몸을 일으켜 저 너머의 능선을 보았다. "어라…? 아직 밤이, 밝지 않았어…?"

"저거 봐." 시호루가 다리 쪽을 가리켰다.

"…우, 오." 하루히로는 놀라 뒤집어졌다. "…뭐…."

있다. 있다고. 다리 앞쪽에, 뭔가 있다.

말? 인가? 그런 것치고는 털이 많고 크지 않아? 그 말 같은 생물이 수레를 끌고 있다. 마차인가? 짐마차. 그것이 또한 유난히 크다. 도대체 뭘 실은 걸까? 덮개가 씌워져 있어서 알 수 없다.

짐마차 옆에 인간형 생물이 앉아 있다. 저 생물, 누군가를 닮은 것 같은데. 상반신은 무서울 정도로 늠름하지만 다리는 극단적으로 짧다. 그렇구나. 대장장이다. 우물촌의 대장장이와 체격이 똑같다. 혹시나 짐마차의 주인으로 보이는 그와 대장장이는 같은 종족인가? 후드를 눈가까지 뒤집어쓰고서 파이프 같은 것을 물고 연기를 내뿜고 있다. 담배를 피우는 모양이다.

하루히로와 시호루 이외에는 아직 자고 있다. 모닥불은 꺼져 있었다. 짐마차에 랜턴 같은 조명 기구가 매달려 있어서 다소는 밝았다.

"…언제부터?" 하루히로는 목소리를 낮추고 시호루에게 물었다.

"그게…." 시호루는 하루히로에게 가까이 다가왔다. 겁을 먹은 것이겠지. "…나는, 저 마차가 다가오는 소리 때문에 깼어…. 숲 속에서 나왔는데…."

"숲 속에서? 저렇게 큰 마차가 빠져나올 수 있구나…."

"멀리에…." 시호루는 턱짓을 해서 북서 방향을 가리켰다. "길인지 뭔가가 있는 것 같아. 마차는, 그쪽에서 왔고…."

"흠… 길이라. …그래서, 그건 얼마나 전에…?"

"확실하게는 잘…. 나, 처음에 뭔가 이상한 꿈이라도 꾸는 건가 하고…."

"아아. …그렇겠지. 알아. 갑자기 저런 것이 나타날 거라고는 좀 생각할 수 없고."

"…그랬는데 저기에 마차가 서더니 사람이… 내려와서. 잠시 후에 하루히로 군을 깨운 거고…."

"누굴까? 저거…."

이윽고 우물촌의 거대 닭이 보에에에에에에에에 하고 울어 다른 동료들도 잠에서 깼다. 짐마차 때문에 떠들썩해지자 짐마차 주인이 이쪽을 봤기 때문에 모두 일제히 입을 다물고 대비했다.

"…싸, 싸, 싸우자는 건가? 쨔샤…." 란타가 엄청나게 작은 목소리로 말했다.

혹시나 들린 건가? 짐마차 주인이 일어서자 란타는 엎드려 조아리기를 하려고 했다. 여차하면 란타를 제물로 바쳐야지. 응, 그러자. 안타깝게도 그럴 필요는 없었다. 망루 C의 보초가 문을 열자 짐마차 주인은 짐마차에 탔다. 털이 북슬북슬한 말이 푸르르 고개를 흔들고는 짐마차를 끌기 시작했다. 짐마차가 움직인다. 저 다리를 건널 수 있을까? 아슬아슬했다. 폭뿐만이 아니다. 강도도 아슬아슬한 듯, 짐마차 바퀴가 회전할 때마다 다리 바닥이 크게 휘었다. 부서지지 않을까? 다리….

짐마차가 무사히 다리를 다 건넜을 때에는 박수를 치고 싶었다. 치지는 않을 거지만.

하루히로 일행은 각자 얼굴을 감추고 짐마차 뒤를 쫓아가는 것처럼 우물촌으로 들어갔다. 짐마차는 대장간 앞에 서 있었다. 예상대로라고나 할까, 대장장이와 짐마차 주인이 친근하게 이야기하고 있다.

"저놈들, 형제 아니야…?!" 그러더니 란타는 혼자 당황하며 멤버들을 향해서 변명했다. "저, 저놈들이라는 건 있지, 말실수! 나, 나는 그런 뜻이 아니었다고! 말해두는데! 그들을 리스펙트하니까, 진짜로!"

"알 게 뭐야…." 하루히로는 한숨을 내쉬었다. "하지만 형제나 친척 같기는 하네. 마차에 실은 짐도 대장간과 관계있는 건가…?"

"짐을 내리기 시작했어요." 쿠자크가 말했다.

짐마차 주인뿐만이 아니라 대장장이도 거드는 모양이다. 짐마차 덮개가 벗겨졌다. 짐마차 주인이 짐칸으로 기어 올라가 짐을 대장장이에게 건넸다. 대장장이는 그것을 대장간 처마 밑까지 운반해서 땅바닥에 놓았다.

"어이, 너희." 란타가 엄지를 세우고 대장간 쪽을 가리켰다. "거들어주는 건 어때? 앞으로 물건 살 때라거나 편의를 봐줄지도 모르잖아?"

"사심이 노골적이네…." 유메는 어이없어했지만 란타치고는 나쁘지 않은 생각이다.

"좋았어." 하루히로는 끄덕였다. "거들어주자. 우선 남자 셋이서. …잘못하면 저들이 화내서 맞아 죽을지도 모르니까 유메와 시호루와 메리는 여기 있어."

걱정은 하마터면 들어맞을 뻔했었다. 대장장이는 망치를 치켜들고 하루히로 일행을 위협하며 내쫓으려고 했으나, 란타가 엎드려 조아리기로 필사적으로 허락을 구하면서 설명을 시도했더니 간신히 이해해준 모양이다. 대장장이는 의아해하면서도 짐 내리는 것을 거들게 해주었다.

짐은 목탄이었다. 대장간 작업에는 해탄이나 목탄이 필수라는 말을 오르타나에서 들은 적이 있다. 해탄은 석탄을 가공해서 만든다고 하는데, 목탄은 그대로도 고열을 낼 수가 있다고 한다. 목탄은 그밖에도 물을 정화하는 데 사용되기도 한다.

아무래도 짐마차 주인은 그냥 운반만 하는 것이 아니라 이 목탄을 만들기도 하는 모양이다. 벌채용 말고 다른 용도는 생각할 수 없을 것 같은, 튼튼해 보이는 도끼가 짐마차에 몇 개 쌓여 있는 걸 보니 나무꾼도 겸하고 있는 것이겠지. 그는 숯 굽는 사람인 것이다.

짐 내리기가 끝나자 숯장이는 대장장이의 일을 거들었다. 숯장이는 실로 즐거운 것 같았지만, 대장장이는 일일이 잔소리를 했다. 분위기로 보아하니 대장장이가 형이고 숯장이가 동생인가? 동생은 형을 따라서 대장장이의 꿈을 가졌었지만 재능이 없어서 형을 돕기 위해 숯장이가 된 건지도 모른다. 뭐, 어디까지나 하루히로의 상상이라고나 할까, 거의 망상이지만.

수고비라는 뜻일까? 대장장이는 하루히로 일행의 무기를 보여달라고 요구하더니 동생과 함께 손질해주었다. 이건 무척 기뻤다.

그리고 대장장이는 검 한 자루를 꺼냈다. 파란 빛이 도는, 보기에도 아름다운 대검으로 검신에는 복잡한 문양이 새겨져 있고 챙과 칼자루에도 정교한 세공이 되어 있었다. 대장장이는 그것을 쿠자크에게 쥐여주었다. 쿠자크는 잡은 순간, "읏…" 하고 놀랐다. 꽤나 가벼운 모양이다. 앞으로 겨누고 한 번 휘둘러보더니 쿠자크는 몸을 부르르 떨었다. "…이거 장난 아니야. 분명히 위험해. 보통이 아니야. 나 같은 하수라도 이건 알겠어. 엄청난 검이야…."

대장장이는 쿠자크에게서 검을 돌려받더니 대동전 하나를 보여주고 나서 손가락을 다섯 개, 이어서 여덟 개 세웠다. 대동전 40개, 즉 이 검의 가격은 40로우라고 대장장이는 말하고 싶은 것이리라. 그것이 어느 정도의 가치인지 하루히로는 짐작도 할 수 없지만, 그림갈 기준으로 말하자면 금화 40개=40골드쯤? 대동전은 매우 귀중한 모양으로 그 이상의 값어치인지도 모른다. 아무튼 눈이 튀어나올 정도로 값비싼 검이라는 것만은 틀림없는 것 같다. 대장간의 상품 중에서는 최고급품이거나 그에 가까운 물건 아닐까?

그 후에 하루히로 일행이 식료품점에서 다소 모자란 듯 하게 밥을 먹고 있노라니 숯장이의 짐마차가 움직이기 시작했다. 짐마차의 속도는 도보와 같은 정도다. 하루히로 일행은 짐마차를 따라가보기로 했다. 숯장이가 싫은 내색을 보이면 돌아올 생각이었으나, 보아하니 신경 쓰지 않는 것 같다.

짐마차는 다리를 건너더니 한동안 북쪽으로 가다가 서쪽으로 방향을 전환했다. 시호루의 생각이 옳았다. 길이다. 숲에 길이 만들어져 있었다. 나무들이 베여 있고 지면에는 바퀴 자국이 나 있다. 짐마차의 바퀴는 그 바퀴 자국에 딱 들어맞았다.

짐마차는 순조롭게 나아간다. 길은 다소 구불구불했지만 거의 직선이었다. 새인지 뭔지의 소리가 들렸다. 도중에 짐마차가 기묘한 소리를 낸다는 사실을 유메가 알아차렸다. 숯장이가 앉아 있는 마부석에 종 같은 물체가 매달려 있었다. 그것이 낮고 무거운 소리를 내는 것이다. 뭔가 의미가 있는 건지도 모른다. 짐승을 물리치기 위한 것이라거나?

트인 장소로 나왔다. 오두막 같은 것이 있다. 그 옆에 있는 지붕이 달린 가마 같은 것은 숯 굽는 움막이겠지. 마구간도 있다. 엄청난 양의 장작이 쌓여 있다. 이곳이 숯을 굽는 곳인 모양이다.

숯장이는 짐마차를 세우고 오두막으로 들어갔다.

하루히로 일행은 숯터를 한 바퀴 둘러보고 나서 숲에 발을 들여보았다. 이 부근은 나무가 꽤 많이 벌채되어 드문드문 나 있기 때문에 상당히 걷기 편하다.

우물촌으로 가는 길 말고 또 하나, 다른 방향으로 뻗은 길이 있다는 사실도 판명되었다. 이쪽에도 마차 바퀴 자국이 뚜렷하게 나 있다. 이 길은 어디로 이어지는 것일까? 우물촌 외에도 마을이 있는 건가?

숯터로 돌아오자 숯장이가 오두막 앞 의자에 앉아 담배를 피우고 있었다. 편히 쉬고 있는 것 같다. 하루히로 쪽을 쳐다보려고도 하지 않는다.

털이 많은 말은 풀어놓아 풀을 뜯어먹고 있다. 저 발에 걷어차인다면 즉사할 것 같다. 꼬리로 가격당하기만 해도 성치는 못할 것이다. 조심성 없이 다가가지 않는 편이 좋겠지.

"…좀 세계가 넓어진… 것 같은 느낌?" 시호루가 말했다.

"그러네요." 쿠자크가 짧게 동의했다.

"돈이 되지는 않지만." 란타는 쪼그리고 앉아 풀을 뽑기도 하고 손가락에 감기도 한다. "아… 그러고 보니 조디악이 부르는 걸 깜빡했다. 뭐, 상관없지만…."

"돈뿐만이 아니잖여." 유메는 고개를 떨군다. "…배는 고픈데."

"…돌아갈까?" 메리가 조심스럽게 제안했다. 구원의 손길이었다.

분위기에 휩쓸려 와본 것까지는 좋았는데, 수확이 많았다고는 말하기 힘들다. 아무것도 얻을 것이 없었다고는 말하고 싶지 않지만, 실제로 그에 가까운 거겠지. 빈손으로는 돌아가고 싶지 않다. 하지만 돌아가는 것 말고 어떻게 하라는 거야?

"돌아가자!" 하루히로는 최소한 힘차게 선언해봤지만, 묘하게 흥이 식은 분위기가 되어버렸기 때문에 "…그럴래?"라고 덧붙였다. 볼품없네….

볼품없지, 정말로. 전부터 멋지지는 않았지만 요즘은 특히 심한 것 같은 느낌이 든다. 마나토라면 좀 더 잘, 현명하게 대처하겠지. 토키무네라면 쾌활하게 모두를 이끌겠지. …하루히로는? 자기 나름대로 하는 수밖에 없다. 그 자기 나름대로의 방법이란 건? 결국 뭐지? 어떻게 하면 되는 건가?

이런 황당한 상황에 처하면 더욱 바닥이 드러난다. 마구마구 드러나서 솔직히 하루히로 본인도 풀이 죽은 상태고 난감할 뿐이다.

누군가에게 기대고 싶다. 절실하게. 역할을 내던질 수는 없다. 그건 알고 있지만, 진심으로 포기해버리고 싶다. 전부 버리고서 도망치고 싶다.

하루히로 일행은 숲 속의 길을 되돌아가 우물촌으로 향했다. 지금 뭘 해야 하나? 뭘 조심하고 어떻게 해야 하는 건가? 하루히로는 그것을 생각해야 한다. 그렇긴 하지만. 불만이라거나 불평이라거나 불복이라거나 불안이라거나, 두려움과 절망 등에 머리가 지배당했다.

차라리 숨김없이 말해버릴까? 현재 상황은 이런저런 느낌이거든. 리더지만 리더다운 일을 하지 못해서 미안… 이라고 사과해버릴까? 그러면 개운해질지도 몰라. 하루히로 혼자만은. 하지만 동료들은 어떻게 생각할까? 란타는 확실하게 폭발한다. 알 게 뭐야, 란타 따위. 여성진은 격려해주거나 할까? 격려받고 싶다. 응석부리고 싶다. 이 긴장감, 중압감에서 해방되고 싶다.

길은 충분히 넓고 그런대로 걷기 편했지만 캄캄해서 유메가 랜턴을 들고 있다. 하루히로는 몸을 돌려 유메의 얼굴을, 그리고 그 옆에서 걷는 시호루의, 몸의 어떤 부분을 보았다. 곧바로 다시 앞을 향했다. …위험해. 엄청나게 이상한 생각을 해버렸다. 아니, 생각한 것이 아니다. 충동에 휩싸였다. 하루히로는 당황했다. 자기 자신이 끔찍하다.

갑자기 성적 욕구 같은 것이 일어났고, 그 대상이 어떻게 된 영문인지 시호루였다. 어쩌면 시호루의 가슴이 눈에 들어와서, 그래서 불쑥 성욕을 느낀 건가? 아니, 전후 사정은 상관없다. 아무튼 그런 기분이 들었었다. 게다가 하복부가 말로 표현 못 할 상태가 되어버렸다. …어이 어이 어이 어이 어이 어이 어이 어이 어이 어이 어이 이이이이….

그야 하루히로에게도 당연히 성욕 정도는 있다. 단, 왕성한 편은 아닌 것 같은 느낌이 들고, 절도는 지키고 싶어하는 성격이다. 대개의 경우는 절도를 지키고 있지 않을까? 아직 젊고 건강한 남자니까 어쩔 수 없잖아… 라고는 생각하고 싶지 않다. …생각하고 싶지 않았다.

아직 젊고 건강한 남자니까 어쩔 수 없잖아….

그러나 지금은 금지했던 문구로 자신을 위로하는 수밖에 없다. 위로가 안 되지만. 어떻게 된 거야? 하루히로. 이상해, 하루히로. 망가졌어, 하루히로. 설마 성적인 짐승으로 변한 건가? 이런 때에? 이런 장소에서? 그러지 마아아아아아아아아아….

머리를 감싸 쥐고서 외치고 싶은 마음을 열심히 억누르고 있노라니, 유메가 "…냐앗?" 하고 이상한 목소리를 냈다. "…혹시나, 뭔가 있는지도…?"

"뭔가라니, 너 그거…." 란타가 침을 꿀꺽 삼켰다. "뭐가…?"

"스스, 스, 스톱." 하루히로가 황급히 손을 들었으나 벌써 다들 멈춰 서 있었다. "…유메, 어디?"

"저쪽인가?" 유메는 오른쪽 뒤를 가리켰다. "…소리? 기척인가?"

쿠자크가 후… 하고 숨을 내쉬더니 검을 뽑고 방패를 내밀었다. "난 뒤로 물러서는 게 좋을까?"

"어디…." 하루히로는 고개를 흔들었다. "그러… 네. 쿠자크, 유메가 말한 방향으로. 란타, 쿠자크의… 왼쪽에. 난 오른쪽으로 붙을 테니까. 메리는 시호루를, 유메는 뒤쪽을 커버해."

동료들은 순식간에 대형을 바꿨다. 나만 한 박자 늦었다. 하루히로는 그렇게 생각할 수밖에 없었다. 판단도, 행동도 늦다. 지금은 서지 않았겠지? 순간적으로 그런 생각을 한 자신이 어이가 없었다. 멍청이야? 지금은 그럴 때가 아니지 않아…?

한동안 숨을 죽이고 가만히 있었다. 아무 일도 일어나지 않는다. 소리도 들리지 않는다.

"…기분 탓이었던 것 아닌가?" 란타가 작게 말했다.

"그런가?" 유메도 부정은 하지 않았다.

"일단 경계는 계속해." 하루히로는 주위로 시선을 옮겼다. 아무 것도 없다… 고 생각하고 다시 방향을 바꾸려고 했다. "우물촌으로 …."

코옷… 이라는 것 같은 소리가 연속적으로 나고 여기저기에서 번쩍번쩍 하고 뭔가가 빛났다. 접근한다. 생물? 크지는 않아? 한두 마리가 아니다. 다섯 마리나 여섯 마리. 더 있을까? 코옷. 코옷. 코옷. 이 소리는 놈들의 울음소리? 짖는 소리인가?

"온다…!" 하루히로가 그런 당연한 말을 한 직후, 쿠자크가 바시(방패 치기)로 뭔가를 날려버렸다.

"원숭이야…?!" 란타가 뇌검 돌핀을 휘두른다. 맞지 않는다. …원숭이.

확실히 원숭이 비슷하다. 몸은 검정인지 갈색 털로 뒤덮여 있고 꼬리가 있다. 앞다리와 뒷다리로 지면을 박차고 좌우로 점프하면서 다가오는데, 저건 네발로 걷는 짐승의 달리는 방식이 아니다. 앞발로 나무를 붙잡기도 하고 나뭇가지를 치우기도 한다. 하지만 얼굴은 원숭이라기보다 개다. 개원숭이라고 부르면 될까? 하루히로는 왼손의 삽으로 그 개원숭이를 한 마리 때려 날려버리고 또 한 마리를 발로 차서 날리려고 했으나, 피했다. 날려버린다고 해도 타격감은 약하다. 개원숭이는 또 덤벼든다. 자세를 낮게 하고 단검으로 노렸으나 옆으로 피해버렸다.

"이놈들, 정신없네! 리프아웃(사출계)…!" 란타는 발사된 것처럼 돌진해서 뇌검 돌핀으로 날카롭게 8자를 그렸다. "…에서 슬라이스(사자 베기)…!"

갈가리 찢긴 개원숭이가 코오오옷… 하고 단말마의 신음 소리를 내며 쓰러졌다.

란타는 뇌검 돌핀을 높이 치켜들었다. "어떠냐? 나, 대단하지…!"

네 네 네 네. 알았으니까 그런 쓸데없는 짓을 하지 말고 계속해서 싸워주시죠… 라고 하루히로가 핀잔을 주기 전에 개원숭이들은 코옷, 코옷, 코옷 하고 요란하게 짖어대면서 물러나기 시작했다.

"도망치는 거냐? 짜샤…!" 란타는 쫓아가려고 하다가 곧바로 멈추었다. "하긴 이 나한테 겁을 먹었다는 거겠지. 최공의 암흑기사 란타 님에게! 덧붙이자면, 방금 잘못 말한 게 아니야. 최강이 아니라 최공, 공포 할 때의 공(恐) 자야. 뭐 최강도 틀린 말은 아니지만. 암흑기사니까! 카하하하핫!"

"…다, 다들 무사해?" 하루히로는 동료들을 둘러보았다. "…무사… 하지?"

"넵." 쿠자크는 검을 내렸다.

"웅냐." 유메의 대답은 의미 불명이다. 괜찮다는 뜻인 모양이다.

"…깜짝 놀랐어…." 시호루는 깊이 숨을 들이켰다.

"이제 오지 않을까?" 메리는 아직 쇼트 스태프를 겨누고서 주의하고 있다.

우선 다친 사람은 없는 모양이다.

란타가 개원숭이 시체에게로 다가갔다. 아니, 아직 죽지는 않은 건가? 몸 여기저기가 바들바들 떨리고 있다. 그렇긴 해도 틀림없이 빈사 상태다. 란타는 망설이는 기색도 없이 개원숭이의 목뼈를 밟아 박살 내어 숨통을 끊었다. 그런 거 좀 문제라는 생각은 했지만, 말기의 고통을 오래 끌게 하는 것보다 빨리 숨통을 끊어주는 편이 좋은지도 모르겠다. 란타는 쪼그리고 앉아 한 차례 개원숭이를 훑어보고 나서 하루히로를 보았다.

"이놈 말이야, 구우면 먹을 수 있지 않을까?"

최공이란 칭호는 거저 얻는 게 아니라는 뜻인가? 자칭이긴 하지만. 무서운 생각을 하는 녀석이다.

물론 동료들의 반응은 달갑지 않은 것이었다. 생물을 잡아먹는다. 때로는 잔혹하게 들린다고 해도 그것은 자연의 섭리일 뿐이다. 하지만 예를 들어 고블린을 해치운 후에 먹으려는 생각은 하기 힘들다. 개원숭이는 원숭이와 비슷해서, 어딘지 그에 가까운 기피감이랄까, 금기 같은 느낌이 있다. 그러나 배는 고프고 먹을 것을 살 돈은 없다.

"…손질할 수… 있을까?" 하루히로는 어떤 종류의 결의를 가슴에 품고 말했다.

"끄응…." 유메는 몹시 싫은 것 같았다. "못 할 건 없을지도 모르지만. 유메, 별로 하고 싶지 않은데, 할 수 있기는 할 것 같아…."

"가죽을 벗기고 내장 같은 걸." 란타는 뻔뻔하게 유메의 어깨에 팔을 둘렀다. "식은 죽 먹기잖아. 그렇지? 유메. 너라면 할 수 있어! 힘내라!"

"만지지 마, 멍청아!" 유메는 란타의 팔을 뿌리쳤다. "역시 싫어!"

"…먹는 건 좀…." 시호루는 욱… 하고 헛구역질을 하며 허리를 꺾었다.

"응…." 메리도 손으로 자기 입을 막았다.

"먹으라고 하면 먹긴 하겠지만…." 쿠자크, 존경스럽다.

그렇다. 뭐, 사람의 고기를 먹으려는 게 아니다. 원숭이를 닮은 짐승일 뿐이다. 설령 맛이 좋지 않더라도 배고픈 것보다는 낫다. 먹을 수 있다면 먹어야지.

"유메, 나도 거들 테니까." 하루히로는 똑바로 유메를 응시했다. "해보지 않을래? 정말로 도저히 못 하겠다면, 하는 방법만 가르쳐주면 내가 할 테니까."

결국 유메는 거부하지 않았다.

하루히로 일행은 개원숭이의 시체를 운반해서 우물촌 옆에서 모닥불을 피울 준비를 했다. 불을 피우고 나서 손질 작업을 개시했다. 일단 작정을 하고 나니 유메는 믿음직했다. 하루히로는 들거나 뒤집거나 누르거나 하는 정도의 일밖에 할 수 없었다. 중요한 일은 유메가 했다. 유메는 백신 엘리히에게 사냥감 일부를 바치고 나서, 막대기에 꽂은 개원숭이 고기를 정성껏 굽기 시작했다.

다 구워진 고기에 모두가 일제히 덤벼들었다.

씹어 삼키더니 란타는 고개를 갸웃거렸다. "…뭐, 비교적 보통이네. 그렇게 맛없지도 않고 맛있지도 않고. 소금 같은 것만 있으면 좀 더…."

"꾸웅…." 유메는 못마땅한 얼굴을 했다. "맛있지는 않은 것 같기도…."

맛이 없건 어쨌건 못 먹을 정도는 아니었다.

유메는 사냥술 스킬 '함정'을 익혔다. 덫 계통의 스킬에는 그것 말고도 호랑이 덫과 올가미가 있는데, 유메는 둘 다 배우지 않았다. 사실 호랑이 덫은 전용 도구가 필요하다. 단, 올가미라면 스승님이 보여준 적이 있어서, 덫을 직접 만들 수 있을지도 모른다고 하기에 도전해보기로 했다. 숲터를 향해 난 바퀴 자국 길 부근에 덫을 몇 개 설치해두면 개원숭이를 포획할 수 있을지도 모른다.

진흙독뱀은 무섭다. 네눈박이 짐승도 요주의다. 그래도 지금으로서는 카바네 습지에서밖에 수입을 얻을 전망이 없다. 진흙독뱀이 있으면 즉시 장소를 바꾼다. 네눈박이의 발소리가 들리면 곧바로 도망친다. 그렇게 약속을 한 뒤에 하루히로 일행은 카바네 습지에서 검은 동전 찾기를 계속하기로 했다.

좌절하거나 우울해하고 있을 수만은 없다. 그렇기는 해도 우울해질 불씨는 얼마든지, 무수히 있었고 때때로 자기혐오에 빠져버린다. 이건 이미 어쩔 수가 없다. 매번 있는 일이니까 그런대로 익숙해지기도 했다. 다시 일어서는 비결 같은 것도 하루히로는 파악하고 있었다.

어차피 이런 거라고 포기하고서 받아들이는 것이다.

하루히로에게는 리더의 적성이 없다는 것이 전제가 된다. 의욕도 없다. 하는 수밖에 없고 어쩔 수 없이 해야 하니까 하는 거다. 그러니까 당연히 힘들고 스트레스가 쌓인다. 하루히로는 성인군자도 뭣도 아니다. 흔해 빠진 평범한 인간이기 때문에 가끔씩 이성을 잃고 동료에게 욕정을 품는 정도의 일은 일어날 수 있다.

향상심이 없는 것은 아니다. 동료들을 위해, 자기를 위해서도 지금보다 좋은 리더가 되고 싶다고 생각한다. 될 수 있는 거라면. 그리 간단한 여정은 아닌 것이다. 일진월보는 고사하고 1보 전진 2보 후퇴, 또 1보 전진해도 다시 물러서기도 하고 나아가 보기도 하고. 괜찮습니다, 이걸로. 그렇게 생각하지 않으면 도저히 해나갈 수가 없다.

어느 날은 카바네 습지에 갔더니 몇 마리나 되는 네눈박이가 얼쩡거리고 있어서 되돌아오는 수밖에 없었다.

다른 날은 몇 번 장소를 바꾸어도 진흙독뱀이 있었고, 급기야 쿠자크와 유메가 물려 큰일을 당하기도 했다.

개원숭이는 덫에 걸려도 그물을 찢고 도망쳐버리는 경우가 많다. 그래도 유메의 덫 만들기 솜씨는 숙달되고 있는 건지, 때때로 붙잡을 수 있게 되었다. 조리법도 서서히 익숙해졌다. 재빨리 피를 빼서 향기가 강한 여러 종류의 풀을 문지르고 소금 간을 하면 제법 맛있게 먹을 수 있다. 소금은 식료품점에서 샀는데, 작은 봉지 하나에 1루마나 했다. 꽤 고액 상품이므로 소중하게 아껴서 쓰고 있다.

우물촌에는 매일은 아니지만 드문드문 내방자가 있었다. 종족은 여러 가지지만 모두 얼굴을 감추고 있는 것을 보니 입촌 규칙을 알고 있는 모양이다. 혹시나 그것은 우물촌뿐만이 아니라 이 세계와 지역의 공통된 룰인지도 모른다. 그들의 목적은 주로 거래였다. 팔러 오는 자도, 사러 오는 자도, 팔고 사 가는 자도 있다. 식료품점의 식재료는 몇 명의 우물촌 주민들이 모아오기도 하고 허수아비 씨 같은 사냥꾼으로 보이는 내방자가 갖고 오기도 하는 모양이다.

석조 건물의 거주자는 아직도 모습을 보인 적이 없다. 다른 주민은 대개 파악했다. 다섯 개의 망루와 우물의 감시는 교대제로, 하루히로가 아는 한에서는 아홉 명 있다. 그들은 돈을 지불하지 않고 식료품점에서 식사를 할 수 있는 모양이다. 그리고 대장장이든 누구든 다른 이들은 모두 검은 동전과 맞바꾸어 밥을 먹는다. 더욱이 우물촌의 주민들은 대개 하루에 한 번, 많아봤자 두 번밖에 먹지 않는다. 예산상의 사정 등도 있어서 하루히로 일행도 그렇게 하고 있다.

주민들과 대화다운 대화는 할 수 없었다. 그 때문에 사전에 허락을 구하는 것이 어려워서, 시험해보는 것은 용기가 필요했으나, 우물촌 안의 강가에서 안전하게 목욕하기는 실현되었다. 주제넘게 모닥불을 지피려고 했더니 우물 보초가 와서 가차 없이 꺼버렸다. 이것은 금지인 모양이다. 모닥불 없이 자는 것은 춥고 힘들다. 마을 밖에서 자는 것이 낫다.

이렇게 해서 이 세계에서 열아홉 번째의 밤을 맞이할 무렵에는 소지금이 4루마를 넘고 생활 패턴도 형성되었다.

뭐, 4루마라고 해봤자 네 끼분, 단 이틀분이다. 별 대단한 금액은 아니지만, 조금이라도 저축이 있으면 안심할 수 있다. 지금은 파티의 공유 재산으로서 하루히로가 모든 검은 동전을 관리하고 있는데, 저금이 더 늘어나면 동료에게 분배할 생각이다. 그러면 이걸 사야지. 저것도 갖고 싶다. 작은 꿈이 펼쳐지기도 한다.

"…하지만 말이지." 란타가 뒤척이면서 말했다. "이대로 있을 수도 없어. 그보다, 진흙탕 뒤지는 건 이제 질렸다."

"질렸다니…." 시호루는 모닥불 앞에서 유메, 메리와 모여 앉아 있다.

여성진은 오늘 우물촌 문이 닫히기 전에 목욕을 했기 때문에, 뭐랄까… 세 사람 다 묘하게 반짝거려서 똑바로 볼 수가 없다. 이상한 이야기지만, 너무 바라보다 보면 약간 흥분한다. 그런 불순한 자신과 잘 타협하는 것도 큰일이다. …응. 그렇지도 않은가? 그렇지도 않네….

란타나 쿠자크는 어떻게 하고 있는 걸까? 쿠자크는 역시 숨어서 몰래 메리와 거시기를 한다거나 하는 걸까? 그래도 만약 그런 일이 있다거나 하면 아무리 하루히로라고 해도 눈치를 챌 만하다. 없는 것 같거든. 참는 건가? 괜찮은데. 안 그래도 여러 가지 면에서 편치 않으니 즐거움은 있는 편이 좋다. 오히려 필요하다. 그렇다고 해서 상쾌한 웃는 얼굴로 쿠자크의 어깨를 두드려주며, 잘해봐도 됩니다, 오케이예요… 라고 말하는 것도 좀. 뭔가 아닌 것 같고. 그보다, 사실 그럴 수 없고….

드러누워 있던 쿠자크가 코를 훌쩍였다. 감기 기운이 있는 모양이다. "…효율, 떨어진 것 같다고는 느끼고 있지만요. 뭐, 느낌이긴 하지만. 전부 다 찾아본 것은 아니지만… 조만간 진흙독뱀 밀집 지대나 네눈박이가 자주 출몰하는 곳 근처에 가야 하는 것 아닌가 싶은…."

"다음에 좀 멀리 나가볼까?" 유메는 시호루의 가슴에 뺨을 대고 메리를 껴안은 것 같은 자세를 취하고 있다. 부럽다는…. 아니, 아니, 아니, 아니.

"숯터 앞에 길이 나 있는데." 메리는 조금 졸린 것 같다. 몽롱해 보인다.

"…그건 나도 마음에 걸려." 하루히로는 모닥불을 응시했다. 불이여. 아무쪼록 내 이성을 되살려다오. 부탁합니다. "…다른 마을 같은 것이 있는 걸까 해서. 좀 더 큰, 거리라거나. 있다고 해도 당장 어떻게 할 수는 없지만."

"아무튼, 그게 제1후보다." 란타가 딱, 혀를 울려 소리를 냈다. "아니면 카바네 습지를 넘어 남진하거나. 미지근 강 하류를 향해 가는 방법도 있어. 강가에는 뭔가 있겠지만, 마음만 먹으면 어떻게든 되겠지."

하루히로는 불꽃에서 눈을 피하지 않는다. "하지만 목적지가 있는 것도 아니고."

"바보냐? 파루피로. 너는. 낯선 세계라고. 갈 곳 같은 게 있을 리가 없지."

"그렇긴 하지만. 생각이 너무 대충대충이야."

"대담무쌍하다고 말해. …뭐, 거시기라고. 그 점은 당면 과제야. 하지만 과제라고 하니까 생각났는데, 한 가지 더 있잖아. 중요한 게."

"…듣고 싶지 않아." 시호루는 귀를 막았다. "…분명히 쓸데없는 말일 거야."

하루히로는 자기도 모르게 시호루 쪽을 보고는 후회했다. 유메는 시호루의 가슴에 거의 얼굴을 파묻고 있고, 메리는 유메에게 기대 반쯤 눈을 감고 있다. 체온을 나눠주세요… 라고 생각해버린 경솔한 자신을 적절하게 처치하고 싶다.

"우리는, 여기서 평생 보내게 될지도 모른다는 것." 란타가 전혀 어울리지 않는 심각한 말투로 말했다. "…그럴 각오는 해두지 않으면 안 돼…. 그렇지?"

"그야…." 하루히로는 말문이 막혔다. "…무슨 말을 꺼내는 거야? 갑자기."

"사실이잖아. 틀린 말 아니잖아?"

"희망은…."

"잃지 말라는 거냐? 야, 야…. 파루포로링 주제에 열혈 히어로 같은 말 하지 마. 너는 그런 긍정적인 포지티브 군이 아니잖아. 인정해. 우리는 이대로 돌아가지 못할지도 몰라. 그럼 죽을 때까지 여기에서 사는 거야."

메리가 숨을 들이켜더니 멈추었다가 천천히 뱉어냈다. 그저 모닥불을 바라보고 있다.

시호루는 입을 열려고 했으나 아무 말도 하지 않았다.

유메는 "…토우…"라고 이상한 신음 소리를 냈다.

"돌아간다는 건." 쿠자크가 몸을 일으켰다. "돌아갈 장소일까요? 그림갈이."

"엉?" 란타는 눈썹을 치켜 올리고 쿠자크를 노려보았다. "그건 무슨 뜻이야? 쿠잣키."

"아니, 왠지. 우리, 원래부터 그림갈에 있었던 건 아닌 것 같고."

"그렇긴 해도 예전 일 같은 건 조금도 기억나지 않잖아."

"그렇긴 하지만요…."

"쓸데없는 소리 지껄이지 마. 무엇보다도 내가 지금 문제시하는 건 그런 일이 아니라고. 좀 알아먹어, 그 정도는. 망할 얼간이…."

"그런 말까지 들을 이유는 없는데요."

"뭐야?! 해보자는 거냐? 인마?! 나는 받아들이겠다?!"

"그만해." 메리가 제지했다. 본래 그것은 하루히로의 역할이지만, 다른 생각을 하고 있던 중이었다.

『우리는 원래 세계로 돌아갈 방법을 찾고 있어.』

시마가 속삭였었다. …돌아간다. 원래 세계로. 그것은 결국 무슨 뜻인가?

하루히로는 목에 건 리시버(수신석)를 옷 위에서 만져보았다. 그런 일이 있었으니 소우마에게서 뭔가 연락이 올 법도 하다. 내심 기대하고 있었다. 그러나 리시버가 울릴 기색은 전혀 없었다. 다른 세계에는 닿지 않는다… 거나?

머리를 흔들었다. 생각해봤자 별수 없다. 하루히로 일행은 여기에 있는 것이다. 어디까지나 여기에. 그림갈과도 더스크렐름과도 다른, 이세계에.

여기에서 평생을 보낸다. 그럴 가능성이 머리를 스친 것은 물론이다.

"…란타. 네가 말할 필요도 없어. 그렇게 될… 지도 몰라. 그런 건 알아. 하지만 그래서 어쨌다는 거야? 각오해봤자 뭔가가 변하는 것도 아니잖아. 우리가 할 일은 변하지 않아. 똑같잖아."

"바… 보. 멍청이냐? 똑같을 리가 없잖아." 란타는 일어서서 오른 주먹을 왼손 손바닥에 두드렸다. "자손 번식! 해야 하잖아! 즉, 아이를 갖는 거야! 아·이·갖·기!"

"…뭐어어어어어어어어어어…." 시호루는 유메를 꼭 껴안았다.

"너…." 하루히로는 경악했다.

메리는 믿을 수 없다는 듯이 고개를 저었다. 유메는 멍하니 있다.

"…란타 군은." 쿠자크가 중얼거렸다. "언제나 어디까지나 란타 군이네…."

"그래서 말이지!" 란타는 폴짝 뛰고는 일동을 둘러보았다. "이제부터 커플링을 결정한다! 마침 남자와 여자가 세 명, 세 명씩이니까! 세 쌍이 열 명 정도씩 아이를 낳으면 순식간에 합계 36명! 어때?! 나는… 뭐, 이건 어디까지나 거시기니까, 자손 번식 계획의 일환이랄까, 그런 거니까, 고르고 따지지는 않겠지만, 그렇지, 굳이 말하자면 나는… 음…."

"거부"라고 시호루가 손을 들자 곧바로 메리도 "단호히"라며 거수했고 유메는 혀를 날름 내밀었다. "유메도 절대로 싫엇!"

"어… 이 어이 어이 어이." 란타는 왼손을 허리에 대고 오른손 검지를 세워 좌우로 흔들어보였다. "싫다거나 거부한다거나 그런 건 없어. 이건 어디까지나 우리의 미래를 겨냥한 프로젝트니까. 개인적인 감정을 개입시키지 말라고. 남자만으로도 여자만으로도 아이는 낳을 수 없는 거고. 무조건 서로 협력해야 한다. 의무다, 의무."

"멋대로 진행시키려고 하지 마, 프로젝트 같은 거…."

"닥쳐, 파루표로노스케. 네가 미덥지 못하니까 내가 앞장서주는 거다. …아아 알았다, 알았어. 나도 말이지, 별로 내가 사랑받는 캐릭터라고는 생각하지 않는다고. 어쩔 수 없어. 남은 떨거지로 참아주겠다. 그럼 먼저 쿠잣키."

"…어? 나, 뭐가요?"

"네 희망은? 세 사람 중에서는 누가 좋아?"

"어…." 쿠자크는 커다란 손으로 뒤통수를 누르는 것처럼 하면서 고개를 숙였다. "아아…."

그런 질문에 대답할 필요는 없다. 그러나 하루히로로서는 솔직히 흥미가 없는 것도 아니었다. 쿠자크의 마음은 알고 있지만, 모두의 앞에서 그것을 어떻게 표현할까? 혹은 하지 않을까? 얼버무리려고 할까?

"뭐야? 빨리 대답해!" 란타가 침을 튀기며 말했다. "빨리! 빨리 하라고! 빨… 리…! 빨… 리…! 빨리 빨리!"

"…음…." 쿠자크는 팔짱을 끼고 눈을 감았다. 지나치게 고민하는 거 아니야…?

하루히로는 은근슬쩍 메리의 안색을 살폈다. …어라? 예상과 좀 달랐다. 왠지 메리는 어색해하거나 쿠자크를 걱정하거나 둘 중 하나일 거라고 생각했었다. 그런데 그렇지 않았다. 메리는 두 손으로 자기 무릎을 잡고 당장이라도 사과할 것 같은 얼굴을 하고 있다. 뭐지? 쿠자크 혼자만 앞에 내세워서 미안… 그런 건가?

뭐, 그런 느낌인지도 모르지만, 위화감이 없지도 않았다. 메리답지 않단 말이지. 메리답다? 답다거나 답지 않다거나 그런 말을 할 수 있을 정도로 하루히로는 메리를 알고 있는 건가? 글쎄? 전혀 모르지는 않다고 생각하지만.

"분명치 않은 놈이네!" 란타는 발을 굴렀다. "잽싸게 골라! 가슴이라면 시호루! 얼굴이라면 메리! 마니아라면 유메! 기준은 그런 거지?!"

"…묻어버릴까?" 시호루가 오싹할 정도로 어두운 목소리를 냈다. "다 같이 이 사람을."

"찬성." 메리가 표정을 거두고 일어섰다.

"먼저 묻기 쉽도록 해야지." 유메는 히죽 웃고는 헌팅 나이프를 뽑았다.

"어, 어이?!" 란타는 엉덩방아를 찧고 그 자세로 뒤로 물러섰다.

"…무무무 묻는다거나 구체적인 방법으로 거시기하면 상당히 거시기하니까 하지 마?! 응?! 그만하자?! 그런 거?! 나도 거시기니까! 그만할 테니까! 응?! 앞으로 조심할 테니까! 원래 있잖아, 뭐랄까, 단순한, 그러니까, 농담이고?! 그렇게 진지하게 받아들이는 건 거시기잖아?! 악의는 없다고나 할까, 용서해주십시오, 이렇게 빌 테니까! 진짜로, 진짜로…."

란타의 엎드려 조아리기로 이 화제는 마무리되고 다들 제각각 잠이 들었다. 하루히로는 잠이 잘 안 왔다. 여러 가지 일이 머릿속에 떠올랐다. 쿠자크와 메리는 어떤 걸까? 잘되고 있는 건가? 상황이 이러니 그럴 경황이 아닌 건지도? 하지만 기왕이면 행복해졌으면 좋겠고… 라고 착한 척하며 생각해보니 가슴이 욱신거렸다. 무엇보다도 행복이란 게 뭐냐고? 전혀 모르겠어….

잠이 들고 아침을 알리는 거대 닭의 울음소리로 일어나면 또 하루가 시작된다. 우선 다리를 건너 우물촌에 들어가 우물에서 물을 마신다. 마을 안의 강가에서 세수를 하면 즐거운 아침 식사다. 그렇게 하려고 했는데, 식료품점에 선객이 있었다. 물론 손님이 있어도 이상할 것은 없지만, 너무나 마음에 걸리는 손님이었다.

"…저 녀석." 란타가 살그머니 손님을 가리켰다. "지나치게 인간 같지 않아…?"

마침 지금 대게 점주에게서 벌레 수프 그릇을 받아든 손님은 팔이 두 개고 다리가 두 개, 머리는 하나밖에 없고 꼬리도 없다. 몸길이는 180센티미터 정도일까? 하루히로보다는 크고 쿠자크보다는 작다. 챙이 넓은 모자… 라고나 할까, 마른 풀 같은 것을 높지 않은 원추형으로 짜서 만든 듯한 삿갓 같은 것을 쓰고, 목도리로 얼굴 아래쪽 반을 덮고, 무릎까지 오는 코트를 입었다. 허리에 도끼 같은 무기를 찬 것 말고도 등에 짊어진 커다란 주머니에도 도검이며 석궁 등을 매달기도 하고 고정해놓기도 하고, 그야말로 걸어 다니는 무기고다.

손님은 목도리를 내리고 그릇에 입을 대더니 얼굴을 약간 들고 벌레 수프를 마셨다.

국물을 다 마시자 손가락으로 건더기를… 즉, 벌레를 떠서 입에 넣고 아작아작 씹어 바로 삼켰다. 역시 인간은 아니라고 하루히로는 한순간 생각했으나, 벌레 맛을 좋아하는 인간이 있다 해도 별로 이상하지 않다. 손님은 낮은 목소리로 "루오 케에"라고 말하고 빈 그릇을 대게 점주에게 돌려주더니 이쪽을 보았다.

"옷…?!" 란타가 펄쩍 뛰어 언제든지 순간적으로 엎드려 조아리기를 할 수 있는 준비 자세를 취했다. 이 쓰레기(찌꺼기)는 이미 암흑기사가 아니라 엎드려 조아리기 기사라고 해야 한다.

하긴 손님의 거동에서 박력과 위압감 같은 것이 느껴지는 것은 사실이었다. 저렇게 무거워 보이는 짐을 지고 있는데도 조금도 무거운 것 같지 않고 똑바로 서 있다. 중심이 안정되어 있어 전후좌우로, 자유자재로 재빨리 이동할 수 있는 자세다. 몸의 어디에도 쓸데없는 힘이 들어가지 않았다. 빈틈이 없다고나 할까. 저 남자, 실력 있다. 그런 느낌…?

쿠자크가 대검 칼자루에 손을 댔다가 천천히 숨을 내쉬면서 놓았다.

"…같…"이라고 시호루가 말했다. 같이 뭐야…? 물어보고 싶지만, 물어볼 수 없다.

공기가 유난히 답답하다.

유메가 "웅…"이라고 신음하고 메리가 뭔가 말하려고 했다. 그때였다.

"네놈들." 손님이 쉰 목소리를 냈다. "혹시나 인간인가?"

"…내 이름은 운조."

하루히로 일행이 그림갈에서 사용했던 것과 같은 언어로 남자는 그렇게 이름을 댔다.

놀라지 마시라. 그 운조 씨가 이 세계로 흘러들어오고 나서 '밤이 적어도 몇 천 번이 찾아왔다'고 한다. 이쪽의 하루와 저쪽의 하루는 같은 길이인 걸까? 다른 걸까? 정확하지는 않지만, 만약 같다고 가정하면, 2천 일이라도 5년 반, 3천 일이라면 8년 이상의 긴 시간에 걸쳐 운조 씨는 이 세계에 있었다. 살아남은 것이다.

"갑자기는 믿을 수가 없군." 운조 씨는 쉰 목소리에 쓴웃음 같은 느낌을 담아서 말했다. "보는 건… 인간을, 오랜만이다. 무척, 무척, 오랜만의 일이다. 이 눈이, 살아 있는 인간을, 보는 것은. 생각지도 못했다. 그것이, 가능할 거라고는."

하루히로 팀은 운조 씨가 하는 말을 알아들을 수 있었다. 단, 억양이 아무래도 이상하거나 어순이 기묘하거나 했다. 어쩌면 한동안 인간의 언어를 사용하지 않았던 탓인지도 모른다.

운조 씨가 인간이고 동족인 것 같다는 사실을 알자마자 갑자기 란타가 질문 공세를 퍼부었다.

"선배님, 선배님, 선배님. 가르쳐주세요! 선배님도 역시 오르타나에 있었나요?! 의용병이었나요?! 그보다, 어디를 통해서 이 세계에?! 까놓고 말해서 어떻습니까? 이 세계는?!"

"오르타나…." 운조 씨는 그렇게 중얼거리더니 오랫동안 입을 다물고 있었다.

그 사이에도 란타는 "맞아요, 오르나타요, 오나르타! 그게 아니라 오타르나! 그게 아니라 오르타나! 이야, 돌아가고 싶다, 오르타나! 내 마음의 고향 오르타나라는 느낌이지만 선배님 생각으로는 어떻습니까?! 돌아갈 수 있다면 돌아가고 싶은 느낌?! 돌아갈 방법이라거나 있을까요?! 있다면 돌아가겠습니까?! 역시?! 아니, 그래도, 왜 있잖아요, 뭐랄까 단서 같은 게 있다면 가르쳐주세요 하는 느낌?! 어떻습니까? 그 점은?!" 거품을 물고 지껄여대서 참다못해 그만 좀 해, 이 멍청아… 라고 하루히로가 제지했더니, 예상대로 망할 란타는 적반하장으로 화를 냈다. "…어엉?! 나는 너한테 말하지 않았어. 운조 선배님한테 물어보는 거야. 너는 입 닥치고 자빠져 자, 문어대가리야. 졸린 눈 하지 말고 차라리 영면해라, 얼간아! 그리고 대머리 까져서 폭발해라!"

"저기." 하루히로는 똥 덩어리를 무시하고 운조 씨를 향해서 고개를 숙였다. "왠지 죄송합니다. 못 말리는 우리 쓰레기가 성가시게 해드려서."

"쓰레기는 너닷! 하루히로오옷! 회전하면서 지옥에 떨어져라…!"

"잘 지껄이는군." 운조 씨는 갑자기 오른손을 뻗어 란타의 머리를 움켜잡았다.

"…꾸엑…?!" 란타는 얼어붙었다.

망할 란타는 얼굴을 감추기 위해 투구를 쓰고 있는데, 운조 씨의 손은 투구째로 움켜잡고 있다. 키는 쿠자크만큼은 안 되는데도 손은 쿠자크보다 훨씬 크다.

"오르타나…." 운조 씨는 란타를 위에서 짓누르려는 것처럼 힘을 주면서 다시 한 번 그렇게 중얼거렸다. "…오르타나는, 잊었다. 이제. 어차피 돌아갈 수 없다."

"아야아아아… 아아… 요, 요, 용서해주세요 선배님. 부탁입니다
…."

"헉." 유메가 한 걸음 앞으로 나가서 침을 꼴깍 삼켰다. "놔주세
요. 란타는 그러니까, 나쁜 뜻은… 있었는지도 모르지만, 일단, 유
메네 동료니까…."

"동료…." 운조 씨는 씁쓸하다는 듯이 헛기침을 하고는 란타를
놓아주었다. "동료라. 그건, 없다. 나에게는, 한 사람도."

"…꾸오옷!" 란타는 데굴데굴 굴러 운조 씨에게서 거리를 두었
다. "사사사사, 사, 사, 살았다…. 맞나…?! 나, 나, 죽은 거 아니지
…?!"

"유감스럽게도." 메리가 쌀쌀맞게 말했다.

"…여기에는." 시호루가 지팡이를 부여잡고 떨리는 목소리로 물
었다. "호, 혼자서…?"

운조 씨는 그 질문에는 대답하지 않고 얼굴 아래쪽 반 이상을 덮
은 목도리를 끌어올렸다. "돌아갈 수 없다. 네놈들도. 여기는, 무덤
이다. 내. 그리고, 네놈들의."

"…진짭니까?" 쿠자크가 작게 내뱉고는 배 주위를 쥐어뜯는 것
처럼 만졌다.

하루히로는 고개가 저절로 숙여질 것 같았으나, 억지로 얼굴을
들었다. 지금 고개를 떨구면 두 번 다시 일어서지 못하게 된다. 그
런 예감이 엄습한 것이다. 뭔가 말하지 않으면. 운조 씨에게… 라기
보다 우리 팀을 향해서. 뭔가 말을 해야 해.

"하지만, 운조 씨는 살아 계시잖습니까?"

운조 씨는 하루히로를 다시 쳐다보더니 삿갓을 아주 약간 들어 올렸다. 운조 씨의 눈이 보였다. 인간이 맞다고 새삼 하루히로는 생각했다. 이 사람은 틀림없는 인간이다. 아마도 훨씬 연상이고, 그야 말로 선배겠지만, 같은 인간인 것이다. 이 세계에서 오로지 혼자서, 외톨이로 살아왔다. 얼마나 힘들었을까? 괴로웠을까? 외로웠을까? 그래도 운조 씨는 살아 있다. 운조 씨에게 그럴 의도는 없었겠지만, 증명해주고 있다.

이곳은 무덤 같은 곳이 아니다. 언젠가는 그렇게 될지도 모르지만. 언젠가는 누구나 어딘가에서 죽는다. 인생을 끝내는 순간, 그곳이 죽는 장소가 된다. 하지만 그 순간은 지금이 아니다.

하루히로 팀도 하기에 따라서는 여기에서 살아갈 수 있는 것이다.

"만나 뵙게 되어 영광입니다. 괜찮으시다면, 또 뵙고 싶고 여러 가지 가르쳐주셨으면 합니다."

"가르친다. 내가?" 운조 씨는 딱 한 번 어깨를 들었다 내렸다. "네놈들을?"

"아무것도 모르니까요."

"하류에." 운조 씨는 미지근 강 하류 방향을 가리켰다. "있다. 망자들이. 거리다. 폐허. 죽은 자, 아니다. 하지만 망자다."

"…거기에 뭐가?"

"망자의 거리. 폐허다. 의용병들." 운조 씨는 하루히로 일행에게서 등을 돌렸다. "어울린다. 네놈들에게는…."

가버리는 운조 씨를 쫓아가서 두세 가지 더 질문하고 싶었다. 그러나 그럴 수 없었다. 운조 씨의 뒷모습은 명확하게 하루히로 일행

을 거부하고 있었다. 날 내버려둬. 그렇게 말하는 것처럼 보였고, 그래야 한다고 하루히로는 생각했다.

분명 운조 씨에게도 이 만남은 충격이었던 것이다. 아니, 고독하게 지낸 시간의 길이를 생각하면, 하루히로 일행보다 더욱 충격을 받았음에 틀림없다. 그렇다면 마음속으로는 상당히 동요하고 있지 않을까?

운조 씨는 석조 건물로 들어갔다. 유리창에서는 늘 그렇듯이 불빛이 흘러나오고 있으니 주민은 안에 있을 것이다. 운조 씨는 석조 건물의 주민과 아는 사이인지도 모르겠다.

"망자! 의 거리!" 란타가 갑자기 기운이 넘쳐 크, 크, 크… 하고 사악하지만 싼티 나는 웃음을 지었다. "…생각지도 못한! 그게 아니라! 내가 예상한 대로! 우리가 나아가야 할 길이 제시되어버렸잖아! 야호! 나는 대단해…!"

"왜 그렇게 되는 거야?!" 유메가 란타에게 팔꿈치 공격을 했다. "란타는 전혀 상관없잖아. 전부 칸표 씨 덕분이잖아!"

"운조 씨야…." 하루히로는 한숨을 쉬었다. "망자의 거리라…."

"…뭔가 무서울 것 같아." 시호루는 목을 움츠리고 지팡이와 함께 자기 어깨를 끌어안았다.

"망자라고요…?" 쿠자크는 석조 건물을 보고 있다.

"죽은 사람은 아니라니." 메리가 살짝 고개를 갸웃거렸다. "…무슨 말이지? 망자라면 보통은 무슨 원인으로 움직이는 시체라거나 유령 같은 걸 말하는 건데."

"그거야 가보면 알지!" 란타는 카하하핫… 하고 크게 웃었다.

란타가 말하면 무조건 기각해버리고 싶어진다. 하지만… 운조 씨는 하루히로 일행을 의용병들이라고 불렀다. 운조 씨의 경력은 불명이지만, 역시 그도 의용병이었던 것 아닐까? 운조 씨는 하루히로 일행을 자기 후배로 간주해준 건지도 모른다. 어울린다고 말했다. 의용병들에게 어울리는 장소.

망자의 거리.

도대체 뭐지? 하는 생각이 안 드는 것도 아니다. 어째서 가슴이 살짝 뛰는 건가? 즐겁다거나 그런 건 아니거든. 내가 란타도 아니고. 단지, 약간은 감정이 고조된다. 그것은 부정할 수 없다.

이런 영문도 모르는 세계에 휩쓸려 들어와 돌아갈 기약도 없이 내일을 모르는 신세가 되어버렸어도 의용병인 건가? 완전히 틀에 박힌 건가? 싫다, 싫어. 그건 참아줘… 등등의 생각을 하면서도 하루히로의 결심은 이미 서 있었다.

"가보자."

그리고 그것은 하루히로뿐만이 아니었다. 란타는 물론이고 유메도, 시호루도, 메리도, 쿠자크도 결국은 의용병 생활이 몸에 배어버렸다. 능동적이기도 하고 수동적이기도 하고, 태도나 경향은 각각 달라도 생각이 도달하는 곳은 대개 같은 것이다.

실제로 반대 의견을 말하는 자는 없었다. 진흙탕 뒤지기는 어차피 의용병의 본분이 아니다. 망자의 거리. 가보자고요.

하루히로 일행은 아침 식사를 하고 우물촌을 나섰다. 장소는 미지근 강 하류라는데, 강가로는 내려가지 않고 강을 따라 하류 방향으로 걸어가기로 했다. 아마도 강가에는 소리도 없이 다가와 덤벼드는 사나운 생물이 서식하고 있을 것이다. 그밖에도 어디에 뭐가 있을지, 뭐가 어디에서 튀어나올지 알 수가 없다.

저 너머의 능선에서 타오르는 불꽃같은 빛은 처음 보았을 때에는 지나칠 정도로 미약했고 위안이 되지 않았었다. 해가 아닌 불이 떠오르면, 밤만큼 캄캄하지는 않지만, 낮이라고 생각될 정도로 밝지는 않다. 어둠이 흐릿하게 옅어지는 정도밖에 안 되는데도, 어느샌가 익숙해진 건가? 어둠의 농도에 대한 감각이 날카로워진 모양이다. 밝지는 않지만 어둡지 않다고 느낀다. 낮 동안의 어둠은 전보다는 아주 조금 하루히로에게는 편해졌다.

귀가 좀 밝아진 것 같은 느낌도 든다. 공기의 움직임과 냄새를 뚜렷하게 알게 되었다. 보지 않아도 동료들의 위치, 발의 움직임, 피로도를 왠지 파악할 수 있었다.

이윽고 미지근 강 쪽에서 안개가 흘러와 주변에 피어올랐다.

'…끼히… 끼히히… 끼히히히히히… 끼히….' 우물촌 밖에서 란타에게 소환된 이후로 거의 말을 하지 않았던 조디악이 갑자기 웃기 시작했다.

"뭐, 뭐야? 갑자기. 조디악이…." 란타는 명백하게 겁을 집어먹었다.

'…이히… 아무것도 아니다… 이히히… 정말로… 아무것도 아니야… 이히히히….'

"완전 궁금하잖아."

'쿠히… 궁금해하지 마… 란타… 아무것도… 쿠히히… 신경 쓸 일 없는 거다….'

"아니, 그러니까? 조디악이가 마음에 걸릴 만한 말을 하니까 마음에 걸리는 거고, 미묘하게 무서우니까 그런 거 그만해? 알았지? 응? 조디악이? 어라? 왜 아무 말 안 해? 대답하라고. 어이? 조디악아….”

“너도 입 좀 다물어, 란타.” 하루히로는 안개에 쌓인 어둠 너머에서 떠도는 기척을 느끼려고 했다. “조디악이는 뭔가 알려주는 거야. 눈치 채라고.”

“나는 그 뭔가가 뭔지 그걸 물어보려는 거잖아.”

‘…끼히히… 너 따위한테… 가르쳐줄 줄 알고… 끼히히히….’

“저기 말이야, 조디악이?! 주종 관계로 말하자면 암흑기사인 내가 주인이고 데이몬인 조디악이는 시종인데?!”

“아니야, 아냐….” 시호루가 메리에게 짧게 “그 반대”라고만 말했고 유메는 절실하게 “란타도 있지, 적어도 조디악이의 5백분의 1 정도만이라도 귀여웠다면 좋을 텐데”라고 말했다.

“귀여운 란타 군이라.” 쿠자크는 중얼거리더니 약간 뿜었다.

“우어어어어어어어어어이!” 란타가 짖었다. “멋대로 지껄이지 말라고, 너희! 작작 좀 해두지 않으면 진짜로 혼쭐을 내줄 테니까! 나는 진심이라고, 진짜루! 진심으로 작정한 내가 진짜 얼마나 무서운지, 이제부터….”

하루히로가 발을 멈추고 한 손을 들자 란타는 곧바로 입을 다물었다.

모두 멈춰 서서 숨을 참고 있다. …자, 어떻게 할까? 망설이게 되는 점은 있다.

안개 때문에 그것이 뭔지는 모른다. 하지만 가는 방향에 뭔가가 있다. 건물 아닐까? 그런 느낌은 든다. 이대로 다 같이 가서 확인할까? 하루히로가 앞서 가서 정찰할까? 도적으로서는 단독으로 행동하는 것이 여러 가지로 편하다. 편하기는 하지만 무섭다.

"…갔다 오겠습니다." 공포심이 하루히로에게 존댓말을 쓰게 만들었다.

"조심해." 제일 먼저 말을 해준 것은 메리였다. "무리하면 안 돼."

고맙습니다. 왠지 힘이 날 것 같습니다. 그리고 쿠자크, 미안해. 아니, 뭐, 사과할 건 없겠지만. 어디까지나 메리는 동료로서 배려해주는 것뿐일 테고. 당연하다. 당연히 그런 것이겠지만 격려가 되긴 한다. 좋지 않습니까? 그 정도는. 그렇죠…?

하루히로는 동료들에게서 떨어져 건물 같은 뭔가를 향해서 스니킹으로 걸어갔다. 나 이외에 움직이는 것은? 없다…. 그렇게 생각한다. 적어도 지금은.

안개의, 공기의, 바람의 흐름이 변했다. 어떤 장애물이 바람을 막고 바람 방향을 변화시키는 건가? 하루히로는 그것에 다가간다. 보인다. 건물. …석조 건물이다. 그런데 무너지기 직전이다. 원래는 상자 모양이었는지도 모르나 남아 있는 것은 3분의 2 정도다. 지붕은 보이지 않는다. 떨어져버린 건가? 폐가다.

폐가는 이것 하나가 아니다. 더 있다. 아니, 더 많이. 저쪽에도, 이쪽에도, 그쪽에도. 엄청 많다.

운조 씨가 폐허라고 말했었다. 여기인가? 망자의 거리. 이곳이 목적지인가? 그렇다는 건….

있다… 고 생각해야 할 것이다.

정체불명의, 죽은 자가 아닌 망자인지 뭔지가.

하루히로는 최초의 폐가 외벽에 손바닥을 댔다. 밀어본다. 꿈쩍도 하지 않는다. 확인하고 나서 외벽을 등졌다. 숨을 한 번 쉬었다. 우선 이 폐가를 한 바퀴 빙 돌아보자. 안에 들어갈 수 있다면… 들

어가볼까? 괜찮을까? 아무튼 한 바퀴다. 여기저기를 살펴보고 귀를
기울이고 망자를 계속 찾으면서 반 바퀴 돌았을 때, 개구부가 나타
났다. 현관? 문이 있었던 건가? 지금은 없다. 얼굴을 반만 들이밀
어보았다. 어두워서 잘 보이지 않지만 뭔가의 잔해가 흩어져 있다.
발 디딜 곳도 없다. 들어가는 것은 위험할 것 같다. 망자로 짐작되
는 것은 없다… 고 생각하고. 없는 거 맞지…?

다음이다. 다음 폐가로 가자. 하루히로는 제일 가까운 폐가를 탐
색하기로 했다. 방금 전의 폐가보다 한 둘레 크다. 지붕이 반쯤 남
아 있다. 현관으로 짐작되는 개구부에 문은 없다.

안 좋은 느낌이다. 느낌이랄까. …소리다. 들린다. 뭐지? 이 소
리. 철썩. 뚝. 아작. 아그작. 하웃. 음음. 츄릅. 찌직. 찍. 꿀꺽. 쭉.
꺼억. 혹시나 그건가? 머릿속에 떠오른 후보가 없는 것은 아니다.
짐작이 맞았다고 해도 기쁠 것 같지는 않지만, 그래도 확인해야 한
다.

하루히로는, 처음 뵙겠습니다, 망자 씨… 라고 가급적 밝게 마음
속으로 인사하면서 개구부를 통해 폐가 안을 둘러보았다. 있다. 있
습니다요. 그리 멀지 않은 곳에. 꼬리가 있는 인간형 생물이 웅크리
고서 뭔가를 하고 있다. 망자? 저건가? 의외로 보통이라고나 할까.
그런데 꼬리망자 씨는 도대체 뭘 하고 계시는 건가요?

흥미는 있다. 단, 지금은 일단 후퇴할까? 하루히로가 천성적인
신중함을 발휘하려고 했는데 어째서인지 꼬리망자 씨가 이쪽을 돌
아봐서, 오옷… 들켰나?

이런 때 캬… 하고 비명을 지르며 도망치는 것은 하수다. 우선 어
떻게 나오나 살핀다. 상대가 공격하면 곧바로 대처할 수 있도록 몸

과 마음의 준비를 갖춘다. 그야 분명히 적이라고 정해진 것도 아니고. 우호적인 생물일지도 모르고. 그렇진 않으려나.

꼬리망자는 뭔가 무기 같은 것을 들고 일어섰다. 무기 같은 것이랄까, 무기다.

두꺼운 월도를 손에 들고 꼬리망자는 걷기 시작했다. 온다. 이쪽으로. 느긋한 발걸음이다. 꼬리망자는 체인 메일 같은 방호구를 입고 어깨 보호대는 오른쪽만 했으나, 손등과 발등에도 보호구를 했다. 투구를 썼지만 얼굴은 감추고 있지 않았다. 눈. 뭐야? 저 눈. 하얗다. 빛나는 것처럼 보이지는 않지만 두 개의 눈이 아무튼 하얀 것이다. 커다란 입은 끈끈하고 질척한 액체로 젖어 있다.

하루히로는 꼬리망자가 웅크리고 있던 곳에 뻗어 있는 뭔가를 흘끗 보았다. 놀라지는 않았다. 동요도 그리 심하지는 않다. 예상이 맞았다. 그것뿐이다.

그 뭔가도 또한 생물 같았다. 아마도 인간과 비슷한 형태를 하고 있는데, 십중팔구 살아 있지는 않다. 자세히 본 것은 아니고, 어차피 어둠 등등의 문제로 잘 보이지는 않지만, 별로 보고 싶지 않으니까 상관없지 않은가요?

보아하니 꼬리망자 씨는 식사 중이었던 모양입니다? 방해해버린 건가? 사과해서 용서해준다면 그렇게 하는 것이 제일 무난하겠지만, 꼬리망자는 드디어 가속을 개시했다. 이건 사과하고 있을 때가 아니다. 하루히로는 당황하지 않고, 소란 피우지 않고, 얼굴을 도로 뒤로 빼고는 옆 폐가 그늘까지 달렸다. 달린다고 해도 조용히, 아주 조용히.

"샤앗!"이라고 꼬리망자가 외쳤다. 어디로 간 거야? 그런 비슷한 의미?

꼬리망자의 발소리가 들린다. 그 발소리에 맞춰 하루히로도 이동했다. …차라리 유인할까? 멤버들 있는 곳까지 유인해볼까? 해볼까?

여기가 망자의 거리이고 놈이 망자라고 치면, 망자가 놈 하나뿐이라고는 생각할 수 없다. 더 있겠지. 하지만 놈 이외의 기척은 없다. 현재로서는 느껴지지 않는다. 어차피 들켜버린 거고, 의용병인 하루히로 일행은 유람이나 하러 망자의 거리에 온 것이 아니다. 목적은, 그렇다… 사냥이다. 의용병답게 망자를 사냥하기 위해서 왔다. 꼬리망자. 실력 테스트를 하기에 마침 적당하다.

하루히로는 발을 멈췄다. 꼬리망자가 접근한다. 모퉁이에서 모습을 드러냈다. 예의 하얀 눈으로 하루히로를 보자마자 놈은 큰 입을 벌렸다.

"카앗…!"

달려온다. 좋다. 오너라. 하루히로도 달렸다. 모두가 기다리는 곳은… 괜찮다. 방향도 대충 거리도 기억하고 있다. 틀리거나 하지는 않아. 그쪽을 향해서 달려라. 놈은 제법 빨랐지만 하루히로가 전력으로 질주하면 따라잡힐 일은 없다.

"하루 군…?!" 유메의 목소리가 들렸다.

"적! 달고 간다…!" 하루히로는 말하고 나서 덧붙였다. "한 명…!"

"맡겨두시죠…!" 쿠자크가 대답했다. 있다. 보인다. 쿠자크가 방패를 들고 나왔다.

"…부탁해…!" 하루히로가 쿠자크를 향해서 달렸다.

스쳐 지나간 직후에 돌아보니 쿠자크는 꼬리망자의 월도를 블록

(방패 막기)하면서 스러스트(찌르기)를 내지르고 있었다. 꼬리망자는 아랑곳하지 않고 밀고 들어온다. 쿠자크도 물러서지 않는다. 맞부딪친다.

"리프아웃…!" 란타가 꼬리망자의 측면까지 단숨에 날아가서, 8자를 그리는 것처럼 롱 소드를 휘둘렀다. "…에서 슬라이스…!"

뇌검 돌핀은 찌르르 효과가 떨어져 대장간에 팔아버렸기 때문에 지금 란타의 애검은 비트레이어(배신의 검) Mk II 다. 꼬리망자는 땅바닥에 몸을 내던지는 것처럼 해서 피하려고 했으나, 란타의 검은 놈의 팔인지 어딘지에 탕… 하고 맞았다. 베이지는 않았다. 놈은 체인 메일을 입었다.

구르다가 일어난 꼬리망자를 쿠자크가 거리를 좁혀, "이얏…!" 하고 장검으로 내리쳤다. 쿠자크의 장검은 카바네 습지에서 주워 대장장이가 손을 봐준 것이다. 꼬리망자는 투구를 맞고 "응구옷!" 하고 신음했으나 겁먹지 않는다. 사이를 두지 않고 곧바로 월도를 치켜 올려 역습으로 전환해서 쿠자크 쪽이 후퇴했다. "…아아, 젠장, 약하네, 나…!"

"조바심내지 마…!" 하루히로는 쿠자크에게 한마디 해주고 꼬리망자의 뒤를 살폈다.

유메, 메리는 시호루를 지키면서 대기하고 있다. 적이 한 놈이기 때문에 적절한 대형이다. 어쩌면 증원이 있을지도 모르니까. 그러면 유메와 시호루가 곧바로 대응해주길 바란다. 메리는 시호루의 경호를 최우선시해야 하고. 다들 그 점은 알고 있다.

'…이히….' 조디악은 근처에 둥실 떠 있다. '란타… 입만 산 놈… 이히히… 냉큼 끝장내라… 이히히히….'

"네가 말 안 해도…!" 란타가 꼬리망자에게 맹공격을 감행한다. 헤이트리드(증오 베기)에서 이연속 공격. 더욱이 왼쪽 위에서, 오른쪽 위에서 비스듬히 내리친다. 비트레이어 Mk Ⅱ가 꼬리망자의 월도와 맞물린 순간, 리젝트(분노의 떨치기). 암흑기사의 진면목은 상대방과 정면승부를 하지 않는 것이다. 전사라면 검을 맞부딪치며 싸울 상황이라도 암흑기사는 그렇게 하지 않는다. 순간적으로 밀어붙이거나 받아넘기거나 한다. 이번에는 교묘하게 되밀쳤다. 동시에 란타는 똑바로 물러난다. 물러난다고는 해도 심상치 않은 움직임이다. "…이그저스트(배출계)…!"

꼬리망자는 아주 약간 휘청댔으나 버텼다. 란타가 바닥을 박찼다. 이번엔 전진이다. 이것도 또한 엄청난 속도였다. "으럇! 리프아웃…!"

란타는 그대로 꼬리망자에게 돌진했다. 저 타이밍에서는 꼬리망자는 피할 수 없다. 비트레이어 Mk Ⅱ가 꼬리망자의 명치 부근에 꽂혔다. 쑤셔 박은… 건지 아닌지. 란타가 꼬리망자를 밀어 쓰러뜨리는 것 같은 자세가 되었다. 그러나 란타는 곧바로 꼬리망자에게서 떨어졌다. "…젠장…!"

"하샤아…!" 꼬리망자도 벌떡 일어나 월도를 휘둘렀다. 아까보다 힘이 있다.

쿠자크가 방패로 월도를 탕탕 쳐내면서 "으랴…!" 하고 꼬리망자에게 태클을 감행했다. 꼬리망자는 벌렁 자빠졌지만 또다시 일어난다. "시잇! 햐아아앗…!"

"참 내, 도대체 뭐야…?!" 유메가 외쳤다. 정말로 뭐냐고?

"뭐가 망자라는 거야!" 란타가 혀를 찼다. "활기가 넘치잖아…!"

이쪽의 공격이 효과가 없는 것… 인가? 꼬리망자의 배 부근은 거무튀튀하게 더러워져 있다. 란타의 비트레이어 MkⅡ는 체인 메일을 뚫고 꼬리망자의 몸을 상처 입힌 것이다. 놈은 쿠자크에게서 장검으로 머리를 맞기도 했고 태클을 당하기도 했다. 그래도 멀쩡한 것 같다. 아프지 않은 건가? 아픔을 느끼지 않아? 흥분 상태라서? 아니면 원래부터 둔감한 건가?

우선 놈에게는 통각이 없다. 그렇게 생각하는 게 좋을 것 같다.

우선은 놈의 자세를 무너뜨려야 한다. 그리고 움직이지 않게 될 때까지 오로지 공격을 가한다. 예전에 하루히로 일행은 다무로 구시가에 다니며 자기들보다도 약해 보이는 고블린을 닥치는 대로 사냥했었다. 고블린 슬레이어라는 이름에 걸맞게 마구 두드려 패는 전술이었다. 그것을 하면 된다.

마침 하루히로는 놈 바로 뒤에 있다. 놈은 쿠자크와 란타에게 정신을 빼앗겨 하루히로의 존재를 잊어버린 것 같다. 우연히 그렇게 된 것이 아니다. 확실하게 잊어버리도록 하루히로는 살금살금 움직이고 있었던 것이다.

백 스태브? 스파이더? 아니야. 하루히로는 다른 방법을 선택했다. 가급적 발소리를 내지 않으려고 하며 달린다. 놈은 아직 눈치채지 못했다. 돌아보지 않는다. 좋았어…. 하루히로는 힘차게 땅을 박차고 뛰어올랐다. 뛰며 차기다. 꼬리망자의 등을 두 발로 힘껏 걸어찼다.

"흥곳…!" 놈은 고꾸라졌다.

"지금이다…!" 하루히로의 고함 소리보다도 란타가 움직이기 시작한 것이 빨랐는지도 모르겠다. 쿠자크도 그리 뒤처지지 않고 란타 뒤를 따랐다. 하루히로도 가세했다.

아무튼 일어서게 하지 않는다. 무기를 쳐서 떨어뜨린다. 저항을 봉쇄한다. 베거나 찌르거나 고등 기술은 생각하지 않는다. 검을 날이 달린 것이라고 생각하지 않고 둔기처럼 무작정 때린다. 그런 와중에도 란타는 능숙했다. 검 끝을 교묘하게 사용해서 놈의 투구를 벗겨냈다. 박살 내라. 머리를. 엉망진창으로 박살 내버려. 움직이지마. 이제 날뛰지 마. 아직인가? 더 해보겠다는 건가? 그렇다면 할수 없지. 철저하게 하는 수밖에 없다. 쿠자크가 방패로 놈을 찍어눌렀다. "…아아아아아…!"

"우우우우우우우우오오오오오오오오…!" 란타가 비트레이어 Mk Ⅱ를 놈의 목에 쑤셔 박았다. 그리고 힘껏 비틀자 그제야 놈은 꼼짝도 하지 않게 되었다.

"큭…….." 하루히로는 뒷걸음질치며 주위를 둘러보았다. 유메, 시호루, 메리가 눈에 들어왔다. 메리가 육망성을 그리는 동작을 하더니 잠깐 눈을 감고 나서 끄덕여주었다. 괜찮다는 듯이.

"으쌰아아아아아아아아아아…!" 란타가 비트레이어 Mk Ⅱ를 휘두르기에 승리 포즈를 취하는 줄 알았는데, 다음 순간에는 꼬리망자의 시체를 향해 덤벼들었다. "보물, 보물, 득템, 득템, 득템! 아무것도 없다면 가만두지 않는다, 이 썩어 빠진 망자 놈! 진짜로 죽인다…! 이미 죽었지만…!"

"…너 말이야." 과연 한마디 하고 싶었지만, 란타에게 무슨 말을 할 권리가 하루히로에게 있느냐 하면, 역시 없겠지. 하지만 체인 메일을 벗기는 솜씨라거나 그런 것이 지나칠 정도로 대단한데. 화려한 손놀림이라고 표현해도 좋을 정도지만 칭찬하고 싶지는 않다.

"응?" 란타가 뭔가를 집어 들었다. "오호호호호호호호호호호…이…?!"

쿠자크는 투구 바이저를 올리고 휴… 하고 한숨을 내쉬었다. "…뭐 좋은 거라도 있습니까?"

"짜잔…!" 란타는 자랑스럽게 그것을 보여주었다. "있는 정도가 아니지…!"

솔직히 가슴이 두근거렸다. 사랑인지도 모른다고 하루히로는 생각했다. 아니, 그게 아니라.

란타가 손에 쥐고 있는 그것은, 하나가 아니었다. 여러 개 있다. 검고, 둥근….

"후와아…." 유메가 입을 쩍 벌렸다.

"…어?" 시호루는 아직 반신반의하는 기색이다.

"뭐?" 메리가 고개를 갸웃거렸다.

"뭐긴 참 내… 검은 동전 아닙니까! 게다가!" 지금의 란타는 인생에서 최고로 빛나고 있었다. "…네! 개나…! 감사합니닷…!"

하루히로는 웃으려고 하다가 그만두었다. 기뻐하거나 안도하거나 하는 것보다 다른 할 일이 있다. 억지로라도 그렇게 생각하지 않으면 맥이 풀릴 것 같았다.

하지만 검은 동전 네 개라. 크기를 보니 중동전이 네 개. 4루마다. 하루히로는 허황된 꿈을 꿀 것 같은 자신을 꾸짖었다. 착실하게. 착실하게 하자. 차곡차곡. 헛된 기쁨에 정신을 팔고 싶지는 않다. 괜히 기대했다가 실망하고 싶지 않다. 그런 나약한 자기 자신을 어떻게든 절충하면서 이제부터 해나가는 수밖에 없다….

한마디로 망자라고 하지만 실은 천차만별이다.

"타앗…!" 쿠자크가 망자의 안면에 강렬한 바시를 날렸다. 망자는 몸을 뒤로 젖혔으나, 네 개의 팔을 뻗어 쿠자크를 움켜잡으려고 했다.

"…으랴앗!" 란타가 오른쪽부터, 유메가 "챠앗…!" 하고 왼쪽부터 망자에게 돌진해서 양쪽 옆구리에 비트레이어 MkⅡ와 헌팅 나이프를 내질렀다.

"고보오보오우웃!" 하얀 두 눈을 번들번들 빛내며 균열 같은 입에서 갈색 점액을 토해내는 망자에게 하루히로가 뒤에서 덤벼들어 결박하고, 그 목덜미에 단검을 박았다. 그렇게 단숨에 베어 가르는 정도로는 망자는 죽지 않는다. 멈추지 않는다고 해야 할까, 완전히 숨이 끊어질 때까지 멈추지 않는 것이 망자다.

"이야아아아아아아아아…!" 하루히로는 단검을 움직이면서 망자의 목을 꺾었다. 격렬하게 좌우로, 앞뒤로. 부러졌다. 아니, 목이 빠졌다. 그러자마자 망자의 몸에서 힘이 빠져나간다. 쓰러진다. 뒤로. 하루히로는 황급히 망자에게서 떨어지다가 균형을 잃고 엉덩방아를 찧었다. 안고 있던 망자의 목은 내던지려고 하다가 멈추고 바닥에 가만히 내려놓았다.

"으쌰…! 가죽을 벗긴다…!" 란타가 용감하게 망자의 시체에 덤벼들었다. 늘 그렇지만, 매번, 어떻게 좀 안 되나 하고 생각하게 된다.

"…하루히로 군…!" 시호루가 지팡이로 안개 너머를 가리켰다.

메리가 곧바로 시호루 옆에서 쇼트 스태프를 겨눈다. 쿠자크도 거친 숨을 몰아쉬면서 영차… 하고 방패를 집어 들더니 장검을 들고 있는 오른팔을 빙글 돌렸다. 새로운 적인가?

하루히로는 숨을 한 번 내쉬면서 일어섰다. "란타, 어때?!"

"기다리라니까!" 란타는 잠시 후 쿠호홋… 하고 경박하게 웃었다. "…좋아, 좋아. 중동전 두 개에 소동전 한 개. 합치면 2루마 1웬! 그럭저럭 괜찮네!"

"끝났으면 준비해!" 유메가 란타의 등을 무릎으로 밀었다.

"으앗. 차지 마, 이 절벽!"

'…끼히… 됐으니까, 빨리 해… 쓰레기 놈… 끼히히….'

"조디악아?! 네가 감히 마스터(소환주)인 나를 쓰레기라고 부르다니?!"

"어울려…." 하루히로는 눈을 부릅떴다. 왔다. 하얀 눈. 망자다. 달려온다. 이번의 망자는 놀랍게도 게를 닮았다. 대게 점주를 연상시키는 외모다. 좀 싸우기 거북하지만, 그런 말을 하고 있을 수는 없다. "…만만치 않아 보인다. 조심해…!"

망자는 천차만별이다. 하지만 공통점은 있다.

외모로 말하자면, 눈. 망자는 모두 하얀 눈이다. 검은 눈동자가 없다거나 그런 게 아니라, 마치 안구에 새하얀 물체가 박혀 있는 것처럼 보인다. 그것은 죽으면 원래대로 되돌아가므로 아무래도 망자가 될 때 생긴 변화인 모양이다. 그리고 망자는 역시 아픔을 느끼지 않는 모양이다. 따라서 심장과 뇌를 파괴하거나 목을 따버리거나 해서 숨통을 끊어놓지 않는 한, 계속 활동한다.

그리고 서로 잡아먹는다.

망자는 무리 짓지 않는다. 망자는 망자의 적이라기보다 먹잇감인 모양이다.

하루히로 일행이 망자의 거리에 다니게 되고 나서 7일. 그동안에 망자가 식사하는 광경을 몇 번이나 목격했다. 다들 망자는 망자를 먹고 있었다.

망자는 망자를 습격하고, 이긴 망자가 진 망자의 살과 내장을 먹고, 쓸 수 있는 장비품은 빼앗는다. 검은 동전은 자기 것으로 취한다. 그것이 망자의 전형적인 행동 패턴이다. 아니, 이 패턴에서 벗어난 망자는 아직 본 적이 없다.

모든 망자가 이런 거라면, 이렇게 음울하고 위험한 세계에 와서까지 의용병으로 살아가는 수밖에 없는 하루히로 팀에게 이 망자의 거리는 몹시 짭짤한 곳이다.

망자는 여러 가지다. 전투 능력도 개체 차이가 크다. 황당할 정도로 강한, 하루히로 팀으로서는 도저히 감당이 안 되는 망자도 있을지도 모르고, 내일, 아니, 오늘 그런 놈과 마주칠지도 모른다.

위험 부담은 물론 있다. 단, 여럿의 망자를 상대해야 할 상황은 기본적으로 예상하지 않아도 된다. 왜냐하면 망자는 무리를 짓지 않는 것뿐만이 아니라 서로를 노리기 때문이다.

놀랍게도 망자는 하루히로 팀과 다른 망자가 있으면 망자를 선택한다. 망자끼리 싸우고 있을 때는 어부지리를 얻을 절호의 기회다. 잔인한 이야기이긴 하지만, 원래부터 의용병이라는 직업은 고상하기보다는 저열하고, 윤리적이긴커녕 무법인 것이다. 선인에게도, 자기는 선량하다고 믿고 싶은 자에게도 이 직업은 결코 추천할 수 없다. 망자는 하루히로 팀에게는 눈길도 주지 않고 아무튼 다른 망자를 공격해서 먹으려고 한다. 그러면 하루히로 팀은 붙었다 떨어졌다 하며 싸우는 망자들에게 우르르 달려들어 죽이면 된다. 이럴 때 실제로는 입 밖에 내지 않더라도 대부분의 의용병은 다음과 같이 생각할 것이다. 감사히 받겠습니다 하고.

덧붙이자면, 하루히로처럼 뻔뻔하지 못한, 비겁하다고 하면 비겁한 건지도 모를 의용병은 남몰래 변명을 한다. 이걸로 좋은 거라며 아무런 의문도 품지 않고 생각하는 건 아니지만 살아가야만 하니까 어쩔 수 없는 거야. 그렇게 얼버무리는 동안에 익숙해져간다. 가끔씩 제정신이 돌아오면 구역질이 치밀어 올라도 내일이 되면 아마 잊어버릴 것이다.

망자의 거리 7일째의 사냥이 끝나고 우물촌으로 돌아왔다. 오늘의 벌이는 9루마와 11웬. 망자의 장비품류는 흠집이 심해서 대개 하나에 1웬밖에 쳐주지 않기 때문에, 어지간히 좋아 보이는 물건이 아니면 갖고 돌아오지 않는다. 공유 재산은 20루마를 돌파했고 3일째부터 분배를 개시한 각자의 개인 재산도 각각 몇 루마는 있을 것이다. 식비는 여전히 여섯 명 한 끼분에 1루마, 하루에 두 끼에 2루마니까 제법 여유가 생겼다.

오늘은 먼저 여성진이 목욕하는 동안에 란타가 식료품점에서 술을 마시기 시작했다. 그렇다. 식료품점에서는 술도 판다. 단지에 든 술이 몇 종류나 있는데, 싼 것은 한 잔에 1웬이다. 하루히로는 그리 맛있다고는 생각하지 않았지만 란타는 꽤 좋아하는 모양으로 요즘 자주 마신다. 혹시나 란타의 소지금은 대부분이 술값으로 사라져버리는 것 아닐까?

그런 연유로, 여성진이 목욕한 후에, 벌써부터 만취한 란타는 내버려두고 하루히로와 쿠자크 둘이서 목욕을 하기로 했다.

욕조로 삼은 강가의 구멍은 우물촌 주민들의 눈에 띄지 않을 만한 장소에 파두었다. 처음 무렵에는 두근두근했으나, 최근에는 재빨리 옷을 벗고 맨얼굴도 드러내버린다. 만약을 위해서 투구며 옷가지를 가까이에 놓아두고 누가 오면 서둘러 얼굴을 가리면 된다. 지금까지 문제가 생긴 적은 없으니 뭐, 괜찮겠지.

남자끼리의 알몸의 교류도 이제 와서는 별것 아니다. 어둠에 눈이 익숙해졌어도 어둡기는 하니까 아주 잘 들여다보려고 하지 않으면 그리 잘 보이지는 않는다는 사정도 있다.

먼저 미지근 강에서 손과 얼굴을 씻는다. 식료품점에서는 어째서인지 비누를 팔고 있었기 때문에 사서 소중하게 쓰고 있다. 몸도 전체적으로 씻는다.

그리고 드디어 욕조에 몸을 담근다. 체온보다 낮은 미지근한 물은 그야말로 미지근하다. 뜨거운 탕에 들어가고 싶다고 생각하기도 했지만, 사치스러운 요구를 하다가는 한이 없다.

"…휴우우우…." 하루히로는 천천히 고개를 돌렸다. 스스로 자기 어깨를 주무른다. 욕조는 바닥에 엉덩이를 붙이고 앉으면, 물이 하루히로의 견갑골에 달할 정도의 깊이는 된다. 다리도 뻗을 수 있다. 하지만 키가 큰 쿠자크는 약간 비좁은 모양이다. 키가 큰 것도 마냥 좋기만 한 것이 아니다. 좀 부럽긴 하지만.

"이야…." 쿠자크는 두 손으로 얼굴을 문질렀다. "하지만, 그러네요. 무슨 말을 하려고 했더라? 뭐… 음. 오늘도 피곤하네…."

"그렇지. 수고했어."

"아, 아니. 하루히로가 더 피곤하지요. 나 같은 것보다."

"몸을 던져 싸워주는 건 쿠자크잖아. 나는, 왜 알잖아, 뒤에서 살금살금 하니까."

"머리를 쓰는 거니까. 그런 거 힘들지 않아요? 어떤 의미에서는. 나는 하라는 지시에 그대로 하는 것뿐이고. 그러면 우선 어떻게든 되니까. 어떻게든 되게끔 밥상을 차려준다고 하나? 그렇게 만들어주는 것 같은."

"쿠자크가 방패 역을 제대로 해주니까 가능한 거야."

"진짭니까? 제대로 하고 있는 건가? 나."

"하고 있다니까."

"아니, 아직 멀었습니다. 나 같은 건."

"비교적 진심으로 칭찬하는 건데. 자기한테 엄격하네?"

"좀, 그렇죠…." 쿠자크는 갑자기 입을 다물었다. 그리고 다음으로 입을 열기까지 이상한 공백이 있었다. "…저기, 그다지, 의외로, 이런 기회가 좀 없었기 때문에… 하루히로와 마주앉아 이야기할 기회라는 의미인데, 괜찮습니까? 물어봐도."

"어? 아, 응." 하루히로는 묘하게 당황해버렸다. "…뭐, 뭔데?"

"모구조 군 말인데요."

"…모구조?"

그쪽인가? 하고, 그쪽이 아니라면 어느 쪽이란 말이야? 라고 생각해버렸다. 어쨌든 허를 찔렸다. 쿠자크 입에서 모구조의 이름이 나올 거라고는 생각지도 못했다.

"괜찮, 은데. 그건, 물론. 하지만, 쿠자크는 그… 직후, 모구조와, 뭐랄까, 접점이 있었던 건 아니잖아."

"그야 그렇지요. 알고는 있지만, 그래도 뭐랄까."

"…마음에 걸려?"

"그보다, 말하지 않잖아요. 하루히로와 모두. 예를 들면, 나와 모구조 군을 비교하거나 하지 않잖아요. 적어도 나한테는 말하지 않지."

"말하지… 않지."

"그래도, 역시 생각하게 되어서. 비교당하지 않는 건 아닐 거라고. 나, 모구조 군처럼 해낼 수 있는 걸까 하고. 모구조 군의 빈자리를 메우고 있는 건가… 라거나. 미안."

"아니… 갑자기 사과해도."

"아니, 빈자리를 메운다거나, 그런 건 아니라고 생각해서. 메울 수 없는 거지요. 메울 수 있을 리가 없지. 동료란 건, 그런 게 아니지요. 나, 하루히로와 모두와 함께 하면서 느끼고 있거든. 무엇과도 바꿀 수 없는… 이라는 표현 있잖아. 동료라는 게 그런 거구나. 표현이 좀 그렇지만, 그 녀석이 없어지면 대신에 이 녀석을 넣자… 라거나, 그런 간단한 것이 아니니깐. 실제로 그렇게 해야만 한다 해도, 그건 다르다고나 할까. 말로는 잘 못 하겠지만. 나는 모구조 군 대신은 될 수 없구나 하고. 그래도 한편으로는 모구조 군과는 다른 방식으로 모두를 지키고 싶고. 나도 이래 봬도 성기사니까, 지켜야지, 그런 느낌."

"…너…."

아아, 안 되겠다.

하루히로는 손으로 물을 떠서 얼굴에 찰박찰박 뿌렸다. …뭐냐고? 정말이지, 그만둬. 기습이야, 그건. 난처하잖아. 난 이런 거 서툴다고.

쿠자크는 그저 점점 익숙해져서 자연스럽게 방패 역으로서 성장한 것이 아니었던 것이다. 항상 모구조라는, 눈에 보이지 않는 높은 벽의 존재를 느끼면서 적과, 그리고 자기 자신과도 맞서서 열심히 싸워왔다. 확실하게 목적의식을 갖고, 동료들을 위해서, 피를 토하는 것 같은, 같은 게 아니라 진짜로 피를 흘려가면서 노력을 거듭하며 한 걸음, 한 걸음씩 자신을 향상시켜왔다.

과연 보고 있었을까?

쿠자크의 고생을, 분투를 하루히로는 이해하고 있었나?

충분히 알고 있었다고는 입이 찢어져도 말할 수 없다. 여유가 없었던 것이다. 요컨대 자기 일로도 벅찼다. 그런 변명은 됐다. 사실을 말하자면, 하루히로는 쿠자크를 정당하게 평가하지 않았었다.

—글러먹은 리더라서, 이것도 저것도 다 부족해서, 미안.

고개를 숙이는 것은 쉬운 일이다. 하지만 쿠자크에게 사과해서 뭐가 되는 것일까? 하루히로는 마음이 편해질지도 모르지만, 분명 그것뿐이다. 자기만족일 뿐이다.

"모구조… 는…." 하루히로는 코를 잡고 입으로 숨을 뱉어냈다. 위험해. 울 것 같다. 아니, 괜찮다. 참을 수 있다. "소중한, 동료였어. 그래. 대신 같은 건 없다고 생각해. 잊어버리거나 할 수도 없고, 잊지 않을 거고. 그래도 말이지. …죽어버렸어. 없는 거야. 모구조는 이제. 그래서는 아니지만. 지금은… 쿠자크, 네가 우리 파티의 방패 역이고, 너밖에 없다고 생각해."

"…우와."

"응?"

"하하…." 쿠자크는 커다란 손으로 얼굴을 덮었다. "눈물 날 것 같아. 웃겨….”

“웃기지 않은데.”

“오히려 웃어주는 게 나을지도. 부끄럽네요, 이거.”

“그러지 마.”

“이 일, 말하지 말아줄래요? 특히 란타 군에게는.”

“…말할 거라고 생각해?”

“생각하지 않지만. 만약을 위해서.”

“말 안 해.” 하루히로는 뜬금없이 손가락으로 물을 튕겨 쿠자크 쪽으로 날렸다.

“잠깐!” 쿠자크도 물을 날리며 받아쳤다. “뭡니까? 어린애같이!”

“그쪽이야말로.”

“먼저 공격했으니까.”

“이제 안 그럴게.”

“맹세해요?”

“맹세해, 맹세해”라고 말하자마자 하루히로는 물을 떠서 쿠자크에게 끼얹었다.

“그럴 줄 알았어!” 쿠자크도 곧바로 반격했다.

뭘 하는 건지….

—바보처럼 느껴져서 물 뿌리기 싸움을 끝낼 때까지, 실은 그런대로 시간이 걸렸다. 정말로 뭘 하는 건지.

하지만 즐거웠다. 실없이, 진심으로 웃을 수 있었다. 지금이라면 말할 수 있을 것 같은 느낌이 들었다.

얼굴을 맞대고 물어보는 게 좋다. 분명하게 해둬야 하는 것이다. 이상한 이야기지만, 쿠자크는 행복해졌으면 좋겠다고 솔직하게 생각할 수 있다. 오버일까? 아니, 그렇지는 않을 것이다. 하루히로 팀은 당분간 여기서 살아가게 되었다. 그 기간이 예를 들어 1년이나 2년, 5년, 10년, 그 이상이 된다면? 언제까지고 의용병으로서 사냥을 해서 밥을 먹고, 자고, 그저 끝도 없이 그런 반복을 할 수는 없을 것이다. 생활해가야만 한다. 우물촌 주민들에게서 인정을 받고 마을 안에 집을 짓거나. 멀리 내다보고 사냥 이외의 일을 찾거나.

만약 서로가 그럴 마음이 있는 거라면 부부가 되는 것도 좋다. 아이가 생기거나 하면 다 같이 지키고 키우거나 하고, 그것이 활력소가 될지도 모른다.

현시점에서는 꿈같은 이야기랄까, 상당히 막연한 상상에 불과하지만, 그런 일도 일어날 수 있다. 무슨 일이 있어도 이상할 것 없다.

"저기 말이야, 쿠자크. 나도 한 가지, 물어봐도… 될까?"

"되는데요. 뭡니까?"

"비교적 개인적인 일인데."

"염려 말고 말해요. 나랑 하루히로 사이잖아요. …아니, 방금 그 말은 좀 뻔뻔했네. 나, 또 창피해지네…."

"왠지 엄청 말하기 힘들어졌다…."

"그렇죠…. 반성하겠습니다. 아, 하지만 진짜로 뭐든지 물어봐요. 숨기거나 그러는 거, 나는 기본적으로 없다고 생각하고."

"그, 그럼." 하루히로는 헛기침을 했다. 뭐지? 귀울음? 같은? 그것과도 다른가? 자신은 이상할 정도로 긴장하고 있다. 어떻게 말을 꺼낼까? 이런 화제는 서툴다. 반대로, 능숙한 분야란 게 있긴 한가? 별로 없나? 없네. 뭐 됐어. 보통으로. 스트레이트하게 묻는다. 그것밖에 없다. "…어, 어때? 메, 메, 메… 메, 메리와."

버벅거렸다. 마구 버벅거렸다. 스스럼없이, 자연스럽게 묻고 싶었는데. 그러지 못했다. 어차피 무리인가? 하루히로에게는 이게 한계다.

"아아⋯." 쿠자크는 아랫이빨로 윗입술을 문다는, 입술을 무는 것치고는 약간 기술적인 재주를 부렸다. "어떠⋯ 냐니?"

"어? 아니. 왜 있잖아, 저기⋯ 뭐지? 어라? 왜냐하면, 그렇잖아? 쿠자크, 메리와⋯ 뭐랄까, 저기⋯."

"내가, 메리⋯ 씨와, 뭐요?"

"어, 어라? 화, 화난 거⋯ 야?"

"아뇨. 화 안 났는데요."

"아니, 하지만, 뭔가 왠지 화난 것 같은⋯."

"아니, 그러니까, 화 안 났다니까."

"아니, 아니. 완전히 화났잖아? 엄청 기분 나쁜 것 같은데."

"그게 아니라⋯ 으아아⋯." 쿠자크는 두 손으로 자기 머리를 퍽퍽 때렸다. "크읔⋯ 어떻게 말하면 좋을지⋯. 아닙니다, 진짜로. 화 같은 거 안 났다고⋯. 그보다, 내가 메리 씨와 뭐가 어떻다고요? 어쨌다는 겁니까? 우앗⋯."

"자, 잠깐, 쿠자크. 진정해."

"진정이 안 됩니다."

"알고 있어. 명백하게 진정이 안 되고 있네. 혼란스러워하는 걸로밖에는 안 보이는데. 어? 왜, 왜? 그야, 쿠자크, 메리와 사귀⋯."

"알았어요! 순서대로 차근차근 말하겠습니다." 쿠자크는 상당히 큰 손짓발짓을 섞기 시작했다. "⋯뭐, 메리⋯ 씨, 와는, 여러 가지 일이 있어서. 아니, 없지만. 좋다고 생각하고. 까놓고, 그겁니다. 좋아하게 되어서."

"…응."

"외모도 미인이지만 재미있잖아요, 그 사람. 뭐랄까, 성실하지만, 왠지 안쓰럽다고나 할까. 안쓰러워? 좀 다른가? 뭐지? 귀엽잖아요."

"…아, 그런… 가?"

"그렇다고 생각해. 나는 말이죠. 그래서, 뭐, 반했다고요. 나는. 둘이서 이야기할 기회라거나, 그런 게 있기도 해서, 나로서는 슬쩍 떠보는 그런 비슷한?"

"적야 전초 기지라거나?"

"어라? 알고 있었어? 눈치 채고 있었습니까?"

"…약간."

"아니, 뭐랄까? 그 사람, 밀어붙이면 거절 못 하는 면도 있거든요. 위태롭다고나 할까. 그래서, 고민 상담 같은 것을 하고 싶다거나 그런 느낌으로 이야기를 몰고 가면 이야기를 들어주잖아요. 그리고 나도, 메리… 씨도 나중에 가입한 멤버니까. 공통점이랄까, 그런 것도 있기도 하고."

"…그렇구나."

"느낌은 나쁘지 않았거든요. 싫지는 않다고? 생각해주는 건가? 그런 느낌. 좋은 분위기라고, 나는 말이죠, 생각했거든요."

"…생각했구나."

"그래요! 생각했습니다. 그럴 때 안 하면 패기가 없는 거잖아요?"

"…뭘 해?"

"고백이요. 고백하는 거잖아요."

"…고백하는 거야?"

"고백합니다. 그야 언제까지고 애매하게? 그런 상태로 있는 것도 좀. 기분 좋지 않잖아요. 피차."

"…그런… 거… 구나?"

"사람에 따라서 다르겠지만. 나는 그래요. 이쯤인가 하는 게 보이면, 갈 때에는 갑니다."

"…불러내거나 해서?"

"아무래도 진지한 이야기니까. 그게 바로 적야였지요."

"…한 번, 오르타나로 돌아가기 전?"

"응. 어랏? 어떻게 알아요? 그, 그때, 하루히로, 천막에 없었지. 혹시나 밖에서 봤었나?"

"…얼핏."

"우와…. 봤구나…. 창피하네…. 그래, 그 뒤입니다. 그야말로, 나, 메리… 씨한테, 고백했는데. 잘될까… 싶었는데. 즉답이었습니다."

"…즉답?"

"그런 건 말이죠… 분명합니다, 그 사람. 생각해봤더니, 선을 분명하게 그었었구나…. 내가 멋대로 오해했던 것뿐이라고나 할까, 전부 내 희망적인 관측이었다고나 할까, 좋은 분위기라고 생각했던 것뿐이었을지도."

"…결국?"

"이겁니다." 쿠자크는 턱을 집어넣고 목을 좌우로 짧게 흔들었다. "『무리.』"

"…그거, 메리 흉내 낸 거?"

"응. 닮았다고 생각해요. 내가 생각해도. 대답이 한 마디였으니까. 물론 그 뒤에 설명해줬지만. 동료로서는 좋고 친구는 될 수 있지만, 그 이상은 좀. 그런 비슷한. 지금은 그럴 마음이 없다거나. 딴데 정신을 팔고 싶지 않다거나. 메리… 씨, 미안해 하는 것 같아서, 오히려 내가 나쁜 짓을 했구나 하고. 그래서, 미안합니다. 어색해지고 싶지 않으니까 지금까지처럼 대해주세요. 뭐 그런 식. 그렇군요 … 라고."

"…결국…."

두 사람은 사귀는 게… 아니다? 그런 뜻? 인가요…?

하루히로는 자기가 가라앉고 있다는 사실을 깨달았다. 물이 턱까지. …입까지. …급기야 코까지. 어이. 어이. 익사한다고.

"하루히로…?"

"아앗." 하루히로는 황급히 몸을 다시 일으켜 버렸고 익사를 면했다. "…그랬… 구나. 흠… 그런… 가. 나는 완전… 뭘랄까, 두 사람은, 말하지 않고 있을 뿐이지 실은 그렇고 그런 사이인가… 하고. 아니었던… 거네?"

"잘되었다면 말할 생각이었습니다. 그런 걸 말 안 하고 있는 건 애매하잖아요. 몰래 그러는 건 뭔가 싫지 않나?"

"좋은 기분은, 안 들지… 도. 확실히."

"대대적으로 발표할 수 없어서 나로서는 유감이지만."

"…그러네."

"아, 위로해주는 건가?"

"…일단은?"

"됐습니다. 이제 떨쳐버렸으니까. 그야 지금도 좋아하기는 좋아하지만. 전혀 마음이 쓰이지 않는다고 하면 거짓말이 되지만. 지금이 그럴 때가 아니라는 것도 있고."

"응…."

"연애라거나 그런 건 됐어, 난. 적어도 당분간은. 란타 군에게 맡길래요. 그 사람은 그런 것과는 또 다른 건지도 모르지만."

"그 녀석 경우에는 좀 더 원초적이랄까, 오히려 어린애 같다고나 할까…."

"정직한 거겠죠. 좋아합니다. 그 사람의 그런 점."

"나는 별로 좋아하지 않는데…."

쿠자크는 하하핫… 하고 웃으면서 커다란 손으로 몇 번이나 얼굴을 문질렀다. 아마도 본인이 말한 것처럼 떨쳐버린 건 아니겠지. 하루히로는 그렇게 생각되었다. 그렇다고 해서 위로를 필요로 하지는 않는다. 쿠자크는 앞을 바라보고 있다.

자신을 돌이켜보면 하루히로는 어떤 걸까? …잘은 모르지만, 우선 지나치게 안도하는 거 아니야? 왜 이렇게 안심해버리는 거야…?

10. 플러스와 마이너스

망자의 거리는 우물촌은 물론이고 분명 오르타나보다도 넓다. 폐허가 되기 전에는 상당한 대도시였던 것 같다. 당연히 과거에는 많은 사람들이 살고 있었겠지. 분명 수천 명은 넘을 정도. 그보다 한 자릿수 위, 몇 만 명의 주민이 살고 있었던 것 아닐까?

거리 중앙에는 성 같은 커다란 건조물이 있다. '같은'이랄까, 뭐, 성이겠지. 보기에 성은 주탑과 그것을 둘러싼 여덟 개의 탑으로 구성된 모양인데, 여덟 개 중에서 세 개는 붕괴했고 두 개도 반 정도밖에 남지 않았다. 주탑은 거의 부서지지 않았지만, 녹슨 금속제 문을 열고 안에 발을 들여놓는 것은 상당한 용기가 필요하다. 무엇보다, 살짝 밀거나 잡아당기는 정도로는 꿈쩍도 하지 않는 문을 어떻게 열까? 성 밖을 한 바퀴 돌아보다가 뒷문 두 개를 발견했으나 들어가볼 결심은 역시 서지 않았다. 어쨌든 너무 무섭다.

성에서는 돌바닥이 깔린 큰길이 세 줄기, 북쪽, 남쪽, 서쪽을 향해서 뻗어 있고 각각의 도중에 하나씩 광장이 있다. 기묘하게 텅 빈 이 큰길과 광장에서는 좀처럼 망자를 볼 수 없다. 반대로 말하자면, 큰길과 광장은 비교적 안전하다.

거리 북측은 반파되었거나 거의 완전히 붕괴한 건물이 많다. 또한 미지근 강에 가까울수록 건물의 파괴 정도가 심한 것 같다.

성에서 남쪽은 과거의 거리 모습을 비교적 보존하고 있다. 특히 거리 남서부는 망자만 없으면 거기서 살 수 있을 것 같았다. 하긴 현실적으로는 살 만한 곳이 아니다. 나름대로 튼튼한 건물에는 망자가 있다고 생각하는 것이 좋다. 보아하니 그들에게도 휴식은 필요한 모양으로, 골목 뒤쪽이나 파편 그늘에 누워 있는 망자를 가끔씩 발견한다. 단, 망자는 사소한 일로도 깨어버리니까 잠잘 때 덮치는 것은 힘들다. 망자는 건물 안에서 뭘 하는 건가? 알 수는 없지만 만약 잠을 자고 있었다고 해도, 약간의 소리로 놈들은 깨어버린다. 그리고 침입자에게 사납게 덤벼든다. 깜짝 놀라고 싶지 않다면 망자의 거리의 건물에는 들어가지 않는 것이 좋다.

거리 동측 반쪽은 대개 미지근 강에서 흘러오는 안개가 짙어 극단적으로 시야가 좁다. 그래서 하루히로 일행은 거리 서측 반쪽 부분을 어슬렁거리며 망자를 찾는다. 특히 북서부에 있는, 시장 흔적이 남아있는 곳, 창고 같은 커다란 건물 잔해가 줄지어 있는 구역 근처가 노리는 곳이다.

아무래도 망자에게도 계급이랄까, 격이랄까, 그런 것이 있는 모양이다. 거리 북동부는 약한 망자들뿐이고 북서부는 그다음, 그리고 남동부, 남서부 순으로 센 망자가 있는 것 같다. 망자의 수는 그 반대다. 남서부가 가장 많고, 남동부, 북서부, 북동부가 적다. 서로 잡아먹는 망자들에게 있어서 망자 밀도가 높은 장소에서는 사냥감을 발견할 가능성이 높아지고 경쟁률도 높다. 약육강식이기 때문에 필연적으로 강한 망자가 살아남는다는 건지도 모른다.

약자에게는 약자 나름대로의 방식이 있는 것이다. 제 분수를 알고, 이길 수 있을 것 같은 사냥감을 찾아 최하층의 망자는 거리 북동부에 도달한다. 거기에는 그와 마찬가지로 약한 망자밖에 없다. 약한 자를 죽여 잡아먹는 동안에 자신감이 생기고, 사냥감이 적은 것도 불만이므로 그는 북서부로 향한다. 여기에서 살아남는다면, 남동부로. 최종적으로는, 산전수전 다 겪은 망자들이 모이고, 싸우고, 서로 잡아먹는 남서부로.

하루히로 팀은 가급적 거리 남서부에는 가지 않도록 하고 있다. 장난이 아닐 정도로 망자들이 우글우글하고, 놈들의 싸움 방식은 치열하다고 할까, 과격하다. 온갖 물건을, 던지는 도구로 삼는 것이 놈들의 상투적 수단으로, 기습을 즐긴다. 일격필살을 노리고 공격이 빗나가면 도망친다. 남서부의 강(强)망자들은 전부 다 교활하다. 물론 특출하게 사나운 강망자도 있다.

한 번은 어떤 강망자가 동족을 잡아먹는 현장을 먼발치에서 봤는데, 놈은 정말로 위험했다. 그 모습은 직립한 사자라고 해야 할 모습이고 몸길이는 약 3미터에서 3.5미터. 놈은 자기보다도 큰 곰 같은 강망자를 펀치, 킥 2연타로 쓰러뜨리고 그 거체를 가볍게 들어올렸다. 다음 순간 하루히로는 자기 눈을 의심했다. 사자 강망자가 곰 강망자를 너무나 간단히 두 동강을 내버린 것이다. 도대체 얼마나 힘이 센 거야?

피의 비를 맞으면서 놈은 틀림없이 환희에 몸을 떨고 소리 높여 웃고 있었다. 무시무시한 정도가 아니다. 다가가면 분명히 순식간에 죽임을 당한다. 가까이 가지 않아도 죽을 것 같다.

그러니 거리 남서부는 너무 위험하다. 남동부의 망자도 짙은 안개 속에 숨어 다가오거나 하기 때문에 상당히 성가시다. 북동부는 망자의 절대수가 너무 적다. 따라서 북서부가 딱 적당하다는 결론이다.

정말이지 망자의 거리 북서부는 하루히로 일행에게 더할 나위 없을 정도로 알맞은, 이상적이라고 말해도 좋을 만한 사냥터다.

하나, 자기 존재를 지우는 잠… 하이드.

둘, 존재를 지운 채로 이동하는 부… 스윙.

셋, 감각을 총동원해서 타인의 존재를 알아차리는 독… 센스.

도적 작법의 필살기인 스텔스를 구사해서 하루히로는 그림자처럼 잔잔하게 걸어간다.

스텔스를 하고 있을 때의 하루히로는 무릎도 팔꿈치도 내밀지 않고 항상 부드럽게 구부리고 있다. 허리를 낮추고, 등을 굽히고, 목을 뻣뻣하게 세우지 않는다. 온갖 충격을 언제든지 흡수할 수 있는 자세를 유지한 채, 막힘없이 발을 앞으로, 앞으로 옮긴다.

한 점을 주시하지 않고 넓게 전체를 본다. 눈알을 머리 뒤쪽까지 쑥 집어넣는 것 같은 이미지다. 실제로는 안구 운동과 목 흔들기로 시야를 확장하는 건데, 제대로 하면 보일 리 없는 뒤쪽까지 보인다.

귀만 세워 듣는 것이 아니다. 온몸으로 소리를 알아차린다. 온몸을 센서로 만들어 소리뿐만이 아니라 모든 자극, 온갖 변화를 받아들인다.

창고구 유적지에서 얼굴을 내밀고 좌우를 살피는 망자를 발견했다. 멤버 전원이 기습할까? 단, 북서부의 망자는 불리함을 깨닫자마자 도망치는 경우도 종종 있다. 특히 그 망자는 란타 정도의 체격으로 투구와 가벼워 보이는 갑옷을 입고 다소 짧은 도끼창 같은 것을 무기로 들고 있긴 하지만 왠지 주뼛거리는 것 같았다. 그다지 세 보이지는 않는다. 그렇다고 해서 약하다는 법은 없지만, 도망칠 것 같은 예감이 들어서 하루히로가 놈의 등 뒤로 돌아가기로 했다. 해치울 수 있다면 그걸로 좋고, 해치울 수 없을 것 같으면 동료들이 기다리는 장소까지 몰고 간다. 란타만이 이 제안에 반대했다. 그렇다는 건, 실행이다.

―그리고 지금 망자의 등이 하루히로의 눈앞으로 닥쳐왔다.

거리로 치면 10미터도 안 된다. 8미터. 아니, 이러는 동안에도 하루히로는 계속 이동하고 있기 때문에 이제 7미터 정도일까? 6미터.

조금도 긴장하지 않았다고 하면 거짓말이 된다. 하지만 표적의 등을 보고 있으면 묘하게 차분해진다. 이것은 도적의 습성인지도 모른다. 아니면 어쩌면 하루히로뿐인 건가? 생물의 등, 뒷모습에서 읽어낼 수 있는 것은 많다. 냉정하게 관찰하고 있을 수는 없는, 좀 더 절박한 상황에서도 그 뒷모습은 하루히로에게 많은 정보를 준다.

가장 알기 쉬운 것은, 그놈이 거짓말쟁이인지 아닌지다. 솔직한지 혹은 삐딱한지⋯ 라고 바꿔 말해도 좋다. 충동적인가 책략가인가. 신용할 수 있는 타입인가, 그렇지 않은가.

이 망자는 거짓말쟁이이고 솔직하지 않다. 상대를 속이려고 하는, 신용해선 안 될 타입이다. 몸을 기울이는 방식, 비틀린 힘이 들어간 정도를 보고 그렇게 느꼈다. 그러나 밑바닥은 얕다. 뻔히 보이는 거짓말을 한다. 그래도 자기가 선수 칠 수 있을 것 같은, 멍청한 사냥감을 찾아내는 후각에 의존한다.

이길 수 없다고 생각하면, 이놈은 뒤도 안 돌아보고 도망치겠지. 미안하지만, 그렇게는 두지 않는다.

하루히로는 소리도 없이 단검을 뽑았다. 칼집은 정성껏 기름칠을 하며 손질하고 있다.

앞으로 세 걸음, 두 걸음, 한 걸음. 어떤 한 걸음도 특별한 한 걸음이라고는 생각하지 말아야 한다. 쓸데없는 특별한 느낌을 갖게 되면, 상대가 눈치 채기 쉬워진다. 비결은 말이지⋯ 라고 바르바라 선생님이 말씀하셨다. 숨어드는 것도, 훔치는 것도, 죽이는 것도, 전부 똑같이 하는 거야. 이 세상에도 저 세상에도 특별한 것은 하나도 없다. 재미있다고 생각해도, 재미없다고 생각해도 안 된다. 집착 같은 것 갖지 말고, 다 똑같이 하는 거다.

그런 건 무리입니다, 바르바라 선생님. …그런데, 잘될 때에는 똑같이 되니까 신기하다.

하루히로는 망자의 등을 덮치듯이 다가가 왼쪽 팔로 그 머리를 감싸 안았다. 반대쪽 손에 쥔 단검을 목덜미에 찌르고 도려내는 것처럼 움직이면서 몸 전체를 비틀어 놈의 목을 부러뜨린다. 여기에서 휴… 하고 한숨을 쉬거나 하면 바르바라 선생님께 야단맞는다. 아니, 야단맞는 정도로는 끝나지 않고, 넘어지고, 관절을 꺾이고, 몸부림치게 된다. …똑같이! 몇 번 말해야 알아? 올드 캣!

길은 험하다. 정신을 뺐다가는 정체하는 정도가 아니라 굴러 떨어져버릴 급경사길이다. 바르바라 선생님과 재회할 수 있을지 어떨지도 확실치 않지만, 스승의 가르침은 하루히로 안에서 분명하게 숨 쉬고 있다. 분명. 아니, 아니다, 확실하게. 꾸준히. 험하고 좁은 길을 쉬지 말고 기어 올라가야 하지 않겠나? 그렇다. 이 도적의 길을…!

"어이…. 끝났어…."

동료들을 부르면서, 좀 그런가? 하고 하루히로는 생각했다. …신이 난 것 아닌가? 뭐랄까, 컨디션이 좋은 것이다. 망자의 거리 북서부. 이 사냥터는 너무나 짭짤하다. 자기 나름대로 파티 리더로서 노력하면서 도적의 길을 매진할 여유까지 있다니. 그저 똑같이 하고 있을 뿐이다. 그렇게 생각할 수도 있다. 실제로 똑같이 하고 있다.

하지만, 뭔가… 있잖아. 무서워진다. 지나치게 순풍에 돛 단 것 같아서. 인생이란 이런 게 아니지 않아?

"야이… 파루피로링노스케…!" 란타가 날아와 엎드려 있는 망자에게 덤벼들었다. "혼자서 해치우다니, 벼룩이 녀석 주제에 건방지다고, 빌어먹을!"

'…쿠히… 란타 주제에 인간의 말을 지껄이다니… 건방지다… 쿠히….'

"아니, 나, 틀림없는 인간이거든?! 훌륭한 성인 남자거든?!"

란타와 조디악 뒤에서 빠른 걸음으로 다가온 유메, 시호루, 메리, 쿠자크가 나란히 멈춰 섰다가 일제히 뒷걸음질을 쳤다.

"엉?" 란타가 유메 쪽을 보았다. "뭐야? 너희? 왜 그래? 내 지나치게 훌륭한 스페셜리티한 성인 아우라에 두려움을 느꼈냐?"

"…성인?" 시호루는 한쪽 옆구리가 아프다는 듯이 큭… 하고 웃었다. "…어디가?"

"훌륭?" 유메는 눈썹을 가운데로 모으고 아랫입술을 삐죽 내밀고 어깻짓을 해 보였다. "어디가?"

메리는 고개를 절레절레 흔들었다. "어린애 같다고 하면 어린애들이 불쌍하지."

"유난히 호흡이 척척 맞고 자빠졌어, 너희! 찰떡 호흡이네! 트리오냐? 뭐하는 3인조야?!" 란타는 소리치면서 망자의 소지품 탐색을 재개했다. "상… 관 없다! 아무렇게나 지껄이라고! 나에게는 마음의 친구 조디악이가 있으니까! 어라…?"

"방금." 쿠자크가 란타의 머리 위 부근을 가리켰다. "사라졌는데요."

하루히로도 이 사실에는 놀랐다. "…조디악이. 란타에게 심술을 부리기 위해서 그런 스킬까지."

"아, 아니얏!" 란타는 펄쩍 뛰어 하루히로에게 덤벼들었다. "너, 너, 뭘 모르는구나?! 조디악이는 심술 같은 건 절대 안 부린다고! 그 나름대로의 애정 표현이야! 그건!"

"뭐야? 그라니. 어딘가 거리감이 느껴지는 표현인데."

"아, 아니야. 거, 거, 거리감 같은 거 느끼지 않아. 나와 조디악이는 밀접합니다요. 언제나 서로 사랑하는 사이입니다욧. 바보 바보 바… 보!"

"알았어, 알았어. 알았으니까. 자, 마음껏 뒤져. 너 좋아하지?"

"좋아하지 않아! 완전 싫어한다고! 네가 해, 망할 멍청앗!"

"아, 그래? 그럼 내가 하지."

"바보! 당연히 내가 해야지! 파루피로, 너 따위한테 시킬 줄 알고! 이 내가! 전… 부! 다 할 거니까! 기억해둬, 파루파루!"

"파루파루라니…."

"파아아루파루파루파루파루우우우…. 우히히힛."

가끔씩 이 똥 덩어리(쓰레기)를 진심으로 때려 죽이고 싶어진다. 그러진 않을 거지만.

란타는 다시금 작업에 착수해서 중동전 두 개와 소동전 세 개를 찾아냈다. 망자는 왼손에 반지를 하나 끼고 있었다. 팔 수 있을지도 몰라서 이것도 갖고 가기로 했다.

시체는 조만간 망자가 와서 청소해준다… 뭐, 있는 그대로 말하자면, 먹어버리니까 방치해두면 된다.

"다음, 가자."

할 일을 했으면 냉큼 떨어지는 게 좋다. 동료들도 알고 있기 때문에 란타조차도 하루히로의 말을 순순히 받아들였다. 빠른 걸음으로 그곳을 떠나 또 먹잇감을 찾는 것부터 해야 한다.

불이 질 때까지 우물촌에 돌아가야 하기 때문에 시간 낭비를 할 수는 없다.

거의 낭비하지는 않았다고 생각한다. 잘 돌아가고 있을 때에는 정말로 모든 것이 잘 풀리는 것이다. 한편으로 호사다마라고도 했다. 하루히로는 하루에 몇 번이나, 틈이 날 때마다, 들뜨지 말라고 자기 자신을 타이른다. 정신을 바짝 차려. 함정은 분명 여기저기에 있다. 이것은 우연이다. 지금뿐이다. 내일은 어떻게 될지 모른다. 아니, 오늘, 이제부터 불운과 맞닥뜨릴지도 몰라. 누군가가, 혹은 자기가, 황당한 실수를 저지를지도 모른다.

메리와 눈이 마주쳤다.

어째서인지 메리는 미소를 지어주었다.

─모든 것이 잘 풀린다… 라.

아니, 아니, 아니? 뭘 생각하는 건지? 아니야, 아니야, 아니야. 아무것도 생각하지 않아. 아니, 아무것도 생각하지 않지는 않지만. 메리에 관해서는 특히 이러쿵저러쿵 어쩌니저쩌니 생각하거나 하지 않아. 생각하지 않으려고 한다.

그래도 의식하게 된다. 쿠자크 탓이다. 물론 쿠자크 잘못이 아니다. 그게 아니라, 그 쿠자크가 털어놔준 이야기가 계기가 되었다는 뜻이다.

하루히로는 당연히 파티 리더이므로 동료 중 한 명인 메리에게 특수하다거나 특별하다거나 그런 감정을 품는 것은 좋지 않다. 아마도 좋지 않을 거야. …그런 것 같은 느낌이 들어. 그렇잖아? 그렇지…?

하지만 아키라 씨와 미호 씨는 부부인데…. 그렇다는 건, 파티 내 연애였던 거구나… 라거나, 고호와 카요도 그렇지… 라거나, 두 사람은 양자까지 들였단 말이지… 라거나. 문득 생각해버리기도 한다. 무엇보다도 함께 위험한 다리를 건너다보면 그런 마음이 싹튼다거나 단단한 유대감 같은 것으로 연결된다거나 하는 것은 지극히 자연스러운 일이 아닐까 하고 생각하기도 했다. 파티 외의 누군가와 그런 관계가 된다는 것도 현실감이 있는 이야기가 아니다. 그보다, 없다. 그야 미모링 같은 사람도 있긴 하지만. 역시 그녀에게는 연애 감정이 느껴지지 않고. 두 번 다시 만날 수 없을지도 모르는 거고.

그렇다면… 아니, 아니야. 뭐가 그렇다면이냐? 그렇지 않아. 왠지 들떠 있는 것 같은? 안 되지, 안 돼, 안 돼. 성실하게, 진지하게, 한결같이, 리더로서의 일에 집중해야지. 서투르니까요.

정말 서투르니까. 이걸 하면서 저것도 하고… 그런 건 도저히 무리다. 뭔가 한 가지에 전념하지 않으면 머릿속이 뒤죽박죽이 되어버린다.

하루히로는 창고 구역의 좁은 길에서 발을 멈췄다.

도적인 하루히로가 선두에 서고, 여차하면 앞으로 나올 쿠자크, 그 뒤에 유메, 메리는 적당히 시호루를 지킬 수 있는 위치를 선정하고, 란타가 제일 뒤. 이것이 망자의 거리 탐색 시의 기본 대형이다.

"…하루히로?" 쿠자크는 이미 장검과 방패를 세워 들려고 했다.

"후냐아?" 유메가 이상한 소리를 내며 주위를 둘러보았다.

"어엉? 뭐야…?" 란타는 돌아보았다.

"웃…." 시호루는 숨을 멈추고 움츠러들었다.

메리가 곧바로 시호루를 보호하는 태세를 취하고 허리를 낮췄다. 이럴 때의 메리는 유난히 늠름하다. 그것은 부정하기 힘든 사실이지만, 사로잡혀서 바라볼 때가 아니야.

핏기가 단숨에 가셨다. 어떻게 반응할 수 있었는지 하루히로 본인도 모른다. 아무튼, 하루히로는 앞쪽으로 몸을 내던졌다. 재주넘기를 하기 전에 바로 뒤에서 뭔가 거대한 물체가 지면에 격돌하는 소리가 들리고 충격을 느꼈다.

"…도망쳐…!" 하루히로는 그놈의 정체를 확인하지 않고 외쳤다. 그놈은 어디에서 내려온 건가? 하늘에서? 그야 이쪽의 건물은 비교적 원형을 보존하고 있다. 주위의 건물 지붕 위에 숨어 있다가 하루히로 일행을 표적으로 정한 것이겠지. 일행이랄까, 하루히로인가? 온다. 돌진한다. 무섭닷. 하루히로는 달린다. 전력으로 질주해서 모퉁이를 돌았다. 상대는 어떤 놈인가? 망자라는 것, 꽤 덩치가 크다는 것 이외에는 아직 잘 모르지만, 큰 만큼 자잘한 움직임은 잘 못하지 않을까? 그렇게 기대한 것이다.

예상대로 놈은 갑자기 방향을 틀지는 못하고 크게 돌았다. 덕분에 약간 거리가 벌어져서 하루히로는 놈을 찬찬히까지는 아니어도 살펴볼 수가 있었다. …이야아.

사자 비슷하네.

왠지 그럴 것 같은 느낌은 들었지만, 사자스럽다. 직립한 사자. 그렇게 보인다.

단, 전에 목격했던 사자 강망자보다는 한 둘레나 두 둘레 정도 작은가? 그렇게 생각하고 싶어서 그렇게 보이는 것뿐일까? 아니야, 하지만 실제로 작지, 응?

저것이 그 사자 강망자였다면 하루히로는 이미 죽었다. 확실히 무섭다. 위장이 뒤집힐 것처럼 엄청나게 무섭지만, 진짜라면 이런 것으로는 끝나지 않겠지. 분명 몸이 움츠러들어 움직이지 못하게 되고 한입에 먹혀버렸을 것이다. 그 정도로 사자 강망자는 위험했다. 이 놈은 그 정도까지는 아니다.

하루히로는 골목으로 들어가 무너진 벽에서 건물 안으로 뛰어 들어갔다. 동료들은 어떻게 하고 있을까? 제대로 도망쳐주었나? 모두 하루히로를 버릴 정도로 야박하다고는 생각할 수 없다. 도망치지 않을까? 도망치지 않겠지. 도망쳐주지는 않겠지, 분명.

놈은… 아마도 강망자는 아니라고 짐작되는 사자 망자는 우직하게 하루히로를 쫓아온다. 하루히로는 출입구를 통해서 건물을 나왔다. 사자 망자도 뛰어온다. 달리기로는 이길 수 없다. 저쪽이 빠르겠지.

"하루히로오오오…!" 란타 목소리가 들렸다.

어쨌거나 처음에 놈이 덤벼들었을 때 용케도 피했네… 라고 생각하면서 하루히로는 다른 커다란 건물로 굴러들어갔다. 2층 건물이다. 계단이 있다. 뛰어올라갔다. 목제인가? 엉성한 계단이다. 무너지고, 다리가 꼬였다. 아랑곳하지 않고 두 계단씩 올라갔다.

사자 망자는 계단을 오르려다가 부숴버리고는 구오우우우웅… 하고 짖었다. 하루히로는 2층으로 올라갔다. 창문이 있다. 거기를 통해 바깥을 보았다. 란타가 있다. 쿠자크가 있다. 유메, 시호루, 메리도. 이쪽으로 달려온다. 다들 2층에 있는 하루히로를 보지 못했

다. 하루히로는 창문으로 몸을 내밀었다. "…도망쳐! 도망치라니까
…!"

"뭐…?!" 란타가 하루히로를 올려다보자마자 손짓을 했다. "너,
냉큼 거기에서 뛰어내려! 놈도 안에 있지…?!"

반론할 수 없었다. 사자 망자는 아직 2층으로 올라오려 하고 있
다. 비록 계단은 완전히 붕괴했지만 조만간 올라올 것 같다. 란타는
옳다. 란타 주제에.

하루히로는 창문으로 몸을 날리… 지는 않았다. 그런 용감한 짓
은 하지 않는다. 창틀에 발을 걸치고, 손으로 꽉 잡고서 매달렸다.
그 상태에서, 에잇… 하고 손을 놓았다. 착지의 충격은 별것 아니었
고 발이 좀 저린 정도였다.

"야, 튀자, 멍텅구리들…!" 란타는 이미 달리기 시작했다.

"누가 말똥구리야?" 유메가 달리면서 소리쳤다.

"그런 말 안 했다, 절벽 요괴…! 어이, 여자들! 그 요괴 옆에 있다
가는 너희까지 가슴이 쪼그라들어 안타까운 절벽이 되어버린다…!"

"…요괴 최저최악남." 시호루가 유메를 따라가면서 중얼거렸다.

"최저도 최악도 제일이라는 뜻이잖아! 하라쇼… 하라쇼…! 카하
하핫!"

"존경스럽다…." 쿠자크도 갑옷을 철컹철컹 울리며 달린다.

"그보다, 숭배해라! 은총이 있을 거다! 지금보다 천 배 더 야해질
수 있다! 쿠헤헤헤헤헷!"

"은총은 고사하고 돌이킬 수 없는 마이너스 효과잖아…." 하루히
로도 조금 저린 발을 필사적으로 움직이며 동료를 쫓아갔다.

"하루!" 메리가 불렀다.

"…넷?!"

"방금 건!"

"바, 방금 거?!"

메리는 말을 도로 삼켰다. 아니, 삼킨 것은 아닌지도 모르지만, 좀처럼 다음 말을 입 밖에 내지 않았다. 그러니저러니 하는 동안에 2층 창문에서 사자 망자가 얼굴을 내밀고 고오오오옹… 짖었다. 하루히로는 황급히 달리는 속도를 올려서 메리를 뒤따라 모퉁이를 돌았다. 그것과 거의 동시에 어깨를 누가 찰싹 때려서 깜짝 놀랐다.

"감점 1점!"

"…엇…?!"

무슨 뜻이지? 알 것 같기도 하고 모를 것 같기도 한. 메리는 눈을 마주쳐주지 않는다. 화난 건가? 아니면 쑥스러워하는 건가? 양쪽 다인지도 모르겠다.

사선은 어디에나, 사방 천지에 쳐져 있다. 한 발자국만 잘못 디디면 대참사였다. 그런 일은 수없이 많다. 일상다반사라고 해도 좋을 정도다.

하루히로는 누워서 모닥불을 바라보고 있었다. 팔 달린 찌그러진 달걀 주인의 옷과 가방 가게에서 산, 의문의 소재로 짠 니트를 몸에 두르고 등에 짊어지는 주머니를 베개 삼아 누우면 제법 쾌적하다. 졸려서 꾸벅꾸벅 졸고 있는데, 완전히 잠들 정도에는 달하지 않았다. 이런 어중간한 상태가 또한 나쁘지 않다. 사치스러운 즐거움이다. 안전이 확보되지 않으면 맛볼 수 없는 것이다.

동료들은 이미 모두 잠들었다. 각각의 숨소리와 코고는 소리를 들으면서, 오늘도 어떻게 무사히 끝났구나… 하고 멍하니 생각했다. 다행이다. 뭐가 어찌 되었든, 내일이 있다는 건 정말 최고다.

유메와 메리가 서로 뒤엉켜 잠들었다. 유메는 아무래도 잘 때 누군가가 곁에 있으면 껴안는 버릇이 있는 모양이다. 사람의 체온이 그리운 것 같은, 그런 느낌? 메리도 싫어하는 기색은 없다. 그러나 시호루는 오늘 밤은 두 사람에게서 좀 떨어져 있다.

갑자기 시호루가 일어났다. "…하루히로 군? 안 자…?"

"…어?" 하루히로는 팔꿈치를 짚고 약간 몸을 일으켰다. "아, 응."

"좀 하고 싶은 말이… 있는데, 괜찮아?"

"…하고 싶은 말? 괜찮은데. 응. 물론."

여기에서는 좀 그러니까, 우물촌 수로를 따라 잠시 걷다가 둘이서 나란히 쪼그리고 앉았다.

"뭔데? 할 말이라는 게. …그보다 좀 이상하네. 이 자세…."

"…응. 그런… 지도. 저기… 두 가지가 있는데. 하나는 낮에…." 시호루는 말하기 힘든 것처럼 어물거렸다. "…내가 할 말은 아닌지도 모르지만… 그래도 왠지 아무래도… 마음에 걸려서."

"…네. 듣겠습니다. 말해주세요."

"하루히로 군은… 자기를 가볍게 여기고 있다고 생각해."

"그러… 가나? 아니, 가나는 또 내가 무슨 말을…? 아무튼… 그래? 어? 그렇게 보여?"

"보여. …여차하면 자기를 희생하려고… 하잖아?"

"그런가? 음…. 그럴 마음은 없는데…?"

"그런 거, 하지 말아줬으면 해." 시호루는 고개를 숙이고 어깨를 떨기 시작했다. "…미안해. 말해도 되는지 아닌지… 모르겠지만, 마나토 군이 떠올라서. 나, 하루히로 군은… 사라지지 말았으면 해."

"…응." 하루히로는 이마를 문질렀다. "…아니, 나도, 사라지고 싶다거나 그런 생각은 없고. 정말로."

"그렇다면… 좀 더 자기 자신을 소중히 여겨줘."

"…소중하지… 않은 건 아닌데…." 눈두덩을 눌렀다. 상당히 꽉 눌러야 한다. 그런 느낌이 든다. "…나, 아마도, 멤버들이 더 소중한 거야. 그야, 멤버들이 없으면 난 아무것도 못 하니까. 살아갈 동기? 그런 것도 갖고 있지 않다고 생각하거든. 그러니까 예를 들어 시호루와 나, 둘 중 어느 쪽이냐 하면, 역시 시호루를 살리는 걸 선택해버리는 거야. 생각해서 그렇다기보다는 본능이랄까. 순간적인 판단으로."

"…나는, 하루히로 군과 나 자신이라면… 하루히로 군이, 살기를 바라."

"딜레마네."

"란타 군과 하루히로 군 자신… 둘 중 하나라면?"

"란타야." 하루히로는 전혀 주저하지 않고 대답하고 나서 당황했다. "…우와. 진짜야? 란타인데. 그거 꽤 싫은데…."

"…다행이다."

"응? 뭐, 뭐가?"

"하루히로 군이… 리더라서. 동료라서. …친구라서."

"…왠지, 수로에 뛰어들고 싶어졌는데요."

시호루가 웃어줘서 하루히로도 웃을 수 있었다. 시호루가 동료이고 친구라서 다행이다. 진심으로 그렇게 생각했다.

"…그리고 또 한 가지 이야기는?"

"두 번째는…." 시호루는 눈을 감고 가슴에 손을 대고 심호흡을 했다. 뭘 하려는 걸까? 시호루는 뭔가 하려고 한다. 그것만은 알았다. 공기가 긴장되었다. 하루히로는 숨을 참고 기다렸다.

시호루는 눈을 떴다. "…엘리멘탈… 오너라."

"왓…." 하루히로는 자기도 모르게 엉덩방아를 찧었다.

시호루의 얼굴 바로 앞에서 뭔가가 소용돌이쳤다. 그것은 작았다. 콩알만큼은 아니지만, 엄지발가락 정도 크기다. 형태라고 부를 만한 것은 없다. 소용돌이치고 있기 때문에 뭔가가 거기에 있다는 걸 알았다. 시호루가 오른손을 뻗었다. 손바닥 위에 그것을 올려놓는다.

"떠올라…." 시호루가 명령하자 그것은 부상했다. "…내려가"라

고 말하자 그것은 시호루의 손바닥까지 하강한다. 시호루는 그 상
하 움직임을 몇 번인가 반복하고 나서, 옆에서 보기에도 이상할 정
도의 집중력으로 그것을 응시했다. 귀기가 서려 있다고 표현해도
과장이 아니다. 시호루는 이를 악물고 있다. 눈 한 번 깜빡이지 않
는다. 머리카락이 슬렁슬렁 흔들렸다. 옆에서 보고 있는 하루히로
는 소름이 돋았다.

"…해방"이라고, 시호루는 쥐어짜 내는 것처럼 말했다. 그러자마
자 그것이, 꾸깃, 슈욱… 하고 소리를 발하면서 변화하기 시작했다.
안쪽에서 밀어서 여는 것처럼… 나왔다. 어두운 보라색의, 빛인지
안개인지 구별이 안 되는 것이 나타난다. 아니, 나타나려고 몸부림
치고 있다.

태어나려고 한다. …그런 식으로 보이기도 했다. 왜냐하면, 어디
까지나 보기에 따라서는 말이지만, 그것은 별 같은, 좀 더 말하자면
인간을 닮은 형태를 하고 있고 몸을 뒤틀면서 두 팔과 두 다리를 버
둥거리는 것 같았기 때문이다.

하지만 그는 갑자기 힘이 다해서… 쓱 사라졌다.

"…안 돼." 시호루는 어깨를 축 늘어뜨렸다. "…몇 번인가 시험해
봤는데… 잘 안 돼."

"잘… 이라니…." 하루히로는 목을 문질렀다. 침을 삼키려고 했
으나 입속이 말라붙었다. "…뭘, 한 거야? 시호루…. 마법? 아니,
하지만, 주문… 엘리멘탈 문자도 확실히….

"고호 씨가 말했던 것… 기억나? '엘리멘탈을 해방시켜 다른 힘
을 발휘한다. 이런 마법은 길드에서는 가르쳐주지 않아'라고….

"응. …정확하게는 아니지만.

"…나, 그 일에 관해서 계속 생각해서… 길드에서는, 엘리멘탈이라는, 보통 눈에는 보이지 않는 마법 생물이 이 세계에는 있고… 말하자면 그 엘리멘탈을 길들여서 따르게 함으로써 마법을 사용하는 방법을 가르쳐주는데…."

"솔직히 제대로 이해가 되지는 않지만, 신경 쓰지 말고 계속해."

"…한 가지, 전부터 의문이 있었어."

"어… 그건, 어떤?"

"예를 들면, 한여름에도 빙결 엘리멘탈을 불러내서 카논 매직(빙결 마법)을 쓸 수가 있어. 한낮이라도 다슈 매직(그림자 마법)은 아무런 영향도 받지 않고 쓸 수 있고…."

"엘리멘탈은 어디까지나 엘리멘탈이고, 현실의… 물질세계? 의 열운동? 이라거나, 빛이나 그림자가 생긴다거나 그런 것과는 직접 관계없는… 것 같다는? 이야기?"

"…하지만 실제로 마법으로 얼리거나 폭발을 일으키거나 할 수 있어. 전혀 무관한 건 아니지 않나… 하고. 이상하다고 생각했어."

"미, 미안. 나, 시호루의 말을 따라갈 자신은 없는데… 그래서, 방금 전에 한 것은 소위 마법과는 다르다는… 뜻?"

"…엘리멘탈은 엘리멘탈일 뿐이라고 가정해봤어. 아르부(화열)나 카논(빙결)이나 팔츠(전자)나 다슈(그림자)나… 그런 것은 인간이 멋대로 정한 것뿐이지 엘리멘탈의 참모습이 아니지 않을까 하고. …그편이 내 실감에 가까웠고."

"길드가 가르쳐주지 않는 마법이라…."

"…나, 좀 더 마법을 잘 쓰게 되고 싶어서. …언제나 모두에게서 보호받는 만큼, 힘이 되고 싶고."

"아니, 힘이 되고 있는데?"

"…부족하다고 생각해. 하지만 여기에는 길드가 없잖아…?"

"없… 네. 근사하게 없어."

"배워야 하는데, 새로운 마법…. 새로운 힘을 얻을 수 없다면… 이대로 변하지 못해. 그렇다면… 스스로 어떻게든 해야 한다고."

대단해. …할 수 있는 말이 있다면 그것뿐이다. 정말로 대단해, 시호루. 하루히로는 감동까지 했다.

바르바라 선생님이 없다면 자력으로 뭔가를 짜내보자, 과연 그런 식으로 생각해본 적이 한 번이라도 있었던가? 없었다. 머리를 스친 적조차 없다.

"…단." 시호루는 고개를 숙이고 얼굴을 찡그렸다. "…걱정거리가 있어서. 불안하다고 할까. 이건 지금까지 한 마법을, 어떤 의미에선… 부정하는 일이 되니까. 길드에서 배워서 쓰고 있는 마법에도 영향이 생기는 것 아닐까 하고."

"음… 그러니까, 이대로 진행해도 될지 어떨지 망설이고 있다는 … 뜻?"

"…응."

"괜찮아."

아니, 잘 모르지만요…?

하루히로는 마법사가 아니다. 설사 마법사라도 확실하게 단정할 수 있을지 어떨지. 간단히 대답하는 것은 무책임한지도 모른다. 그래도 등을 밀어주고 싶잖아? 애쓰는 시호루를 응원하고 싶다. 그렇게 해야 한다고 생각하고, 거들어주는 일도 못 할 건 없다.

"만약, 만에 하나, 뭐가 잘못된다 해도 그때에는 내가 서포트할 거고. 다들 있고. 괜찮아. 뭔가 한 가지 목표가 있으면 격려가 된다고나 할까. 그런 면도 있을 것 같고. 시호루의 오리지널 마법? 나는 보고 싶고… 응, 파티에 있어서도 좋은 일이라고 생각해."

"…고마워."

"아니, 아니야. 나야말로. 기운이 났어. 마법에 관해선 잘 모르지만, 앞으로도 있지, 무슨 일이 있으면 말해줘. 나 같은 거라도 좋다면 들어줄 테니까."

"응… 그렇게 할게."

"그렇구나. 길드에서 가르쳐주지 않는 마법이라. 마법에 국한되지 않지, 그런 건, 분명. 나도 생각해봐야지."

"좋은 리더."

"엉?"

"하루히로 군은." 시호루는 그녀치고는 드물게 방긋 웃었다. "…우리에게는 최고의 리더… 거든?"

"…헤헷." 하루히로는 자기도 모르게 히죽 웃어버려 손으로 얼굴 아랫부분을 가렸다. "…그러지 마. 그런 말 하면 착각한다니까."

"하지 않잖아…? 하루히로 군은."

"그럴까? 아니… 하지 않으려고 한달까. 조심하는 것뿐이야. 정말로. 역시 기세등등해지거나 하는 건 있고. 그건 무서우니까."

"그런 사람이니까 신뢰할 수 있는 거야."

"…치, 칭찬으로 날 죽일 셈? 그런 거야? 왠지 간지러운데…."

"미안해." 시호루는 수로 쪽으로 시선을 돌리고 가만히 숨을 내쉬었다. "…그저 생각하는 걸… 분명히 말해두고 싶었어. 전할 수 있을 때 전하지 않으면, 나 이제… 후회하고 싶지 않아."

하루히로는 순간적으로 아무 말도 할 수가 없었다. 그래도 동의해두고 싶어서 끄덕였다.

수로 가장자리에서 어깨를 나란히 하고 한동안 잠자코 쪼그리고 앉아 있었다.

좀 신기했다. 침묵이 조금도 어색하지 않다. 함께 있는 상대가 시호루이기 때문인가? 메리였다면 이렇지는 않았을지도 모른다고 생각했다. 그때였다.

"하루히로 군. …메리를… 좋아해?"

"하앗…?!"

고꾸라져서 수로에 빠질 뻔했다.

그 뒤에 물론 하루히로는 필사적으로 의혹을 부정했다. 시호루도 딱히 대단한 근거가 있어서 말한 것은 아닌 듯 일단 납득해주었지만, 오해를 초래하지 않도록 앞으로 조심해야겠다. …오해? 애초에 오해인가? 어느 쪽이지…?

"죽겠어! 괴로워…!" 란타가 외치면서 리프아웃으로 놈의 옆으로 나섰다. "…과연 49일째는 귀문(주1)이다, 야…!"

놈은 란타 쪽으로 다시 몸을 향하려고 했다. 그러나 쿠자크가 타이밍 좋게 최근 새로 입수한 방패를 앞으로 내밀고 밀어붙여 그렇게 두지 않는다. "…으랴아아앗…!"

"흥…!" 란타가 대장간에서 산, 검은 날의 칼을 놈의 왼쪽 옆구리에 쑤셔 박았다. "물론, 너한테 귀문이란 뜻이지만…!"

놈—사자 망자는 쿨럭 하고 무시무시한 입에서 피를 토하면서 왼팔로 란타를 끌어안는다. 오른팔은 쿠자크가 방해하고 있어서 마음먹은 대로 움직일 수 없는 것이다. 쿠자크는 놈의 동작을 방해하는 것뿐만이 아니라, 그 배때기에 "카앗…!" 하고 장검을 찔렀다.

유메가 당긴 활시위에서 손가락을 뗐다. 화살이 날아간다. 놈의 미간에 명중했다. 나이스… 라고 말하고 싶지만, 유메는 "웅냐!"라며 분하다는 듯한 목소리를 냈다. 눈을 노린 건데 빗나간 것이겠지. 하지만 결코 많이 빗나가지는 않았다.

하루히로는 평상심을 유지하며 놈의 등에 달라붙어 목덜미에 단검을 쑤셔 박았다. 두껍고 강한 갈기가 방해가 된다. 뽑은 단검으로 다시 한 방… 아니야. 느껴진다. 놈의 몸에 심상치 않은 힘이 차오르고 있다. 하루히로는 놈에게서 펄쩍 뛰어 떨어졌다. "…일단 떨어져…!"

"넵…!" "…젠장…!" 쿠자크도, 란타도 곧바로 하루히로의 지시에 따라 후퇴했다. 그 순간, 사자 망자가 그야말로 간담이 서늘해지는

주) 귀문: 鬼門. 음양오행설에서 귀신이 출입하는 문이라는 뜻으로 사주에서 불길한 날을 말한다.

포효를 울렸다. 그것은 듣는 이의 내장을 움켜잡아 터뜨려버릴 것 같은 큰 음성이었다. 이것만큼은 마음의 준비를 하고 있어도 힘들다. 자기도 모르게 귀를 틀어막고, 그만해… 라고 절규하고 싶어진다. 사실 하루히로도, 쿠자크도, 란타도, 유메도, 덧붙여 근처에 둥둥 떠 있던 조디악도 온몸이 움츠러들었다. 메리도 마찬가지였으나, 그 옆에서 정신을 집중시켜 신경을 날카롭게 다듬고 있던 시호루만은 달랐다.

"다크…!" 시호루가 이름을 부르자 그것은 보이지 않는 세계에서 문을 열고 뛰어나오는 것처럼 나타났다. 검고 긴 실이 나선형으로 엉켜 어떤 형태를 만들고 있다. 사람 같은. 크기는 인간의 손에 올라갈 정도다. 손바닥에 올라가는 다크. 그것은 엘리멘탈이다. 시호루가 시행착오를 거듭한 끝에 지금은 이 형태로 안착했다. 시호루의 말을 빌자면, 이것은 어디까지나 발전 도중이며 그에게는 좀 더 어울리는, 참된 모습이 있을 것이라고 한다.

어찌 되었든 다크는 시호루를 따른다. 하루히로에게는 그렇게 보인다. 왜냐하면 다크는 시호루의 얼굴 옆에 나타나서 그녀의 어깨에 앉았다. 그뿐만이 아니다.

"가라…!" 시호루가 지령을 내리면 다크는 순순히 따랐다. 시호루의 어깨에서 날아올라, 응쇼오오오오오오오오… 하고 희한한 소리를 내면서 사자 망자를 향해서 돌진한다.

다크는 사자 망자의 가슴에 꽂혔다. 충돌… 은 일어나지 않았다. 몸 안으로 빨려 들어간다. 그리고 무슨 일이 일어난 건가? 다크는 뭘 일으킨 건가? 확실하게는 모른다. 하지만 아무튼, 사자 망자는 "구봇…." 명치 부근에 강렬한 펀치 한 방을 맞은 것처럼 몸을 굽히고 무릎까지 꿇으려고 했다. 효과가 있다.

"지금이다…!"라고 하루히로가 말하는 것보다도 빨리, 란타가 리프아웃으로 돌격했다. 8자를 그리는 것처럼 검은 날 칼을… 아니.

"무한…!" 란타는 검은 날로 8이라기보다 ∞자를 그렸다. "흑련무(黑煉舞)…!"

∞ 다음은 8. 8에 이어서 ∞. ∞에서 다시 8로. 연결한다. 연결한다. 연결한다. 사자 망자는 갑옷은 입지 않았으나, 그 몸은 단단하게 밀생한 짐승의 털과 완충재가 되는 지방, 그리고 두꺼운 근육으로 보호받고 있다. 덕분에 검에 의한 공격은 거의 통용되지 않는다. 그런데도 란타는 벤다. 지치지도 않고 베고 또 벤다. 결국 숨이 차서 휘청대며 뒷걸음질을 쳤다.

"뭐가!" 쿠자크가 사자 망자의 배에, 아까 자신이 한 번 찔렀던 바로 그 부분에 다시금 장검을 쑤셔 박았다. "무한이야…!"

"응끄으으으으으…!" 사자 망자는 피를 토하면서 몸부림쳤다.

"란타니까 그렇지!" 유메가 연속으로 화살을 쏜다. 연사. 3연사다. 첫발은 빗나가버렸으나 두 발째는 사자 망자의 오른쪽 눈을 근사하게 포착했고 세 발째는 쿠자크의 투구를 탕 하고 스쳤다. "…오옷…?!"

"우냣?! 미, 미안!"

"…푸핫!" 란타가 곧바로 한마디 했다. "어차피 유메니까…!"

"시끄러워, 바보 란타!"

'…이히… 확실히 시끄럽다… 입 다물어, 란타, 영원히… 이히히….'

"조디악아?! 그거, 나더러 죽으라는 거야…?!"

"아아아굿…!" 사자 망자가 쿠자크를 들이받으려고 했다. 쿠자크는 "웃…!" 하고 버티고 서서 물러서지 않는다. 장검을 더욱 밀어붙이고 비틀었다. "…랴아아아…!"

하루히로는 뒤에서 사자 망자에게 덤벼들어 등에 단검을 찔렀다. 짐승의 털과 피부, 지방층은 돌파했다. 칼날은 갈비뼈 사이를 지나… 그래도 안 되나? 내장까지는 도달하지 않는다.

"하루…!" 메리가 불러서 하루히로는 얌전히 사자 망자에게서 떨어지기로 했다. 이 정도 상대라면 별 볼일 없는 도적인 하루히로 따위가 치명상을 입히는 건 우선 불가능하다. 그렇게 생각해야 한다. 예의 선이라도 보이면 이야기가 달라지지만, 그건 보려고 한다고 보이는 것이 아니다.

"구로오오오오웅…!" 사자 망자는 두 손과 두 발을 모두 사용해서 쿠자크를 밀어내려고 했다. 쿠자크는 버티고는 있지만, 힘겨루기로는 불리할까?

"…뒈져라아아아…!" 란타가 검은 날 칼로 사자 망자의 측두부를 쾨쾅 강타했으나, 역시 베지는 못했다.

마침내 쿠자크가 사자 망자의 발에 차여 자세가 흐트러졌다. "…큭…!"

사자 망자는 곧바로 몸을 돌려 달려갔다.

"도망치는 거야…?!" 란타가 소리치며 쫓아가려고 했다. 아니, 척이다. 란타는 두 걸음, 2보만 나가더니 발을 멈추고 혀를 찼다. "…다 잡은 걸 놓쳐버렸네! 너희가 너무나 매가리가 없는 탓이다! 내가 한 명 더 있었다면 해치웠을 거야!"

"…말은 잘하네." 하루히로는 주위를 둘러보며 다른 망자가 없는

지 주의하면서 숨을 한 번 내쉬었다.

'끼히히… 란타가 두 명 있다면… 이 세계는 악몽이다… 끼히… 끼히히히….'

"무슨 뜻이얏?!"

"…말 그대로의 뜻이지." 시호루가 중얼거렸다.

"조디악은 착하네." 메리는 냉소했다. "오히려 지나치게 관대해."

"너희드ㅇㅇㅇㅇ을. 내가 너희에게 뭘 했다는 거야아아아아아?"

"여러 가지 많… 이 했잖여." 유메가 볼이 불룩 튀어나와 활을 탕탕 튕겼다. "음냐. 좀 더 하면 해치웠을… 까나?"

"어려운 부분이네요." 쿠자크는 투구 바이저를 올리고 목을 굽혔다. "밀어붙일 수 있을 것 같으면서도 밀어붙일 수가 없다고나 할까. 결정타가 좀 부족한? 그런 느낌?"

"그래도 시호루의 마법은 효과 있었어." 하루히로는 시호루에게 엄지를 척 세웠다.

"…그런… 가?" 시호루는 부끄러운 듯이 목을 움츠렸다. "…그럼, 좋겠는데."

"대단해." 메리가 시호루의 등을 쓰다듬어주었다. "자기 방식대로 마법을 편성해내다니. 나도 본받아야겠어."

"…에헤."

"내 덕분이지!" 란타가 가슴을 폈다. "내가 항상 프리덤한 마인드를 보여줬으니까! 그 영향이야! 명백하게!"

'…쿠히….'

"뭐, 뭐야? 조디악이. 하고 싶은 말이 있으면 해. 나와 너 사이잖아. 이제 와서 염려할 건 없잖아. …그런데, 사라지는 거야?! 이 타이밍에?! 잠깐, 조디악? 돌아와?! 지금 분위기에서 가버리면 다음에 조금 소환하기 거북하거든?!"

사자 망자는 망자의 거리 북서부에 때때로 출몰하는 성가신 상대다. 얼마 전까지는 공격받으면 허겁지겁 도망칠 수밖에 없었으나, 지금은 이렇게 호각으로 싸울 수 있게 되었다. 몇 번이나 싸웠으니까 익숙해질 만도 하다. 게다가 경험을 쌓는 동안 하루히로 팀의 전투력이 상승한 거라고 생각해도 벌을 받지는 않을 것 같다.

실은 장비도 좋아졌다. 쿠자크가 살짝 휘어진 받침대 같은 방패—우물촌의 대장장이가 말하기를, 구슈타트라는 이름이라고 한다—와 가볍고 튼튼한 손등 보호대, 다리 보호대를 입수했고 란타는 갑옷을 가벼우면서도 더욱 흉흉한 모양의 물건으로 교환했다. 본인은 데스 아머(죽음의 갑옷)라고 부른다. 진성 바보다.

하루히로도 외투며 무두질한 가죽 가슴 보호대며 팔과 몸 보호대며 장갑이며 바지며 뭐며 전부 새로 장만해야 할 정도로 너덜너덜했기 때문에 우물촌의 옷과 가방 가게에서 어두운 색조의 좋아 보이는 것을 샀다. 가슴 보호대는 자세히 보면 뱀가죽 같은 느낌의 피혁 제품으로 통일했다. 제법 마음에 든다. 장갑은 일곱 손가락용을 다섯 손가락용으로 고쳐달라고 했는데, 신기할 정도로 손가락에 착착 감겨 쓰기 편하다.

유메는 활을 다룰 때 방해가 되지 않는 정도로 방어력을 높이기로 한 모양이다. 여기저기에 프로텍터 같은 방호구를 댔다. 그 프로텍터, 아마도 소재는 뭔가의 뼈였고 수지 비슷한 것으로 코팅한 것인데, 정말로 가볍고 튼튼하다.

시호루도 모자와 로브가 꽤 헐어서 옷과 가방 가게에서 그럴싸한 것을 여성진들이 골라서 산 것… 인데, 가슴 부분만 좀 꽉 끼는 것 같다. 사실 지금까지 입었던 로브가 지나치게 헐렁했던 것뿐인지도 모른다. 란타가 웬일로 시호루에게 들리지 않게끔 살그머니 하루히로와 쿠자크에게만, "…숨은 거유가 아니라 평범하게 폭유네, 저거. 그보다 저 녀석, 생각했던 것보다 몸매가 좋잖아…"라고 속삭였다. 솔직히 하루히로도 동감이긴 했지만, 왠지 란타에게 살의가 치솟았다.

메리는 신관 입장에서 한참 망설였지만 결국 손상이 심한 신관복을 처분했다. 하얀 코트를 찾았으나 발견하지 못하고 남색을 골랐다. 그것이 또한 체형에 딱 맞아서 근사할 정도로 어울린다. 맞으면 아플 것 같은 헤드가 달린 지팡이는 산 것이 아니라 전리품이다.

참고로, 복면 가게에서 각자 가면이며 복면을 장만했기 때문에 우물촌에서 맨얼굴을 숨기고 지내는 시간이 꽤 쾌적해졌다. 생활용품도 필요에 따라 장만했다. 생활하는 데 불편을 느끼는 일은 눈에 띄게 적어졌다.

그리고, 뭐니 뭐니 해도 시호루의 새 마법이 특기할 만하다. 다크라 이름 지은 엘리멘탈을 실체화시켜 사역한다. 다크에게 어딘지 그림자 엘리멘탈의 흔적이 남아 있는 것은, 역시 시호루의 장기 분야가 다슈 매직이기 때문인 모양이다. 마법생물 엘리멘탈은 마법사의 마력을 섭취해서 모습을 드러내고 힘을 행사한다. 그렇기 때문에 마법사와 엘리멘탈은 직접적으로 서로 영향을 주고받는다고 한다. 도적인 하루히로는 잘 모르지만, 암흑기사의 데이몬과 비슷한 것인지도 모르겠다.

아무튼 시호루의 새 마법 '다크'는 갓 편성되어 아직 발전 도중이고 여러 가지 가능성을 숨기고 있는 것 같다.

시호루는 지원과 방해에 탁월한 효과를 발휘하는 다슈 매직의 길을 선택했으나, 파괴력을 원해서 팔츠 매직에 한눈을 팔거나 카논 매직을 배워보거나 하는 등 다소의 우여곡절이 있었다. 하지만 어슬렁어슬렁 이쪽으로 갔다가 저쪽으로 갔다가 하는 것은 아마 시호루가 바라는 바는 아닐 거다. 원래 외곬에 어떤 한 가지를 끝까지 파고드는 타입이라고 생각한다.

다크는 시호루에게 그 '한 가지'가 될 수 있지 않을까? 그랬으면 좋겠다고 하루히로는 바란다.

이 세계에서의 49일째가 끝나고 50일째.

세수를 하고 아침 식사를 하려고 우물촌에 들어간 하루히로 일행은 식료품점에서 그와 재회했다.

"오홋!" 란타는 펄쩍 뛰었다. "운조 씨 아니세요…!"

삿갓을 쓰고 허리와 등에 짊어진 커다란 주머니에 도끼며 도검이며 활이며 여러 가지 무기를 매달거나 고정한, 마치 걸어 다니는 무기고 같은 남자가 그릇에 입을 대고서 벌레 수프를 마시고 있었다. 이것이 두 번째인데, 잘못 볼 리가 없다. 운조 씨다.

운조 씨는 국물을 다 마시고 나서 손가락으로 건더기인 벌레를 집어 먹었다. 그리고 텅 빈 그릇을 "루오 케에"라고 말하며 대게 점주에게 돌려주더니 그제야 하루히로 쪽으로 얼굴을 돌렸다. "네놈들인가? 의용병들. 살아 있었나?"

"덕분에요!" 란타는 누가 시키지도 않았는데 브이 자를 그려 보인다. "이야 이야 이야아… 거시기네요, 그 망자의 거리! 운조 씨가 가르쳐주서 살았습니다. 그때부터 우리 퀄리티 오브 라이프가 마구마구 높아지고 있거든요! 최고입니다, 운조 선배님! 예이! 대통령! 대통령…? 국왕이 나으려나? 아무튼, 뭐든 상관없나? 우헤헤헤헤헷. 괜찮지요? 운조 각하?! 아니, 차라리?! 이쯤에서?! 폐하라고 부릅니다…?! 부를까요…?! 불러버려요…?!"

"너, 정말 시끄러워…." 하루히로는 극심한 두통을 참으면서 란타를 밀쳐내고는 고개를 숙였다. "…죄송합니다. 우리 바보가, 똥덩어리에, 쓰레기라서…."

운조 씨는 삿갓 끝자락을 잡아 내렸다. 아무런 말도 하지 않는다. 뭐지? 혹시나, 화난 겁니까…? 란타가 꿀꺽 침을 삼키고 하루히로의 옆구리를 찔렀다. "바, 바보. 너, 너 때문이야! 모든 게 다!"

"어째서…?"

"리더잖아! 따라서 모든 책임은 ●밥새끼인 너한테 있다!"

화를 낼 기력조차 사라졌을 정도로 어이없어하는 하루히로를 눈꼬리로 보며 운조 씨가 걸어가기 시작했다. 어디로 가는 건가? 식료품점 옆에 있는 잡화점? 잡화점이라고 해도 가게 앞에 진열된 물건들 대부분은 고물이다. 게다가 극히 드물게 어두운 회색 옷으로 온몸을 가린 길쭉한 점주가 바깥으로 나올 때 이외에는 영업하지 않는… 것 같다.

지금 점주의 모습은 없다. 건물 문은 닫힌 채였다.

전에 란타가 담력 시험이니 뭐니 한심한 소리를 지껄이고는 저 문을 두드렸었다. 반응은 없었다.

잡화점은 우물촌 안에서 가장 수수께끼인 가게다. 애초에 하루히로 일행이 멋대로 잡화점이라 부르는 것뿐이니까 실은 가게조차 아닐지도 모른다.

운조 씨는 그 잡화점 문을 두드리지 않았다. 갑자기 열었다. 미닫이문이다. 운조 씨는 말없이 안에 들어간다. …엇, 어? 그래도 되는 건가…?

"어, 어떻게 하지…?" 란타가 어느 틈엔가 하루히로 뒤에 숨어 있었다.

"…어떻게 하긴. 우선 나한테서 떨어져."

"나도 뭐 좋아서 너한테 붙어 있는 게 아니야. 착각하지 마라, 얼간아."

"음…." 쿠자크가 목을 눌러 구부렸다. "흥미는 있네요. 사실."

"그러게." 유메가 멍한 태도로 말했다. "가볼까나?"

우물촌 안이니 설마 죽임을 당하는 일은 없겠지. 아마도.

잡화점 문은 열린 채로 있었다. 하루히로는 우선 거기를 통해 안을 들여다보았다. 살짝 놀랐다. 창문이 하나도 없고, 램프로 희미하게 비춰진 벽을 가득 메운… 석판… 일까? 혹은 점토판? 아무튼 엄청난 수의 크고 작은 여러 가지 네모난 판에 새겨진 기호와 그림을 보고 하루히로는 압도당했다. 기호는 글자인 건가? 채색된 그림도 그중에는 있었다.

길쭉 점주는 안쪽 의자에 앉아 있어도 유난히 가늘고 길게 보였다. 운조 씨는 예의 커다란 등짐 주머니를 바닥에 내려놓았다. 등짐 주머니에서 뭔가 꺼내려고 하는 것이다. 보아하니 석판 같다.

"호에에…." 유메는 문 앞에 쪼그리고 앉았다. "도대체 뭐여? 이게. 대단하네."

란타는 투구 바이저를 올리고 눈을 휘둥그레 떴다. "…보물… 인가…?"

"…항상 그 생각뿐이야?" 시호루는 실내를 둘러보고 한숨을 쉬었다. "…하지만, 어떤 의미에서는 보물일지도…."

"잡화점 같은 게 아닌지도." 메리가 중얼거렸다. "…사료(史料), 다루는 곳?"

"뭔가 오래된 것 같으니까요." 쿠자크는 어슬렁거리며 안으로 들어가 석판에 손을 뻗으려다가 도로 손을 집어넣었다. "만지면 위험할까?"

길쭉 점주는 운조 씨에게서 석판을 받아들더니 책상에 놓고 두 손을 그 위에 가까이 댔다. 하루히로는 흠칫했다. 좀 무서운 것을 보고 만 것이다. 길쭉 점주의 손. 손가락은 다섯 개지만, 손바닥에 … 하루히로가 잘못 본 게 아니라면, 눈이 있었다. 길쭉 점주는 그 눈으로 석판을 빤히 바라보고 있는 것이다.

운조 씨가 돌아보았다. "…여기에, 책, 없다. 종이 책은. 기록은 남아 있다. 석판, 점토판. 태블릿에. 눈의 손 현자 오우부는, 연구가다. 태블릿을 수집한다. 태블릿, 가치가 있으면, 사준다."

눈의 손 현자 오우부란 길쭉 점주를 말하는 것이겠지. 현자 오우부는 석판에서 두 손을 물리더니 책상 서랍을 열어 검은 동전을 꺼냈다. 크다. 소동전도, 중동전도 아니다. 대동전이다. 하나가 아니다. 두 개나. 대동전 두 개 = 2로우라고 하면, 가게에 따라서랄까, 사람에 따라서 달라지긴 해도 30에서 50루마에 해당한다. 큰돈이다.

현자 오우부에게서 건네받은 두 개의 대동전을 운조 씨는 아무렇게나 등짐 안에 쑤셔 넣었다. "루오 케에."

"아부루우 세하…." 현자 오우부는 그렇게 대답하더니 또다시 책상 위의 석판에 두 손을 가까이 댔다. 그 손의 눈으로 새로 입수한 석판을 찬찬히 관찰하는 것이겠지.

"루미아리스와, 스컬헬." 운조 씨가 갑자기 의외의 이름을 입에 올리며 한 장의 석판을 가리켰다. "신과, 신의 싸움이, 그려져 있다."

"오옷…." 란타가 달려가 그 석판에 얼굴을 가까이 댔다. "진짜다…! 이 석판에 있는 녀석의 얼굴, 스컬헬의 심벌이랑 똑같잖아…!"

"루미아리스는 육망성으로 표시될 뿐 그림이나 동상으로 표현되지는 않지만…." 메리도 궁금해져서 눈을 부릅뜨고 석판을 보고 있다. "왼쪽의 여성이, 루미아리스…?"

그 석판은 옆으로 긴 네모난 형태로 오른쪽에 해골 같은 얼굴을 한 남자가, 그리고 왼쪽에는 긴 머리를 한 여자가 그려져 있다. 남자는 오른손에 커다란 낫을, 왼손에는 검을 들었고 다리가 하나밖에 없다. 여자는 나체이며 오른손에 커다란 구슬을, 왼손에는 작은 구슬을 쥐고서 무지개를 등지고 있다.

오른쪽 반쪽의 배경은 밤이고 왼쪽 반은 낮인 것 같다. 아래쪽에 작은 생물들이 아주 많다. 그들은 남자나 여자에 속해서 서로 싸우고 있는 모양이다. 검으로 찌르거나 화살이 오가고 있고 쓰러진 생물도 다수 볼 수 있었다. 피비린내 나는 전쟁을 벌이고 있는 것이었다.

"여기에서, 있었던 일이다." 운조 씨가 낮게 말했다. "루미아리스와, 스컬헬은, 여기에 있었다. 이, 다룽갈에."

"…다룽, 갈?" 하루히로는 다른 석판과 점토판으로 눈길을 향하면서 물었다.

"여기 있는 자들은, 그렇게 부른다."

"광명신 루미아리스와, 암흑신 스컬헬이, 이 다룽갈에서 싸웠다…." 시호루가 신중하게 말했다. "…예전에 다룽갈 주민들은, 루미아리스나 스컬헬, 둘 중 한 신의 편을 들어 서로 싸웠다… 거냐?"

"어느 쪽이 이겼… 습니까?" 쿠자크는 자기 갑옷에 새겨진 육망성을 매만졌다.

"그야, 너." 란타가, 흥 하고 코를 울렸다. "여기가 이렇게 어두운 걸 보니 나의 사랑하는 암흑 절대신 스컬헬 님이 승리를 거둔 게 당연하잖아."

"하지만 광마법을 쓸 수 있어." 메리가 곧바로 반론했다. "루미아리스가 패했다면 지금도 그 힘이 미치는 것은 이상하지 않아?"

"그걸 말한다면 암흑마법도 쓸 수 있는데? 뭐, 광마법도, 암흑마법도 효과는 반 이하로 줄었다는 느낌이지만."

"그럼 있잖아." 유메는 다른 석판을 구경하고 있다. "비긴 거 아닌가?"

"…그래서, 두 사람 다 지금은 그림갈에?" 하루히로는 고개를 갸웃거렸다. "…두 사람이라는 건 좀 아닌가? 뭐더라? 신님은. 분? 두 분이라고 하면 되나…?"

"전쟁의 결과는 불명이다." 운조 씨는 등짐을 짊어졌다. "눈앞의 현자 오우부도 모른다고 했다. 그것을, 조사하고 있다. 아무튼, 루미아리스도, 스컬헬도, 다룽갈을 떠났다. 다룽갈은, 신이 없는 세계가 되었다."

"떠났다…." 하루히로는 자기 뒤통수 부분의 머리카락을 꽉 움켜잡았다. "…는 건, 어디로 해서?"

시호루는 숨을 멈췄다. "…어딘가에 길… 이? 다룽갈에서 그림갈로 통하는 길이 없다면 떠나는 것도… 불가능하니까?"

"그렇다는 건!" 란타가 외쳤다. "돌아갈 수 있다는 거 아니야? 그거?!"

쿠자크가 힐끔 운조 씨를 보았다. "돌아갈 수 있는 거라면, 진작 돌아가지 않았을까…?"

"그런가?" 유메는 피유우우우우… 하고 숨을 토해냈다. "콘죠 씨가 여기에 있다는 건, 역시 그렇다는 거지…."

"운조 씨를 말하는 거지…?" 하루히로는 정정해주고, 마음을 다시 단단히 다잡았다.

그보다, 충격은 없었다. 돌아가고 싶구나, 돌아가면 좋겠다… 고 생각하긴 했으나, 돌아갈 수 없더라도 그건 그거대로 괜찮다고 최근은 생각하기 시작했다. 만약 귀환의 실마리조차 찾지 못한 채로 100일, 200일이 지나간다면, 본격적으로 여기서 살아가는 것을 사고의 기본 틀로 삼아야 하겠지. 이 다룽갈에 뿌리를 내리는 거다. 예를 들면 가정을 이루거나? 물론 그런 것도 자연스럽게 고려해야겠지. 분명 중요한 일이다. 하루히로도 리더니까… 라는 말만 하고 있을 수는 없다. 반대로, 리더니까 더욱 솔선수범해야 한다는 사고방식도 있다.

과감히 고백한다거나, 그런 전개가 되지 말라는 법은 없다.

아니, 되지 않을까? 무리인가? 뭘까, 뭐야? 고백이라니? 도대체 뭘 고백한다는 건가? 누구한테? 의미를 모르겠습니다.

―이러쿵저러쿵 쓸데없는 자문자답을 하고 있노라니 운조 씨가 잡화점이 아닌 현자 오우부의 연구실에서 나갔다. 뭔가 한마디 해

줘도 좋을 법한데, 운조 씨니까 어쩔 수 없다. 그런가? 하루히로 일행도 따라서 연구소를 나오니 운조 씨는 다른 건물로 향하고 있었다.

그것은 우물촌에서 제일 큰 석조 건물로 유리창이 있는 건물이다. 하루히로가 아는 범위에서는 유리창으로 언제나 불빛이 흘러나온다. 누군가 살고 있는 것이겠지. 그리 생각했으나, 주민의 모습을 본 적은 한 번도 없다. 전에 운조 씨가 그 건물에 들어갔었다. 그것을 봤다. 그것 말고는 출입을 확인한 적은 없다.

운조 씨는 건물 문을 열고 하루히로 일행을 한 번 흘깃 보았다. 따라오라는 뜻일까? 그렇게 해석하고 운조 씨 뒤를 따라 하루히로 팀도 그 건물에 발을 들였다. 소름이 끼쳤다. 몹시 기묘한 기분이 들었다. 여기는 어디지? 하루히로는 생각했다. 다룽갈이라 불리는 세계. 우물촌. 아닌 것 같은 느낌이 들었다. 여기는 다르다.

우물촌의 다른 건물과는 달리 제대로 바닥재가 깔리고 양탄자가 깔려 있다. 선반이 있다. 테이블이 한 대 있다. 의자가 다섯 개 있다. 안쪽에 다른 방도 있는 것 같다. 유리창 양옆에는 커튼이 묶여 있다. 여기저기에 촛대가 놓여 있다. 모든 촛대에 불이 켜져 있다. 다리가 네 개 달린 의자는 테이블을 에워싸는 것처럼 배치되어 있었다. 딱 하나만 방 중앙에 있었다.

그 한가운데의 의자에 그녀가 앉아 있었다.

인간이다. 빨간 드레스를 입었다. 하얀 양말에, 검은 구두를 신고, 빨간 리본을 달고, 금발에 눈동자는 파랗다. 피부가 흰, 나이도 많지 않은 여자아이 같다.

처음에는 그렇게 생각했다. 곧바로 그렇지 않다는 걸 알았다.

"…인형?" 하루히로는 눈을 깜빡이고 다시 쳐다보았다.

어째서 인간이라고 생각했던 건가? 잘 만들어지긴 했지만, 그야말로 낡았고 피부 군데군데에는 금이 가 있다. 눈은 계속 뜬 상태였다. 단, 머리카락은 빗질을 매일 하는 것 같고 의류도 다소 색이 바래기는 했지만 찢어지거나 헐지는 않았다.

"그보다…." 란타는 경악했다.

그 인형과 가구뿐만이 아니다. 이 방에는 그야말로 다양한 것이 넘쳐난다. 선반에도, 테이블 위에도, 바닥에도. 게다가 그 모든 것이라고는 하지 않겠지만… 이것도, 저것도, 그것도, 어느 것도 다 본 기억이 있다.

벽에 세워진 저 커다란 액자 같은 것도. 테이블의 저 둥근 것도. 두께가 있는 네모난 것도. 원형 물체 두 개가 띠 같은 것으로 이어져 있는, 저것도. 손 안에 쏙 들어올 것 같은, 얇고 네모난 물체도. 많은 버튼이 달린 판때기 같은 것도. 표면에 유리가 박힌, 모서리가 둥근 사각의 물체도. …본 적이 있다. 아마도. 분명. …있을, 것이다. 그런데도 점점 확신이 흔들린다. 순식간에 희미해져간다. 본 적이 있어? 정말로? 어떻게 그렇게 단언할 수 있지?

모르는데. 그 명칭도, 언제 어디에서 봤는지도 생각나지 않는다. 기억나지 않는데도… 본 적이 있다? 어떻게 그렇게 말할 수 있어? 그 근거는?

단, 그것이 뭔지 확실하게 인식할 수 있는 것도 그중에는 있었다. 안경이 몇 개인가 있다. 검은 테와 금속 테. 그리고 대모갑 안경. 렌즈는 깨지거나 없어졌거나 했지만 아무리 봐도 안경이다. 선반에는 책도 꽂혀 있다. 그러나 그림갈에서 봤던 책과도 다르다. 좀 더 얇고 자그마한 책이 많다. 그밖에도 캔이라거나, 투명한 그릇이라거나. 그런데 투명하지만 유리는 아닌 것 같다.

운조 씨는 또 등짐 주머니를 바닥에 내려놓고 안에서 뭔가를 꺼냈다. 그것은 하얀, 작은 공 같은 것이었다. 운조 씨가 그것을 테이블에 놓자 딱딱한 소리가 났다. 공은 굴러가지 않았다. 아무래도 표면이 오돌토돌한 것 같다.

"…뭐… 뭔가요? 그거…?" 쿠자크가 물었다. "…알고 있는… 것 같은, 느낌도 드는데, 뭔지….."

"글쎄." 운조 씨는 천천히 방안을 둘러본다. 촛대의 초가 어느 정도 닳았나 확인하는 건지도 모르겠다. "모른다. 나도. …하지만, 다르다는 것만은, 안다. 이 방에 있는 것이, 다르다, 는 것은."

"…다르다." 시호루는 머리를 흔들었다. "…저도, 그렇게 생각해요. 다르다고…."

메리가 가슴을 눌렀다. "…이거, 전부, 당신이…?"

"아니." 운조 씨는 즉답했다. "내가 왔을 때부터 이 방은 있었다."

"웅냐…." 유메가 테이블 위에 있던 얇은 직사각형 물체를 손에 들었다. 손가락으로 문지르자 표면의 먼지가 닦여나가고 유난히 매끈매끈하다. 유메는 고개를 갸웃거렸다. "…우냣…?"

"마을 주민들이 모으기 시작했다는 건가…?" 란타는 기분 나쁘다는 듯이 여자 인형을 바라보고 있다. "…이 집, 여기 아무도 안 사는 건가? 이 아이 이외에는…."

운조 씨가 턱짓을 해서 인형을 가리켰다. "키누코는, 만지지 마라."

"키누, 코… 라니, 이 인형?"

"모두, 그렇게 부른다."

"흠. 키누코라는 느낌의 아이가 아닌데. 어느 쪽인가 하면 낸시라거나."

"…낸시 같지는 않아." 시호루가 부정했다. "절대로."

"그럼 뭐 같은데?! 말해봐, 폭유!"

"폭…." 시호루는 팔로 가슴을 가렸다. "…애, 앨리스라거나. 예를 들자면…."

"앨리스라… 음…." 란타는 팔짱을 낀다. "어쨌거나 키누코는 아니야."

"신은, 다룽갈에서 떠났다." 운조 씨는 등짐 주머니를 집어 들었다. "그, 대신이다. 이 마을에서는, 키누코를 숭배한다. 이계에서 온, 것… 이라고 한다."

"확실히…." 하루히로는 끄덕였다. "이 세계의 것과는 다른… 것 같은. 그렇다고 그림갈 것이냐 하면…."

"분명, 아니야." 유메는 아직도 얇은 직사각형 물체를 만지작거리고 있다. "그치만 있지, 유메, 신기한데, 반가운 느낌이 들잖아. 이게 뭔지 전혀 모르는데도 아는 것 같은 느낌이 든단 말이야. 이상하네…."

"이물도 숭배의 대상이다." 운조 씨는 말했다. "어딘가에서, 뭔가, 그럴싸한 것이 발견되면 여기로 갖고 온다. …키누코에게, 바친다."

"그건, 저기…." 란타는 어차피 품성이 저열하다. "무상으로?"

운조 씨는 낮게 코를 울렸을 뿐, 그 질문에는 대답하지 않았다.

하루히로는 가볍게 고개를 숙였다. "…왠지, 죄송합니다. 정말."

"엉? 왜 사과하는 거야? 파루피로? 바보 아냐? 아… 바보 맞지."
란타는 전혀 미안한 기색이 없다. "뭐, 하지만 거시기네. 돈은 되지
않아도 키누코가 신님이라면 은혜라거나 그런 건 기대할 수 있을지
도? 그럼 바칠 만한 가치가 있는 거지. 응. 응. 우리도 뭔가 발견하
면 갖고 오자고."

"…하지만, 말이지." 쿠자크는 커다란 액자 같은 것 앞에 쪼그리
고 앉아 있다. "왜 이런 것이 있는 걸까요? …어째서? 라고 물어도
되는 건가? 뭐지? 말로는 잘 표현 못 하겠지만, 묘하지 않아요?"

쿠자크가 하고 싶은 말은 하루히로도 안다. 알지만 잘 표현할 수
가 없다. 잘 표현할 수 없는 것이 답답해서, 그 또한 묘하다고 느낀
다.

『우리는 원래 세계로 돌아갈 방법을 찾고 있어.』

시마의 말이 되살아났다. 돌아간다. 원래 세계로.

머리가 아프다. 관자놀이 부근이, 아니, 그 안쪽이, 무겁고, 그러
면서도 날카롭게 아프다. 거기에 뭔가가 있다. 그렇게 생각되어 어
쩔 수가 없다. 하지만 이 손은 거기에 닿지 않는다. 왜냐하면 머릿
속이니까. 손가락을 쑤셔 박아 찾을 수도 없다. 아아, 차라리. 그게
가능하다면 얼마나 좋을까?

"…운조 씨."

"뭐냐?"

"운조 씨는… 원래 세계로 돌아가고 싶다거나 그런 생각 한 적 있
습니까?"

"원래, 세계." 운조 씨는 앵무새처럼 반복하더니 입을 다물었다.

"그건." 메리가 가면 너머로 하루히로를 빤히 응시했다. "…원래

세계라는 건, 그림갈이 아니라…?"

"…어?" 시호루는 입을 눌렀다. "…그림갈이 아닌, 원래…."

유메는 천장을 우러러본다. "…후뉴?"

"원래…." 쿠자크는 생각에 잠긴 것 같다. "원래, 의…."

"야, 야, 야…. 원래라니, 너." 란타는 웃으려다가 멈춘다. "…뭐야? 그건가? 우리는 어딘가 다른 세계에서 그림갈로… 라는 건가?"

"그게 아니면 뭔데?" 메리는 자기 자신에게 말하는 것처럼 말했다. "예전 일은 기억나지 않지만… 어딘가에 있었다는 건 틀림없고. 갑자기 이 모습으로 태어났을 리는 없으니까."

"…무엇보다, 우리, 어디에서 온 거지?" 시호루의 목소리는 약간 떨렸다. "어디에서라는 건, 말하자면… 내 기억에 있는 건, 분명히 … 하루히로 군과 있었고, 여기가 어디인지 물어보고…."

『…저기』라고, 바로 뒤에 있던 키가 작은 여자아이가 조심스럽게 물었다. 『여기는… 어디지요?』

하루히로는 『그걸 나한테 물어봤자』라고 대답한… 것 같다.

『그렇… 지요. 저기, 누, 누가… 몰라요? 여기가, 어디인지….』

시호루. 그렇다. 그건 시호루였다. …하지만 어디였더라?

"달님을 봤어." 유메가 짝 손뼉을 쳤다. "새빨갰어. 그래서 깜짝 놀랐어."

『아아.』 땋은 머리 여자아이가 눈을 깜빡거리더니 방긋 웃었다. 『달님, 빨갛네. 무지 예뻐.』

유메다. 그건 유메였다. 생각난다. 그렇다. 그때 달을 봤다. 루비처럼 빨간, 초승달과 반달의 중간 정도인 달을.

왜 빨갛지? 라고 생각했다. 달이 빨갛다는 건 이상하다고.

그건 어디였지?

"…언덕인가?"

오르타나 옆에 있는 언덕 위다. 무덤이 엄청 많고, 마나토와 모구조도 거기 묻었다. 그리고… 초코도. 초코. 초코…? 쿠자크의 동료다. 도적인. 후배 의용병. 데드헤드 감시 보루 공략전에서 목숨을 잃었다. …그것뿐인가? 모르겠다. 뭔가가 걸린다. 뭔가를 잊어버리고 있는 것 같은…? 커다란 눈. 약간 다크 서클이 있다. 토라진 것 같은 입술. 단발머리 여자아이. …초코. 쿠자크의 동료고… 죽어버렸다. 두 번 다시 만날 수 없다.

"그 언덕에, 있었지. 우리." 하루히로는 동료들을 둘러보았다. "…그건 틀림없지? 적어도 시호루와 유메, 란타… 마나토도, 모구조도 있었어. 킷카와. 렌지. 론. 삿사. 아다치. 꼬마도. 있었어. 그 언덕에. 빨간 달을 봤어. …쿠자크와 메리는…?"

"언덕…." 메리는 멍하니 중얼거리는 것처럼 말했다. "…기억나. 희미하지만. 아마도 최초의 기억은, 오르타나 옆의 언덕."

"나도, 그럴걸." 쿠자크도 수긍했다. "뭔가… 응, 있었지… 라는 느낌. 그 녀석들하고. 뭘 이야기했는지 그런 것까지는… 기억 안 나지만."

"우연이로군." 운조 씨까지 아주 살짝 웃으면서 대답했다. "나도, 그 언덕에서 본 빨간 달을, 기억한다. 달이 빨갛다… 고 생각했다. 기분 나쁘다… 고."

"…이상하지 않아?" 하루히로는 테이블을 둘러싼 의자 중 하나를 끌어내서 앉았다. "그 언덕에… 나타났다는 게. 뭐랄까… 이상해. 그런 건. 그림갈에 오기 전에 우리가 어디에 있었다고 해도, 상식적으로 생각하면, 말하자면⋯ 통로 같은 것 말이야. 그런 것을 지나왔을 것 아니야? 언덕에⋯ 나타나다니."

"탑이 있었다." 운조 씨는 갑자기 삿갓을 벗었다. 짧게 깎은 머리는 반 정도 하얗게 셌다. 얼굴 아래쪽 반은 목도리로 감추고는 있지만 눈에서 위쪽은 드러났다. 이마 위가 벗겨진, 40대나 50대 남성이라는 인상이다. 삿갓을 테이블에 놓고 운조 씨도 의자에 앉았다. "내 기억이 정확하다면, 그 언덕에는 '열리지 않는 탑'이."

"출입구가 없는, 탑⋯." 시호루는 지금은 온몸을 바들바들 떨고 있다. "⋯무엇을 위해 있는 건지도, 몰라⋯. 이상하다고 생각했었어. 계속⋯."

"혹시나⋯." 란타는 바닥에 주저앉았다. "우리, 그 탑에서 나온 거 아닐까?"

"출입구가 없는데?" 메리가 미심쩍다는 듯이 물었다.

"음⋯." 란타는 자기 머리를 두드렸다. "바로 그거야. 문제는. 하지만 말이지, 출입할 수 없다는 것도 이상하잖아? 의미 없으니까. 어딘가에 숨겨진 문이라도 있는 것 아닌가?"

"히요무라면 알고 있지 않을까?" 유메가 말했다. "히요무가 있잖아, 언덕에서 오르타나의 브리 씨한테로 안내해줬잖아."

"나 때도 그랬었어." 메리가 끄덕였다.

"아아⋯." 쿠자크는 가볍게 손을 들었다. "나 때도."

"나는⋯." 운조 씨는 미간을 눌렀다. "남자였던, 것 같다. ⋯서(sir)라고 부르라고 했다. 브리 씨란⋯?"

"그러니까." 하루히로가 대답했다. "오르타나 변경군 의용병단 레드문 사무소의 소장님입니다. 브리트니라고 하는."

"브리트니." 운조 씨는 눈을 크게 떴다. "…그건, 여자 같은 남자 말인가? 하늘색 눈을 한."

"…아는 사이, 입니까?"

"알기는, 안다. 본명은, 시부토리."

"시부토리?!" 란타가 괴상한 목소리를 냈다. "브리 씨는 시부토리라는 이름이었어?!"

"시부토리는, 아래 세대다. 나보다는. …놈이, 의용병단 사무소, 소장인가?"

"저, 운조 씨." 하루히로는 주저하면서 물었다. "…다룽갈에 오신 지 어느 정도 되셨다고 하셨나요?"

"5,676." 운조 씨는 아득한 눈을 했다. "세기 시작하고 나서부터 지만. 찾아온 어두운 밤이 가고 회색 하늘을 맞이했다."

"…56…."

다룽갈의 하루와 그림갈의 하루의 길이는 같은 걸까? 아니면 다른 걸까? 정확하지는 않지만, 만약 같다면… 운조 씨는 15년과 201일 동안이나 이 다룽갈에서 보낸 것이다.

"지금까지, 저희들 같은, 그러니까… 인간을, 보신 적은?"

"없다. 처음, 이다. 네놈들이."

"진짜야…?" 과연 란타도 침통한 목소리로 말했다. "그건… 그건 … 진짜로, 뭐랄까, 큰일이잖아. 진짜로…."

"이제, 익숙해졌다." 운조 씨는 테이블에 눈을 떨어뜨렸다. "…익숙해, 졌다. 어차피, 돌아갈 수 없다. 진작 포기했다. 여기 생활도, 나쁘지는 않다. …정이 들면 고향. 기묘했던 일도, 당연해진다. 말도 배운다. 지인도 생겼다. 네놈들의 말, 마치 외국어 같다. 반은 까

먹었다. 말하는 동안에, 생각난다. 이렇게. 하지만, 어차피, 돌아갈 수는 없다. 네놈들도, 각오를 해라. 그 언덕. 열리지 않는 탑. 다 상관없는 일이다. 숨겨진 문. 있다고 해도, 찾지 못한다. 확인할 수 없다. 여기에서 살아간다. 그것밖에 없다. 죽을 때까지, 살아간다. 어디나 마찬가지다. 우리는, 그저 그뿐이다."

"…우리뿐만이, 아니에요." 시호루는 쥐어짜 내는 것처럼 말했다. "…라라와 노노라는… 우리보다 훨씬 경험이 풍부하고 실력이 뛰어난 2인조가 이 다룽갈에. 게다가 우리는 그림갈에서 직접 이리로 온 게 아니라."

"어디냐?" 운조 씨는 테이블에 오른손 검지를 세웠다. "네놈들은, 어디로 해서 다룽갈에 들어왔나?"

분명하게, 정확히 기억하고 있다고는 말하기 힘들다. 이동 거리와 방향도 애매하다. 그래도 하루히로는 가급적 상세하게, 그러면서도 복잡해지지 않도록, 더스크렐름(황혼세계)에서 다룽갈로, 그리고 우물촌에 도달하기까지의 경위를 운조 씨에게 설명했다.

"강 상류…." 운조 씨는 어이가 없다는 듯이 짧게 웃었다. "네놈들은 운이 좋다. 무사했던 것은, 기적이다."

놀랍게도, 우물촌에서 봤을 때 북쪽에 있는 숲에는 예그요룬—운조 씨 말로는 안개 나방이라는 뜻이라고 한다—이라 불리는 독나방 서식지가 여기저기 흩어져 있다고 한다. 이 나방의 독은 극히 강력해서 대부분의 생물은 순식간에 몸부림치다가 기절한다. 단, 게타구나라는, 족제비 같은 동물만은 예외다. 이 동물은 예그요룬의 독에 내성이 있는 건지, 아예 공격당하지 않는다. 예그요룬이 먹잇감에 몰려들어 기절시키면, 게타구나들이 달려와 주로 그 내장을 파먹어버린다. 예그요룬은 먹잇감의 피를 빨고 그 살에 알을 낳는다. 얼마 후면 알을 까고 나와 썩은 살을 양분 삼아 성장하고 이윽고 부화해서 날아간다고.

예그요룬은 작다. 새끼손가락 정도 크기밖에 안 된다. 기본적으로 어두운 다룽갈의 숲에서는 우선 피할 수가 없고, 알아차렸을 때는 이미 물린 뒤다. 실은 한 마리의 독의 효과는 그리 크지 않다고하는데, 한 마리가 있으면 그 주위에 수백 마리가 있는 것이기 때문에 연속으로 몇 번이나 물리고 만다.

예그요룬은 북쪽의 강가에도 있다. 또한 강가에는 토바치―매우성가시다는 뜻이라고―라는, 기습 공격이 특기인 무리가 사방에 숨어 있기 때문에 상당히 주의를 해야만 한다. 토바치는 종류가 많고강가에 있는 사나운 육식 생물 전반을 부르는 이름이라고 한다. 물론, 토바치가 예그요룬과 게타구나의 먹이가 되는 경우도 있다. 그것 말고도 가우가이라는, 개 얼굴에 원숭이 같은 동물―이건 아마도 개원숭이를 가리키는 거라고 생각된다―도 넓게 분포하고 있고,놈들은 잡식성이지만 좋아하는 먹잇감은 게타구나라고 한다.

어쨌든, 나방이 있는 숲이란 뜻으로 아둔예그라 불리는 우물촌북쪽 숲은 매우 위험하기 때문에 분별력이 있는 자는 드나들지 않는다.

운조 씨의 말에 따르면, 아둔예그를 통해 더스크렐름으로 돌아가고 싶다면 죽을 각오를 해야 한다는 것이다. 사흘이건 이틀이건 단하루건, 아둔예그에서 예그요룬과 마주치지 않을 수 있다고는 운조씨는 생각할 수 없다고 한다. 그리고 마주쳐버리면 그걸로 끝이다.가끔씩 예그요룬이 한두 마리 우물촌으로 흘러들어오는 일이 있었는데 그것만으로도 큰 소동이 일어난다고.

"…가, 가보지 않기를 잘했다…." 란타는 목을 울리며 침을 꼴깍 삼켰다. "뭐, 이제 와서 더스크렐름에 돌아가봤자 별거 없기는 하고. 그쪽은 그쪽대로 빌어먹게 위험하고. 하지만 라라랑 노노는 무사하지 않겠지, 분명. 그 녀석들이 나만큼 운이 강하다고는 생각할 수 없고. 확실하게 어딘가에서 뒈졌을 거야. 우리를 실컷 이용만 하고 버려두고 갔으니까 쌤통이지만…."

"그 두 사람은 이 마을에는 오지 않았지요…." 쿠자크가 중얼거리듯 말했다.

"아마도." 운조 씨는 말투가 상당히 유창해졌다. "사실 여기 말고도 마을은 있다. 마을이랄까, 거리가."

그것은 있어도 당연히 이상할 것 없다. 루미아리스와 스컬헬의 전쟁이 끝난 뒤에 남겨진 마을이 여기뿐이라는 것이 오히려 신기하고 부자연스럽다. …그래도 엄청 놀랐다.

"엇…." 하루히로는 할 말을 잃고 동료들과 얼굴을 마주 보았다.

"와우." 유메는 두 뺨을 손으로 눌렀다. "있구나, 거리가…."

"어, 어디에 있어?!" 란타는 다시 고쳐 말했다. "…이, 있사옵니까?!"

"…있사옵니까?" 시호루의 목소리에는 혐오감이 배어 있었다.

"네놈들에게, 가르쳐줄 수도 있다." 운조 씨는 삿갓을 썼다. "그림갈로 돌아갈 수 없는 이유를. 덧붙여, 헬베시트 마을에도 데려가주지. 어디까지나, 네놈들이 바란다면 말이지만."

여행을 떠나면서 하루히로 일행은 운조 씨의 조언이랄까 지도하에 꼼꼼하게 준비를 했다.

헬베시트 마을은 우물촌 서쪽에 있는데, 도보로 3일은 걸린다고 한다. 도중에 숲에서 노숙을 해야 한다. 서쪽 숲에는 예의 독나방 예그요룬은 좀처럼 없다고 하는데, 가우가이(개원숭이)가 무리지어 살고 있다. 그밖에도 사나운 육식과 잡식 동물이 몇 종류나 있고, 또한 두르조이―오래된 자라는 의미라고―라 불리는, 인간을 닮았지만 네발로 걷는 종족이 얼쩡거리는 모양이다.

운조 씨 왈, 두르조이는 긍지 높은 사냥꾼으로 대개 바글이라는 대형 육식 짐승을 단독으로 노린다. 먹잇감을 누가 가로채면 분개해서 끈질기고 성가신 적이 되지만, 이해관계가 대립하지 않으면 딱히 문제없다고 한다. 그래도 그 바글이나 싯다, 웨봉이라는 짐승, 그리고 가우가이는 주의해야만 한다. 짐승들은 각각 다른 전략으로 교묘하게 상대의 빈틈을 파고든다.

유일하게 대부분의 짐승을 회피할 수 있는 방법이 있는데, 그것이 그 숯장이의 짐마차에도 매달려 있던 종이다. 짐승 퇴치 종은 대장간에서 살 수 있었다. …싸지는 않았다. 20루마나 했지만 숲을 넘어가려면 필수 아이템이라고 하니 그만한 가치는 있다고 생각하는 게 맞겠지.

서쪽 숲에서는 기본적으로 짐승 퇴치 종을 계속 울려야만 한다. 운조 씨도 당연히 종을 소지하고 있는데, 혼자서 숲을 빠져나가는 것은 큰일인 모양이다. 동료가 있으면 그 점은 훨씬 편해진다. 누워서 휴식을 취할 때에는 교대해가며 누군가가 종을 울리면 된다.

그리고 예그요룬 정도는 아니라고 해도 숲에는 독이 있는 벌레며 뱀이 있기 때문에 잘 때에는 피부를 전혀 노출하지 않는 것이 좋다. 하루히로 일행은 옷과 가방 가게에서 두꺼운 천을 구입해서 천막을 칠 준비를 했다. 감촉이 좋은 천으로 속옷 같은 것도 몇 벌 직접 만들었다. 식료품점에서는 보존식 외에 양초를 조달했다. 식물에서 정제했다는 기름도 샀다. 하루히로 일행은 현자 오우부의 연구소를 잡화점 취급했으나, 사실 우물촌에서 진짜 잡화점은 대게 점주의 식료품점이었던 것이다.

이렇게 해서 하루히로 팀은 운조 씨와 함께 우물촌을 떠났다.

먼저 바퀴 자국 길을 통해 숯터로 갔다. 길은 거기에서 끝나지 않는다. 전에 하루히로 일행도 생각했던 것이다. 그대로 나아가면 도대체 어디에 도달하는 건가? 운조 씨가 말하기를, 가다 보면 이윽고 세 갈래 길이 나온다고 한다.

짐승 퇴치 종을 등짐 주머니에 매단 운조 씨가 앞에서 걸어가줘서 하루히로 팀은 따라가기만 하면 된다. 운조 씨의 종이 있으면 우리 종은 필요 없는 것 아닐까? 그렇게도 생각했으나, 그것은 너무 거지 근성이겠지.

숯터에서는 우물촌의 대장장이와 흡사하게 생긴 숯장이가 숯 굽는 오두막에서 뭔가 작업을 하고 있었다. 운조 씨도 숯장이와 아는 사이인 모양으로 비교적 즐거운 듯이 담소하고 나서 여기에서 쉬라고 하루히로 일행에게 명령했다.

"여기만큼 안전한 장소는, 이 숲에는 없다. 저 사람만큼 마음 씀씀이가 좋은 남자는 이 앞에는 없다. 알았으면 충분히 자둬라."

운조 씨의 말투로 보건대, 헬베시트 마을의 주민은 반드시 우호적이지는 않은지도 모른다. 하루히로로서는 불안이 99퍼센트, 기대는 1퍼센트 정도였지만, 물러설 마음은 없었다. 하루히로 팀은 알 필요가 있다. 그것도, 그저 귀로 듣는 것이 아니라, 몸으로 직접 체험해서 알아야만 한다. 백문이 불여일견. 이 눈으로 보고 온몸으로 느껴야만 하는 일이 있다. 풍문에 기반한 정보로 판단을 내릴 수는 없다. 그것이 자신들의 미래와 직결되는 일이라면 더욱 그렇다.

한잠 자고 일어나 운조 씨는 출발을 재촉했다. 숯터 이후부터는 하루히로 일행에게는 미지의 세계다. 긴장했으나, 운조 씨는 쓱쓱 숲을 걸어갔고 아무 일도 일어나지 않았다. 짐승 퇴치 종의 효과는 절대적인 모양이다.

숲 속에서는 저 너머의 능선이 보이지 않는다. 그래도 하늘이 희미하게 밝아져서 밤낮 구별은 된다. 일행은 그날 중으로 세 갈래 길에 도착했다. 운조 씨는 남서쪽 길을 선택했다. 북서쪽 길을 가면 험준한 산과 맞닥뜨린다고 한다. 아득히 멀리에 그 산의 모습이 보였다.

바퀴 자국 길은 그 숯장이가 개척한 것이 아니라 훨씬 전부터 존재하는 모양이다. 숯터도 그렇다. 현재의 숯장이 전에도 다른 숯장이가 있었다.

점토판과 석판… 태블릿이 전하는 바에 따르면, 루미아리스와 스컬헬이 떠나고 나서도 다룽갈에서는 오랫동안 전쟁이 이어졌다. 빛의 여신 쪽인지 암흑의 남신 쪽인지. 바꿔 말하자면, 빛 측인지 암흑 측인지. 확실히 양분되었던 다룽갈은 통솔자가 없어졌다고 해서 하나로 통일되지는 않은 것이다.

이 비참한 전쟁은 놀랍게도 지금에 이르러서도 아직 꼬리를 끌고 있다. 예를 들면, 망자는 스컬헬의 신봉자들의 후예로 서로 죽이고 잡아먹고 마지막에는 모든 것이 멸망하는 것을 바란다고 한다. 우물촌에는 루미아리스를 믿는 자들의 자손이 모여 있어 언젠가 여신이 재림해서 어두운 다룽갈에 빛이 넘쳐흐를 것이라 전하고 있다. 한편으로는 그것은 단순한 전설에 불과하고, 세계는 어두운 채로 닫히려 한다고 생각하는 것 같기도 하다. 키누코 인형과 이물의 숭배는 그러한 굴절된 사고의 표현인지도 모른다.

운조 씨 왈, 태블릿을 해석하다 보면, 어떤 종족이 중심이 되어 왕국이 구축되기도 하고, 빛 측과 암흑 측의 일부가 화해해서 지역 공동체를 형성하기도 한 사건도 과거에는 있었던 모양이다. 하지만 하나의 마을이나 거리보다 큰 공동체는 반드시 안쪽에서, 혹은 외부로부터의 압력에 붕괴했다. 강력한 지도력을 발휘해서 왕국을 세운 왕이 죽거나 살해당하거나 하면 국토는 순식간에 전란의 도가니로 화하고 황폐해졌다.

다룽갈이란 절망의 토지라는 의미라고 한다. 사실 이 세계가 줄곧 그 이름으로 불린 것은 아니다. 원래는 에노스(하나의 신)가 통치하는 파난갈(낙원)이었다. 에노스가 루미아리스와 스컬헬로 나뉘어 싸우게 되고는 지드갈(전쟁의 벌판)이 되었다. 두 신에게서 외면받고 하늘도, 땅도 절망에 휩싸였다.

깊은 숲 속을 가로지르는 바퀴 자국 길을 오로지 걸어갔다. 여전히 짐승은 한 마리도 다가오지 않는다. 짐승 퇴치 종에게 대감사다. 저녁 무렵에 하루히로는 뭔가의 시선을 느꼈다. 운조 씨에게 그 사실을 알리자 두르조이라는 대답이 돌아왔다.

"이 숲에서는 종종 있는 일이다. 찾으려고 하지 마. 어차피 찾을 수 없다. 적대시하면 계속 노린다. 좋은 일은 없다."

운조 씨의 말에 따라 신경 쓰지 않으면 되는 것이겠지. 하지만 솔직히 신경 쓰인다. 밤이 깊어져서 길에 천막을 치고 짐승 퇴치 종을 교대로 울리면서 자기로 했다. 천막 안에서는 느껴지지 않지만, 바깥에서 종치기를 하고 있으면 때때로 묘하게 안정이 안 된다. 소리가 날 때도 있었다. 분명 고의적이다. 두르조이의 사냥꾼은 굳이 소리를 내서 이쪽이 어떻게 나오는지 살피고 있다. 만약 하루히로가 적대적인 행동을 취하면 곧바로 화살이 날아오는 것 아닐까? 두르조이는 의외로 가까이에 있는 건지도 모른다. 돌아보면 바로 거기에 있고, 다음 순간에는 숨통이 끊어지는 것이다. 있을 수 없는 일이라고는 단언할 수 없다. 혹은 이쪽을 위협해서 경계하게 만들며 재미있어하는지도 모른다….

하루히로는 제대로 잠을 자지 못했지만 아침이 되자 두르조이의 기척은 느껴지지 않았다. 사라져준 건가? 아니, 반드시 그렇다고는 볼 수 없다. 방심은 금물이다. 지나친 생각일까?

"너무 걱정만 하고 있으면 그러다가 대머리 벗겨진다?" 란타가 비웃었다. 열받았지만, 상대해주면 머리꼭대기까지 올라오려 드니까 "네, 네…"라고 받아넘겼더니, 똥 덩어리 란타는 하루히로의 귓가에 입을 가까이 대고 "대·머·리·까·진·다?"라고 말했다. 두르조이보다도 란타가 꺼져주면 좋았을 텐데. 차라리 란타 대신에 두르조이를 파티에 넣고 싶다. 그런 생각을 하는 동안에 두르조이에 대한 공포심과 꺼림칙함이 흐릿해졌다. 똥 덩어리도 때로는 쓸모가 있다.

그날도 하늘이 어두워졌을 무렵에 사건이 일어났다. 길 앞쪽을 뭔가가 가득 메우고 있다. 게다가 그 뭔가는 움직이고 있었다. 꿈틀거린다고 말해야 할까? 가늘고 긴 생물이다. 숫자는 많다. 엄청나게 많다. 보이는 인상으로는… 내장이다. 장… 이라거나? 좀 덜 흉흉한 유사물을 들자면, 지렁이다. 손목 정도 굵기의 장, 그게 아니라 지렁이. 그 무리가 바퀴 자국 길을 횡단하고 있다.

"…뭔가요? 저것." 쿠자크가 잠긴 목소리로 물었다.

그러자 놀랍게도 운조 씨는 고개를 좌우로 흔들었다. "글쎄."

"…으으으…." 시호루가 이상한 소리를 내면서 뒷걸음질을 쳤다. 그 기분은 안다.

"꽤, 괜찮여." 유메는 하루히로를 보았다. "…괜찮은가?"

나한테 물어봤자… 라고 말하고 싶었지만 꾹 참았다. "…그, 글쎄?"

"파루피롯." 란타가 하루히로의 등을 퉁 때렸다. "가랏. 뛰어들엇. 그러면 안전한지 아닌지 분명해지잖아. 해랏. 리더니까. 어서."

"어서는 무슨?" 이런 때의 메리는 무섭다. "오히려 당신이 뛰어들지그래? 하루에게 무슨 일이 생기면 모두 곤란해지니까."

"나는 어떻게 되어도 좋다는 거야? 없어지고 나서 후회해봤자 늦는다고! 그 점을 잘 생각하고 나서 말하는 거겠지?! 내 위대함이라거나 내 특이성이라거나 내 공헌도라거나 내 장래성이라거나, 그런 걸 제대로 알고 있는 거야?!"

"아아…. 특이하지요. 란타 군은 확실히."

"쿠잣키! 좋아, 좋아, 좋았어! 너라면 분명히 이해해줄 거라고 생각했다! 그냥 멍청이가 아니었어! 멍청이 레벨 2 정도다! 아니, 3인지도?!"

"그거, 별로 칭찬이 아닌데요⋯."

"완전 칭찬하는 거잖아. 그런 것도 모르냐? 바보네. 진짜 덩치만 크고 머릿속은 텅 빈 거냐? 그래서 멍청이인 건가! 아하하! 그러네!"

"어이." 갑자기 운조 씨가 란타의 멱살을 잡고 질질 끌고 가기 시작했다.

"⋯우엣?! 뭐, 뭐?! 뭐야? 이거?! 잠깐만요, 운조 씨?! 아니, 운조 님?! 뭐, 뭐?! 하지 마요?! 우웃, 그쪽은, 나, 으캭⋯."

운조 씨는 힘이 세다. 오른팔 하나로 가볍게 란타를 끌고 가서 큰 지렁이 내지는 움직이는 장들 무리 속으로 휙 내던졌다.

"우오오오오오오오오오오오⋯!" 란타는 무수한 큰 지렁이 내지는 움직이는 장들의 한복판에서 엉덩방아를 찧었다. "꾸와아아아아아아아아아아아아아⋯."

눈 깜짝할 사이였다. 란타는 큰 지렁이 내지는 움직이는 장들 무리에 휩쓸려 보이지 않게 되었다. 조디악을 소환했었다면 어떤 코멘트가 나왔을까? 아니, 그런 생각을 할 때가 아닌⋯ 지도 모른다? 그런가⋯?

"라, 란타⋯?" 하루히로는 주춤거리며 조심스럽게 말을 걸었다.

"⋯우오아아아아아아아아아아아아⋯?!" 란타가 큰 지렁이 내지는 움직이는 장들 속에서 뛰어나왔다. ⋯그러나 아직 큰 지렁이 내지 움직이는 장들은 란타의 목이며 팔이며 다리며 몸에 감겨 도로 끌어들이려고 했다. 란타는 발버둥쳤다. "주, 죽겠어⋯! 나를, 구해줘⋯! 죽겠다니까⋯! 사, 사람 살려어어어어어어어어어⋯!"

"할 수 없네⋯." 쿠자크가 중얼거리고는 긴 팔을 뻗어 란타를 구조하려고 했다. 남자다운 행동이다. 감탄했다. 하지만, 위험하지 않아? 하루히로가 걱정했던 대로 란타와 함께 쿠자크까지 큰 지렁이 내지 움직이는 장들의 습격을 받았다. "…우왓! 이크…."

"…다크!" 시호루가 엘리멘탈 다크를 소환해서 그것이 큰 지렁이 내지 움직이는 장들에게 돌격했다. 그래서 몇 마리인지 몇 십 마리인지는 쫓아버렸으나, 새발의 피였다.

란타만이라면 내버려둬도 좋겠지만 쿠자크가 휘말렸기 때문에 돕지 않을 수는 없다. 결국 란타와 쿠자크를 붙잡고 있는 큰 지렁이 내지 움직이는 장을 꼼꼼하게 한 마리씩, 운조 씨를 제외한 모두가 달려들어 떼어놓아야 했다. 그러고 나서 일단 그 자리를 벗어나 큰 지렁이 내지 움직이는 장들이 바퀴 자국 길 횡단을 끝내는 것을 기다리기로 했다. 아침이 올 무렵에는 그들은 완전히 자취를 감추었다. 도대체 뭐였던 건지…? 생각해봤자 답이 나올 리도 없다. 이런 일도 있구나 하고 마음에 담아두고 반나절 정도 걸어가니 갑자기 숲이 끝났다.

바퀴 자국 길은 아직 계속되고 완만하게 내리막길이 되었다. 그 너머에 마을이 펼쳐져 있었다. 반쯤 붕괴하기는 했으나 방벽으로 둘러싸여 있다. 얼핏 본 느낌으로는, 사방 1킬로미터… 아니, 좀 더 되나? 1.5킬로미터는 될 것 같다. 밝다. 마을의 등불이라는 것이다. 틀림없이 저 마을에는 수백 명, 어쩌면 수천 명이 살고 있다. 중심가를 오가는 여러 명의 사람 실루엣 같은 것이 분명히 보였다. 석조 건물이 많은 것 같다. 단층, 2층, 3층 이상의 높은 건물도 있다. 탑이 몇 개 우뚝 솟아 있다.

갑자기 바람이 불고 숲이 술렁거렸다. 조금 늦게 종소리가 들렸다. 운조 씨와 하루히로 일행이 갖고 있는 짐승 퇴치 종과는 다르다. 좀 더 크고 답답한, 어딘지 슬픈 듯한 소리다. 아마도 마을에 종루가 있어서 그 종이 바람에 흔들려 울리는 것이겠지. 탑 중 하나가 종루인지도 모르겠다.

"헬베시트 마을이다." 선두의 운조 씨가 삿갓을 벗었다. "헬베시트에서는 얼굴을 감추지 마. 단, 누구와도 눈을 마주치지 마라. 도전하는 것으로 간주한다. 상대가 도발해도 무시해라. 저 마을 주민은 개인적인 싸움을 즐긴다. 싸우고 싶지 않다면 그저 아래만 내려다보며 얌전히 있어라. 서로 죽이고 싶은 거라면 이야기는 다르다. 멋대로 하면 돼."

하루히로 일행은 떨었다. …얼마나 흉흉한 마을인 거야…?

과연 황당할 정도로 살벌한 마을이었다. 바퀴 자국 길을 통해 마을 안으로 발을 들여놓자마자, 곧바로 등을 굽히는 것도 한계가 있으련만 머리 위치가 쿠자크보다 높은 인간형 생물 2인조가 다가와 뭔가 시비를 걸었다. 뭐라고 말하는지는 모르지만 시비를 건다는 것만은 틀림없다. 두 사람 중 한 명은 운조 씨 앞을 펄쩍펄쩍 뛰면서 몇 번이나 앞을 가로지르며 야이씻, 야이씻이라고 외치면서 손뼉을 쳤다. 다른 한 명은 계속해서 시호루에게 얼굴을 들이대며 히핫, 히핫, 히핫 하고 높은 목소리를 냈다.

시호루는 울먹거렸다. 도와주고 싶지만, 상대를 노려보며 그만해… 라고 말하기라도 했다가는 그 순간에 바로 싸움이 일어나버리겠지. 지금은 어떻게든 시호루가 참아내고 하루히로 일행도 견디는 수밖에 없다.

이윽고 2인조가 떠났나 싶더니, 유메가 "호챗"이라고 이상한 비명을 질렀다. 그쪽을 보니 머리 옆 부분을 문지르고 있다. 누군가가 돌멩이인지 뭔지를 던져 맞은 모양이다.

"유메?! 괜찮아?!" 란타는 주위를 둘러보았다. "…젠장, 누구 짓이야?!"

"안 돼!" 메리가 곧바로 헤드 스태프로 란타의 어깨를 때렸다. "뻔한 도발이잖아. 간단히 넘어가지 마."

"…메리, 너야말로 나를 도발하는 거 아니야? 제법 아팠다고, 지금 그거…."

"아, 그래?" 메리는 가볍게 무시했다 "…유메, 아프겠지만 참아. 내가 나중에 치료해줄게."

"웅냐. 고마워. 쬐그만 게 피융… 날아와서 콩딱… 해서 깜짝 놀란 것뿐이야. 피도 쬐끔밖에 안 났고, 괜찮아."

"조금은 난 거야?" 란타는 고개를 숙인 채로 혀를 찼다. "…우습게 보고 있어, 젠장맞을. 혼쭐을 내줄 거야, 진짜로…."

"학습 능력이 없는 사람이네요…." 쿠자크가 슬며시 쓴웃음을 지었다.

시호루는 냉소했다. "…란타 군이니까…."

"나니까 뭐 어떻다는 거야? 엉?! 이 폭유! 주무른다! 그보다 주무르게 해줘!"

"너 말이야…." 하루히로는 뭔가 말하는 것도 한심해져서 입을 다물었다.

그 후에도 주민들의 도발 행위는 빈발했다. 쫓아다니며 모욕하고, 뭘 던지고, 못 지나가게 하는 등 그런 것까지는 그나마 귀여운 편이다. 갑자기 발을 거는 자도 있고 태클을 하는 자까지 있다. 아무리 묵살하고, 무시하고, 회피해도 계속해서 그런 놈들이 나타나는 것이다. 심신이 다 피폐해진다.

운조 씨가 없었다면 마을에 들어가서 1분도 못 버티고 도망쳤거나 싸움이 벌어졌을 것이다. 하루히로 일행이 이방인이라서 시비를 거는 건가? 반드시 그렇지만은 않은 것 같다. 현재 마을 여기저기에서 1대1, 다수 대 1, 다수 대 다수로 칼싸움이 벌어지고 있고 때때로 단말마의 비명 같은 무시무시한 목소리까지 들렸다. 믿을 수 없다고나 할까, 믿고 싶지 않지만, 부상자 정도가 아니라 사망자까지 생기는 모양이다. 도대체 뭐야? 이 마을….

거리 중심가에서는 난투극이 벌어지고 그것을 구경하는 구경꾼들 사이에서도 자잘한 싸움이 다발하는 카오스 상황이었다. 운조 씨는 번화가를 벗어나 뒷길로 하루히로 일행을 인도했다. 이 뒷길은 좀 낫다. 폭 2미터 정도의 다소 좁은 통로 양쪽에 온갖 종족들이 웅크리고 앉아서 거친 목소리로 뭔가 말하거나 손을 내밀거나 했다. 정신을 놓고 있으면 외투 자락을 붙잡힌다. 잘 보니 부상을 당한 자가 많았다. 거지인 모양이다. 짜증나고 우울해지고 진절머리가 났지만, 싸움 대환영에 사망자 속출인 큰길보다는 낫다. 하지만 이 사람들, 이래서 살아갈 수 있을까? 분명히 빈사 상태인 자와 꼼짝도 하지 않는 자도 있고 썩은 냄새 같은 악취도 떠돌았다. 역시 살아갈 수 없고, 이미 살아 있지 않은 사람도 있는 모양이다….

"이 마을 사람은 함부로 만지지 마라. 그 누구한테도 만지게 하지 마." 운조 씨가 거지의 손을 피하면서 말했다. "악성 질환에 걸리고 싶지는 않겠지? 죽을병도 드물지는 않다."

"히이이이이이익…." 역신인 란타도 병은 무서운 모양이다.

물론 하루히로도 질병은 무섭다. 메리는 퓨리파이라는 해독 광마법을 습득했고 그것은 일부의 질병에도 효과가 있다. 단, 어디까지나 일부다. 예를 들면, 감기 같은 병도 마법으로는 고칠 수 없다. 병에 걸리면, 입수할 수 있는 약과 체력, 정신력에 기대는 수밖에 없는 것이다. 하루히로는 특히 몸이 튼튼한 것도, 마음이 강한 것도 아니라고 자인한다. 최선의 질병 대책은 예방이다.

  뒷골목의 거지들 사이를 요리조리 빠져나가는 것처럼 걸어가다 보니 높이 5미터 정도의 그리 높지 않은 탑이 나왔다. 운조 씨는 탑 문에 달린 금속구를 두드렸다. 잠시 후에 문이 안쪽에서 열렸다. 피부가 속이 비칠 것처럼 하얗고 갈색 로브를 입은 여자가 나왔다. 단정히 넘긴 머리카락은 회색이다. 인간인가? 아니, 아니다. 인간을 많이 닮았지만 그녀의 눈에는 흰자위가 없다. 마치 안구 대신 파란 유리구슬을 박아놓은 것 같다. 게다가 양쪽 뺨에 세 개씩 베인 자국 같은 것이 있고 그것이 살짝살짝 열리고 닫히고 했다. 마치 아가미 같다.

  "운조." 여자는 그렇게 말하고 나서 유리구슬 눈동자로 하루히로 일행을 봤다. "아콰바?"

  "모아 우오루테." 운조 씨는 들어오라는 듯이 턱짓을 했다. 여자는 운조 씨뿐만이 아니라 하루히로 팀도 탑 안으로 들여보내주었다.

  천장이 높았다. 어쩌면 위까지 뻥 뚫려 있는 건가? 벽은 거의 전체가 선반이다. 선반에 놓인 것은 석판과 점토판, 무기와 무슨 도구, 이물로 보이는 것, 그리고 식물 화분 등등. 여기저기에 램프가 놓여 있고 사다리와 발판이 몇 개나 있다.

"이쪽은 루비시야"라고 운조 씨가 소개하자 여자는 가슴 앞에서 두 손을 모으고 고개를 옆으로 기울였다. 이곳의 인사 방법인지도 모른다.

"아, 안녕하세요." 하루히로도 일단 루비시야의 행동을 흉내 내 봤다. "하루히로… 입니다."

"나는 란타." 란타는 거만하게 팔짱을 꼈다. "또 다른 이름은 란타 님이닷!"

"쿠자크입니다." 쿠자크는 가볍게 고개를 숙였다.

"유·멧!" 유메는 큰 소리로 분명하게 말하고 생긋 웃었다. "냐하하."

"…시호루… 입니다." 시호루는 하루히로와 똑같이 루비시야의 인사 방식을 따라 했다.

"저는 메리." 메리는 허리를 굽혀 인사했다. "잘 부탁합니다. 루비시야 씨."

루비시야는 천천히 끄덕이고 운조 씨와 두세 마디 말을 주고받은 뒤에 벽 쪽의 계단을 내려갔다. 지하에도 방이 있는 모양이다.

"이곳은 안전하다." 운조 씨는 등짐 주머니를 바닥에 내렸다. "쉬고 싶으면 쉬어라. 지금 루비시야가 물을 갖다줄 거다. 썩지 않은, 오염되지도 않은 물이다. 안심해."

"넵!" 란타는 곧바로 바닥에 앉았다. "뭐… 야, 이런 세이프 하우스 비슷한 것이 있었다면 진작 말해주세요, 운조 씨. 참 내…. 그런데, 루비시야 씨는 거시깁니까? 운조 씨의 이거? 에이, 설마…."

"그래." 운조 씨는 태연히 대답했다. "루비시야는 내 아내다."

하루히로는 자기도 모르게 중얼거렸다. "…와우…."

14. 의존 체질

　사랑은 심오한 것이다. …그런지도 모른다. 아니, 미숙한 하루히로는 잘은 모르지만, 출신이나 성장 배경이나 종족이나 그런 건 관계없다거나 하는 것… 인가? 그야 운조 씨와 루비시야가 정말로 서로 사랑하는 부부인지 그런 문제는 있다. 운조 씨는 다른 환경에서의 고독을 견디지 못하고 때마침 만난 여성에게서 위안을 구한 것뿐인지도 모른다. 여성은 동정심인지 뭔지로 인해 그에 응답해준 것뿐인지도 모른다. 하루히로는 모르지만, 그런 일도 있다거나 하는… 건가? 그렇다고 해도, 그건 그거대로 하나의 사랑? 이라고도 할 수 있나? 그런가? 음… 어느 쪽이지?

　운조 씨와 루비시야가 딱히 친근한 행동을 보이지 않는 것도 마음에 걸리기는 했다. 하루히로 일행이 있기 때문일까? 부끄러우니까? 둘만 있을 때에는 알콩달콩하거나 그러는 걸까? 아니면, 다룽갈에서는 보통 이런 거라거나? 이 헬베시트 마을에서 하루히로가 평범하게 상상하는 그런 부부 생활을 영위할 수 있다는 것도 생각하기 힘들기는 하다. 서로 죽이려고 들지 않는 것만으로도 상당히 양호한 관계라거나? 하지만 루비시야는 지적이고 차분한 사람—은 아니라고 해도, 상당히 사람에 가깝기 때문에, 이제 사람이라고 생각해버리고 싶다—으로 보이기 때문에 애초에 헬베시트 마을에는 어울리지 않는다. 아니면, 이 마을에도 온건한 평화주의자가 다소는 숨어 살고 있다거나 하는 걸까…?

　루비시야의 탑을 거점으로 해서 하루 이틀 정도 헬베시트 마을을 운조 씨에게서 안내받는 동안에 알게 된 일도 있었다.

헬베시트 마을의 대부분 지역에서는 도발과 폭력과 강탈의 응보가 끊임없이 반복되고 있다. 인적 없는 거리도 떼강도의 구역이라든지, 그렇기 때문에 요주의다. 마을 거의 중앙에 있는 '종탑'은 가파란—날카로운 발톱이라는 의미라고 한다—일당이 지배하고 있어 그 일대는 특히 위험하다고 한다. 종탑에는 운조 씨도 결코 다가가지 않는다고 한다.

헬베시트 마을에는 그밖에도 쟈구마(커다란 폭풍), 스컬헬그(스컬헬의 아이)라는 갱 비슷한 조직이 있고, 당연히 서로 격렬하게 항쟁하고 있다. 얼추 말하자면, 헬베시트의 중부는 가파란, 서부는 쟈구마, 동부는 스컬헬그의 세력권으로 이 세 집단에 대들다가는 큰일이 일어나는 모양이다.

단, 헬베시트는 오래된 마을로 지금은 거의 기능하지 않지만 지하에 상하수로, 그리고 묘지가 있다. 이 지하를 장악한 제란(학자)들만은 예외적으로 싸움을 좋아하지 않는다. 하지만 싸움을 제지하기 위한 실력 행사는 부정하지 않기 때문에, 지하에서 트러블을 일으킨 자에게는 제란의 제재가 기다리고 있다. 복잡한 지하의 전부를 다 알고 통합된 숫자의 병력을 보유하고 있는 제란은 결코 약하지 않다. 약하긴커녕 지하에서는 엄청나게 강하다고 말해도 될 정도다. 가파란, 쟈구마, 스컬헬그, 즉 헬베시트 3대 갱단도 지하에는 일단 손을 대지 않는다.

그렇다면 헬베시트 지하는 낙원이고 약자는 거기서 살면 되는 건가 하면, 그럴 수도 없는 사정이 있다. 제란은 손님을 거절할 만큼 쩨쩨하지는 않지만, 일종의 선민사상을 갖고 있어서 이방인이 지하에 눌러 사는 것까지는 허용하지 않는다. 또한 지하에는 제란밖에 들어갈 수 없는 폐쇄된 지역도 있다. 제란이 되려면 제란의 교리를 이해하고 시련을 통과해야 한다고 한다.

참고로 루비시야는 제란 출신으로 전에는 지하에서 살았으나 사정이 있어 지상으로 이사했다. 지금도 지하와 연결 고리는 있지만 기본적으로는 이방인과 같은 취급을 받는다고 한다.

—그래서 하루히로 일행도 그 지하에 가봤다. 거기에는 시장이 있어서 검은 동전으로 물건을 살 수 있었다. 대장간과 식품점, 의료품점 등 가게 종류도, 수도, 갖춰진 물품도 우물촌보다 훨씬 충실한데, 물가는 대개 두 배에서 세 배 정도로 상당히 비싸다. 모두가 십진법을 사용한다는 차이점도 있었다.

그리고 제란이 이방인을 깔보는 듯한 분위기도 왠지 느껴졌다. 뭐랄까, 운조 씨가 말하는 바로는, 지하 시장에서 이방인이 뭔가 살 경우에는 제란보다 두 배의 가격을 요구한다고 한다. 그런 건 불공평하다고 항의해봤자, 그럼 꺼져, 두 번 다시 오지 마… 라는 말만 듣고 끝일 것이다. 지상에도 시장은 몇 개 있지만 다들 3대 갱단이 얽혀 있어 느긋하게 물건을 고를 수도 없는 환경이라고, 트러블을 피하고 싶으면 지하 시장을 이용하는 수밖에 없다.

그리고 루비시야의 탑 지하실에는 옥상까지 뻗은 굴뚝이 달린 화덕, 취사장, 엄청나게 깊어 보이는 우물과 하수도로 연결된 배수구 등 생활 설비가 갖춰져 있다. 그리고 처음에는 알아차리지 못했으나 1층과 2층의 중간에 방이 2개 있고 운조 씨와 루비시야의 침실은 거기에 있었다. 부부인데 침실도 따로 씁니까…? 그런 건 물어보고 싶어도 물어볼 수 없다. 사랑의 둥지에 신세지는 몸이면서 쓸데없는 간섭까지 하는 건 아니라고 생각한다.

헬베시트에 관해 조금 알게 되어 마음에 여유가 싹트기 시작한 셋째 날에는, 마을을 나가자고 운조 씨가 말을 꺼냈다.

"네놈들에게 출구를 보여주지. 정확히 말하자면 출구의 입구지만. …나는 거기를 통해 이 다룽갈에 왔다. 동료는 모두 죽었다. 나만 살아남았다. 돌아갈 생각은, 나에게는 이제 없다. 돌아가는 길은 있다. 방법은 있지만, 나는 목숨이 아깝다. 살아가는 것. 그것만이 단 한 가지 희망이라는 걸, 나는 알았기 때문이다."

출발 전에 루비시야가 운조 씨의 오른손을 감싸는 것처럼 두 손으로 잡고 잠시 동안 자기 볼에 대고 있었다. 그것은 무슨 의식처럼 조용한 스킨십이었다. 운조 씨는 돌아갈 생각이 없다고 한다. 원인은 역시 루비시야인 건가? 그녀와 만나 여기서 살아갈 이유가 운조 씨에게는 생긴 것인지도 모른다.

루비시야의 탑을 나와 헬베시트 마을을 뒤로하자 운조 씨는 해가 아닌 불이 떠오르는 저 너머의 능선과는 반대 방향, 서쪽으로 진로를 잡았다.

헬베시트 서쪽은 구릉인데 크고 작은 농장이 울타리로 둘러싸여 빽빽이 들어서 있었다. 농장에서는 유난히 작은, 어린아이 같은 체격의 생물들이 흙을 파내거나 어두운 회색 잡초 비슷한 줄기 같은 것을 뽑아내거나 하며 일하고 있다. 울타리 안쪽을 어슬렁거리는, 목줄을 한 가우가이(개원숭이)가 몇 번이나 우리를 보고 짖었다.

"울타리 안에는 절대로 들어가지 마"라고 운조 씨는 엄명했다. "골치 아파진다."

말할 필요도 없다. 들어갈 마음은 들지 않는다. 노예로 보이는 키가 작은 노동자들과 가우가이뿐만이 아니다. 농장 안에는 직립한 사자와 황소 같은 머리를 한 근육이 울퉁불퉁한 인간형 생물의 모습도 있었다. 그들은 무장하고 있다. 노동자들이 일하는 모습을 눈을 빛내며 감시하고, 또한 농장에 침입하는 수상한 자가 없는지 경계하는 것 같았다. 설사 그들이 직접 발견하지 못한다 해도 가우가이가 짖어대서 그들에게 알리겠지.

농장 지대를 빠져나가자 완만하게 기복이 있는 대지를 하얀 것이 뒤덮고 있었다. 주워서 확인할 필요도 없다. 그것은 뼈였다.

뼈 들판 제테시드나. 운조 씨가 말하기를, 그곳은 과거에 루미아리스 측과 스컬헬 측 사이에서 격전이 펼쳐졌던 오래된 전장으로, 어떤 거대한 힘에 의해 몇 만 명도 더 되는 사망자가 나왔다고 한다. 사망자들의 살은 썩어 없어지고 무기나 소지품은 빼앗겨 이미 뼈밖에 남아 있지 않았다. 그 뼈조차도 바스러져 농지에 뿌려지고 비료로 유효하게 활용된다고 한다. 제테시드나에는 그래도 동나지 않을 정도로 대량의 뼈가 쌓여 있기 때문이다.

뼈가 깊은 장소에 발을 들여놓으면 푹 빠져버릴지도 모른다. 잘 보니 군데군데 뼈들 틈사이로 흙이 보였다. 그런 곳은 괜찮다.

뼈 들판에서는 항상 발밑을 확인하면서 걸어가야 한다. 그렇다고 아래만 보고 있으면 위험하다. 여기에는 스카르도라는 새가 있다. 시체를 뜯어먹는 스카르도는 커다란 까마귀 같은 모습인데, 잘 날지 않는다. 몸이 무겁기 때문이다. 대신에 다리 힘이 발달해서, 멀리에서 목표물을 정하고 일직선으로 돌진하는 스카르도의 태클은 무시무시하다. 정통으로 부딪치면 날려가고, 뼈가 깊은 장소에 떨어지기라도 하면 최악이다. 아무래도 그것이 스카르도의 사냥 수법인 모양이다. 사냥감을 뼈가 깊은 장소에 빠뜨려 움직이지 못하게 하고 위에서 쪼아 먹는다. 놈들은 흉포한 맹금류인 것이다.

불그스름한 갈색으로 퇴색된 강 덴도로에 도착했을 무렵에는 밤이 되어 있었다. 덴도로는 맞은편 기슭까지 10미터 정도로, 큰 강은 아니지만 물살이 빠르고 얕지도 않은 모양이다. 걸어가거나 헤엄쳐 건널 수는 없다. 상류에 다리가 있는 모양인데, 거기까지 상당한 거리가 있다고 해서 강가에서 노숙하기로 했다.

불이 저물자 뼈 들판의 시체 먹는 새들이 구게에—고 구게에—고 하고 흉흉한 소리로 울기 시작했다. 강가에 있어도 그 울음소리가 들려 상당히 잠들기 힘들었다.

스카르도들이 울음을 멈추자 저 너머의 능선이 타오르기 시작했다. 하루히로는 결국 전혀 자지 못했으나, 뭐 종종 있는 일이다. 이정도는 별것 아니다.

강가를 한참 걸어서 반나절 정도 만에 다리가 보였다. 안 좋은 예감이 들었다. 가까이 다가감에 따라 다리 상태가 분명해졌다. 다리 기둥은 전부 남아 있고 다리 횡목도 거의 무사했으나 다리 밑판은 완전히 사라져 이래서는 외나무다리와 별 차이가 없다. 도적인 하루히로는 둘째치고, 중장비를 한 쿠자크나 마법사인 시호루에게 건너라는 건 좀 가혹한 일이다. 그러나 운조 씨가 말하기를 "다리는 이것뿐이다"라고. …그냥 갈까? 돌아갈까?

시호루는 한참 시간이 걸렸고 쿠자크는 몇 번이나 강에 빠질 뻔했으나, 간신히 모두 건넜다. 운조 씨는 물론이고 하루히로를 포함한 다른 동료는 그리 크게 고생하지 않았다.

다리 앞에는 폐허가 있었다. 폐허라고 해도 망자의 거리만큼 원형을 유지한 상태는 아니었다. 폐허의 흔적이라고 말하는 편이 더욱 적절하겠지. 단, 이 폐허 흔적은 엄청나게 넓었다.

"여기에는 아르우쟈라는 도시가 있었다"라고 운조 씨가 가르쳐주었다. "찾아보면 태블릿이 가끔씩 발견된다."

"…우힛?!" 란타가 펄쩍 뛰더니 먼 곳을 가리켰다. "어, 어어어어어어이, 저, 저기에 뭔가 있는데…?!"

"기둥이나 그런 거겠지…." 하루히로는 일단 단검 손잡이에 손을 대면서 눈을 부릅떴다. 란타가 가리킨 뭔가인지는 움직이지 않는다. 사람 실루엣으로 안 보이는 것도 아니지만, 십중팔구 건물 잔해겠지. …아니야…?

하루히로는 허리를 낮추고 단검을 뽑았다. "…움직인, 건지도? 저거, 지금…."

"거 봐!" 란타는 검은 날 칼을 겨누고 운조 씨 뒤에 숨었다. "…해, 해치워주세요, 운조 씨! 난, 엄호할 테니까! 확실하게요!"

"뭐가 확실하게입니까…?" 쿠자크가 장검과 방패를 언제든지 쓸 수 있도록 준비하며 앞으로 나갔다. "…뭔가, 있네요? 역시, 여기."

"로고크. …목인(나무 인간)이라고 불린다." 운조 씨도 허리에서 도끼를 뺐다.

건물 잔해처럼 보이기도 하는 것이 흔들흔들 걸어온다. 서서히 속도가 빨라졌다. 온다. 달려온다. 로고크. 목인. 확실히, 나무 같다. 줄기 같은 동체에서 팔과 다리 같은 가지가 나 있는… 것이 아니라, 가지 같은 팔과 다리인가? 아무튼 그 동작은 뻣뻣했지만 둔하지는 않다.

쿠자크가 영격하려고 했는데 운조 씨가 도끼를 던졌다. 도끼는 회전하면서 날아가 로고크의 한쪽 다리를 잘라 날려버렸다. 로고크는 자세가 무너지며 넘어졌다.

"로고크는 죽지 않는다." 운조 씨는 태연히 말했다. "부숴서 움직이지 못하게 해라."

"오케바리 바리…!" 란타가 로고크에게 덤벼들어 검은 날 칼로 팔과 다리를 휙휙 마구 베었다. "…우오호호호! 낙승, 낙승…! 카하하하하하!"

"너 말이야…." 하루히로는 너무 어이가 없어서 가슴이 답답해졌다.

"우냐앗." 유메가 괴상한 소리를 냈다. "더 있잖아!"

그럴 거라고 생각했다. …아니, 생각했던 건 아니지만, 그런 일이 있어도 이상할 것은 없다. 잘 보니 여기저기에서 사람 실루엣 같은 것이 바글바글 끓어올랐다. 끓어올랐나? 아닌가? 아무튼 로고크겠지. 다섯, 여섯은 있다. 더 있나?

"강하지는 않아." 운조 씨는 등짐 주머니에서 다른 무기를 꺼내면서 말했다. "단, 숫자가 많아서 성가실 뿐이다."

"시호루는, 내가!" 메리가 헤드 스태프를 들고 시호루를 자기 등 뒤로 숨겼다.

메리가 있으니까 걱정 말라는 듯이 시호루가 끄덕여 보였다.

─숫자가 많아서 성가시다. 사실 많았다. 구체적으로 어느 정도인가 하면, 일단락이 될 때까지 40 정도는 해체했을까? 50 가까울지도 모르겠다.

"…헉… 하아… 헉… 후웃… 히이… 우오홋… 히…." 란타는 숨이 차고 지쳐 바닥을 손으로 짚었다. "…이, 이거, 혹시, 혹시나, 계, 계속, 이놈들, 이 앞에도, 있, 있는 건가…?"

"아니. 이걸 사용할 거다." 운조 씨가 로고크의 팔인지 다리인지로 짐작되는 마른 가지 같은 물체를 하나 집어 들었다. 거기에 불을 붙이자 하얀 연기가 올라감과 동시에 묘하게 시큼한 냄새가 퍼졌다. 견딜 수 없을 정도는 아니지만, 좋은 냄새라고는 도저히 말할 수 없었다.

"…그… 냄새가, 로고크 퇴치를?" 하루히로는 코로 숨을 쉬지 않도록 주의하면서 물었다.

"그렇다." 운조 씨는 주변으로 눈길을 향했다. "만약에 대비해서 들고 갈 수 있을 만큼 들고 가."

"우웩. 냄새 나고 힘드네. …으앗?!" 구시렁거리면서 로고크의 파편을 발로 차고 있던 란타가 운조 씨에게 엉덩이를 차였다. "…죄, 죄송합니다. 조, 좋은 냄새네요?! 스위트하네요?! 자, 어디 부지런히 주워볼까나…!"

뭐, 운조 씨도 란타 이외의 사람은 과연 걷어차거나 하지는 않을 거라고 생각하지만, 하루히로도 앞으로 가는 곳마다 로고크가 몰려드는 건 바라지 않는다. 다 함께 로고크의 파편을 줍는 데 열중했고, 다시금 걷기 시작하고 나서 어느 정도 시간이 흘렀을까?

하루히로는 돌아보았다. 기분 탓인가? 앞을 다시 보고, 걷는다. …응? 역시 뭔가 이상하다. 하루히로는 손을 들고 모두를 일단 멈추게 했다.

"저, 운조 씨?"

"뭐냐?"

"미행당하는 것… 아닐까요? 우리."

"있을 수 있는 일이다." 운조 씨는 별일 아니라는 듯이 말했다.

"로고크의 냄새는 로고크를 물리치지만, 대신에 니블을 끌어당긴다."

"니플?" 유메가 고개를 갸웃거린다. "이라는 게 뭐야?"

운조 씨는 삿갓 끝자락을 잡아 내렸다. "…니블이다."

"바… 보." 란타가 자기 가슴을 검지로 가리켰다. "니플은 젖꼭지잖아. 왜 여기서 젖꼭지가 나오냐? 넌 유두녀냐? 유메, 너."

"…그, 니블이라는 건?" 시호루가 란타를 무시하고 물었다.

"도마뱀이다." 운조 씨는 즉답했다. "길이 4미터 정도의."

"4…." 쿠자크가 짧게, 헤앗… 하고 이상한 웃음소리를 냈다. "…크, 크지 않아?"

"작지는…." 메리는 주위를 둘러보았다. "않은, 것 같은데."

운조 씨는 허리에서 도끼를 뽑았다. "도마뱀이라기보다 작은 용이지."

"아니…." 하루히로는 몸을 숙였다. 위가 아프다. "…용이라거나 그런 거, 개인적으로는 마주치고 싶지 않았는데… 이런 곳에서는… 아니, 어디든 마찬가지지만…."

"나, 나나나나나나나나나는 오히려 마마마마마마마마마마마주치고 싶은데!"

"그런 말 하지 마, 란타. 목소리가 떨리는데 뭘."

"유유유유메! 너는 왜 태연한 거야?! 용이라고, 드래곤이라고?!"

"귀여운가? 도란고."

"도란고가 아니라 드래곤이라고, 멍청아!"

"유메는 멍청이 아니야!"

"…와와와와와와와, 왔다…." 하루히로는 후… 하고 힘껏 숨을 내쉬었다.

후방 약 5미터. 벽의 잔해 그늘에서 그것은 얼굴을 내밀었다. 몸 높이는 1미터도 안 될 것 같다. 하지만 네발로 기어가는 것처럼 걷는 동물치고는 크다. 상당히, 크다. 진한 녹색 도마뱀… 이라기보다는, 악어? 아니, 그게 아니라, 용? 머리에 볏이 있다.

"도망… 칠까요?" 하루히로는 주뼛거리면서 운조 씨에게 물어봤다.

"저건 끈질기다. 며칠이든 쫓아온다. 해치우는 수밖에 없어. 독이 있다. 물리면 큰일 난다. 조심해."

"네에…." 자기도 모르게 어린아이 같은 대답을 해버렸다. 안 되지. 정신을 차리지 않으면. 아마도 운조 씨가 같이 있으니까 조금 해이해진 것 같다. 리더라고, 리더야, 리더. 그렇게 하루히로는 자기 자신에게 일렀다. 듬직한 사람이 곁에 있으면 자기도 모르게 의존해버린다. 약한 인간이다. 매번 그러니까 싫어진다. 그렇다. 약하다. 정말로 어쩔 수도 없을 정도로 약하니까, 적어도 정신 똑바로 차리자.

니블이 슬슬 다가온다. 발소리가 전혀라고 해도 좋을 정도로 들리지 않는다. 용케도 아까 알아챘다. 알아차리지 못했다면 잠시 후엔 기습당했을지도 모른다. 전속력으로 도망쳐서 따돌렸다고 생각해도 돌아보면 역시 바로 뒤에 다가와 있을지도 모른다. 운조 씨가 말한 대로다. 여기서 처치하는 수밖에 없다.

"쿠자크, 부탁한다. 머리를 맡아. 유메와 란타는 측면에서. 메리는 시호루를. 시호루, 다크로 엄호해. 타이밍을 봐서. …운조 씨는 여차하면 부탁드립니다."

"좋다"하고 대답한 운조 씨의 음성은 왠지 부드러웠다.

하루히로는 지금 상당히 졸린 눈을 하고 있을 것이다. "…좋아. 해치우자."

아르우쟈는 터무니없을 정도로 거대한 도시였다고 한다. 일설에 의하면, 루미아리스와 스컬헬이 패권을 다투게 되기 전부터 번영했다고 한다.

커다란 아르우쟈의 폐허 흔적을 횡단하는 데에는 놀랍게도 하루 이상 걸렸다.

그 사이에 몇 번인가 쉬었고 잠깐 새우잠을 잘 수 있는 사람은 잤는데, 로고크는 둘째치고 니블이 무서웠다. 놈들의 주식은 로고크라고 하는데, 아무래도 인간이 더 식욕을 자극하는 모양이다. 한번 인간을 시각인지 청각인지 뭔지로 포착하면, 놈들은 정말로 어디까지든 쫓아온다. 그저 무작정 습격하는 것이 아니라 빈틈을 살피다가 공격한다는 점도 끔찍하다. 운조 씨는 길이가 4미터라고 했지만, 개체 차이가 있어 3미터 정도부터 큰 것은 5미터 가까이 된다. 수놈은 볏이 있고 암놈은 없다. 볏이 크고 화려한 수컷일수록 호전적이지만, 대개 당당히 승부를 걸어오기 때문에 그나마 상대하기 쉽다. 의외로 슬림한 체격의 암컷 쪽이 성가시다. 암컷은 책략가이고 게다가 재빠르다. 무서운 적이다.

하루히로 일행은 폐허 흔적에서 일곱 마리의 니블을 해치웠다. 수컷이 네 마리에 암컷이 세 마리. 매번 사투였다. 다행인 것은, 니블이 떼로 사냥을 하지 않는 점이다. 저런 것이 몇 마리나 한꺼번에 덤벼든다면 도저히 당해낼 수 없다. 니블의 가죽은 비싸게 팔리는 모양이지만 거치적거려서 갖고 갈 마음은 들지 않았다. 고기는 구워 먹으면 맛없지는 않았다.

폐허 흔적이 끝나자 내리막길이 되었다. 경사는 그리 급하지 않지만, 한없이 저 끝까지 계속 내려간다. 이대로 땅 밑까지 내려가는 게 아닐까? 한낮에도 어둡기 때문에 앞이 보이지 않는 경우도 있어서, 그렇게 생각될 정도의 내리막이다. 운조 씨의 안내가 없었다면 애초에 내려가거나 하지는 않을 것이다. 왠지 무섭고.

"저, 이 앞에 뭔가…?" 하루히로는 용기를 짜내어 물어봤다.

"오크가 있다." 운조 씨는 여전히 태연하게 대답했다.

"워크?" 유메, 그거 아니야. 걸어서 어쩌려고? 하긴 걸어가고 있긴 하지만.

"…오크라면." 메리가 확인했다. "그 오크…?"

"적어도 닮기는 했다." 운조 씨는 경사면을 한 걸음, 한 걸음씩 내려가면서 말했다. "게다가 다롱갈에서 부르는 이름도 오크다."

"우웃…." 란타가 몸을 부르르 떨었다. "이런. 소름 돋았어. 뭐랄까, 거시기네. 오크는 우리 인간에게 적이지만 이런 곳에 있다고 생각하니 친근감이 든다고나 할까… 아니, 친근감과는 다른 것이지만…."

운조 씨가 코웃음을 쳤다. "여기서도 놈들은 적이다."

"…그 오크들은." 시호루가 모기 우는 소리 같은 목소리로 말했다. "…혹시나 그림갈에서…?"

"출구의, 입구…"라고 쿠자크가 중얼거렸다.

운조 씨는 무뚝뚝하게 "글쎄"라는 대답만 하고는 입을 다물었다. 한참 지나고 나서야 생각났다는 듯이 입을 열었다. "…혹은 여기가 놈들의 고향인지도 모르지."

경사면은 울퉁불퉁한 바위였으나 표면에 모래처럼 아주 자잘한 돌이 쌓여 있다. 그 때문에 조심하지 않으면 발이 미끄러져버린다.

니블은 이 경사면에는 없는 모양이다. 분명 주식인 로고크가 아르우쟈에 서식하기 때문일 것이다.

여기저기에 직경 1미터 정도의 구멍이 뚫려 있다. 운조 씨는 그 구멍들을 피했다. 이유를 물어봤더니, "구부지가 있다"라고 했다. 구부지는 오소리인지 원숭이인지 모를 생물로 겁이 많지만 자기 동굴을 지키기 위해서는 사력을 다해서 싸운다. 소굴을 좀 찔러보기만 해도 때로는 열 마리 이상의 구부지가 튀어나와 큰 소동이 일어난다고. 잡아먹을 수도 있긴 하지만 고기가 근육질이라 구워도 몹시 질다. 흐물흐물해질 때까지 삶으면 구수한 국물이 우러나와 제법 맛있다고 한다. 붙잡지도 않을 거고 삶지도 않을 거지만.

이윽고 빨간 빛이 여기저기에서 켜지기 시작했다. 기온이 올라갔다. 조금 더울 정도다. 여기저기에서 김이 피어올랐다. 화구(火口)라는 말이 하루히로의 뇌리에 떠올랐다. 빨간 빛은 혹시나 용암… 이라거나?

그중 한 곳의 옆을 지나쳤다. 부글부글 끓으며 수증기가 올라오고 있었다. 농담이 아니라 진짜 용암인 모양이다. 실수로 떨어지기라도 하면 화상을 입는 것만으로는 끝나지 않겠지.

강도 있었다. 무릎까지도 안 오는 얕은 강으로, 흐르는 물은 미지근한 정도가 아니라 좀 뜨겁다. 심하게 뜨겁지는 않다.

"…온천…?" 메리가 말했다.

"혼욕!" 란타가 신이 나 떠들었다.

"누가 한대?" 유메가 란타의 뒤통수를 때렸다.

"마실 수도 있다." 운조 씨가 턱짓을 하며 온천 강을 가리켰다.

"묘한 맛이긴 하지만 배탈은 나지 않아. 여기에서 쉬었다가 간다."

혼욕은 당연히 하지 않았지만, 강가에 구멍을 파서 욕조를 만들어 여자 팀과 남자 팀이 교대로 목욕을 하기로 했다. 운조 씨는 고맙게도 자청해서 보초를 서주었다.

"뭐랄까, 있지…." 쿠자크는 어깨까지 욕조에 담그고 절실한 느낌으로 말했다. "살아 있길 잘했다고나 할까, 그런 생각 안 듭니까? 나쁨? 이것만으로도 이제 언제 죽어도 좋다는 심정, 비슷한. 아니, 죽고 싶지는 않지만요. 기분 좋네…."

"이해해…." 하루히로는 손으로 욕조 물을 퍼서 천천히 얼굴을 문질렀다. "좋아, 이거. 으크. 최고…."

"어… 디가?" 란타는 팔짱을 끼고 있다. "너희한테는 실망했다! 혼욕 가능할 것 같은 분위기였는데. 너희가 찬성했으면, 뭐 이번에는 어쩔 수 없나… 그런 식으로 진행될 느낌이었다고. 그런데도, 멍청이냐? 뭐 이런 망할 녀석들이 다 있어? 문어대가리들."

"…도대체 어떤 이유로 네가 가능할 것 같다고 생각했는지, 은근히 궁금하다."

"엉…? 기분이야, 기분. 여행지에서는 수치심을 버리라고 하잖아. 다들 그렇게 말하면 혼욕 정도는 그냥 해버릴까… 하고 생각할 테지. 여자들도 바보가 아니니까."

"유메도, 시호루도, 메리도 너만큼 바보가 아니니까 그런 생각은 안 해…."

"시끄러워! 나는 혼욕을 하고 싶었다고! 혼욕하고 싶어어어어어. 혼요오오오옥…."

한바탕 목욕을 한 탓인지, 수면 부족 때문인지 푹 잤다. 유메가 흔들어 깨울 때까지 일어나지 못해서 미안한 기분이 들었다.

과거에 운조 씨는 이 온천 강을 급수처로 삼아 간신히 연명했다고 한다. 구부지를 먹은 것은 그때인 모양이다.

온천 강을 건너 한동안 걸어가자 지면은 평평해졌다. 그런가 싶더니 벽 같은 단애절벽이 앞길을 가로막았다. 막다른 길은 아니다. 절벽에는 빠져나갈 수 있는 균열이 있었다.

균열은 가늘어지기도 하고 굵어지기도 하며 꼬불거리며 이어졌다. 몇 미터 앞도 보이지 않아서 견딜 수 없이 불안해졌다. 운조 씨는 오로지 혼자서 이런 길을 발견해내고 빠져나간 건가? 만약에 하루히로가 운조 씨와 같은 입장에 놓인다면. …못 한다. 생각할 필요도 없이 무리다. 그럴 능력은 없고, 아마 그렇게까지 삶에 집착할 수 없을 것 같다.

동료를 위해서라면 하루히로는 나름대로 애쓸 수 있다. 하지만 자기 자신을 위해서는 전혀 글렀다. 아픔에도, 괴로움에도, 희망이 없는 상황에도 견딜 수 없다. 그걸 좋게 해석하든, 나쁘게 보든 어쨌든 하루히로는 그런 인간인 것이겠지.

동료들은 어떤가? 쿠자크도, 유메도, 시호루도, 메리도, 비교적 하루히로에 가까울 것 같다. 자기를 위해서 버틸 수 있는 것은 란타 정도인지도 모른다.

이것은 분명 파티의 장점이기도 하고 단점이기도 하다. 약 한 명을 제외하고, 사이좋게 지낼 수 있고 서로 협력할 수 있으나, 부정적인 시각으로 보자면 전체적으로 의존심이 강하고 여차할 때에는 약해진다. 누군가 한 명이라도 빠지면 제대로 싸울 수 없게 되겠지. 생각하고 싶지 않은 사태지만, 리더로서는 대비해둬야 한다. 그야 이곳은 이미 적지인 것이다.

"웃호오오오오오오오…." 란타가 얼빠진 목소리를 냈다. 뭐, 하지만 사실 장관이랄까, 뭐랄까.

구불구불한 균열 길을 한참 동안 걸어간 그 앞에 그것은 장대한 위용을 드러냈다.

수백, 어쩌면 수천의 새빨간 용암 줄기가 그 높낮이와 퍼지는 모양을 또렷이 부각시키고 있다. 구릉이 있다. 산이 있다. 암굴이 있다. 크고 작은 건물이 있다. 그렇다. 대부분은 바위를 깎아 만든 것이겠지만, 틀림없이 건물이다. 철골 같은 건축재로 보강되거나 장식되거나 한, 궁전 같은, 신전 같은 건조물도 있다. 탑이 있다. 고층이라고까지는 할 수 없지만, 중층 정도의 건축물이 여기저기에 있다.

두 개의 가느다란 용암 줄기 사이에 낀, 저 길… 그렇다, 그야말로 저것은 길이다. 길이, 골목이 가로세로로 뻗어 있다. 커다란 골목에는 커다란 건물이 면해 있고, 작은 골목 양옆에는 아담한 건물이 늘어서 있다.

하늘은 벌써 어둡다. 밤이다. 하지만 용암 덕분에 거리는 불야성의 양상을 보인다.

거리.

저것은 거리다. 아니면 도시라고 해야 할까?

"…말도 안 돼." 쿠자크의 목소리는 잠겼다.

"아…." 하루히로는 말을 잇지 못했다.

"…오크…." 시호루가 꺼져 들어갈 것 같은 목소리로 물었다. "…의, 거리, 인 거예요? 저게 전부…?"

"쿠호오…. 도시잖여." 유메는 태평했다. 아무리 그래도 지나치게 태평하다.

"저것이." 메리가 하루히로가 하고 싶었던 말을 대변해주었다. "출구의, 입구?"

"그렇다." 운조 씨는 어째서인지 목소리에 살짝 웃음을 머금고 답했다. "저것이 출구의 입구. 나는 저 거리, 와루안딘을 지나왔다."

"…적, 이지요?" 쿠자크는 허리를 문질렀다. "오크라는 건….

"명확하게"라고 운조 씨는 단언했다. "오크는 오크 이외에는 봐주지 않는다. 가축은 예외지만."

"사, 사육해달라고 할까…? 차라리…." 란타는 거리를 둘러보고 나서 에헴… 하고 헛기침을 했다. "노, 농담이잖아. 진심일 리가 없지. 바바 바… 보."

"나쁘지 않은 방법이다." 운조 씨는 턱을 어루만졌다. "뚫고 나가는 것보다는 실현가능성이 있다."

"그, 그, 그, 그렇죠? 그렇지요? 케헤헤헤헤헤헤헤헤헤헤헤….

"비꼬는 거잖아…." 하루히로는 한숨을 쉬었다. "알아차려라, 그 정도는….

"시끄러웟! 나도 알아! 잠깐 웃기려고 해본 것뿐이잖아, 바보… 멍청이!"

"그래서 말인데." 유메가 한쪽 볼이 튀어나오더니 와루안딘 거리를 가리켰다. "어떻게 할 거야? 모처럼 여기까지 왔는데. 가까이 가보고 싶은데."

"유메 씨, 배짱 있네…." 쿠자크는 기겁을 했다.

"아니, 위험하지 않다면 말인데. 위험하다면 포기하고 돌아가는 게 좋다고 유메는 생각하걸랑."

"당연히 위험하지!" 란타가 발을 굴렀다. "알아먹어라, 그 정도는!"

"조금만이라면 괜찮을지도 모르잖아!"

"…괜찮지는, 않지 않을까…?" 시호루는 당장이라도 주저앉아버릴 것 같았다.

"어, 어디를…." 하루히로는 자기 목을 눌렀다. 의연하게 굴어야지. 쇼크는 쇼크지만, 어느 정도는 각오하고 있던 일이다. 뭐, 어느 정도는. "…어디를, 지나서 온 겁니까? 운조 씨는. 어디 근처라고나 할까…."

"기억나지 않는다. 필사적이었다." 운조 씨는 천천히 등짐 주머니를 내리고 거기에 걸터앉았다. "확실한 것은, 나는 와루안던에서 동료를 두 명 잃었다. 이에하타와 아키나. 두 사람은 오크에게 죽고 나는 도망쳤다. 나만."

그리고 운조 씨가 많지 않은 몇 마디 말로 이야기한 바에 의하면, 운조 씨는 구 나난카 왕국령과 구 이슈마르 왕국령의 경계 부근에서 조난당해서 이 이계로 흘러들어왔다고 한다.

구 나난카 왕국령에서는 현재 오크가 설치고 있으며, 구 이슈마르 왕국령은 언데드(불사족)의 영역이다. 당시 아직 젊고 혈기왕성했던 운조 씨 일행은 대담하게도 적의 본거지에 쳐들어가 오크와 언데드의 맹자들과 싸웠다. 그러나 어느 날, 기습을 당해서 동료인 도적 카츠미가 죽었다. 적지를 도망쳐 다니는 동안에 안개가 짙은 장소로 들어가게 되어 길을 잃었다. 동굴을 빠져나가 용암 강이 흐르는 어두운 산속으로 나왔을 때에는 살았다고 생각했다고 한다. 다만, 그 강에서 유유히 헤엄치는 도마뱀 같은 생물의 모습을 보고 뭔가 이상하다고 느꼈다.

다행히 샐러맨더(불도마뱀)라고나 불러야 할 그 도마뱀들은 공격하지는 않았지만, 그놈들을 잡아먹는 무시무시한 용이 있었다. 운조 씨 일행은 그 검붉은 용—화룡에게 쫓겼다. 운조 씨의 동료 두 명, 성기사 우키타와 마법사 마츠로는 화룡에게 잡아먹힌 모양이다. 그들이 먹히는 동안에 사냥꾼인 운조 씨와 전사 이에하타, 신관 아키나는 전속력으로 도망쳤다. 그리고 와루안던에 도착했다. 거기에서 기다리고 있던 것은 수천, 수만의 오크들이었다….

하루히로는 정리해봤다.

다룽갈에서 나가는 방법은 지금으로서는 두 가지가 있다.

하나는 왔던 길을 되돌아가는 것. 우물촌으로 돌아가 북쪽 숲을 지나 그리운 그렘린의 소굴을 통해 더스크렐름으로. 단, 북쪽 숲에는 안개 나방 예그요룬이 있다. 뭐, 왔을 때에는 괜찮았으니 돌아갈 수도 있겠지… 라고 생각할 수 있을 정도로 하루히로는 낙관론자가 아니다. 예그요룬과 마주치지 않고 우물촌에 도착할 수 있었던 것은 기적이다. 기적이 두 번이나 일어날 거라고는 생각할 수 없다. 기적에 기대어 더스크렐름을 향해 가는 것은 커다란 도박이 된다. 그 도박에 이긴다고 해도, 더스크렐름에 과연 희망이 있는 것인가? 없다고는 단언할 수 없지만, 교단원들과 하얀 거인들, 휴드라에 쫓기면서 희망의 불씨를 찾아내야만 한다. 간단하지는 않을 것 같다. 매우, 지독하게 곤란하겠지.

두 번째는 저 와루안던 너머에 있다는 화룡의 산을 어떻게든 돌파해서, 어떻게든 안개 짙은 장소인지 뭔지에 도달한다. 거기는 무시무시한 적의 영토이지만 그 주변은 우선 접어둔다고 해도 와루안딘이 문제다. 오크가 우글우글하다는 와루안딘을 통과하지 않고 화룡의 산에 갈 수는 없는 것일까?

설사 뭔가 좋은 방법이 있다고 해도 그 끝에는 화룡이 있다.

—없… 네.

가능성이 있다고는 생각할 수 없다. 제로다. 제로거나 한없이 제로에 가깝다.

그렇다면?

드디어 본격적으로 각오를 할 시기가 온 건지도 모른다.

그림갈은 우선 잊어버리고 여기에서 살아가는 것이다. 이 다룽갈에서. 뭔가 특별한 사태가 발생하지 않는다면 여기에서 일생을 마치게 되겠지. 그러려면 어떻게 하면 되는가? 다 같이 지혜를 짜내고, 힘을 합치고, 생활의 기반을 다진다. 한 걸음, 한 걸음씩이다. 조바심내지 말고 나아가면 된다.

이토록 환경이 다른 세계에서 아무런 문제도 없이 살아갈 수 있을까? 그 점은 운조 씨라는 살아 있는 실례가 있다. 햇빛을 쐬지 못한 탓인지 운조 씨는 유난히 피부가 희긴 하지만 건강해 보인다. 10년이나 20년은 살아갈 수 있다는 뜻이겠지.

현실을 코앞에 들이대니 그제야 실감이 들었다.

괜찮지 않아? 이건 이거대로. 원래 그림갈도 고향은 아니다… 라고 생각한다. 정신이 들고 보니 그림갈에 있었다. 그림갈에서 살아갈 수밖에 없었다. 그것뿐이다.

이 세계는 어둡다. 너무 어두워서 솔직히 우울한 기분이 된다.

말도 잘 모른다. 애초에 인간이 거의 없다. 위험이 가득하다. 우려해야 할 점은 많지만, 극복할 수는 있겠지. 조만간 익숙해지겠지. 게다가 운조 씨와 달리 하루히로에게는 동료가 있다. 고독하지는 않다. 운조 씨만큼 조건이 혹독하지 않다.

굳이… 어울리지 않는다고 스스로도 생각하지만, 일부러 밝게, 긍정적으로 생각해봤다.

그림갈에서의 생활은 하루히로 일행의 제1장이었다. 다룽갈에서 제2장이 시작된 것이다. 앞으로도 제3장, 제4장, 이런 식으로 계속되겠지. 아무쪼록 계속되길 바란다. 그 무대는 이 다룽갈인지도 모르고 그렇지 않을지도 모른다. 지금까지도 예상 같은 건 할 수 없었다. 마찬가지다. 완전히 미지인 것이다. 좋은 일만 있지는 않겠지만 나쁜 일만 있는 것도 아닐 것이다. 고난이 있으면 기쁨도 있다. 어두운 다룽갈에도 어둠만 있는 건 아니다. 빛도 있는 것이다.

"자, 어디." 운조 씨는 일어서서 등짐 주머니를 짊어졌다. "이제 알았지? 그림갈에는 돌아갈 수 없다. 그 이유를. 나는 헬베시트로 돌아간다. 네놈들은 좋을 대로 해라."

하루히로는 눈을 감고 끄덕였다. 남겨지는 건 견딜 수 없다. 하루히로 팀도 되돌아가는 것이다. 너무 호의에 기대기만 하는 것도 문제라고는 생각하지만, 운조 씨와의 관계는 소중히 해야 한다. 그야 같은 인간이고, 의용병 동지, 아니, 전 의용병 동지다. 운조 씨는 하루히로 일행의 대선배에 해당한다. 앞으로도 지도 편달을 부탁하고 싶다. 당분간은 가급적 폐를 끼치지 않도록, 미움을 받지 않도록 주의하면서 운조 씨를 따라가자. 그러자.

"우리도…." 하루히로는 말을 하려다가 눈을 크게 떴다.

"…진짜?"

목깃에 손을 집어넣어 그것을 꺼냈다. …이런 때에, 정말로, 진짜야?

그것은 검고 납작한 돌멩이 같은 물체다. 하지만 돌멩이 따위가 아니다. 진동하며 아래 끝부분이 녹색으로 빛나고 있다.

"리시버(수신석)…." 시호루가 중얼거렸다.

"뭐야? 그건." 운조 씨는 삿갓 끝을 밀어 올리면서 눈을 빛냈다. "이물인가?"

『하루히로.』 리시버가 음성을 발했다.

"…소우마 씨." 하루히로의 손도, 목소리도 리시버보다 훨씬 떨리고 있었다.

동료들이 차례로 잡아먹을 듯이 달려들었다.

『듣고 있나? 하루히로. 이렇게 부르는 게 몇 번째인지. 우리는 그림갈에 있다. 아키라 씨 팀과 토키무네 팀도 무사하다.』

"오오…." 란타는 반쯤 울먹였다. "그야 그렇겠지… 그야 그럴 거야. 당연히 무사하겠지. 뭔가… 잘됐다. 응. 우리는 이렇게 되었지만, 잘됐다…."

『하루히로. 란타. 유메. 시호루. 메리. 쿠자크. …너희도 어딘가에서 이 목소리를 듣고 있겠지. 나는 그렇게 믿고 있다.』

"…이크." 쿠자크가 머리를 눌렀다. "소우마 씨가 내 이름을 불러 줬어…."

"몇 번…." 메리는 고개를 숙였다. 그때부터 도대체 몇 번이나 불러주었던 건가? 메리는 그렇게 말하고 싶었던 것이겠지.

『또 너희를 만날 날을 기대하고 있다. 나뿐만이 아니야. 모두 그렇게 말했다.』

"후냐…." 유메는 그 자리에 털썩 주저앉았다.

『케무리….』

『응…. 잘 지내냐…?』

『시마.』

『네. …하루히로. 내가 한 말 기억해? 다음에 이야기하자.』

『응? 무슨 이야기야?』

『어머나. 궁금해? 소우마.』

『그래. 궁금한데. 뭐, 됐어. 자, 리리야.』

『…미숙자들에게 할 말 따위 없습니다. 가능한 한… 조심하시오. 자기 자신과 동료를 믿는 것입니다. 항상 봐야 할 것에 시선을 두고, 들어야 할 것에 귀를 기울이고, 어둠보다 빛의 근원에 마음을 향하게 하시오. 걸음을 멈추지 않는다면 길은 거기에 계속 나 있을 것입니다. 알겠습니까? 포기하거나 하면 절대로 가만두지 않겠습니다. 이, 이상입니닷!』

"…할 말이 없다더니 엄청 많이 말하잖아!" 란타는 코를 훌쩍였다. "크으으으으, 리리야 씨 귀여워어어. 다시 보고 싶다…."

『―핑고?』

『뒈져라. …웃큭큭… 농담이다. 어이, 소우마… 젠마이에게 말하게 하려고 해봤자 소용없다. …바보 놈… 웃훗훗….』

『그런가. …우리뿐만이 아니야. 아키라 씨, 미호 씨, 고호 씨, 카요 씨, 브랑켄, 타로도 너희를 걱정하고 있다. 그리고 록, 카지타, 모유기, 크로우, 사카나미, 츠가, 이오, 카타즈, 타스케테, 잼, 톤베, 고미. 너희는 아직 만나본 적이 없지. 그 녀석들도 너희 이야기를 했다. 모두 흥미를 갖고 있어.』

"록스와 이오 님 부대가!" 란타는 몸부림을 쳤다. "그보다, 타스케테와 고미라니(주2). 어쨌든 간에 이오 님은 엄청난 미인이라고 하니까. 뵙고 싶다아아…."

"…항상 밝히기만 해." 시호루가 차갑게 내뱉었다. "…하지만…."

『하루히로.』 소우마는 다시 한 번, 아로새기는 것처럼 한 사람 한 사람의 이름을 불렀다. 『란타. 유메. 시호루. 메리. 쿠자크. …기다리고 있다. 또 보자.』

리시버의 진동이 멎고 아랫부분의 빛도 꺼졌다.

하루히로는 리시버를 꽉 쥔 채로 숨도 제대로 쉬지 못했다.

"아키라… 라고?" 운조 씨가 갑자기 낮은 소리로 웃기 시작했다. "…고호라고? 말도 안 돼. 있을 수 없는 일이야. 거짓말이다…."

"…아는 사이, 입니까?" 쿠자크가 조심스럽게 물었다.

"내가, 알고 있는…." 운조 씨는 어물거리다가 한숨을 쉬었다. "…동일 인물이라는 법은 없다. 동명이인이다. 분명…."

아키라 씨와 고호는 같은 나이대고 의용병력은 확실히 20여 년. 정확한 나이는 모르지만 아마 40대다. 운조 씨도 그 정도겠지. 아는 사이라고 해도 이상할 것 없다.

하루히로는 심호흡을 했다. 아직 머리의 심지가 얼얼하다. "…분명 그 아키라 씨와 고호 씨라고 생각합니다."

"몇 번째인지? 라고 소우망이 말했지?" 유메는 반쯤 꿈을 꾸는 것 같은 몽롱한 목소리로 말했다. "그런데도 왜 지금까지 들리지 않았던 걸까?"

"소우망이라니…." 하루히로는 지적을 해주려다가 그만두었다.

주2) 타스케테는 '사람 살려' '도와줘'라는 뜻. 고미는 쓰레기라는 뜻.

그건 됐고. 아니, 된 건 아닌가? 어느 쪽이지? 잘 알 수가 없게 되었다.

"혹시나." 메리는 와루안딘 너머로 시선을 보내며 말했다. "가까우니까?"

"그거닷!" 란타가 메리를 가리켰다. "메리 너, 머리 좋다! 짜식. 뭐, 나야 눈치 채고 있었고 지금 마침 말하려고 하던 참이지만!"

"뭐? 짜식? 응? 두 번 다시 치료해주지 않아도 된다는 뜻?"

"…앗, 미안합니다. 부, 분수를 모르고 날뛰었습니다. 정정하겠습니다. 메리 님이라고 말하려고 했던 겁니다. 죄송합니다. 아니, 진짜로, 진짜. 이제 안 그러겠습니다. 그러니까 용서해주세욧. 부탁입니닷."

"그 부탁입니다… 라는 말투, 재수 없어…." 시호루가 중얼거렸다. 동감이다. …그건 그렇고.

"…가까운 건가?" 하루히로는 리시버를 바라보았다. "…그런가. 가깝구나. 여기는, 그림갈과."

"돌아가고 싶어." 유메는 가슴 한가운데에 손을 얹으며 말했다. "…유메 있지, 역시 돌아가고 싶어. 스승님도 보고 싶고. 두 번 다시 만날 수 없다거나 그런 건 싫어."

"응…." 쿠자크는 어두운 하늘을 우러러본다. "…그러네요."

—그만둬.

부탁이니까 그러지들 마. 그런 진심, 말하지 마.

설령 그것이 진심이라고 해도, 무리니까. 돌아가고 싶으냐 돌아가고 싶지 않으냐, 둘 중 어느 쪽이냐고 묻는다면, 그야 돌아가고 싶지만. 여기에서 계속 살아가다니, 농담이 아니지만. 어쩔 수 없잖아? 돌아가려고 하면 틀림없이 목숨을 걸어야 한다. 목숨을 건다고 해도 잘될 거라는 보장이 없는 정도가 아니라, 잘될 거라고는 도저히 생각할 수 없다. 그런 모험은 할 수 없다고. 시킬 수 없어. 아무도 잃고 싶지 않아. 죽게 하지 않아. 사는 거야. 모두가. 그것이 최우선이라고.

포기하거나 하면 절대로 가만두지 않겠습니다… 라고 리리야가 말했다. 그건 무슨 뜻일까? 포기하지 말고 발버둥치며 살아가라는 뜻? 아니면….

기다린다고 소우마는 말해주었다.

또 보자… 라고.

"위험 부담은, 감수하게 할 수 없어." 하루히로는 분명히 단언했다. "과한 리스크는, 절대로. 하지만 조바심내지 말고 안전을 확보하면서, 시간을 들여 방법을 찾을 수는 있어."

"엉?" 란타는 팔짱을 끼고 고개를 직각으로 굽혔다. "결국, 무슨 말이야?"

"…어. 바봅니까?"

"쿠잣키! 한참 선배를 우롱하는 게 아니얏! ● 묻힌다, 짜샤아아!"

"더럽네, 진짜!" 유메는 눈살을 찌푸렸다. "결국, 그거잖아. 요컨대, 그거지? 그러니까… 그거 아닌가? 그거…?"

"너도 뭔 소리 하는지 전혀 모르게 말하잖앗!"

"…가급적 위험한 다리를 건너지 않도록 조심하면서…." 시호루가 다짐을 하듯이 말했다. "…계속적으로 조사를 해서, 언젠가 만약, 전망이 서면…."

"돌아간다." 메리는 입술을 꼭 깨물었다. "…그림갈로."

"그런 뜻이지?" 란타는 잘난 척하며 가슴을 폈다. "안다니까, 바… 보."

운조 씨는 등짐 주머니를 짊어지고는 발길을 돌렸다. "좋을 대로 해라."

설령 돌아갈 방법이 있다 해도 운조 씨는 돌아가지 않을 것이다. 루비시야가 있으니까… 라는 단순한 이유 때문만은 아닌지도 모르지만, 어쨌든 다룽갈에 머무르겠지. 그런 느낌이 든다. 사람은 제각각이다. 하루히로는 고개를 깊이 숙였다. "…저… 고마웠습니다, 운조 씨. 여러 가지로. 정말로…!"

운조 씨는 발을 멈췄다. 돌아보지는 않았다. "…죽지 마라, 후배들."

생각하지 않으면 안 될 일도, 하지 않으면 안 될 일도 산더미 같았다.

우선 와루안딘에 어느 정도까지 접근할 수 있는지 실제로 확인해보기로 했다. 이것에 관해서는 동료의 도움은 필요 없다. 아니, 하루히로 혼자인 편이 좋다. 오히려 단독으로 해야만 한다. 하루히로는 바르바라 선생님이 전수해준 스텔스를 구사해서, 단신으로 와루안딘 쪽으로 갔다.

와루안딘은 화룡의 산 기슭에 구축된 모양이다. 산자락 앞은 분지로 되어 있다. 하루히로는 이 분지를 가로질러 와루안딘에 다가가려고 하는 건데, 무인의 들판은 아니다. 분지에는 촌락이 점재해있다.

촌락은 동굴집 같은 형태의 건물 열 채부터 수십 채로 구성되어있고, 여기저기에서 온천 샘이 솟아오른다. 먼발치로 보긴 했지만, 주민의 모습도 확인했다. 인간형에 녹색의 피부. 뭉개진 코. 커다란 입에서는 송곳니가 삐져나와 있었다. 폭도 두께도 꽤 있는 몸집에 키도 크다. 어디에서 봐도 오크다. 오크 이외의 그 무엇도 아니다. 짧은 바지를 입었을 뿐 상반신은 나체다. 따뜻하다기보다는 약간 더운 정도라서 필요 없는 것이겠지. 전체적으로 미끈하다. 면도를 하는 건지, 체모가 나지 않는 건지. 참고로 여성 오크도 있는데, 그녀들은 가슴과 머리에도 천을 둘렀다.

촌락의 오크들은 흙을 만지거나 커다란 선반이 있는 곳에서 뭔가 작업을 하거나 했다. 거대한 애벌레 같은 생물을 사육하는 모습도 관찰할 수 있었다. 거대 애벌레는 사이린 광산에서 코볼트가 키우던 돼지지렁이와 좀 닮았다. 식용일까? 지면에 구멍을 파놓고 그 안에서 뭔가 하는 것 같은 모습도 보였다. 촌락은 농촌으로, 와루안딘에 식량을 공급하는 것인지도 모른다.

농민으로 보이는 오크들의 체격은 유난히 훌륭해서 불안해졌다. 아니, 농민이니까 오히려 매일 육체 노동으로 단련되어 체격이 좋은 것이라고 생각할 수도 있다. 그렇게 생각하고 싶다. …하지만 남녀를 불문하고 어떤 오크도 다 데드헤드 감시 보루에서 싸웠던 오크들보다 크지 않아? 기분 탓인가? 그런 거라면 좋겠는데….

촌락의 오크들은 모두 바쁜 듯이 일을 하고 있어 하루히로가 있는 것을 알아차리지 못했다. 혼자가 아니라 동료들이 함께 있었다면 어떨까? 판단하기 어려운 부분이지만, 세심한 주의를 기울여 행동하면 들키지 않을지도 모른다. 게다가 오크들도 하루 종일 일하는 것은 아니겠지. 용암 탓에 하늘의 밝기를 알기가 좀 힘들긴 하지만, 아마도 밤에는 집으로 돌아가서 잠을 자지 않을까?

어쨌든 하루히로는 어렵지 않게 촌락 지대를 빠져나올 수가 있었다. 물론 시간은 나름대로 걸렸다. 근거가 될지 어떨지 불분명한 체감 시간으로 말하자면, 세 시간 정도일까? 길의 순서가 머릿속에 확실히 들어가 있으면 그 반 정도면 되겠지.

문제는 그 뒤부터다.

촌락 지대 너머에는 용암 강이 흐른다. 강을 건너면 그곳은 이미 와루안딘 시가다. 이 강은 폭이 1미터도 안 되고 다리가 많고 여차하면 뛰어넘어도 된다. 아무래도 단순한 경계선 같다.

시가지 바깥 테두리에는 비슷비슷한 네모난 건물이 줄지어 있다.

창문이 난 모양을 보니 다들 2층 건물인 모양인데, 그런 것치고는 낮다. 1층은 반지하로 되어 있는 모양이다. 건물 출입구는 강 반대쪽에 있겠지. 문이 달리지 않은 창가에 걸터앉아 다리를 흔들고 있는 오크가 몇 명이나 보였다. 오크치고는 날씬하고 작다. 어린아이다.

어린이 오크에게 들키지 않고 강을 건너 시가지로 들어갈 수 있을까? 해보지 않으면 모르겠지만, 이건 좀 담력 시험 같은 것이다. 하루히로는 겁쟁이라서 그다지 내키지 않았다. 정면으로 와루안딘에 침입하는 것은 자살 행위겠지.

하루히로는 용암 강을 따라 왼쪽으로, 왼쪽으로 가봤다. 이윽고 귀에 익은 소리가 들렸다. 이것은 망치 소리다. 기둥을 세우고 지붕만 덮어놓은, 옆이 트인 공장에서 근육이 지나치게 울퉁불퉁한 오크들이 망치를 휘두르고 있다.

와루안딘의 대장간에서는 용암이 유효하게 활용되고 있었다. 일일이 불을 지피지 않아도 고온의 용암을 끌어와 용광로로 쓰면 된다. 대장간뿐만 아니라 와루안딘에서는 연료가 필요 없을 것이다. 자칫 잘못하다가는 상당히 위험하지만, 편리하다.

공장가는 제법 길게 이어졌다. 와루안딘의 오크들은 금속을 가공해서 상당히 여러 가지 물건을 대량으로 제조하는 것 같았다. 그러려면 당연히 원료가 필요하다. 공장가가 끝나자 용암 강도 거기서 끝나고 암벽이 나타났다. 도저히 올라갈 수 있을 것 같지 않은 그 암벽에는 구멍이 파헤쳐져 있다. 커다란 구멍이다. 오크들이 출입하고 있다. 리어카를 밀며 뭔가 운반하는 모양이다. 광석이 틀림없다. 광석의 집적장도 있다. 광산이겠지. 현장 감독 비슷한 역할의 오크도 있는 것 같다. 그 오크는 무거운 빛을 내뿜는 어깨 보호대와 가슴 보호대, 허리 보호대를 차고서 긴 금속 방망이를 들고 거만해 보였다. 유난히 거구이기도 했다.

어디까지나 하루히로의 어림짐작이긴 하지만, 촌락의 농민 오크는 2미터 20~30센티미터 정도일까? 대장간 오크는 키보다 어깨 폭과 가슴둘레가 어마어마했다. 광산 오크는 농민 오크와 같은 정도? 현장 감독 오크는, 저거라면… 3미터 정도 된다 해도 이상할 것 없다.

그리고 또 한 가지.

하루히로는 처음에 덩치 오크는 현장 감독 같은 존재일 것이라고 생각했다. 하지만 그게 아닌 것 같다.

덩치 오크는 한 명이 아니었다. 몇 명이나 있었다. 몇 명이라고 해도 광산 오크의 숫자와 비교하면 10분의 1 이하다. 어쩌면 역할이라기보다 신분이나 계급이 다른 건지도 모른다. 어쨌든 저렇게 체격이 좋고 무장하고 있으니 분명 무투파겠지. 광산은 위험할 것 같다.

와루안딘 중앙에서 왼쪽을 대강 다 조사하고는 하루히로는 동료들이 있는 곳으로 일단 돌아갔다. 란타가 "어때? 어땠어? 엉? 응? 응?"이라고 시끄럽게 굴어서, 맛있다고는 말하기 힘든 보존식을 먹으면서 본 것을 간단하게 설명했다.

다소, 아니, 무척 피곤했기 때문에 누워 있다 보니 그대로 기절한 것처럼 잠들어버렸다.

눈을 뜨자 하루히로가 잠든 사이에 교대로 촌락을 관찰하던 동료들이 상황을 보고해주었다.

"밤에는 있지, 역시 오쿵들도 쿨쿨하는 것 같아." 유메에게 걸리면 오크도 오쿵이 되므로 뭔가 힐링계 종족처럼 느껴지지만, 물론 착각이다.

"…하지만 와루안딘은 그렇게 변화는 없었던… 것 같아." 시호루는 다소 자신이 없는 것 같았다. "…촌락 쪽은 확실히 아까까지 조용했었는데."

"나는 곤히 잠들어서 아… 무것도 못 봤는데?"

"왜 그걸 자랑하는 거야?" 메리가 진심으로 신기하다는 듯이 그렇게 말했다. "머리가 이상하니까? 인격이 썩었으니까? 응? 어째서일까? 가르쳐주지 않겠어?"

"…저기… 요즘 나에 대한 태클이 혹독하지 않아? 좀 더 부드럽게 대해준다고 벌 받지는 않지 않아?"

"그건 글쎄올시다…."

"야, 쿠잣키! 너 이 녀석, 내 밑인 주제에…."

오늘은 모두 함께 촌락 지대를 빠져나가보기로 했다. 란타만은 두고 가고 싶었지만, 아무래도 그럴 수는 없었다.

어제의 단독 정찰로 어느 정도 감을 파악하긴 했지만, 곤란한 상황도 예상할 수 있었다. 실제로 해보니 여섯 명이서 우르르 돌아다니는 것만으로도 이상할 정도로 눈에 띈다. 혼자라면 잠복할 수 있는 장소라도 여섯 명이서는 힘들기도 했다. 기본적으로는 어제와 같은 루트를 거쳐봤는데, 몇 번이나 농민 오크에게 들킬 뻔했다. 조금 걸어봤는데도 상당한 시간과 노력이 필요해서 때때로 마음이 꺾여버릴 것 같아 돌아가고 싶어졌다.

란타를 제외한 동료들은 협력적으로, 순종적이라고 말해도 좋을 정도로 하루히로의 지시대로 움직여준다. 그러나 거의 그것뿐이다. 하루히로가 생각하고, 판단하고, 이래라저래라 지시하지 않으면 아무도 움직이지 않는다. 움직이려야 움직일 수가 없는 것이겠지. 어쩔 수 없다. 알고는 있어도 짜증이 나기도 한다. 머리에 피가 솟구칠 뻔한 적도 있다. 그럴 때에는 심호흡이다. 감정이 생기는 것은 어쩔 수 없다. 거기에 휘둘리지 않으면 된다. 그보다, 일일이 휘둘리다간 피폐해지고, 그것이 실수로 이어지기도 한다.

체감 시간이긴 하지만, 와루안딘까지 네 시간이나 다섯 시간. 이 것은 아마도 몇 번 반복해도 그렇게 극단적으로 단축할 수는 없을 것이다. 하루히로 혼자라면 분명 한 시간 반. 여섯 명이면 그 세 배 정도는 걸린다는 뜻이다. 갔다가 돌아오는 것만으로도 하루의 3분의 1 이상을 소비하게 된다.

와루안딘에 가기 직전에 있는 용암 강 부근에 몸을 숨기는 것도 여섯 명이서는 힘들 것 같다. 하루히로는 도적이기 때문에 차폐물이 없어도 경우에 따라서는 엎드리거나 몸을 웅크리거나 해서 스텔스할 수 있지만 동료들에게는 무리겠지. 모여서 오래 머물면 들킨다. 이동하는 수밖에 없다.

왼쪽으로 가면 대장간이 있고 그 앞은 광산이다. 하루히로 일행은 오른쪽 방향으로 갔다. 용암 강 너머로 죽 늘어선 네모난 2층 건물 창에는 가끔씩 어린이 오크가 앉아 있다. 꽤 두리번거리는 경우도 있기 때문에 주의해야 한다.

"오쿵도 작을 때에는 귀엽네." 유메가 살그머니 중얼거렸다.

"…어디가?" 란타가 쳇… 하고 내뱉었다. "작다고 해도 놈들, 너 나 나보다 덩치가 크다고, 아마도…."

"크기 같은 건 별로 상관없잖아."

"있거든. 게다가 보기에도 흉포해 보이는 면상이잖아…."

"따분한 것처럼 멍하니 있는 것뿐이여. 란타가 쫄았으니까 그렇게 보이는 것뿐 아닌가?"

"안 쫄았어. 승부하면 여유 있게 이길 수 있고. 거짓말인 것 같으면 해볼 수도 있다고. 그야 나는 쫄지 않았으니까. 진짜로 안 쫄았다고."

이 바보(똥 덩어리) 탓에 언젠가 어린이 오크에게 발견되는 것 아닐까 조마조마했지만, 다행히 그런 일은 일어나지 않았다. 하지만 길이 막혔다.

네모난 2층 건물들이 끝나자 그 너머는 트인 곳이었다. 트였다고 해도 공터는 아니다. 엄청난 수의 오크가 오간다. 떠들썩하다. 이야기소리는 마치 서로 고함치는 것 같다. 땅바닥에 잡다한 물건을 늘어놓고, 저것은 파는 건가? 노점인 걸까? 포장마차로 보이는 가게도 있다. 선 채로, 혹은 바닥에 앉아서 먹고 마시는 오크의 모습도 눈에 들어왔다. 시장과 번화가를 같이 섞어놓은 것 같은 장소인지도 모른다. 상당히 어수선한 지역 같다. 용암 강을 폴짝폴짝 뛰어서 건너가며 뭐가 즐거운지 투박한 웃음소리를 내는 오크도 있었다.

다가가는 것은 위험하다. 분명히 들킨다. 저 지역을 피하기 위해서 한참 돌아간다는 방법도 있지만, 그러면 촌락 지대에 들어가야 한다.

제반의 사정을 고려해서 발길을 돌리기로 했다. …일단 헬베시트까지.

와루안딘의 조사는 신중에 신중을 기해서 진행해야 한다. 아마도 하루 이틀 만에 어떻게 되는 것은 아닐 것이다. 그에 따른 준비가 필요하다. 식량도 어딘가에서 조달해야 한다. 결국 거리로 돌아가는 수밖에 없다.

왔던 길을 되돌아가는 것뿐이라고는 해도, 운조 씨의 안내가 없으니 너무나 불안했다. 예의 온천 강에서 한숨 돌린 뒤에는 특히 맥이 빠져버렸고, 아르우쟈의 폐허 흔적에서는 볏 달린 육지 악어 니블과 맞닥뜨릴 때마다 심장이 조금씩 닳아버렸고 부상자도 생겼다. 다리를 건너 붉은 갈색의 강 덴도로를 지나 뼈 들판 제테시드나에서는 몇 번이나 시체 먹는 새 스카르도에게서 태클을 당했다.

헬베시트 서쪽 농장 지대가 보였을 때 하루히로는 그만 긴장이 풀려 눈물이 맺혔다. 또 와루안딘에 갈 마음이 들까? 안 들지도 몰라. 제테시드나도, 아르우쟈도 두 번 다시 가기 싫다. 오크도 보고 싶지 않다. 이대로 다룽갈에서 사는 것도 이제 괜찮지 않아? 안 돼…?

하긴 헬베시트도 충분히 위험한 마을이기 때문에 기합을 다시 넣고 지하까지는 간신히 도착했지만, 거기에서 장보기를 끝내니 어찌할 바를 모르게 되었다. 운조 씨와 함께가 아니기 때문에 루비시야의 탑을 찾아가는 것도 좀 아니라고 생각했다. 하루히로 일행은 제란이 아니라서 지하에 체재할 수는 없다. 지하의 헬베시트 백성들은 짜증스럽고 무섭다. 어떻게 하면 좋은가? 어떻게 해야 하나?

"지상에도 운조 씨의 와이프 같은 좋은 사람도 있잖아"라고 란타는 주장했다. "돈만 지불하면 하룻밤 묵게 해줄, 여관 비슷한 거라거나? 찾아보면 어딘가에 있지 않을까? 아니, 있겠지. 쿠쟛키. 너 냉큼 가서 찾아보고 와. 우리는 지하에서 기다릴 테니까. 기다려줄 테니까. 응?"

"왜 은혜라도 베푸는 것처럼 말하는 겁니까? 그보다 왜 내가…?"

"네가 제일 말단이니까 그렇지, 당연히! 그보다 쿠잣키는 내 똘마니잖아? 똘마니니까 내 말을 들어야지?"

"당신이 하는 말은 좀 이해를 못 하겠네요."

"오? 반항기냐? 해보자는 거야? 짜샤? 좋다. 나는 얼마든지 싸움을 받아주겠다! 조져버릴 거지만? 그래도 되는 거지? 엉?"

"…란타 군의 천연 곱슬머리를 태워버리고 싶다고 생각한 것은 처음이야."

"뭐라고? 천연 곱슬머리라고 했나? 너, 지금? 천연 곱슬이라고 했지?! 천연 곱슬이라고…."

"천연 곱슬 맞잖아?" 메리가 차갑게 내뱉었다.

"…천연 곱슬." 시호루도 말했다.

"천연 곱슬이지." 유메도.

"…너, 희, 드으으으으을…! 천연, 천연, 천연, 천연, 부르짖고 난리야! 사람을 천연 곱슬이라고 부르는 놈이야말로 진짜 천연 곱슬이다! 그거 모르냐…?!"

"천연 곱슬이 무슨 죄냐? 천연 곱슬을 모함하지 마, 천연 곱슬…." 하루히로는 한숨을 쉬면서 주위를 둘러보았다. 헬베시트 지하는 과거 상하수로와 묘지로 지금은 일부에밖에 물이 흐르지 않고 대부분은 단순한 지하도다. 공기는 습했지만 어째서인지 청량감 있는 냄새가 떠돈다. 점점이 지펴진 램프의 연료에 박하유 같은 것이라도 섞인 건지도 모르겠다. 그 향기 때문이기도 한 건지, 장을 보는 손님이 오가는 시장도 차분한 분위기로 비교적 조용하다. 이런 식으로 떠들어대면 지하도 양쪽에 가게를 낸 제란들이 노골적으로 짜증스러운 얼굴을 한다. 쫓겨나기 전에 란타를 입 닥치게 하거나, 혹은 영원히 입을 다물게 하거나, 후퇴하거나 하는 게 좋을 것 같다.

여러 가지로 생각한 끝에 하루히로 일행은 돌아가기로 했다. … 우물촌으로.

헬베시트를 거점으로 삼고 아르우쟈 폐허 흔적에서 비싸게 팔릴 것 같은 태블릿 찾기를 하자는 안도 나왔다. 하지만 역시 헬베시트는 지나치게 살기 힘들다.

짐승 퇴치용 종을 준비해서 숲을 지나 숯터로. 숯장이는 붙임성 있게 맞아주지는 않았으나 하루히로 일행을 내쫓으려고 하지도 않았다. 숯터 한구석에서 하룻밤 자고 일어나니 때마침 숯장이가 짐마차를 낼 준비를 하고 있었다. 좀 거들어드릴까요? 라고 손짓발짓으로 표현해봤더니 거절하지 않기에 짐 싣는 것을 거들었다. 우물촌까지는 숯장이의 짐마차에 합승했다. 집이 있는 것도 아닌데도 내 집으로 돌아온 느낌이 컸다. 우물촌 주민은 전부 무뚝뚝했지만 식료품점의 대게 점주만은 웃는 얼굴로 목소리까지 들떠서 하루히로 일행과의 재회를 기뻐해주었다. 대게 점주의 표정을 식별하는 것은 어렵지만, 적어도 하루히로의 눈에는 웃는 것처럼 보였고 기쁜 듯한 목소리였다. 그렇게 들린 것이다.

식료품점 앞에서 밥을 먹으면서 금후의 일에 관해서 이야기했는데, 누구 하나 와루안딘이라는 이름을 꺼내지 않았다. 군이 하루히로가 제기해야 하는 걸까? 한참을 망설인 끝에 그만두었다.

급하면 돌아가라고 했다. 지금은 기력을 충전하자. 때가 될 때까

지 기다리자고. 핑계거리는 얼마든지 떠올랐는데, 요컨대 좋은 날
을 잡자는 것이다.

그렇긴 해도, 망자의 거리에서 열흘이나 일을 하다 보니 이대로 있어도 괜찮은 걸까? 라는 마음이 생겼다. 그것은 하루히로뿐만이 아니라 다들 마찬가지인 모양이다. 망자의 거리에서 사냥감을 찾고 있어도 모두가 제대로 집중하지 못할 때가 있다. 과연 망자를 상대로 할 때에는 기합을 넣지만, 분명히 흥이 나지 않는다. 하루히로 본인도 그랬으니까 뻔히 안다.

다소 용기가 필요했지만, 리더로서, 슬슬 갈까? 라고 하루히로가 제안했다. 반론은 나오지 않았다.

이번에는 미리 15일간의 예정을 세웠다. 상황에 따라 며칠 증감할지도 모르니 그 부분은 융통성 있게 했다. 장기 체재를 하지 않기로 정하니 훨씬 동기 부여가 된다. 그렇다. 나태하게 설렁설렁 해봤자 소용없다. 단기 집중이 제일이다.

두 번째의 와루안딘행은 운조 씨의 안내가 없는 것치고는 순조로웠다. 다룽갈에 익숙해졌다고는 생각하지 않으려고 했다. 익숙함은 무섭다. 아마도 별것 아닌 일에 움찔움찔하며 위장이 아픈 정도가 딱 좋은 것 같다.

와루안딘 정찰은 하루히로가 단독으로 갔다. 그편이 압도적으로 효율이 좋고 위험도 적다.

번화가 앞에는, 촌락 지대의 건물과 비슷하지만 동굴집 형태의 가옥이 밀집해 있었다. 아무래도 하류라고 할까, 하층 오크가 사는 모양이다. 말하자면 슬럼(빈민가)이다. 상당한 급경사면에도 딱 달라붙은 것처럼 동굴집을 지어놓아 살짝 감탄했다.

화룡의 산은 와루안딘 너머에 있다. 그 어딘가에 그림갈로 통하는 길이 있는 모양이다.

　화룡의 산에 도달하려면, 크게 나누어 두 가지 방법이 있다. 한 가지는 와루안딘을 빠져나가는 것. 또 하나는 와루안딘을 피해 산을 넘어가는 것.

　산을 넘으려면 광산이나 슬럼 바깥쪽을 통과하게 되겠지. 양쪽 다 상당히 험난해서 최소한 전문 장비 정도는 없으면 무리다. 참고로 전문 장비란 게 뭐냐고 묻는다면 하루히로는 대답할 수 없다. 전문가가 아니기 때문이다. 야외 생활의 프로인 사냥꾼 유메도 등산 경험은 없다. 산을 넘어가는 것을 시험한다고 해도 꼼꼼한 준비를 한 후라야 한다. 나중, 그보다도 더 나중 이야기라는 뜻이 되겠지.

　와루안딘을 빠져나가는 쪽으로 가려면 오크가 별로 활동하지 않는 시간대를 노리고 오크에게 들키지 않는 장소를 선택할 필요가 있다. 촌락의 오크는 밤에 잠을 자는 것 같다는 사실이 판명되었으니 와루안딘에 있는 오크들도 마찬가지 아닐까?

　스텔스를 구사해서 단독 조사를 한 결과, 역시 와루안딘 오크, 줄여서 와루오도 밤낮을 구분해서 생활하고 있다는 상황을 파악할 수 있었다.

　번화가에는 끊임없이 와루오가 우글우글했다. 단, 낮 동안부터 밤까지 와루오가 많고, 이른 아침부터 오전 중까지는 다소 적은 것 같다. 공장가, 광산 두 곳 다 야간에는 아무도 일하지 않는다. 슬럼은 언제나 뭔가 술렁거린다.

　사실 적어도 현시점에서는 경계선인 용암 강 이쪽 편에서 볼 수 있는 범위의 일밖에 하루히로는 모른다. 밤에 몰래 공장가나 광산을 빠져나갈 수가 있다고 해도, 그 뒤에는 장애가 생겨 더 이상 나갈 수 없게 될지도 모른다.

어떻게든 와루안딘 내부에 잠입해서 더욱 식견을 넓히고 싶긴 하지만, 역시 동료들을 데리고는 갈 수는 없다. 분명히 말해버리자면, 아니, 뭐, 진짜 말하거나 하진 않을 거지만, 누구든 다 거치적거린다. 이것만큼은 하루히로가 혼자 하는 수밖에 없다.

다음번의 과제. 이번에는 욕심내지 않고 예정대로 15일간의 일정을 마치고 하루히로 일행은 무사히 우물촌으로 돌아왔다.

다음 날은 망자의 거리에 나가 한바탕 벌이를 했다.

그다음 날도, 다다음 날도, 다다다음 날도, 다다다다음 날도, 다다다다다음 날도, 다다다다다다음 날도, 다다다다다다다음 날도, 다다다다다다다다음 날도 망자 사냥에 힘을 쏟았다.

의용병에게 있어서 사냥은 일이지만 작업적이 되어서는 안 된다. 고블린 슬레이어라는 칭호를 지닌 하루히로 팀은 바보처럼 같은 사냥터를 계속 다니는 것에 익숙해졌고, 그게 비교적 특기이긴 하지만, 익숙해짐의 무서움도 알고 있다.

"큭…!" 쿠자크가 사자 망자의 맹공을 열심히 막아내고 있다. 방패뿐만이 아니다. 장검도 방어를 위해 사용한다. 허리가 뜨지 않도록 주의하며 중심을 낮추고 버틴다. 버틴다. 사자 망자와의 거리는 일정하다. 쿠자크는 상대의 움직임에 따라 자잘한 움직임으로 위치를 수정하고 있다. 저 사정거리 유지 방식은 근사하다. 사자 망자 입장에서 보면 퍽이나 싸우기 힘들 것이다. 1대1이라면 쿠자크는 사자 망자라도 확실하게 잡아둘 수 있다. 할 수 있게 된 것이다. 쿠자크가 방패 역으로서 진보하고 있다는 것을 모두가 인식하고 있다.

쿠자크를 신뢰하기도 한다.

"…웃…!" 그렇기 때문에 이때다 하는 타이밍에 메리가 나가서 헤드 스태프로 사자 망자의 다리를 걸기도 한다. 쿠자크는 절대로 사자 망자를 놓아주지 않는다. 그렇게 믿지 않았다면 메리는 시호루에게서 떨어지거나 하지 않을 것이다. 참고로 메리는 결코 괴력의 소유자는 아니지만, 신관의 호신술은 원래 힘이 없는 자가 몸을 지키기 위한 기술로서 생겨나고 발전한 것이다. 원심력 등등을 이용해서 작은 힘을 커다란 힘으로 바꾸어 악의를 뿜는 자에게 강력한 타격을 준다. 깔끔하게 들어가면 그 일격의 무게는 란타의 힘을 웃돌 것이다.

사자 망자가 자빠졌다. 곧바로 쿠자크는 뛰어들… 지 않는다.

"케하하앗…!" 란타다. 호시탐탐 기회를 노리던 란타가 리프아웃으로 날아가 사자 망자에게 덤벼들었다. 이런 때의 과감함만큼은 칭찬해줘도 된다. 란타는 사자 망자의 오른쪽 안구에 검은 날 칼을 찔렀다. "으랴아아…!"

"떨어져…!" 하루히로가 그렇게 말하는 것보다 빠르게, 란타는 사자 망자에게서 펄쩍 뛰어 떨어졌다. 검은 날 칼은 놈의 눈에 쑤셔 박힌 채였다. 몸부림치면서도 놈은 란타에게 애정이 듬뿍 담긴 포옹을 하려고 했다. 끌어 안겨 척추가 부러지기 전에 란타는 도망친 것이다.

'…이히… 저주 있으라….' 근처에 떠 있던 조디악이 덕담인지 불길한 말인지 잘 알 수 없는 말을 했다.

사자 망자가 일어났다. 유메가 화살을 쏘았지만 놈은 몸을 틀어 피했다. 계속해서 시호루가 "다크…!"라며 엘리멘탈을 날렸다. 인간형이랄까, 별 모양 엘리멘탈 다크는 사자 망자의 가슴으로 슉 빨려 들어갔다. 그러자마자 놈은 몸을 움찔 떨더니 무릎을 꿇었다.

"이얍…!" 쿠자크가 장검을 크게 휘둘러 놈의 측두부를 때리고, 방패로 턱 부근을 후려쳤다.

"에잇…!" 메리도 헤드 스태프를 놈의 목덜미에 날렸다.

"으랴앗…!" 란타가 놈에게 뛰어들었다. 검은 날 칼을 뽑아서 벤다. 베어버린다. 잘리지 않아도, 그래도 벤다. 란타가 쉬면 쿠자크와 메리가 한 방, 두 방씩 먹이고 또다시 란타가 연속 공격을 가한다.

하루히로는 동료들의 싸움을 지켜보면서 주위를 살피고 있었다. 시호루 옆에 있는 유메도 활에 화살을 메기고서 주변을 경계하고 있다.

하루히로 팀은 주된 사냥터를 망자의 거리 북서부에 있는 시장 흔적과 창고구에서 남서부로 좀 들어간 곳으로 옮기려고 했다. 단계로서는 북서부 다음은 남동부가 타당하지만, 거리 동쪽은 대개 안개가 끼어 있다. 남서부의 강망자는 교활하고 흉포하지만 그 안에서도 북서부에 가까운 일대에는 비교적 다루기 쉬운 망자가 출몰한다는 것을 알았다. 다루기 쉽다고 해도 지금 싸우는 사자 망자 같은 종류의 망자다. 강적임에는 틀림없다. 하지만 전원이 제대로 집중해서 임하면 거의 확실하게 해치울 수 있게 되었다.

이 정도의 상대가 좋다. 마음을 놓고 싶어도 놓을 수가 없다. 도저히는 아니지만 단순 작업적으로는 쓰러뜨릴 수 없다.

적당한 것이 아니라 그보다 더한 긴장감. 나날이 연구하고 자신들을 향상시키지 않으면 살아갈 수 없다. 그러나 제대로 해나가다

보면 어떻게든 된다.

"하루 군." 유메가 턱짓을 해서 남쪽 건물을 가리켰다.

"응." 하루히로는 눈을 부릅뜨고 건물을 보았다. 무너진 2층 부분에서 뭔가가 얼굴을 내밀고 있다. 그런 식으로 안 보이는 것도 아니었다. 하루히로는 고개를 저었다. "아니야. 괜찮아."

"유메, 잘못 본 건가? 미안."

"괜찮아."

"으랴! 스컬헬의 품에 안겨라…!" 란타가 사자 망자에게 최후의 찌르기를 시전했다. "푸왓핫핫핫핫…! 오늘 밤도 맛있는 술을 먹을 수 있을 것 같군…!"

"네가 산적이냐?" 하루히로는 중얼거리고 한숨을 쉬었다. 그렇게 말하는 하루히로는 도적이지만, 란타와 동급이라고는 생각하고 싶지 않다. 그것은 절대로 아니다.

열흘 동안 망자의 거리에서 사냥을 하고 약 15일간의 원정을 떠난다. 이렇게 하면 항상 다음을 염두에 두고 매일을 보낼 수 있다.

앞날을 지나치게 생각하는 것도 좋지 않지만, 코앞의 일만 좇아서는 답답해진다. 밸런스가 중요하다. 빛나는 희망을 향해서 저돌적으로 전진하기만 하다가는 발밑을 소홀히 하게 될 위험이 있고, 덮쳐오는 절망의 무게에 아래만 보고 있다가는 지쳐서 걸을 수 없게 된다. 힘들기만 해서는 살아갈 수가 없다. 즐겁기만 한 매일 같은 건 있을 수 없다. 울고 싶으면 울어야 하고, 웃고 싶지 않아도 때로는 웃는 게 좋다.

세 번째의 원정 도중에 하루히로는 단신으로 조사를 하러 나갔었기 때문에 나중에 알았지만, 나머지 다섯 명이 오크의 습격을 당했다. 오크는 두 명이었고 간신히 죽이긴 했지만 쿠자크와 유메가 부상을 입어 한때는 위험했다고 한다. 두 오크 모두 몸이 가늘고 젊었던 것 같다. 갑옷 같은 것은 걸치지 않고 활과 검, 나이프를 들고 있었다. 사냥꾼 같은 장비다. 어쩌면 그들은 사냥을 하러 나가려다 란타 일행과 마주친 건지도 모른다.

이 사건을 계기로 네 번째 원정부터는 다섯 명의 대기 장소를 온천 강 부근으로 변경했다. 란타 일행에게는 족제비 같은 구부지라도 사냥하라고 하고 하루히로는 와루안딘 탐색을 진행했다. 밤에 혼자서는 시가지 안에도 들어갈 수 있게 되었다.

다섯 번째 원정 때 아르우쟈 폐허 흔적에서 작은 석판을 발견했다. 우물촌에 돌아가 손에 눈이 달린 현자 오우부에게 보여주니 대동전 한 개, 1로우에 사주었다. 그 뒤 마을 바깥에서 모닥불을 지피고 앉아 있노라니 란타가 그답지 않게 숙연하게 "하지만 말이야…"라고 이야기하기 시작했다. "여기 놈들이 스컬헬에게 매달린 심정을 왠지 알 것 같다. 이렇게 어두우면 그야 스컬헬 품에 안기고 싶어지는 마음도 든다고."

"루미아리스에게 매달리는 마음 쪽이 더 이해가 되는데." 메리가 반론했다. "이렇게 어두우니까 보통은 빛을 구하고 싶어지잖아."

"네 녀석의 보통으로는 그렇겠지. 하지만 말이야. 보통이라는 건 다들 기준이 다르다고."

"네 녀석?"

"…죄송합니다, 메리 씨. 말이 잘못 나왔습니다."

"전혀 마음이 담기지 않았어…"라고 시호루가 지적하자 란타는 엎드려 조아렸다.

"죄송했습니다! 제가 잘못했사옵니닷! 용서해주십쇼!"

"네 엎드려 빌기만큼 무가치한 것도 없다…." 하루히로는 나뭇가지로 모닥불을 쑤시면서 쓴웃음을 지었다. "…신님이라. 왠지 실감이 나지 않네. 그보다, 신이 있는 거구나. 실재하는 거구나. 그저 가공? 의 존재인 건가 했는데…."

"없다면 광마법은 쓸 수 없어." 메리는 자기 손바닥을 보았다. "하지만 나도 여기에 올 때까지는 진심으로 믿지는 않았을지도."

"아아…." 쿠자크가 끄덕였다. "그건 있어. 신이란 건, 규범이랄까. 그런 것의 근원? 이유? 근거? 비슷한 거 같아. 루미아리스가 있다, 언제나 보고 있다고 예상함으로써 바르게 행동할 수 있는, 그런 느낌?"

"백신 엘리히는 정말 있는데." 유메는 시호루의 무릎을 베고 누워 메리에게 다리를 붙이고 있다. "유메 꿈에 나와주니까. 만나고 싶다…."

"사실을 말하자면, 있지." 란타는 엎드려 조아리기 모드를 해제하고는 양반다리를 하고 건방지게도 팔짱을 끼었다. "죽는 건 역시 누구나 무서운 거잖아. 살아 있는 이상, 죽고 싶지는 않잖아. 하지만 말이지, 우리는 죽는 거야. 언젠가는 반드시 뒈져버려. 그건 피할 수 없잖아. 귀결이랄까. 그렇게 생각하면 뭐랄까, 좀… 견딜 수 없는 심정이 되거나 하잖아. 속절없다고나 할까."

"…너도 그래?" 의외의 감상에 하루히로가 묻자 란타는 헷 하고 코웃음을 쳤다. 왠지 무리하는 것 같은 웃음이었다.

"일반론이다, 일반론. 나는 그런 걸 초월했으니까. 무엇보다도 말이지. 내가 죽는다는 건 내 인생의 일부잖아. 타인이 죽는 건 뭐

… 거시기라고 해도. 자기 죽음을 받아들이지 않으면 살아갈 수 없잖아. 태어나고 죽으니까 생명인 거니까. 결국 순환이야, 순환." 란타는 검지를 빙글빙글 돌렸다. "너희는 모르겠지만. 스컬헬의 가르침에는 그런 사생관도 포함되어 있다고."

"루미아리스의 가르침에도 물론 그건 있어." 메리는 유메의 허벅지를 쓰다듬어주면서 조용히 말했다. "…태초에 빛이 있었다. 모든 생명은 그 빛에서 태어나 빛으로 돌아간다. 그러니까 우리는 죽을 때 빛을 보는 거야."

"죽으면 어둠 속으로 떨어지는 게 당연하잖아."

"그런 일 없어. 어둠은 빛이 비치지 않는 곳에서 태어난 종속물이니까. 그쪽이 빛을 보려고 하지 않으면 어둠에 물든다. 그것뿐."

"아… 니야. 어둠이야말로 태초이고 빛은 나중에 나온 거다. 근원은 어둠이라니까."

"이러니까 스컬헬을 맹신하는 암흑기사와는 상극일 수밖에 없어."

"상극이어도 상관없다! 겁쟁이 루미아리스 신자 따위, 내가 거절한다고!"

"…그런 일로 싸우지 마." 리더로서 중재해봤더니 메리와 란타 양쪽이 노려본다.

"그런 일?!" "그런 일이라곳?!"

"미… 미안합니다."

"양쪽…." 시호루가 도움의 손길을 내밀어주었다. "…양쪽 다 있지 않았을까? 처음부터 빛도 어둠도. 반발하면서도 서로 채워주는 요소 아닐까 하는데…."

"유메네 파티처럼." 유메가 시호루의 무릎에 볼을 부비면서 몽롱한 말투로 말했다. "모두가 있어주니까 유메, 살아 있을 수 있는 거니까."

훈훈해졌다.

뭐, 어쨌든 줄곧 함께 있으니까 그런 이야기가 나오는 경우도 있다. 남자끼리라면 비교적 쓸데없는 말만 하지만, 여성진은 어떨까? 연애 토크 같은 것도 하기도 할까? 안 하나? 하나? 흥미는 있지만, 어떻습니까? 라고 물어볼 수도 없으니 분명 의문은 언제까지고 의문인 채로 남아 있을 것이다.

란타가 꾸준히 모은 검은 동전 10로우를 써서 양손 검 한 자루를 우물촌 대장간에서 샀다. 양손 검이라서 칼자루는 길지만 검신은 그렇게 크지 않고 의외로 가볍다. 검에는 대개 검신의 뿌리 쪽에 날이 없는 부분이 있는데, 이를 리카소라고 한다. 란타가 산 검은 이 리카소가 길고 돌기가 붙어 있다. 예를 들어 결정타를 먹일 때 칼자루와 리카소를 쥐면 힘을 넣기 쉽다거나 하는 것 같고 용도는 그밖에도 있는 모양이다. 란타라면 시행착오를 거듭해가며 여러 가지를 만들어내겠지. 이 검을 안식검(RIPer)이라 명명하고, 란타는 리카소를 꽉 쥘 수 있도록 글러브형 손 보호구도 구입했다. 참고로 손 보호구 대금은 동료한테서 빌렸다.

검은 날 칼은 튼튼해서 아직 한참 더 쓸 수 있기 때문에 쿠자크가 물려받아 장검에 육망성을 새겨서, 피의 결백함을 입증하는 성기사의 의식을 했다. 그렇게 함으로써 광마법 세이버(광날)로 루미아리스의 축복을 날에 담을 수 있다. 망자의 거리에서 매의 머리 부분을 연상시키는 형태의 투구를 입수했다. 마침 쿠자크의 투구가 꽤 흠집이 났기 때문에 그것으로 바꿨다. 란타가 호크 헬름이라는 이름을 붙여주자 쿠자크는 꽤나 싫어했다.

유메는 역시 망자의 거리에서 입수한 헌팅 나이프에 가까운 형태의 월도를 애용한다. 하루히로가 월도, 월도라고 몇 번 말했더니, 유메는 그이후로 자기 무기를 월이라고 부르게 되었다. 솔직하게 말하자면 그건 좀 아니라고 생각한다.

메리는 헤드 스태프가 망가져버려서 해머가 달린 스태프를 대장간에서 샀다. 공격에 참가할 기회가 꽤나 늘어났기 때문이겠지. 딱 봐도 파괴력을 고려해서 무기를 고른 것이다.

시호루는 장비는 바꾸지 않았지만 엘리멘탈 다크가 착실하게 힘을 키우고 있다. 아무래도 다크는 시호루를 따를수록 커지고, 그리고… 뭔지 귀여운 형태가 되어가는 모양이다. 더욱이 슬리피 섀도나 섀도 콤플렉스, 섀도 본드 같은 효과를 발휘시킬 수도 있다고 한다. 그렇긴 해도 만능은 아니기 때문에 충격이든, 현혹이든, 잠들게 하든, 움직임을 멈추게 하든, 시호루가 기원해서 그중 하나를 고르는 모양인데, 그래도 대단하다. 시호루는 언젠가 여러 가지 작용을 조합하고 싶다고 한다. 그렇게 되면 발을 묶으면서 타격을 주거나, 타격을 준 뒤에 약체화시키거나 하는 등의 일도 가능해진다. 더욱 대단하다.

하루히로는 찌르기 전용 스틸레토(송곳형 단검)를 오른손에 들고, 뿌리치기, 절단, 찌르기도 가능한 가드 달린 나이프를 왼손에 들고 싸우게 되었다. 전자는 헬베시트 지하 시장에서 발견한 것이고, 후자는 망자에게서 얻은 전리품이다.

운조 씨의 모습은 보지 못했다. 가끔씩 우물촌을 방문할 테지만 하루히로 팀도 원정을 나가 마을을 떠나 있는 시간이 꽤 길어졌기 때문에 서로 엇갈린 건지도 모른다. 헬베시트에 들를 때마다 루비시야의 탑이 머리를 스쳤다. 언젠가 가보려고 마음먹고는 있지만 발이 그리로 향하지 않는다.

어느 날은 란타가 부추기는 바람에 우물촌 식료품점에서 술을 잔뜩 마시고 거나하게 취했다. 하루히로뿐만이 아니다. 그때에는 다들 마실 만큼 마셨고 대장간과 옷과 가방 가게의 팔 달린 찌그러진 계란 점주, 비번인 보초, 대게 점주에게까지 술을 샀다. 란타, 하루히로, 쿠자크 순서로 대장장이에게 팔씨름을 도전해서 전부 패하고 셋이 한꺼번에 덤벼도 이길 수 없었다. 그런 기억이 희미하게 있다. 동료들이 한껏 취해서 쓰러지고, 분명히 메리와 둘이서만 어깨를 나란히 하고 이야기했었다. 무슨 이야기를 했지? 유난히 즐거웠던 것 같은 기분이 드는데, 대화 내용은 전혀 기억나지 않는다. 이상한 말을 하지 않았으면 좋으련만. 그다음 날 메리의 태도는 평소와 같았으니, 뭐 괜찮겠지. …괜찮은 거, 맞지?

리시버는 그 이후로 한 번도 진동하지 않았다.

모두가 그 사실을 언급하지 않지만, 분명 타이밍 탓이겠지. 분명 그뿐이다.

하루히로는 그렇게 생각하기로 했다.

"…아, 200인가?"

와루안딘 잠입 중에 깨달았다. 이것이 다룽갈에서 맞는 200번째 밤이다. 그래서 이런 것은 아니겠지. 당연하다. 하루히로 팀에게 있어서 200번째의 밤이든, 300번째의 밤이든, 666번째 밤이든, 이 세계에 사는 이들에게는 전혀 아무런 상관도 없다.

어쨌든 오늘 밤의 와루안딘은 상태가 이상하다. 이상하달까, 촌락 지대부터 이상했다. 촌락의 오크들은, 와루안딘의 오크─줄여서 와루오들보다도 전부 일찍 자고 일찍 일어난다. 하루히로는 대개 모두가 잠들어 조용해졌을 때 촌락을 빠져나가, 대장간 오크들이 물러난 다음의 공장가로 해서 와루안딘에 들어간다. 공장가는 몸을 숨길 장소가 많아서 만일의 경우 와루오가 있어도 빠져나가기 쉽다.

그런데 오늘의 촌락 오크들은 밤늦도록 안 자고 있는 것 같았다. 동굴집 형태의 가옥에서는 불빛이 흘러나왔고 가까이 가보니 오크의 말소리가 들렸다. 집 밖에서 뭔가 하고 있는 오크도 적은 수지만 있었다. 스텔스해서 돌파하기에 위험을 느낄 정도는 아니었지만, 그래도 마음에 걸렸다. 와루안딘 공장가는 평소처럼 업무가 끝나 조용했다. 하지만 그 앞은 평소와는 달랐다.

공장가 너머는 잡다한 주택가다. 밤에는 사람의 통행, 아니, 와루오의 통행이 적다. 지금까지는 그랬는데, 이번엔 여기저기에 와루오가 있어 떠들썩했다. 어느 집에도 불빛이 있다. 집 안에서 분주하게 움직이는 와루오도 있고 바깥에서 이야기를 나누는 와루오도 있었다. 아마도 이 주택가뿐만이 아닌 것 같다. 와루안딘 전체에 활기가 넘쳤다. 축제 소동까지는 아니더라도, 마치 축제 준비라도 하는 것 같다.

유난히 와루오가 얼쩡거려서 위험하기는 위험하다. 단, 지금까지의 경험으로 보자면, 놈들은 이방인을 전혀 경계하지 않는 것 같다. 와루안딘의 번화가에는 투기장 같은 장소가 있는데 거기에서 자주 내기 시합이 치러진다. 화려한 싸움을 목격한 적도 있고, 와루오들은 용감하게 행동하는 것을 아주 좋아하는 모양인데, 이 거리에는 방비다운 방비가 없다. 그들은 외적에게 침공당할 가능성을 고려하지 않는 것이겠지. 자기들의 거리 안에 인간이 들어온다는 것은 분명 상상조차 하지 않을 것이다. 충분히 조심해서 이목을 끄는 일만 하지 않으면 우선 발견되지는 않는다는 말이다.

그야 겁쟁이니까 공포감은 있지만, 그래도 하루히로는 침착하게 주택가를 둘러보았다. 다룽갈에서 200번째의 밤. 와루안딘은 확실히 다른 때와는 달랐다. 도대체 뭐가 어떻게 다른 건가? 자세히 알고 싶다. 축제 준비? 어째서 하루히로는 그런 식으로 느낀 것일까? 골목에서 골목으로, 때로는 지붕을 타고 이동하면서 관찰하는 동안에 점점 알게 되었다.

새빨갛게 빛나는 용암의 흐름 탓에 와루안딘에 어두운 밤이 찾아오는 일은 없다. 그렇지만 평소보다도 훨씬 밝은 이 거리에서 아무래도 와루오들은 뭔가를 만드는 모양이다. 게다가 여러 가지 것을.

예를 들면, 그들의 집 창에는 기본적으로 문이 없기 때문에 조명이 켜져 있으면 실내가 보이는데, 베틀을 다루는 와루오 여성이 더러 있었다. 굳이 밤중에 베를 짤 필요가 어디 있는 걸까? 낮에 하면 된다. 적어도 하루히로는 밤에 베를 짜는 와루오 여성 같은 건 지금까지 한 번도 본 적이 없다.

처마 밑에 막대기를 장식하는 와루오 남성도 꽤 있었다. 이웃과 담소하거나 뭔가 먹거나 하면서지만, 재미로 하는 것은 아닐 것이다. 저런 일을 하는 와루오는 처음 봤다. 저 막대기가 뭔지는 전혀 모르겠지만, 그들에게는 분명 이유가 있다. 지금 저것을 만들어야만 하기 때문에 만들고 있는 것이다.

어린이 와루오들도 바구니 같은 것을 둘러싸고 뭔가를 만지작거리고 있었다. 나이 많은 와루오가 어린 와루오들을 지도해서 작업에 종사하도록 시키는 것 같다.

준비다. 명백하게 와루오들은 준비를 하고 있다. 다 함께 의상이며 장식품을 제작해서 몸에 달거나 사용하거나 해서 뭔가 하는 것이겠지. 분명 그것은 거리 전체가 하는 행사임에 틀림없다. 무슨 의식이라거나? 제전? 행사? 뭐가 됐든, 와루안딘은 비일상적인 공기에 휩싸여 있었다.

와루안딘 중앙 부근에는 더욱 커다란, 몸을 웅크린 용을 연상시키는 외관의 건조물이 자리를 차지하고 있다. 와루오들에게 왕이 있는지 아닌지는 불명이지만, 하루히로는 편의상 그 건물을 왕궁이라 부르고 있었다.

왕궁은 넓은 길과 몇 개의 얇은 용암 강으로 둘러싸여 있고, 한 개의 큰 길이 화룡의 산으로 뻗어 있다. 또한 왕궁 주변에는 근사한 건물이 많이 있어 밤낮을 불문하고 와루오의 출입이 많다. 게다가 이 부근은 밤중에도 무장한 와루오가 순찰을 돌기도 한다. 그렇기 때문에 좀 다가가기 힘든 지역인데, 오늘 밤은 용기를 내어 가보기로 했다. 물론 승산이 있어서 하는 일이다. 예상대로 왕궁 구역의 와루오들도 뭔가 준비하느라 여념이 없었다. 평소에는 우아하게 밤 산책을 즐기는 듯한 모습의 와루오도 있는 지역인데, 지금은 달랐다. 대개의 와루오는 각각 작업에 몰두하고 있어서 확실하게 스텔스를 구사하면 그리 들킬 염려는 없다.

―하지만…. 새삼 하루히로는 생각한다. 와루안딘에서는 정말로 문화적인 삶을 영위하고 있다. 이 거리에 비하면 우물촌은 벽지의 시골이고 헬베시트는 지나치게 야만적인 무법 지대다. 이곳에는 질서가 있다. 와루오들은 대개 서로 빼앗거나 하지 않고 여러 가지 노동을 해서 식량을 얻고 생활한다. 먹고 일하고 자는 것뿐만이 아니다. 오락도 있다. 격차는 엄연히 존재하는 것 같지만, 절반 정도, 아니, 대부분의 와루오는 하루히로 팀보다 안전한, 그리고 어쩌면 풍요로운 생활을 하고 있는 듯하다.

"제단…?"

왕궁 앞 광장에 면한 건물 옥상에서 하루히로는 의식하고 몸에서 쓸데없는 힘을 뺐다. 처음 이런 곳까지 와봤다. 단, 먼발치에서 광장을 본 적은 있다. 그때에는 저런 것은 없었다. 분명 사방 20미터는 됨직한, 높이 3미터 정도의 단에 더욱이 대가 설치되어 있고 그 위에… 감옥이 있다. 감옥… 이겠지. 단, 철창은 번쩍거리는 금속이고 장식도 되어 있고 유난히 호화롭다. 감옥이라고 하면 죄인이나 포로를 가둬놓는 것이 일반적이라고 생각하는데, 저건 아무래도 그게 아닌 모양이다.

감옥 안에 있는 토실토실한 와루오 여성은 도저히 죄인으로는 보이지 않는다. 머리와 가슴에 천을 두르고 치마를 입은 것은 와루오 여성들에게는 공통적인 패션이지만, 전부 딱 봐도 고급이다. 색채가 선명한 자수가 들어가 반짝반짝 빛난다. 보석을 뿌린 것 같다. 왠지 녹색 피부까지 매끈매끈하다고나 할까, 반짝거리는 것처럼 보인다. 화장이라도 한 것일까?

고귀한 신분인지도 모를 와루오 여성의 태도도 죄인답지 않았다. 차분하고 위엄조차 느껴진다.

게다가 그녀는 감옥 안에 있지만 혼자가 아니었다. 많은 와루오들이 잇달아 단상에 올라가 그녀를 면회했다. 철창을 사이에 두고 뭔가 말을 나누거나 손을 잡거나 하는 걸 보니 아는 사이일까? 하지만 그녀의 모습은 아무리 봐도 가장 근사했다.

하루히로는 번쩍거리는 감옥을 자세히 봤다. 네 귀퉁이에 달려 있는 장식은… 용인가? 단상 여기저기에도 용의 형상을 한 장식이 있다. 저 와루오 여성의 의상도 그렇다. 저 치마의 자수는 용이 아닌가? 천을 감은 머리 꼭대기에 왕관 같은 것을 썼다. 그것도 용 같다. …주택가의 와루오들이 막대기에 달던 장식도 그랬었나? 용. 용이다. 생각해보니 왕궁도 용 모양을 닮았다. 어째서 눈치 채지 못했던 걸까? 와루안딘에는 용을 모티프로 한 것이 넘쳐흐른다. 용투성이다.

하루히로는 당장이라도 분화할 것 같은 화룡의 산을 바라보았다. 저 산에는 그 이름대로 용이 있다. 화룡이. 와루오들은 그런 산기슭에 거리를 이루고 살고 있다. 화룡은 샐러맨더를 먹고 운조 씨의 동료들도 잡아먹었다고 한다. 오크는 아무래도 입에 맞지 않는다는 걸까? 그건 좀 생각하기 힘들다. 화룡은 위험한 생물이라고 했다. 무슨 이유가 있어서 그런지는 모르나, 그런 생물 바로 옆에서 와루오들은 생활하고 있다. 번영한다고 해도 과장은 아닐 것이다.

와루오들은 무시무시한 화룡을 숭배하는 건지도 모른다. 화룡은 그들에게 있어서 신과 마찬가지 아닐까? 아니, 신인지도 모른다.

지금 거리 전체를 용투성이로 장식하며 그들은 뭔가를 하려고 한다. 그것은 의식을 동반한 제사인지도 모른다. 감옥 속에 있는 저 와루오 여성은?

"설마 산 제물… 이라거나?"

와루오들이 계속해서 감옥 안의 와루오 여성을 만나러 왔다. 작별인사를 하는 것으로 보이지 않는 것도 아니다. 비장감 같은 것은 없는 것 같지만. 산 제물이 되는 것은 명예로운 일이라거나? 아니, 뭐, 그녀가 산 제물이 확실한 것도, 화룡 신앙이 사실이라고 판명된 것도 아니지만. 상상의 날개를 지나치게 펼쳤나…?

뭔가 여러 가지로 생각할 여지가 있는 것으로 느껴졌지만, 정찰하면서 고찰이나 하고 있다가는 실수를 저지를 것 같다. 어차피 날이 샐 때까지는 여기에서 벗어나야 한다. 타이밍을 봐서 철수하기로 하자.

돌아가는 길도 미리 정해뒀던 대로 공장가를 빠져나가 와루안딘을 나가기로 했다. 돌아갈 때에는, 가는 건 쉽지만 돌아가는 건 무섭다고 가슴속에서 중얼거렸다. 주로 돌아가는 길이 조바심이 나기 쉽고 방심하기 쉬운 것이다. 지나칠 정도로 신중해지는 게 딱 좋다.

공장가에 접어들었을 때 목덜미의 솜털이 곤두서는 것 같은 감각에 휩싸였다. 하루히로는 급히 가까이에 있는 공장 안으로 도망쳤다. 뭐가 어떻게 되었다고는 말할 수 없지만, 뭔가를 느꼈다. 숨어서 상태를 살필까? 아니, 움직이자. 하루히로는 낮은 자세로 스텔스를 유지하며 걸었다. 자기 발소리도, 옷깃이 스치는 소리도, 숨소리도 들리지 않는다. 마치 하루히로가 없는 것 같다. 자기 이외에 움직이는 것은? 보이지 않는다. 기분 탓이었나? 꼭 그렇다고만도 볼 수 없다.

집중은 제대로 하고 있다. 발걸음을 옮기는 데에 문제는 없다.

뭔가 느껴진다. …누군가, 뭔가, 있어? 누가 보고 있어?

상관할 것 같으냐. 그렇게 작정했다. 보고 있는 것뿐이라면, 봐라. 올 테면 와라. 더 이상 다가오면 분명 알아차린다. 반응할 수 있다. 원정의 단독 조사로 제법 단련했다. 겉멋이 아니다. 그러나 바로, 과신하지 말라고 스스로를 타일렀다. 분수를 모르고 날뛰지 마. 잘하고 있다고 생각하지 마. 아직 부족하다고 생각해. 항상 최선을 다해라.

이미 하루히로는 확신했다. 어딘가에 뭔가 있고, 하루히로를 보고 있다. 거리를 두고 미행하고 있는 것이다. 기척이라고밖에는 말할 수 없지만, 그런 것을 느낀다. 줄곧 느끼고 있다.

그것도 상대는 여럿. 대개 뒤쪽, 가끔씩 오른쪽 방향, 혹은 오른쪽 뒤에 기척이 있다. 바로 뒤의 기척은 변함없다. 대개 같은 거리를 유지하며 하루히로를 보고 있다. 또 하나의 기척은 달라붙었다가 좀 떨어졌다가 한다. 사라지는 적도 있지만 잠시 후 다시 나타난다.

전혀 동요하지 않은 것은 아니다. 무섭기도 하다. 그러나 상대는 아직 덤벼들지 않는다. 이 단계에서는 두려워해봤자 좋은 일은 하나도 없다. 그렇게 이해하고서 자제하고 있다.

공장가에서 용암 강을 건너 뛰어 와루안딘을 나왔다. 일단 멈춰 서서 돌아본다.

기적이 사라졌다. 없어졌나? 아니, 아직 모른다. 하루히로가 멈춰 섰기 때문에 상대도 멈췄다. 그렇게 하면 하루히로도 상대를 감지하기 힘들어진다. 그런 것뿐인지도 모른다. 안심하기에는 아직 이르다.

촌락 지대는 과연 이미 조용해져서 대담하게 달음질을 쳤다. 상대는? 역시 와루오? 그럴 가능성은 극히 높다. 인간 중에 하루히로 같은 도적이 있는 것처럼, 오크 중에도 남몰래 움직이는 것이 장기인 자가 있다고 해도 이상할 것 없겠지. 와루오 도적 같은 2인조가, 와루안딘에서 수상한 자 = 하루히로를 발견하고 정체며 목적을 알아내기 위해 미행했다거나? 뭐, 대충 그런 것이겠지.

부끄러웠다. 전에 사냥꾼 와루오를 죽인 뒤에도 걱정했었지만, 다행히 그때에는 꼬리가 붙지 않았었다. 하지만 하루히로의 존재가 알려지고 만다면 그때에는 와루오들도 경계할지도 모른다. 만약 그들이 제대로 된 경비 체제를 갖춘다면 지금까지처럼 와루안딘에 잠입할 수는 없겠지. 마음만 먹으면 외적에 대해서 준비 태세를 갖추는 정도는 와루오들에게는 충분히 가능하다고 생각해야 한다. 그림갈의 오크도 그렇지만, 와루안딘의 오크들도 인간과 비슷한 정도의 지성이 있다. 이질적이고 양립할 수 없는 부분이 많다고 해서 어느한쪽이 위고 한쪽이 아래라고는 말할 수 없다. 그림갈에서 인간족은 오크를 포함한 제왕 연합에 패해서 한 번은 천룡 산맥 남쪽으로 철수할 수밖에 없었다. 인간에게 있어서 오크는 대등 그 이상의 적수인 것이다.

촌락의 밭에는 가급적 발을 들여놓지 않도록 했었다. 밭은 발 디딜 곳이 마땅치가 않아서 아무래도 속도가 늦어진다. 돌발 상황에 대처하기 힘들다. 밭과 밭 사이에 만들어진 가느다란 밭두렁을 빠른 걸음으로 걸었다.

도중에 또 기척을 느꼈다. 예상대로다. 하루히로를 놓아줄 생각은 없는 모양이다.

세세한 부분까지 생각하지는 않았지만 대충의 방침은 정해두었다. 우선은 기척을 살피면서 가급적 서둘러 촌락을 빠져나간다. 만약 상대가 공격하면 줄행랑을 치는 수밖에 없다. 도망칠 수 있을까? 불확실 요소가 너무 많아서 솔직히 해보지 않으면 모르겠지만, 그때가 되면 하는 수밖에 없다. …아… 무서워.

움직이는 그림자를 두 번 정도 목격했다. 구불구불한 균열 길에 들어가자 기척이 느껴지지 않게 되었으나, 상대가 포기했다고 생각해서는 안 되겠지. 이 상황에서 정신의 평정을 유지하는 것은 너무나 어렵다. 아니, 무리다. 그래도 어떻게든 패닉 상태에 빠지지 않고서 버티고 있다. 이만하면 잘하는 것 아닌가? 자신을 칭찬해주고 싶다. 아니, 그렇지도 않아. 아직 빠져나온 것이 아닌 것이다. 은밀한 자화자찬은 나중에 해도 된다.

균열 길에서 평지로 나왔다. 온천 강의 대기 장소까지는 아직 좀 더 가야 한다. 날은 밝지 않았다. 동료들은 보초만 세워놓고 잠들었겠지. 낮이었다면 구부지 사냥을 하고 있거나, 때로는 아르우쟈 폐허 흔적까지 발길을 옮기는 경우도 있다. 그럴 경우는 합류하는 데 시간이 걸리기 때문에 오히려 불행 중 다행이라고 생각하는 게 좋을까? 어느 쪽이지?

위가 아프다. 늘 있는 일이다. 조만간 위에 구멍이 날지도? 그러면 광마법으로 치료해달라고 하면 되나? 그런 류의 내장 질환도 치료할 수 있는 건가? 글쎄, 어떨지? 다음에 메리에게 물어볼까?

아무래도 상관없는 일들이 머릿속에 떠오른다. 집중력이 떨어진 증거다. 하루히로는 다시 기합을 넣었다. 대기 장소가 보인다. 보초는 누구지? 시호루인가? 다른 사람들은 모두 누워 있고 시호루만 앉아 있다. …좋지 않아.

식은땀이 솟아나고 심장이 밀려올라오는 것 같은 불쾌감을 느꼈다.

실수했나?

이러면 추적자를 동료들에게로 안내해버린 셈이다. 그것이 추적자가 노리는 바였는지도 모른다. 수상한 자=하루히로를 발견했으나, 분명 혼자가 아니라 어딘가에 일행이 있을 거라고 상대는 생각했다. 그래서 일망타진, 혹은 몰살시키고자 하루히로를 미행했다. 그래서 지금까지 일부러 하루히로를 공격하지 않았다. 말하자면, 일부러 풀어놓은 것이라면… 상대는 하루히로의 처치를 나중으로 미루고 시호루 이외에 잠들어 있는 동료들에게 기습을 감행할지도 모른다.

그런 거라면, 어떻게 하면 돼? 어쩌지? 망설일 틈은 없다. 하루히로는 뛰기 시작했다. "…시호루! 모두, 깨워! 도망친다…!"

"엇… 하루히로 군…?! 앗…." 시호루는 안절부절못하면서도 란타를 지팡이로 때렸다. "이, 일어나…!"

"으엥?!" 란타는 화들짝 놀라 일어났다. "…뭐, 뭐, 뭐야?! 뭐하는 짓이야?!"

"…후냐앙?" 유메가 눈을 비비면서 몸을 일으켰다.

"간?!" 쿠자크는 희한한 소리를 내면서 벌떡 일어났다.

"일어…." 메리는 눈을 뜨자마자 달려가려다가 넘어졌다. "…아이쿠."

이크. 두근거렸다. 아니, 아니. 두근거릴 때가 아니야. 정말, 지금 그게 문제가 아니라니까. 그럴 때가 아니라고. 하루히로는 사방팔방으로 시선을 움직이며 달리면서 외쳤다. "아마 적이 있을 거야! 도망쳐! 멤버들을 놓치지 마…!"

"우냣." 유메는 메리를 잡아 일으켜주고 짐을 들쳐 멨다. 메리도 "고마워!"라고 말하면서 자기 짐을 들었다. 시호루는 이미 그 자리를 벗어나려고 하고 있다. 쿠자크가 선두에 서고 란타는 안식검을 뽑았다. "…적?! 어디야? 내가 상대해주지…."

하루히로가 고함치는 것보다도 먼저, "기다려…!"라고 귀에 익은 목소리가 났다.

"넷…." 하루히로는 고꾸라질 듯이 급정지하고 목소리가 들린 쪽을 쳐다보았다. 그보다, 넷이 뭐냐? 넷이. 네라는 뜻이 아니라, 거시기다, 그거. 말하자면….

오른쪽 뒤였다. 어둠 속에서 걸어 나온 그녀는 어둠 색깔 외투를 걸치고 챙이 넓은 모자를 쓰고 있었다. 그 코트와 모자를 펄럭이면서 한꺼번에 벗어던지자, 나타난 것은… 어디를 봐도, 어디서부터 봐도, 너무나, 너무나… 여왕님입니다.

어째서 그렇게까지 여성적인 부위를 강조하거나 보여서는 안 될 부분을 교묘하게 풀어 노출하거나 하는 겁니까? 게다가 당당히 가슴을 내밀기까지 하면 눈길을 돌리지 않을 수 없습니다.

"…라라… 씨?"

"오랜만." 라라는 요염하게 웃고는 빨간 입술을 핥았다. "살아 있었다니, 놀랐어."

"와루안딘에서 나를 미행한 게… 라라 씨와 노노 씨? 입니까?"

"뭐, 그래. 눈치 챌 거라고는 생각하지 못했지만. …노노!"

라라가 부르자 바로 균열 길이 있는 방향에서 그도 모습을 드러냈다. 백발에 얼굴 아래쪽 절반을 가린 검은 마스크. 노노는 라라 곁으로 가더니 손으로 땅을 짚었다. 라라는 노노의 등에 올라타 다리를 꼬았다. "…그런데? 당신은 어째서 화룡제를 코앞에 둔 오크 마을에?"

"화룡제…?" 유메가 고개를 갸웃거렸다.

"자, 잠깐 기다려!" 란타는 일단 칼집에 넣으려던 검을 다시 들었다. "하루히로, 네가 적이라고 했던 건 저 녀석들이지?! 인간이고 아는 사이라고 해서 우리 편이라는 법은 없어! 그 녀석들은 한 번 우리를 버리고 갔으니까!"

"버렸다고?" 라라는 코웃음을 쳤다. "우리가, 당신들을?"

"그, 그, 그렇다! 우리를 두고 둘이서만 가버렸잖아! 나는 잊지 않았다고!"

"그럴 의도는 아니었지만, 설령 그렇다고 해도 이제 와서 끄집어낼 만한 일인가? 똥꼬가 쪼잔한 남자네. 조련해서 확장해줄 마음도 안 드네."

"화, 확장…." 저, 시호루. 왜 하필이면 그 부분에서 반응하는 거야? 시호루.

"시끄러워!" 란타는 울먹이고 있었다. "우리는 말이다, 완전 고생했다고! 그때부터 여러 가지로! 아무것도 몰라서 엄청나게 고생

했단 말이다!"

"그건 우리도 마찬가지."

"그, 그렇지만요?! 그렇게 말씀하시지만?!"

"…란타 군." 쿠자크가 작은 목소리로 말했다. "존댓말. 존댓말이 되었네요."

"기분 탓이다, 멍청아! 문어대가리! 쓸데없이 크다고, 젠장!"

메리가 하루히로를 보고 있다. 어떻게 할 거야? 라고 묻는 얼굴이다.

하루히로가 허리를 문지르는 척을 하며 은근슬쩍 스틸레토 칼자루에 손을 댔다. "…버렸다거나, 나는 별로 그렇게 생각하지는 않아서. 아니, 나라고 할까, 우리는. …저 바보 이외에는. 여기에서 재회한 것도 무슨 인연일 테고, 정보를 교환할 수 있다면."

물론 라라와 노노가 무슨 사정이 있어서 하루히로 팀에게 위해를 가하려고 한다거나 일방적으로 이용하려고 한다면 이야기는 다르다.

"당연히 우리도 그럴 생각이지." 라라는 눈을 가늘게 뜨고 손가락으로 자기 입술을 만지작거렸다. "좀 변했네, 당신. 하루히로라고 했던가? 좋은 얼굴이 되었어."

"졸린 눈이라는 말을 듣습니다만." 하루히로는 표정을 바꾸지 않도록 노력해야 했다. …꿰뚫어보고 있다. 분명히, 이건. "…화룡제라는 건?"

"준비하고 있었잖아. 주기는 아직 모르지만, 그런대로의 빈도로 하는 모양이야. 화룡에게 산 제물을 바치는 성대한 의식. 거리 전체가 아주 떠들썩해지지. 참고로 화룡제라는 것은 우리가 그렇게 부르는 것뿐. 유감스럽게도? 오크와는 친해질 수 있을 것 같지 않아."

"산 제물? 의식이라고…?" 란타는 검을 거두고 정좌했다. 엎드려 조아리기 준비를 하고 있는 것으로밖에 보이지 않는다. 도대체 뭐냐? 너. "…그건… 요컨대, 그건가? 화룡에게 산 제물을 바친다는 건가? 진짜야?"

"…아까 그 말 그대로잖아." 시호루가 낮게 내뱉는 것처럼 말했다. 정말 그렇다.

하지만, 역시 그랬던 건가? 화룡제. 산 제물. 거리 전체가 술렁인다. …혹시나, 어쩌면? 뭐가 어쩌면이야?

혹시나, 찬스… 인지도 몰라. 찬스라니, 무슨? 알고 있다. 그 기회에 편승하면 가능할지도 모른다. 그런 생각이 든 것이다. 그런 생각이 들어버렸다.

다 함께 와루안딘을 돌파하고 화룡산으로 갈 수 있을지도 몰라. 동굴을 탐험하고 거기를 통해 돌아갈 수 있을지도 몰라.

"뭔가 솔깃한 정보가 있을 것 같은데." 라라가 유난히 요염한 웃음을 띠면서 하루히로에게 다가오라고 검지를 구부려 손짓했다. "이 라라 님께 말해봐. 멋진 상을 줄지도?"

모든 오크가 장식 천을 어깨끈처럼 두르고, 빨강과 검정의 보디 페인팅을 하고 있다. 남자도, 여자도, 늙은이도, 젊은이도. 큰북을 치는 오크가 있다. 현악기를 연주하는 오크도 있다. 피리를 부는 오 크도 있다. 어린이를 포함한 오크 남녀가 손뼉을 치고 발을 구르면 서 목소리를 하나로 모아 노래한다. 용 장식을 한 막대기를 든 오크 는 노래하는 것이 아니라 큰 소리로 뭔가를 말하고 있다. 리듬에 맞 춰 손짓발짓을 섞어 하는 그 말은 연설 같기도 하고 악기 연주나 노 랫소리를 지휘하는 것 같기도 했다.

근사하게 약동적이고, 당장이라도 파탄날 것 같으면서도 서로 어 울리고, 거칠기는 해도 결코 조잡하지는 않다. 오히려 세련되었다. 아름답다고 말해도 좋을 것이다. 경청하면 압도당해버린다. …안 된다. 하루히로는 거대 애벌레를 둘러싼 울타리 그늘에서 가볍게 고개를 흔들었다. 듣지 마. 대단하지만. 분명히 들어볼 만한 가치가 있지만. 한 번은 꼭 들어봐야 한다고까지 생각되지만, 그래도 안 된 다. 경청하고 있을 때가 아니야.

하루히로는 울타리에서 얼굴을 내밀고 촌락 광장에서 분위기가 고조된 오크들의 모습을 새삼 살펴보았다. 실은 아직 낮이지만 어 른 오크들은 이미 술이 들어간 모양이고 어린이 오크도 몹시 들떠 있다. 게다가 여기서부터 광장까지는 20미터 이상 떨어져 있다. 낮 이라도 이 거리라면 잘 보이지 않을 것이다. 들킬 일은 우선 없다.

하루히로는 손을 흔들어 뒤에서 대기하는 멤버들… 그리고 라라 와 노노에게 신호를 보냈다. 멍하니 있던 란타가 유메에게서 머리를 얻어맞고 항의하려다가 이번엔 메리에게서 해머 스태프 손잡이로 맞는 사태가 발생하기도 했으나, 다들 자세를 낮추고 이쪽으로 왔다. 쿠자크는 특히 움직일 때마다 찰칵찰칵 소리가 난다. 하지만 축제의 소음이 덮어줘서 마침 다행이다. 하루히로는 끄덕이고 다음 포인트로. 안전을 확인하고 나서 동료들＋라라 & 노노를 불러들인다. 꾸준한 작업의 반복이다. 란타(쓰레기)를 제외한 동료들은 물론이고, 라라 & 노노가 아무 말도 없이 따라와주는 것은 좀 의외다. 하긴 언제 손바닥 뒤집듯이 태도를 바꿀지도 모르지만.

라라가 회중시계를 갖고 있어서 거의 정확한 시간을 알 수 있다. 틀림없는 축제인 듯한 이 소동은 불이 떠오르고 나서 약 세 시간 후에 시작되었다. 하루히로 일행은 그 한 시간 후에 촌락 지대에 발을 들였고, 한 시간 반에 걸쳐 와루안딘까지의 여정을 반 정도 소화했다.

참고로 라라 님이 말씀하시기를, 다룽갈에서는 일출이 아닌 화출(火出)에서 일몰이 아닌 화몰까지 약 10~15시간, 화몰부터 다시 화출까지는 약 15~10시간이 걸린다고 한다. 낮과 밤의 길이는 변할 수 있지만, 합해보면 25시간 정도로, 다룽갈에서의 하루는 그림갈의 하루보다도 한 시간 정도 길다는 뜻이 된다.

아무튼, 앞으로 한 시간 반 정도 후면 촌락 지대를 빠져나갈 수 있겠지… 라는 단계에 다다랐을 때, 다른 문제가 일어났다. 이게 무슨 일이람. 용이다.

와루안딘 쪽에서 용이 다가온다!

정확하게 말하자면, 용… 모형… 인가?

높이는 3미터 이상, 길이는 10미터가 넘을 것이다. 상당한 대물이다. 오크들의 보디 페인팅과 마찬가지로 검정과 빨강으로 채색되고 두 눈에는 노랗게 빛나는 보석인지 뭔지를 흩뿌려 놓았다. 목과 턱, 동체, 꼬리와 팔다리가 가동식으로 되어, 검은 의상으로 피부를 가린 서른 명가량의 오크가 그것을 들쳐 메고 막대기를 움직여서 조작하고 있었다.

그들이 짊어진 용이 다가오자 촌락의 오크들은 크게 흥분했다. 저것도 화룡제의 일환이겠지. 환성과 연주, 용 막대기를 든 해설자의 음량이 높아지고 어린이 오크들은 무서워하며 도망쳐 다녔다. 용 모형이 쫓아가자 울며 소리치는 아이도 있었다. 엄마로 보이는 여성 오크들이 아이들을 달래면서도 웃고 있다. 란타는 축제에 끼고 싶어서 어쩔 줄 모르는 모양인데, 물론 그럴 수는 없다. 하루히로 일행은 와루안딘을 향해서 이동했다. 이토록 흥분된 분위기라면 들키려고 해도 들킬 수가 없다. 그것을 노리고 일부러 화룡제가 시작될 때까지 기다린 것이다.

촌락 지대의 소음은 전체적이면서도 또한 국지적이었다. 촌락안의 농민 오크와 그 가족들이 몇 군데의 광장에 모여 노래와 연주, 용 모형이 초래하는 소동을 즐기며 완전히 열중해 있었다. 그 외의 장소는 무인, 아니, 무오크였다. 그래도 하루히로는 방심하지 않았다. 서두르지 않고 필요한 절차를 남김없이 밟으며 자기가 생각해도 어이없을 정도로 조심스럽게 전진했다.

와루안딘도 축제로 들끓고 있었다. 단, 일은 전부 쉬는 듯, 공장가나 광산에 와루오의 모습은 없다. 대장간 여기저기에는 창고가 있다. 작지도 크지도 않은 창고를 택해서 문이 잠겨 있으면 억지로 따고 들어가 그곳을 일시적인 잠복 장소로 사용하기로 했다. 란타,

시호루, 유메, 메리, 쿠자크, 라라는 대기. 하루히로와 노노가 나누어서 한바탕 정찰했는데, 와루안딘도 촌락 지대와 거의 같은 상황으로, 와루오들은 주로 큰길가에 모여 노래하고, 연주하고, 춤추고, 떠들어대고 있었다. 모든 와루오가 장식 천을 두르고 보디 페인팅을 했다. 그리고 스무 명인가 서른 명에 한 명 꼴로 예의 용 막대기를 들었고 축제 패션으로 제대로 차려입었다. 여기저기에 음식물이 마련되어 있어 와루오들은 자유롭게 먹고 마시는 모양이다.

하루히로는 동료들이 기다리는 잠복 장소로 돌아가려고 발소리를 죽이고 주택가 뒷길을 걸었다. 인적이랄까, 오크적, 아니, 그냥 인적이라고 해도 되겠지. 인적은 없다. 어떤 집도 비어 있는 것 같다. 하지만 무슨 사정으로 집에 남아 있는 와루오가 있을지도 모른다. 방심은 금물이다. 하루히로는 정신을 바짝 차리고 골목으로 들어갔다. 숨을 죽였다.

분명히 아직 젊어 보이는, 날씬한 와루오가 쪼그리고 앉아 있었다. 그는 두 팔로 머리를 감싸 쥐고 있다. 보디 페인팅은 했지만, 벗겨진 장식 천이 그의 발밑에서 꾸깃꾸깃해져 있다. 어떻게 하지? 어떻게 해? 어떻게 해? 1초 동안에 열 번 이상 자문했다. 답은 나왔다. 하루히로는 살그머니 되돌아가려고 했다. 바로 그 순간, 그가 이쪽을 보았다.

"웃…." 그가 뭔가 외치려고 했다. 하루히로의 몸은 자동적으로 반응해서 그에게 덤벼들었다. 쓰러뜨리고 목을 졸랐다. 상대가 몸을 일으킨 상태라면 저항하며 몸부림칠 때 뒤통수 등 위험한 부분을 벽과 바닥에 부딪칠지도 모른다. 쓰러뜨리는 기술로 몰아붙이면 아마도 괜찮을 것이다. 그의 목에 하루히로의 오른팔이 확실히 파고든다. 그 오른팔에 왼팔로 빗장을 채웠기 때문에 어지간한 힘으로는 풀리지 않는다. 그는 두 손의 손톱으로 하루히로의 얼굴을 할퀴려고 했으나, 간신히 블록(방어)했다. …된다. 될 것 같다. 좋았어. …제압했다. 그는 송곳니가 삐져나온 입 가장자리에서 거품을 뿜으며 실신했다. 온몸에서 힘이 빠져나간 것 같다. 틀림없다. 그런 척이 아니라, 정말로 기절한 것이다.

하루히로는 그의 몸을 굴리며 일어섰다. 그 자리를 벗어나려다가, 아니지, 아니야, 아니야… 머리를 흔든다. 위험하지 않아? 분명히 정신을 잃었다. 한동안은 깨어나지 않을 것이다. 하지만 이대로 두고 갈 수는 없잖아? 어떻게 해야 해. …어떻게라니? 움직일 수 없게 하나? 묶나? 아니면… 두 번 다시 눈을 뜰 일이 없도록 해버려? 즉, 숨통을 끊는다?

"…젠장." 하루히로는 손바닥으로 자기 이마를 탁탁 쳤다. 난감하다. 망설임이. 주저가. 이 젊은 와루오는 혼자였다. 화룡제 와중인데도. 이런 곳에서, 어째서인지 혼자였다. 집단 행동을 좋아하지 않는 건가? 외톨이인가? 따돌림을 당한다거나? 그러면 뭐 어쨌다고? 관계없다. 나를 봤다. 살려두면 위험하다. 죽이자. 눈 딱 감고. 해치울까.

—한바탕 우여곡절을 겪고 하루히로는 골목을 나와 잠복 장소로 서둘러 갔다.

가라앉아라, 동요. 스텔스다, 스텔스. 집중해라. 한 번 있었던 일은 두 번도 있을 수 있다. 또 와루오랑 마주칠지도 모른다. 괜찮다. 처치는 적절했다. 괜찮아. 문제없어. 참 내. 그런 일도 있구나. 놀랐네. 이제는 조심해야 해. 물론이다. 조심할 거야. 완전 조심할 거라고요. 그야. 당연하잖아요? 참 내 별꼴이야. …하루히로는 발을 멈추고 돌아보았다.

노노가 있었다. 마치 시체처럼 서 있다. 아니, 시체는 서 있거나 하지 않는다. 하루히로는 졸린 눈이라는 말을 종종 듣는데, 노노는 죽은 것 같은 눈을 하고 있다. 하루히로를 보고 있는 건지 아닌지 전혀 모르겠다.

하루히로는 가볍게 머리를 꾸벅이며 인사하고 한 손을 살짝 들어 봤다. "…안녕하세요."

노노는 고개를 오른쪽으로, 그리고 왼쪽으로 천천히 구부렸다. 표정은 변하지 않는다. 그보다, 마스크 때문에 애초에 표정을 읽을 수 없다. …저, 뭔가, 무서운데요…?

"저기… 돌아갈까… 요?" 하루히로가 조심스럽게 잠복 장소 방향을 가리키자 노노는 끄덕였다. 말을 하지 않는 남자라는 것은 알고 있지만, 그래도 말 좀 해보라는 생각이 저절로 들었다. 장신구 같은 마스크 때문에 말을 할 수 없는 건지도 모르지만.

노노와 둘이서 돌아가는 길은 묘하게 긴장되었다. 노노는 언제부터 하루히로 뒤쪽에? 그때 하루히로는 노노의 기척을 알아차리고 돌아본 것이었나? 아니면 그냥 왠지? 확실치가 않다.

간신히 잠복 장소인 창고에 도착했다. 이상은 없는 것 같다. 창고에 들어가자 구석에 앉아 있던 란타가 펄쩍 뛰어 일어나며 "옷…" 이라고 뭔가 말하려고 했다. 그때였다.

갑자기 노노가 헤드록을 걸었다. 갑자기, 허를 찔렸기 때문에 피하지 못했다. 설사 대비를 하고 있었다고 해도 피할 수 있었을지 어떨지. 노노는 마스크를 한 입을 하루히로 귀에 대고 눌렀다. 그의

목소리는 물론 잠겨 있었다. 신음 소리 같았다. 몹시 알아듣기 힘들어야 정상일 텐데, 어째서인지 유난히 또렷하게 들렸다.

하루히로가 "…네"라고 대답하자 노노는 풀어주었다.

노노는 라라 곁으로 걸어가 곧바로 손으로 바닥을 짚었다. 돌아온 직후인데도 바로 의자가 되는 겁니까? 라라는 위로의 말을 해주지도 않고 사뭇 당연하다는 듯이 주저 없이 노노의 등에 앉아 다리를 꼰다. 만족스러운 것 같다.

하루히로는 좀비 같은 발걸음으로 란타 일행 쪽으로 걸어갔다.

"무, 무슨 일이야…?" 시호루가 흠칫거리면서 물었다.

"…아니." 하루히로는 고개를 가로저었다. "…별일 아니야."

"무슨 말 들은 거야?" 란타가 시선으로 노노를 가리켰다. "…그보다, 말할 수 있긴 한 거야? 저 녀석. 그야… 말을 못 하지는 않겠지만."

"저 녀석이라고 하지 마…." 하루히로는 힘없이 정정을 요구했다. "노노 씨잖아…."

"어, 응. …그보다 너, 괜찮냐? 이상한데? 무슨 일 있었어?"

"하하… 네가 걱정해줄 정도라니, 나도 끝났네…."

"무례한 녀석이네. 이래 봬도 나는 사랑으로 충만한 남자라고! 사랑의 암흑기사란 말이다."

"하루를… 사랑하는 건가?" 메리가 끔찍하다는 듯이 물었다.

"밧, 바, 바보, 아니야! 그런 게 아니라고!"

"사랑이 아니면 연애 감정인가?" 유메가 냐하하 하고 웃었다.

"사랑도, 연애 감정도 아니다! 당연하잖아, 멍청아! 똥 덩어리야!"

쿠자크도 짧게 웃었다. "지나치게 필사적으로 부정하니까 오히려 수상하네요."

"갈아버린다, 쿠잣키 인마! 진짜, 진짜로! 암흑기사를 얕보지 마!"

"어이." 라라 님이 말씀하셨다. "거기 원숭이. 시끄러워. 조용히 해."

란타는 곧바로 직립해서 경례를 척 하고는 목소리를 내지 않고 입만 움직였다. 서… 옛설…. 보아하니 어느샌가 완전히 라라 님께 조련당한 모양이다. 무시무시하네.

정말, 무시무시하다. 하루히로는 몸을 부르르 떨었다. 라라 님뿐만이 아니라 노노도. 아까의 노노, 리얼하게 엄청 무서웠습니다. 노노는 하루히로에게 이렇게 말한 것이다.

너희 탓에 라라 님께 상처 하나라도 난다면, 나, 너희를, 죽인다.

아마도 그냥 협박이 아닐 거다. 노노는 진심이다. 원래부터 보기에도 그는 보통이 아니다. 게다가 엄청나게 실력이 있다. 마음만 먹으면 눈썹 하나 까딱하지 않고 하루히로 팀을 죽일 것 같다.

문제는, 어째서 노노가 그런 때에 그런 말을 하루히로에게 했는가? 그것이다. 짚이는 바가 없지는 않지만, 생각하고 싶지 않다. 생각해봤자 어쩔 수 없는 일도 있다. 이 건은 잊어버리자. 생각해야 할 일은 따로 있다. 많이, 잔뜩 있는 것이다.

하루히로 일행은 창고를 나왔다. 공장가를 나가 그 너머의 주택가를 빠져나간다. 하루히로가 앞서서 안전을 확인하고 나서 모두를 부르는 형태는 변함없다. 축제 지대는 피하고 있어서 사람의 왕래, 아니, 와루오의 왕래는 없지만, 일행과 떨어진 와루오는 요주의다.

아무도 없는 것 같아도 절대적인 건 아니다. 그렇다고 해서 주춤거리고 있다가는 움직일 수가 없게 된다. 발각되어버리면… 혹은 우리가 발견해버리면, 곧바로 대처하면 된다. 그런 식으로 작정하는 것도 필요하다. 만전이라는 건 있을 수 없다. …그렇지…?

위가 아프다. 땀이 엄청나다. 목이 마르다. 이 앞의 길은 좀 크다. 그래도 아까 정찰했을 때에는 가로질러 갈 수 있었다. 얼굴을 조금만 내밀고 살펴보니 와루오는 없다. 신호를 보내고 먼저 길을 횡단했다. 동료들과 라라 & 노노도 하루히로 뒤를 따라왔다. 아직 주택가지만 여기서부터는 경사가 급해진다. 상당한 오르막길이다. 아래에서 위쪽은 보기 힘들다. 반면에 위에서는 시야가 트여 잘 보이겠지. 몸을 잘 숨기면서 가야만 한다. 정말로 위가 아프다. 1초마다 나이를 먹는다. 그런 느낌이 들었다.

화룡산 방향으로 똑바로 가지 않고 극력 옆길을 선택했다. 어떤 길이든 확실히 상황을 확인하고 나서 들어선다. 그래도 만전은 아니다. 무슨 일이 일어나도 당황하지 않을 것.

지나치게 힘이 들어가 있다. 온몸에. 힘 빼. 평상심. 평상심. 무리라니까. 마음이 갈가리 찢어져 흩어져버릴 것 같다. 간신히 붙잡고 버티고 있다. 분명 근성이나 의지나 그런 걸로. 그런 상태인데도 분명 하루히로는 졸린 눈을 하고 담담히 임무를 수행하는 것처럼 보이겠지. 그것이 득인지 실인지. 우선, 아직 한계는 아니다. 어떻게든 해낼 수 있다.

그때 이후로 와루오의 모습조차 보지 못했다. 혹시나 이대로 와루안딘을 돌파해버릴지도? 허황된 기대를 품으면 대개 좋지 않은 일이 일어난다. 뭐, 부정적인 예상도 비교적 들어맞기도 하니까, 뭘 어떻게 예상하든 결국은 마찬가지인지도 모르겠다.

"북소리… 가깝지 않아?" 란타가 말을 꺼내기 전부터 하루히로도 그런 느낌이 들었었다.

란타조차 알아차렸으니 라라와 노노는 진작부터 알고 있었겠지. 그러면서도 아무 말도 하지 않은 것이다. 새삼, 이 두 사람은 신용할 수 없다고 하루히로는 생각했다. 악인인지 아닌지는 모르겠지만, 라라와 노노는 자기들만 생각한다. 하루히로 팀과 동행하는 것도 어디까지나 현시점에서는 이용 가치가 있다고 판단했기 때문이다. 필요 없어지면 주저 없이 내쳐버리겠지. 필요에 따라서는 버리는 패로 이용한다. 그런다고 해도 두 사람이 죄의식을 느끼는 일도 없을 테지.

사실 하루히로 팀도 이득이 있으니까 두 사람과 행동을 같이하는 것이다. 그런 의미로 따지면 피차 마찬가지다. 그렇다고 여차할 때에는 라라나 노노를 버리거나 희생시킬 수 있느냐 하면, 그것은 또 다른 문제라고나 할까, 분명 힘들겠지만.

어리숙한… 것일까? 그런지도 모른다.

하루히로는 일곱 명을 기다리게 하고 근처 건물 벽을 기어 올라갔다. 지붕 위에서 둘러보니 와루안딘 안을 횃불로 짐작되는 빛의 행렬이 돌아다니고 있었다. 어떤 행렬은 여기에서 100미터도 떨어지지 않았다. 상당히 가깝다고 해야 할 것이다. …어쩌지?

하루히로는 지붕에서 내려왔다. 뭘 어떻게 설명해야 할지 머리가 돌아가지 않는다. 우두커니 서 있으니 란타가 다그쳤다. "…뭘 멍하니 있어?! 어땠어?! 어떻게 돌아가고 있냐고?! 하루히로! 내가 묻고 있잖아! 대답 좀 해봐, 문어대가리!"

"…안 좋은… 지도."

"그러니까 뭐가 어떻게 안 좋은 건데?!"

"우리를, 찾고 있는… 지도."

"찾고… 있… 다니, 뭐어어어어어어어어어어어어어어어어?!"

"아까부터 란타 목소리가 크잖여."

"시끄러워, 절벽! 너는 입 다물어! 지금 중요한 이야기를 하잖아!"

"…어째서 우리를?" 시호루가 지극히 당연한 의문을 입에 올렸다.

동료들 입장에서 보면 그 점이 수수께끼끼겠지. 단, 하루히로는 그렇지도 않았다. 그렇지 않은 것이다. 수수께끼는커녕, 이유를 거의 짐작하고 있다. 그러기를 바라지는 않지만, 그게 맞지 않을까… 라는 생각을 안 할 수가 없었다.

"우선 도망가야지." 메리는 자기 자신에게 말하는 것처럼 그렇게 말하고는 동료들을 둘러본다. "원인이나 이유 같은 건 그 뒤에 생각해도 돼."

"…그러네요." 쿠자크가 끄덕였다. "발각되기 전에 도망치는 게."

"어… 디로 도망친다는 거얏?!" 란타가 고함을 쳤다. "우리, 이미 와루안딘 안에 꽤 깊이 들어와 있다고?! 도망갈 길 같은 게 있다고 생각해?!"

"도망가지 않으면 돼." 라라가 빨간 입술을 날름 핥고는 화룡산을 가리켰다. "와루안딘의 오크에게 화룡산은 분명 성역. 안 쫓아오지 않을까?"

노노는 시선을 살짝 내리고서 하루히로를 응시하고 있다. …무,

무서워…. 저거, 분명히, 화난 거야. 들켰다고. 적어도 노노는 알고 있다. …이 사태를 초래한 장본인이 누구인지. 그렇습니다. 맞습니다.

하루히로 탓이다. 아마도. 뭐, 거의 확실하게. 십중팔구, 하루히로가 잘못했다.

죽이지 않았다. 죽일 수 없었던 것이다. 그 젊은 와루오를. 팔다리를 묶고 재갈을 물려 방치했다. 말해야겠지? 하지만, 시간이 아까운 상황 같은데? 지금은 안 해도 되려나? 그런데 노노는 어째서 하루히로를 규탄하지 않는 건가? 아무리 생각해도 이것은 위기다. 라라의 몸에도 위험이 닥치려고 한다. 그런데도, 어째서? 말하고 싶지 않으니까? 질책하기보다는 그냥 죽여버리려고? 그럴 기회를 살피고 있어? 아무튼 서둘러야 해. 메리 말이 맞다. 원인이나 이유라거나 그런 건 나중에 밝혀도 된다. "…가자, 화룡산으로…!"

와루오들은 큰북을 울리면서 횃불을 휘두르며 큰 소리로 고함을 지르면서 하루히로 일행을 찾는 것 같았다. 움직이는 횃불의 숫자를 대충 세어보기만 해도, 많다. 여유 있게 세 자릿수는 된다. 게다가 전원이 횃불을 든 것은 아니겠지. 몇 명에 한 명이나, 열 명이나 그 이상의 인원에 한 명꼴로. 수색대의 머릿수는 횃불 숫자의 대충 열 배 이상이라고 간주하는 게 좋을 것이다. 천 명이 넘는, 어쩌면 수천 명의 와루오가 하루히로 일행을 찾아다니고 있다.

일단 하루히로가 앞에서 이끌려고 했는데 노노에게 추월당했다. 따라가는 수밖에 없다. 나한테 맡기라고는 말할 수 없다고. 말하면 죽을 것 같고. 뭔가, 또 실수할 것 같고. 젊은 와루오 건에 관해서는 우선은 잊어버리는 게 좋다. 그건 알고 있지만, 잊을 수가 없다니까요. 지금의 하루히로는 솔직히 자기 판단력에 자신을 가질 수가 없었다. 지금의? 지금뿐일까? 앞으로는? 이젠 괜찮다고 단언할 수 있을 때가 언젠가는 오는 걸까? 그럴 거라고는 도저히 생각할 수 없다.

노노는 거침없이 쑥쑥 직진하기도 하고 모퉁이를 돌기도 하고 골목에 들어가기도 하고 나가기도 한다. 어떻게 저렇게 주저 없이 앞으로 갈 수 있는 걸까? 라라가 때때로 뒤에서, 오른쪽이라거나 왼쪽, 똑바로, 이렇게 말한다. 라라 덕분인가? 만약 실수할 것 같으면 라라가 바로잡아준다. 실수를 해도 라라가 서포트해주니까? 신뢰감 덕분인가? 혼자가 아니니까? 둘이서 하나니까? 하루히로는 어떤가? 동료들을 믿고 있나? 믿지 않는 건 아니다. 단… 하지만….

"멈춰…!" 라라가 외치고 나서야 앞쪽에 와루오 집단이 나타났다는 것을 깨달았다. 보디 페인팅을 한, 몸길이 2미터가 넘는 와루오는 그 외모만으로도 단순하게 무섭다. 하루히로의 심장이 벌렁거리고 가슴에 날카로운 통증이 일었다. 노노가 선두의 와루오에게 덤벼든다. 쿠자크도 방패를 들고 돌진했다. 란타도 그 뒤를 따른다. 노노는 눈 깜짝할 사이에 오른손의 나이프로 와루오의 목을 베고는 다른 와루오에게 덤벼들었다. 쿠자크는 방패와 함께 몸을 던져 태클해서 쓰러뜨리려고 했지만, 체격이 더 좋은 상대방은 버텼다. 란타는 횃불을 든 와루오에게 검을 휘두르며 베려고 했지만 깊은 상처를 입히지는 못했다.

하루히로는 스틸레토 칼자루를 쥐었다가, 다시 고쳐 쥐고, 꽉 움켜쥐었다. 위험해. 위험하다. 이건 위험해. 틀렸다. 무릎이 뻣뻣하게 굳어서 그저 우두커니 서 있었다. 뭐하는 거야? 아무것도 안 한다. 하루히로는, 아무것도. 이쪽저쪽을 보았다. 보고, 생각한다. 생각하는 척을 한다. 실제로는 아무것도 생각하지 않는다.

"이쪽이다…!" 라라의 목소리가 날아온 순간, 엄청나게 안도했다.

라라는 왔던 길로 약간 돌아간 지점에 있는 골목을 가리켰다. 유메와 시호루, 메리를 먼저 보내고, 발길을 돌린 란타와, 방패로 와루오의 발차기를 막으면서 후퇴하는 쿠자크를 기다렸다. 노노는 빠를 뿐만이 아니라 완급조절이 자유자재인 체술과 나이프를 구사해서 능숙하게 와루오들의 발을 묶고 있다. 딱히 체격이 큰 것도 아니고, 짧은 나이프밖에 안 들었는데도, 덩치 큰 와루오들을 상대하며 어떻게 저런 재주를 부릴 수가 있는 걸까? 감탄하고 있을 때가 아니다.

란타가 골목으로 들어갔다. 쿠자크는 아직이다. 와루오를 상대하고 있다. 저놈을 어떻게든 해야 한다. 그렇다. 해야 한다. 그 정도는 하는 거다. 해라. 하루히로는 쿠자크와 와루오 옆을 빠져나가 급회전해서 와루오에게 백 스태브를 내질렀다. 일단, 등에서 신장을 노리려고 한 건데, 내장까지는 닿지 않았다. 와루오가 돌아본다. 그 턱에 쿠자크가 바시를 날리고 더욱이 검은 날 칼로 스러스트를 내질렀다. 가자고 입 밖에 내어 말할 필요도 없었다. 두 사람이 함께 골목을 향해 뛴다. 노노도 쫓아왔다. 골목으로. 골목으로. 폭 1미터 정도의 좁은 골목길을 빠져나가자 라라가 유유히 오른쪽을 가리켰다. 어째서 라라는 아직 하루히로 팀을 버리지 않는 걸까? 노노는 뭘 생각하는 걸까? 됐다. 그런 건 아무래도 상관없다. 지금은 생각하지 말자. 잠자코 라라를 따르자. 그러는 수밖에 없다. 그것이 최선이다. 그야 하루히로의 능력으로는 무리니까. 타개책 같은 건 떠오르지 않는다. 무작정 돌진하는 정도밖에 할 수 없을 것이다.

라라는 다르다. 노노도 그렇지만, 전혀 당황하지 않는다. 냉정하다. 평소와 같다. 저래야 한다. 하루히로도 저렇게 되고 싶지만, 될 수 있을까? 아니, 글쎄. 될 수 없겠지. 도저히 될 수 없어. 평생 걸려도 라라와 노노처럼은 분명 될 수 없겠지.

돌바닥의 큰길가로 나가자 와루안딘의 거의 전체 풍경을 볼 수가 있었다. 꽤 표고가 높다. 이 부근은 이미 와루안딘의 가장자리다. 길 저쪽에서 와루오들이 밀려온다. 라라가 "아하!" 하고 웃었다. "느림보들! 우리 승리다!"

정말이야? 거짓말 아니지? 라라는 선두에 서서 급경사가 진 큰길을 달려 올라간다. 란타가 "굉장해, 우와, 굉장해!"라고 소리쳤다. 와루오들은 지금은 거의 하루히로 일행을 따라잡기 직전이었다. 이 큰길은 왕궁 구역에서 휘어지면서 화룡산을 향해서 뻗어 있는 모양이다. 어떻게 알았냐 하면, 보이기 때문이다. 횃불 행렬이 큰길의 모양을 뚜렷하게 부각시켰다. 대단하다. 진짜로 엄청난 수의 와루오다. 킷카와였다면, 크오… 엄청 many… 라고 말했겠지. 그렇게는 말하지 않을까? 보고 싶네, 킷카와. 그도 무사한 모양인데, 또 만날 수 있을까? 가능성은 희박하다. 그런 생각을 안 할 수가 없었다.

탁류다. 보디 페인팅을 하고 장식 천을 어깨에 두르고 용 막대기며 횃불이며 무기를 치켜든 와루오의 탁류가, 큰길을 역류해서 하루히로 일행을 집어삼키려고 한다. 제일 뒤의 노노와 와루오 최전열 사이의 거리가 몇 미터 정도인지 솔직히 잘 모르겠다. 10미터는 안 된다. 기껏해야 몇 미터다. 노노는 분명 마음만 먹으면 제칠 수 있을 것이다. 그러나 시호루와 쿠자크는 힘들어 보였고, 메리도 여유가 없는 것 같다. 이건 시간문제 아닌가? 그런 느낌이 농후하게 떠돌았다. 꽉 막힌 거 아닙니까? 끝난 거 아니에요? 이거.

전부 하루히로 탓이다. 하루히로가 끝나게 만들었다. 미안. 미안해. 다들. 미안. 미안합니다. …나야. 내 탓이야. 내 잘못이야. 전부, 내가. 어떻게 하면 용서받을 수 있을까? 용서 같은 건 받을 수 없겠지. 그야 그렇다. 왜냐하면, 내 잘못이니까! 다른 아무도 잘못 없다. 나만 잘못한 거니까…!

하루히로는 전력질주하면서 자기도 모르게 울부짖었다. 돌아보지는 않았다. 앞만 보고 있었다. 그저 단순히 무서웠기 때문이다. 아무것도 보고 싶지 않았고 아무것도 알고 싶지 않았다. 이제 됐다. 어차피 끝난다. 하루히로 탓에 모든 것이 다 끝이다. 모두 죽는다. 흠씬 두들겨 맞고 참혹히 죽임을 당한다. 이상했다. 시간이 지나도 그 순간이 찾아오지 않는다. 슬슬 올 때가 되었는데, 아직도 하루히로는 살아 있다.

용의 모습을 조각한 돌기둥과 돌기둥 사이를 빠져나갔다. 드디어 시가지에서 나와버렸다. 경사가 심한 돌바닥 길은 그대로 이어져 있지만, 건물은 없다. 길 양옆에는 바위산이 펼쳐져 있다. 나무 같은 것은 한그루도 보이지 않는다. 여기저기에서 용암이 맥박 치는 것처럼 솟아나오고 연기가 피어오른다.

"안 쫓아오네!" 유메가 숨을 헉헉거리면서 말했다. …그런가? 그렇다.

하루히로는 땀이며 눈물이며 콧물이며 침으로 범벅이 된 얼굴을 닦으면서 돌아보았다. 와루오들은 있다. 돌아가지는 않았다. 하지만 돌기둥 근처에 멈춰 서 있었다. 마치 눈에는 보이지 않는 뭔가에 가로막힌 것 같다. 성역. 화룡산은 와루안딘의 오크들에게 성역일 테니까 못 쫓아오지 않을까? 그것이 라라의 예측이었고, 그렇게 명언했었다. 결과적으로 맞아떨어졌다. 그렇게 말하면 그저 결과론일 뿐이라고 할 수도 있다. 그러나 라라에게는 승산이 있었다. 노노는 물론이고 란타와 유메, 시호루, 메리, 쿠자크도 희망은 가졌었는지도 모른다. 분명 하루히로뿐이다.

하루히로 혼자만이 완전히 절망하고 있었다. 너무나 동요해서 정상적인 사고력을 잃어버렸던 것이다. 창피하다. 그건 정말, 너무나. 꺼져버리고 싶습니다. 더 이상 살아서 치욕을 당하고 싶지 않다.

길은 돌계단으로 변했다. 계단 형태가 아니었다면 굴러 떨어져버릴 만큼 험하다. 그 경사면을 넘으니 평지에 가까워지면서 길이 갑자기 끊어졌다.

"오옷후와…!" 란타가 괴상한 소리를 냈다. "있다, 있어. 저게 샐러맨더라는 놈인가?! 그보다 왜 용암 속에서 저놈들은 아무렇지도 않은 거야…?!"

여기서부터는 바위가 불쑥 튀어나와 있기도 하고 움푹 들어간 곳도 있는데, 곳곳에 용암 강이 흐르고 또한 용암 샘이 솟았다. 샐러맨더들은 그런 용암 위를 떠돌기도 하고, 헤엄치기도 하고, 뛰어넘기도 했다. 그보다, 놈들의 모습을 있는 그대로 말하자면, 도마뱀 형태를 한 용암 덩어리다. 움직이지 않으면 용암과 구별이 안 된다. 그러니까 실제로 샐러맨더가 얼마나 있는 건지 하루히로는 짐작도 할 수 없었다. 어쩌면 저 용암은 전부 샐러맨더일지도 모르는 것이다. 뭐, 과연 그러지는 않겠지만, 가능성으로서는 부정할 수 없다.

"여기서부터는 좀 신중하게 갈까." 라라가 지금까지는 별로 신중하지 않았다는 듯한 대사를 중얼중얼 했다. 도대체 신경이 어떻게 생겨먹은 걸까? 아니면 허세를 부리는 것뿐인가? 그렇지는 않을 것이다. 정말로 엄청난 신경의 소유자인 것이다.

노노가 앞에 서서 발 디딜 곳을 살피면서 걷기 시작했다. 그 뒤에는 라라가, 그리고 란타, 쿠자크, 메리, 시호루, 유메, 그리고 하루히로 순으로 한 줄로 나아갔다. 그렇게 하자고 한 것은 아니지만 자연히 그렇게 되었다. 아마도 하루히로가 전혀 말도 하지 않고 움직이지도 않아서 제일 뒤에 설 거라고 모두들 판단한 것이겠지. 하루히로는 사실 아무 생각도 없었으며 불만도 없었다. 불만은커녕 사실 고마웠다. 뒤라도 좋다고 할까, 뒤가 좋다. 누구의 시선도 느끼고 싶지 않다. 리더십을 발휘하는 건 이 상태에서는 불가능하다.

"애초에 우리가 여기를 마크했던 것은." 누가 묻지도 않았는데 라라가 말하기 시작했다. "오크의 존재 때문. 그놈들은 그림갈에도 있으니까. 어느 한 세계와 그것과는 다른 세계에 같은 종족이 있을 경우, 기본적으로는 양쪽은 연결되어 있다고 봐도 돼. 그 종족이 특정한 장소에 뿌리를 내렸을 때에는 경험상 대개 거기에 통로가 있어. 무슨 사정으로 쉽사리는 오갈 수 없는 경우가 많지만."

"…여기는, 화룡이…." 시호루는 모자를 누르고 부글부글 끓는 좁은 용암 강을 무서워하면서 뛰어 건넜다. 그 직후에 샐러맨더가 펄쩍 뛰어올라 하마터면 시호루의 발에 닿을 뻔했다. "…우웃."

"용이란 건, 정말로 있는 거야?" 유메가 가볍게 점프하자 역시 샐러맨더도 뛰었다. 유메는 샐러맨더보다 높게 용암 강을 뛰어넘었다. "여기, 너무 조용한데."

하루히로는 도움닫기를 해서 용암 강도, 샐러맨더도 보지 않으려고 하며 힘껏 도약했다. 뭔가 말해야 해. 아무 말 않고 있는 것은 이상하다. 하지만, 뭘 말하지? 할 말이 없는 것은 아니다. 만약 말한다면 어떻게 될까? 모르겠다. 상상하고 싶지 않다.

"저건, 산꼭대기인가요?" 쿠자크가 왼쪽 비스듬히 앞쪽을 가리켰다.

그쪽 방향에 거무스름한 산의 위용 같은 것이 확실히 보였다. 거리는 어느 정도일까? 수백 미터 앞인가? 좀 더 될까?

"그보다…." 란타가 갑자기 발을 멈췄다. "하루히로. 너, 무슨 말을 했었지? 아까 와루안딘에서. 그리고 너… 울었지? 그건, 내가 잘못 본 거 아니지?"

하루히로는 고개를 가로저을 뿐 대답하지 않았다. 그대로 걸어가려고 하자 란타가 동료들을 밀치듯이 헤치고 걸어와 하루히로에게 다가왔다.

"내 탓이랬나, 뭐랬나 그런 말을 했어. 그건 무슨 뜻이야? 전부 자기 잘못이라고 했던가? 태도도 이상해. 너는 원래 이상하지만. 항상 졸린 눈을 하고 자빠졌지. 그렇다 해도 다른 때랑 다르잖아. 너, 무슨 짓을 한 거야?"

"…나중에."

"뭐?"

"그 일은, 나중에 말할게. 분명히 말할 테니까. 지금은… 됐잖아."

"되긴 뭐가 돼?" 란타는 하루히로의 멱살을 잡았다. "되긴 뭐가 돼! 까불지 마, 인마! 나는 말이지, 애매한 게 제일 짜증 난다고!"

"그러니까 나중에 이야기한다고 했잖아! 상황을 좀 생각해!"

"뭐가 상황이야! 핑계나 대려고 해봤자 그건 안 될걸! 나는 한다면 하는 남자다! 끝까지 몰아붙여서 무슨 일이 있어도 불게 만들 거야!"

"란타! 그만둬…." 유메가 하루히로와 란타 사이에 끼어들려고 했다.

그러다가 하루히로는 뒤로 밀리는 자세가 되어, "앗…" 하고 발을 디딘 곳이 작긴 해도 용암 웅덩이였다. 제대로 발이 빠진 것은 아니지만, 오른쪽 발꿈치가 용암에 가볍게 닿아 슉… 소리를 내며 녹았다. "…큭…?!"

"하, 하루 군?!"

"…아니, 괜찮… 아…?" 하루히로는 쪼그리고 앉아서 오른발을 만져봤다. 곧바로 발을 뺐으니 심하게 데지는 않았을 거라고 생각한다. 그렇게 생각하고 싶다. 부츠를 손가락으로 만져봤다. 어떻지? 발꿈치 부근은 녹은 것 같네? 부츠만? 안은? 아픈 것 같기도 하고, 뜨거운 것 같기도…?

"나, 나는 사과하지 않을 거야!" 란타가 우기기 시작했다. "지지지지지금 그건, 유메와 네가 잘못한 거야! 나는 전혀, 코딱지만큼도 잘못 없어!"

"…존재가 코딱지급…."

"엉?! 뭐라고? 이 썩어 빠진 처진 가슴…!"

"써, 썩어… 빠진, 처진…?!"

"하루! 어디 좀 봐!" 메리가 시호루와 유메, 란타를 헤치고 하루히로 옆으로 와 무릎을 꿇었다.

라라는 어깻짓을 하더니 어이가 없다는 듯한 표정이다. 노노가 라라에게 얼굴을 가까이 대고 뭔가 귓속말을 했다. 어쩌면 결단을 부추기는 건지도 모른다. 이제 그만 저 녀석들을 버립시다… 라거나. 그건 안 좋다. 아주 안 좋다. 생각을 바꿔주지 않으면 곤란하다.

"자, 잠깐만 기다….” 하루히로는 치료해주려고 하는 메리를 밀어내고 일어섰다. 오른쪽 발꿈치에 소름 끼치는 아픔이 덮쳐온다. "잇…”이라는 느낌의 괴상한 목소리가 흘러나왔다.

"어라?” 쿠자크가 듣도 보도 못한 기묘한 말을 했다. "산꼭대기가, 움직였어…?”

"산은 움직이지 않아.” 라라는 어째서인지 즐거운 듯이 목을 울리며 웃었다. "즉, 산이 아니라는 말이겠지?”

"그… 그럼….” 란타가 산꼭대기를, 아니, 전에는 산꼭대기라고 생각했던 것을 돌아보았다. "저것… 은… 도대체 뭐야…?”

그것은 좌우로 흔들린다… 그뿐만이 아니다. 이 소리. 진동. 진동이랄까, 땅울림. 그것은 다가오고 있다.

"도망쳐…!” 하루히로는 반사적으로 소리쳤다.

"어, 어느 쪽으로…?!” 란타가 받아서 외쳤다.

"아니, 어느 쪽이냐니….”

어느 쪽이지? 어디로 도망쳐? 돌아가? 왔던 길로? 어디까지? 산을 내려가면 되는 건가? 하지만 와루안딘으로 도망칠 수는 없다. 당연하다. 어떻게 하면 돼? 알 게 뭐야. 하루히로는 너무나 자연스럽게 라라와 노노에게 매달리려고 했다. 없었다.

방금 전까지 거기에 있었는데. 아니. …두 사람의 뒷모습이 보였다. 앞으로 가고 있다. 앞쪽에 튀어나온 바위 그늘에 가려 한순간 놓치고 못 본 것이었다. 그렇긴 해도 벌써 15미터 정도는 떨어져 있다.

"쪼, 쫓아간다! 저 두 사람을! 서둘러…!"

"젠장. 저 비치…!"

"시호루, 앞으로! 유메가 뒤에 있으니까!"

"으, 웅! 알았어…!"

"메리도 가!"

"웅! 하루, 뛸 수 있어?!"

"뛰, 뛸 수 있어, 나는! 빨리! 쿠자크도…!"

"넵…!"

땅울림이 점점 커지고 격렬해진다. 하루히로는 정신없이 쿠자크의 등을 따라갔다. 오른발 발꿈치를 땅에 디디면 아픔이 정수리를 뚫고 올라왔다. 오른발은 어떻게든 발꿈치를 땅에 대지 않도록 까치발로 뛰는 수밖에 없다. 정말 간단하지가 않았다. 장비와 소지품의 중량을 감안하면, 하루히로는 파티 안에서 1~2위를 다툴 정도로 빨리 달릴 수 있다. 쿠자크는 제일 느리다. 그런데도, 전혀 안 된다. 쿠자크조차 쫓아갈 수 없는 정도가 아니라, 점점 멀어진다. 쿠자크는 가끔씩 돌아보고는 속도를 늦추고 하루히로를 기다려주었다. 눈물 날 정도로 고맙지만, 그래봤자 소용없다. 다소 거리가 줄어들어도 또다시 그만큼, 혹은 그 이상 벌어져버린다.

갑자기 쿠자크의 모습이 보이지 않게 되었다. 드디어 버려진 건가? 아니, 그럴 리가 없다. 바위와 바위 사이의 좁은 장소를 빠져나가자 다소 트인 곳이 있었다. 쿠자크뿐만이 아니다. 모두가 있다.

라라와 노노도 멀리에 있었다.

쿠자크가 돌아보고 하루히로를… 그리고 좀 더 위쪽을 보았다. "웃…!"

목소리가 되지 않는 그 소리는, 조심스럽게 말해도 뭔가 불길했다. 좀 과장되게 말하자면, 세계의 끝을 고하는 것 같았다.

하루히로는 망설였다. 이 눈으로 확인해야 할 것인지 그러지 않는 편이 좋을지. 결단을 내리기도 전에 끌려가는 것처럼 쳐다보고 말았다. 보지 않는 게 좋았을 걸 그랬다고도, 보길 잘했다고도 생각하지 않았다. 그저 멍해졌다.

지금까지 나름대로 여러 가지 생물을 봐왔다. 더스크렐름의 거신 같은 것은, 그것은 뭐, 생물인지 아닌지 논란의 여지가 있을 것 같지만, 아무튼 컸다.

놈은 그 거신처럼 차원이 다를 정도로 큰 것은 아니었다. 하지만 뭔가, 놈의 생김새는 특별한 감회를 품게 만드는 것이 있었다. 예쁘다거나 아름답다거나 그런 것과도 다르다. 한마디로 말하자면, 무시무시하다… 는 게 맞겠지만, 결코 그것뿐만이 아니다.

놈의 온몸은 다소 붉은빛이 돌았다. 혹은 빨간 광택이 나는 검은 비늘로 덮여 있었다. 그 점을 보자면 파충류에 가깝다. 실제로 거대한 도마뱀이라고 표현 못 할 것도 없겠지만, 역시 다르다. 놈은 네 발로 보행하는 것 같지만, 그 앞다리는 물건을 집을 수도 있을 것 같았다. 의외로 손놀림이 좋아 보이는 손을 하고 있다. 목은 그런대로 길고 머리는 비교적 작다. 작다고는 해도 인간 정도는 한입에 통째로 삼켜버리겠지. 밸런스 문제다. 놈은 뚱뚱하지 않다. 육중해 보이지는 않고 거구치고는 민첩할 것 같다. 저 늠름한 뒷다리로 전력

질주하면 상당히 빠르겠지. 긴 꼬리는 위로 치켜 올라가 꼿꼿하게 서 있다.

용이다.

분명, 용이라는 존재를 전혀 모르는 자가 봐도, 놈이 어떤 특이한 위치를 점하는 생물이라는 것은 일목요연하겠지. 저게 바로 용이라고 누가 말한다면 그자는 납득할 것이다. 용을 모르는데도, 과연 그렇구나, 저게 용이구나… 라고 생각할 것이 틀림없다. 분명 용은 우리의 본능에 새겨져 있다.

와루안딘의 오크들이 숭배하는 것도 무리는 아니다. 산 제물을 바치고 싶어지는 마음도 이해는 간다. 하루히로는 물론 덜덜 떨고 있었다. 이런 공포는 맛보려고 해도 맛볼 수 있는 것이 아니다. 그것과 동시에, 이렇게 생각하지 않을 수가 없었다.

용, 대단하다.

솔직히, 멋있다. 있구나, 이런 생물이. 어떤 의미에서 완벽하달까. 어떤 의미란 건 어떤 의미냐고 하면 할 말 없지만, 대단해.

용.

화룡이, 입을 벌리고, 고개를 꿈틀대면서, 숨을 들이켠다. 심호흡? 잘 모르겠지만, 하루히로는 그 모습을 빤히 보고 있었다. 홀렸다고 하는 편이 더욱 정확할지도 모른다. 화룡의 목구멍 안쪽에서 깜빡깜빡 빛이 흔들린다. 뭐지? 저거. 그런 생각은 했다. 그렇게 생각한 것뿐이었다.

"우와아아아아아아아아아아아아아아…!" 란타의 목소리를 듣고 나서, 혹시나 나에게 위기 의식이 없는 게 아닐까 하고 의심했다. 잘 보니 앞서가던 동료들은 맹렬하게 달리고 있었다. 늑대 무리에게 쫓기는 초식 동물 같은 도주였다. 물론 란타 일행은 초식 동물이 아니고, 애초에 이 산에는 늑대 같은 건 없다. 있는 것은 샐러맨더, 그리고 화룡 정도인 모양이다. 아무래도 멤버들은 그 화룡에게서 도망치려고 하는 모양이다. …그야 뭐, 도망칠 만도 하지.

왜 하루히로는 멍하니 서 있는 걸까? 그편이 오히려 이상한 건데.

화룡이 빨아들이고, 빨아들이고, 한껏 빨아들인 숨을 마침내 뱉어냈다. 아니, 숨 같은 게 아니다. 혹은 화룡이 토해내는 숨결은 저런 건가? 하루히로는 뒤로 넘어졌다. 고열 덩어리가 덮쳐와 서 있을 수가 없었던 것이다. 불. 불꽃이다. 화룡의 입에서 화염이 분출한 것이다. 자기도 타버리는 것 아닌가 생각했다. 다 타버렸어도 이상할 것 없는 열량이었다. 그렇게 느껴졌다.

얼마나 시간이 흘렀을까? 몇 초인가? 몇 분인가? 그 이상인가? 모르겠다. 하루히로는 말라비틀어진 벌레처럼 누워 있었다. 그야말로 말라비틀어졌다. 온몸에서 수분이 날아갔다. 바싹 말라버렸다. 눈도, 코도, 입도 건조할 대로 건조하다. 당장이라도 표면 조직이 우수수 바스러질 것 같다. 눈을 깜빡이는 것이 무섭다. 하지만, 어떻게든 눈을 깜빡여 조금이라도 눈물을 짜내지 않으면 정말로 안구가 위험해진다. 입도 코도 마찬가지다. 남은 수분을 총동원해서 빨리 적시지 않으면, 진짜로 위험해.

타버리지는 않은 모양이다. 그 불꽃의 숨결에 타버리지는 않은 것 같다. 뭐, 직격을 맞지 않았기 때문이겠지. 하루히로는 여파를 맞은 것뿐이다. 그것만으로도 이렇게 된다. 제대로 뒤집어썼더라면 순식간에 재가 되어버렸음에 틀림없다.

화룡은 하루히로를 겨냥해서 불꽃 입김을 토해낸 것이 아니라는 뜻이다. 그럼, 뭘 노린 건가? 표적은…?

땅울림이, 화룡의 발소리가 들린다. 느껴진다. 화룡은 이동하고 있다.

"…란타… 모두는… 메리… 유메… 시호루… 쿠자크…."

동료들은 도망치려고 했었다. 분명 화룡에게서. 어쩌면 불꽃의 입김으로부터. 화룡이 노리고 있었다? 하루히로가 아니라 동료들을? 화룡은 동료들을 향해서 불꽃의 입김을 토해냈다? 그래서 하루히로는 목숨을 건졌다? 동료들은? 어떻게 되었어?

"…찾아야… 해…."

그렇다. 어떻게 되었나? 그것은 문제가 아니다. 우선은 찾아야 한다.

하루히로는 튀어나온 바위를 붙잡고 일어났다. 오른발 발꿈치가 부서질 것처럼 아팠다. 아픔은 오히려 구원이었다. 아픈 것이 고맙다. 차라리 아픔으로 실신해버리고 싶을 정도다. 그러나 그럴 수도 없다. 찾아야 한다.

동료들이 도망친 방향으로 가자 화룡의 뒷모습이 보였다. 불꽃의 입김이 작렬한 부근은 함몰했고, 밑바닥 쪽은 용암의 늪처럼 되어버렸다. 불꽃의 입김의 위력을 또렷이 과시한다. 재가 되는 정도가 아니다. 직격을 맞으면 흔적도 없이 사라져버리지 않을까?

그렇다면, 동료들은 이제 찾을 수 없는 것이 아닐까?

생각하지 마. 바보 같은 생각을 하는 게 아니야. 생각하면 안 된다. 움직여. 움직이게 만들어. 우선 몸을 움직이게 해. 모든 것은 그 후다.

화룡의 뒤를 똑바로 미행할 마음은 들지 않았다. 그것은 과연 너무 위험하다. 하루히로는 우회하기로 했다. 화룡은 뭔가를 찾고 있는 건지도 모른다. 동료들은 도망친 건지도 몰라. 화룡은 아직 동료들을 뒤쫓고 있는 건지도 몰라. 앞질러 가면 동료들을 만날 수 있을지도 몰라. 그렇다. 희망은 있다. 없을 리가 없어.

항상 화룡을 시야에 넣으면서, 다가가지 않도록, 너무 떨어지지도 않도록 진로를 정했다. 지형이 적이었다. 너무 울퉁불퉁하고 기복이 심하다. 움푹 팬 도랑 길처럼 되어 있는 곳에서는 용암이 얼굴을 내밀었다. 용암 속에는 반드시 샐러맨더가 있다.

화룡이 보이지 않게 되자 갑자기 패닉 상태에 빠졌다. 허둥대다가 여기저기에 화상을 입었다. 용암 속에 뛰어들어 끝내버리자, 그런 생각을 하는 경우도 종종 있었다. 화룡이 멀리서 힐끔이라도 보이면 용기가 났다. 화룡, 있다. 그걸로 안도하고는 자기도 모르게 웃어버리는 적도 있었다.

"…살아 있는 거지? 다들."

의심하지 마. 의심하면 지는 거다. 진다고? 누구한테?

아마도, 자신에게.

자기 자신의 약한 마음에.

강하다고는 생각하지 않았지만, 이렇게도 나약한 건가? 다소는 성장했다고 생각했는데, 이게 뭐야? 이 꼬락서니. 너무 지독하다.

성장했다고? 성장할 수 있다고 생각한 건가? 성장? 자신에게 기대했었어? 바보 아니야? 어차피 잔챙이라고. 갖고 태어나지 못했어. 재능이라거나 그런 건 없고. 노력은 했다. 그것 말고는 어떻게 할 수도 없으니까. 자기 나름대로, 할 수 있는 만큼의 일은 했다. 부족했던 건가? 충분하고 부족하고 그런 게 있나? 어차피 소용없던 거야. 아무리 열심히, 애써서 뭘 하든 한계가 있다.

이런 나라도 뭔가 할 수 있다고 생각했나? 그럴지도 모른다고? 웃기시네. 현실을 보라고. 처음부터 알고 있던 일 아니야? 나 이외의 다른 나는 될 수 없다. 나 이상의 나도 될 수 없다. 나는 나일 뿐이다. 한없이 약하고, 여리고. 나는 변함없다. 결국 변할 수 없다. 변할 여지가 없다.

보잘것없고, 비참하고, 꼴불견이고, 뭔가에 기대려 하고. 아직까지는 살아 있지만, 앞날이 그리 길지 않다.

이것이 나다.

이제 그만하자.

화룡은, 저것 봐. 저렇게 멀리 있어. 앞질러 가? 될 리가 없지. 게다가 아프고. 발꿈치뿐만이 아니야. 여기저기 다 아파. 걷고 싶지 않아. 움직일 수 없어.

여기 있자.

앉아서 가만히 있자.

실제로 하루히로는 분명 상당히 긴 시간 동안 무릎을 끌어안고 앉아 있었다.

"…평범한 사람이란…."

웃긴다. 정말. 스스로 자신을 포기한 거라면, 확실하게, 단칼에, 깨끗하게 버리면 되지 않아? 그런 것도 못하는 거야? 그야 그렇지. 그렇게까지 미련 없이 깨끗해질 수가 없다. 그런 거라고. 그렇게 생각해버린다. 너무나 평범해서, 내가 싫어진다.

특별해지고 싶었어. 사실은. 그렇지? 그럴 수 있는 거라면. 천재 같은 걸 부러워하지. 소우마나 케무리나, 아키라 씨도, 미호도, 토키무네 팀도, 게다가 렌지라거나. 대단하지. 나도 그렇게 되면 좋겠다고 생각해. 불가능한 일이니까 생각하지 않으려고 했을 뿐이지. 이 메우기 힘든 차이를 어떻게 하면? 어떻게 하긴 뭘 어떻게 해? 어떻게도 할 수 없어. 어떻게도 안 돼. 그런 건 알지만, 단 한 번도 특별한 존재가 되지 못한 채로 죽어간다. 그런 인생이란 건 어떤 것 같아? 서글프달까, 애달프달까. 뭐, 괜찮지만.

어떤 인생이든 나에게 있어서는 유일한, 무엇과도 바꿀 수 없는, 특별한 인생이잖아?

그 무엇도 남과 비교할 필요는 없어. 다른 사람과 비교 같은 건 평가의 기준 중 하나일 뿐이고. 결국은 자기 자신이 어떻게 생각하느냐, 그게 문제지.

앞이 보인다고나 할까, 보이지 않지만. 당장이라도 끝날 것 같으니까, 보잘것없는 이 인생을, 적어도 나 자신만큼은 축복해주자.

"…어떻게 축복해? 바보."

누구에게도 가슴을 펼 수 있는 인생을 보내고 싶었다. 자랑스럽게 여길 수 있는 나 자신이고 싶었다. 어차피 나 같은 건… 이라며 주눅 들고, 그러니까 이 정도가 고작이라며 변명을 하고, 자기 나름대로 최선을 다한 거라고 자위하면서 그걸로 만족하려고 하고, 그러다가 결국, 역시 이래서는 제대로 해낸 것도 아니고 별로라고나 할까, 전혀 좋지 않아, 이런 건 싫다… 그렇게 느끼면서 아마도 막을 내리겠지.

적어도 하는 만큼 해보자 하고 앞을 향한 것은 아니다. 그저 이대로 끝난다는 것은 너무 가혹한 것 같아서. 단순히 가만히 있을 수가 없어서 어쩔 수 없이 일어섰다. 그것이 진실이다. 신경을 예민하게 가다듬은 상태라고는 도저히 말할 수 없는데도, 찌르는 것 같은 기척이 느껴져 오싹했다. 돌아보지 않고 앞쪽으로 몸을 던져 굴렀다. 바로 뒤에 뭔가가 쏟아져 내렸다.

오른발 발꿈치를 짚지 않도록 왼발을 축으로 해서 몸을 다시 돌리면서 스틸레토를 뽑았다. 상대는 긴 손도끼 같은 무기로 하루히로를 내리치려고 했다. 섣불리 피하려고 했다가는 당한다… 고 생각한 것이 아니다. 몸이 반응했다. 하루히로는 무작정 놈의 하반신을 향해 돌진했다. 스틸레토를 쑤셔 박으려고 했더니 놈은 펄쩍 뛰어 피했다. 놈의 정체가 뭔지, 왜 공격을 하는 건지 그런 건 생각하지도 않고 하루히로는 돌진했다. 어느샌가 스틸레토뿐만이 아니라 보호구 달린 나이프도 왼손에 쥐고 있었다. 오른발 발꿈치는 아팠다. 아픔 따위 느끼지 않는다고 말하면 거짓말이 되겠지만, 신경 쓰지 않았다. 공격했다.

공격한다. 공격하는 거다. 놈의 무기의 날은 1.2미터 정도나 되어 하루히로의 무기보다 훨씬 공격 범위가 컸고 체격도 차이가 나기 때문에 스와트(파리채)로 막아도 그리 오래 버틸 수 없다. 하루히로는 분석해서 판단을 내릴 것까지도 없이 그렇게 깨달았다. 아무튼 거리를 좁혀 공격하는 수밖에 없다. 놈은 도망쳐 다닐 뿐이다. 무기는 갖고 있지만 놈은 반라였다. 얼굴 모양을 보아하니 아무래도 놈은 오크 같다. 와루안딘의 오크에 비하면 날씬하다. 그러나 그냥 마른 것과는 아마도 다르다. 극한까지 잡아당긴 활을 연상시키는 몸집이다. 피부는 녹색이 아니고 매끄럽지도 않다. 근육은 튀어나오고 허리는 꽉 조인 몸이다. 그리고 저건 켈로이드(주3)라는 건

주3) 켈로이드: 피부 손상 후 발생하는 상처 치유과정에서 비정상적으로 섬유조직이 밀집되게 성장하는 질환. 본래 상처나 염증 발생부위의 크기를 넘어서 주변으로 자란다.

가? 혹시나 화상 자국인지도 모른다. 일부가 아니다. 몸 전체에 있다. 저 눈. 보이는 건가? 좌우의 안구가 양쪽 다 허옇게 탁하다.

눈이 보이는지 안 보이는지는 몰라도 놈은 뒤로 물러나면서도 용암에는 결코 가까이 가지 않았다. 불필요한 동작이 없는 몸놀림이다. 마치 무술의 달인 같은. 확실히 하루히로가 계속 공격하는 바람에 놈은 수세에 몰렸다. 그러나 놈은 힘이 모자라서 몰리는 것이 아니다. 여유가 있다. 그것도 분명, 아주 많이.

하루히로가 공격을 하게끔 유도한 건지도 모른다. 그렇다고 해도, 공격하지 않으면 공격당하겠지. 공격당하면 십중팔구 피할 수 없다. 오른발 발꿈치를 다치지 않았다면, 되든 안 되는 도망치는 방법을 취할 수도 있지만, 제대로 뛰지도 못해서는 가능성이 전혀 없다. 말이 통하면 좋겠지만, 그것도 무리. 이길 수 있을 것 같은 느낌이 전혀 들지 않지만, 하는 수밖에 없다.

결말은 둘 중에 하나다. 죽이거나, 죽거나.

확률을 산출하고 있을 때가 아니지만, 생각하려 하지 않아도 무수한 생각이 초고속으로 머릿속을 돌아다녔다. 놈의 발놀림은 독특하다. 발끝을 세우고 있다. 마치 그 부분이 바닥에 달라붙어 있는 것 같다. 상당히 몸이 부드럽다. 손도끼는 오른손으로만 다룬다. 왼손은 거들지조차 않는다. 저 손도끼. 금속이 아닌 것 같다. 바위인가? 바위를 깎아 만든 것인 모양이다. 저 돌로 만든 긴 손도끼는 수제인지도 모른다. 놈은 여기서 살고 있는 건가? 먹을 것과 마실 것은 어떻게 하는 거지? 살 수 있는 환경인 건가? 슬슬 올 것 같다.

봐라, 왔다.

놈이 몸을 틀면서 비스듬히 뒤로 뺐다. 긴 돌 손도끼를 내지른다.

하루히로는 물러서지 않았다. 피하지 않는다. 혼신의 힘을 담아, 보호구 달린 나이프로 스와트한다. 연속으로는 무리지만 한 번이라면. 무겁다. 엄청난 힘이다… 그러나, 됐다. 튕겨내고 곧바로 공격하려고 했더니 놈은 슬슬 후퇴하며 얼굴을 찡그렸다. 웃은 건가? 좋다. 마음대로 웃어라.

하루히로는 웃지 않는다. 공격한다. 가까이 접근해서 스틸레토를 휘둘렀다. 보호구 달린 나이프도 항상 놈을 노린다. 알고 있다. 생각하지 않아도, 안다. 놈은 즐거운 것 같다. 오크 중에서도 일종의 이상자인지도 모른다. 이 싸움을 즐기고 만끽하려고 한다. 놈은 하루히로에게 전력을 다 쏟아내게 만들어 끝까지 구경하고 나서 죽일 셈이겠지. 그렇다면 아주 작은 승기는 거기밖에 없다.

무엇보다도 하루히로는 이미 전력을 다 쏟아냈다. 더 이상 빨리 움직이는 것도, 힘차게 스틸레토를 휘두르는 일도 할 수 없다. 이것이 한도이기 때문에, 계속하면 계속하는 만큼 지치고 체력이 떨어지기만 한다. 장기전으로 몰고 갈 수는 없다. 시간이 지나면 지날수록 공격할 찬스가 사라져간다. 놈도 아마 그것을 알고 있다. 철저하게 싸우고 또 싸워 싸울 만큼 싸우다 보면, 운이나 상황 그 외의 각종 다양한 요소가 점점 빠져나가고 최후에는 강한 자가 반드시 이긴다. 그리고 그 경우의 승자는 하루히로가 아니다. 놈이다.

그러니까 그 최종 국면에 다다르기 전에 하루히로는 사생결단으로 승부를 감행하는 수밖에 없다. 물론 놈도 그것은 예상하고 있다. 그러면서 유인하는 것이다. 해보라고.

와라, 와봐라….

선은 보이지 않는다. 하루히로의 눈앞에는 보이지 않는 좁은 다리가 있고, 그것을 건너는 수밖에 없다. 게다가 다리 너머에는 놈이 있다. 하루히로가 오는 것을 예상하고 박살을 내려고 만반의 준비를 하고서 기다리고 있다. 승산은 제로는 아닐지도 모르지만, 거의 없다. 그래도 하루히로는 이 다리를 건넌다. 그러는 수밖에 없으니까?

아니야.

그게 아니다.

살고 싶으니까. 죽고 싶지 않아. 죽을 수는 없다. 놈을 쓰러뜨리고, 산다. 산다. 산다. 살아주겠다. 놈에게 이긴다. 이기는 거다. 자, 다리를… 건너라.

어설트(강습).

이미 온힘을 다 쏟아냈다고 생각했었는데, 그렇지도 않았던 건가? 하루히로 본인도 의외였다. 자기가 이렇게 빨리 움직일 수 있을 줄은. 덕분에 다행히도 놈의 예상을 넘어서는 것이 가능했던 모양이다. 하루히로는 간단히 놈의 품으로 파고들어갔다. 그 뒤는 이제 스틸레토로 마구 찌르고, 보호구 달린 나이프를 마구 휘두르는 것뿐. 놈은 반사적으로 오른쪽 무릎을 치켜들고 방어하려고 했다. 그 오른쪽 무릎을 마구 찔러 갈가리 찢어 밀쳐냈다. 놈이 왼손을 뻗었다. 하루히로를 끌어안아 공격을 봉쇄하려는 모양이다. 하루히로는 아랑곳하지 않고 놈의 배에 스틸레토를 꽂아 쑤셔댔다. 보호구 달린 나이프는 놈의 오른쪽 옆구리에 박혔다. 놈을 밀어 쓰러뜨린 자세가 되었다. 놈은 두 다리를 하루히로의 몸에 감아 조이며 왼손으로 머리카락을 움켜잡았다. 그리고 긴 돌 손도끼 손잡이로 하루히로의 머리를 때렸다. 하루히로의 세계가 요란하게 흔들렸다. 그래도 하루히로는 스틸레토로 놈의 몸속을 계속 휘저었다. 보호구 달린 나이프를 정신없이 움직여 놈의 오른팔을 어깨에서 잘라내려고 했다. 놈의 목을 물어뜯었다. 피부를, 딱딱한 근육을, 혈관을, 물어뜯어주었다. 피가 흘렀다. 따뜻한 것이 아니라 뜨거울 정도였다. 하루히로는 그 상처를 계속 물어뜯었다. 놈이 소리쳤다. 하루히로는 목소리 같은 건 일절 내지 않았다. 부순다, 부순다, 놈을 부숴주겠다, 부수고, 움직이지 못하게 될 때까지 부수고, 살 거다, 산다, 살아주겠다, 사는 거다, 이긴다, 이기고, 살 거다, 살아남을 거다, 죽이느냐 죽느냐, 사느냐 죽느냐, 죽는 건 내가 아니다, 너다.

혹시 이제 된 건가…?

아니, 아직이다. 좀 더. 놈에게서 흘러나오는 피가 따뜻하지 않게 될 때까지 하루히로는 손을 멈추지 않았다. 확실히, 완전히, 놈이 죽었다고 확신하자 온몸에서 힘이 빠지며 눈물이 났다. 한참 동안 흐느꼈던 것 같은 느낌이 든다.

이겼다. 하루히로가 이겨버렸다. 상대는 강했다. 순수한 강함으로 말하자면, 상대 쪽이 위였다. 어쩌면 훨씬 위였는지도 모른다. 어떻게 이길 수 있었던 건가?

결코 상대에게 자만심이 있었던 것은 아니라고 생각한다. 상대방은 방심하지 않았다. 단, 상대의 역량을 10으로 친다면, 하루히로는 5나 4 정도라는 식이 상대에게는 있었겠지. 하루히로의 인식도 비슷했다. 하지만 최후의 순간에 그 5의 힘에 얼마간 더 쌓을 수가 있었다. 오로지 그것이 승패를 갈랐다. 그리고 하루히로는 그야말로 거기에 걸었던 것이다. 계산대로였다. 그런 의미로는 완승이었다. 약자가 강자에게서, 오로지 혼자서, 자기만의 힘으로, 실력으로, 이 승부에서 승리를 쟁취한 것이다.

하루히로는 패자의 시체를 살폈다. 상대를 잘 알고 싶었다. 키는 2미터 20센티미터 정도인가? 체중은 확실히 알 길이 없지만, 족히 100킬로는 넘을 것이다. 120~130킬로그램은 될 것 같다. 크다. 날 씬하게 보였는데, 역시 거구다. 몸 표면의 화상은 온몸에 있었다. 발가락까지 켈로이드가 있다. 이것은 분명 일부러 낸 거다. 스스로 태운 게 틀림없다. 입에서 삐져나온 송곳니에는 자잘하게 무슨 문양이 새겨져 있었다. 용인 것 같다.

소지품을 전부 조사했다. 허리에 벨트를 찼고, 주머니와 칼집이 매달려 있었다. 금색 반지 같은 것과 거무스름한 비늘 같은 것이 네 개. 그리고 단도. 전부 챙겨 가기로 했다. 놈은 눈을 뜨고 있었기 때문에 눈을 감겨주고, 왠지 모르게 합장을 했다. 자기가 생각해도 이 상하긴 했지만, 이 오크에게서 목숨을 나눠받아 그 덕분에 하루히로는 지금 살아 있다. 그런 느낌이 있었다. 그야 하루히로도 만신창이고 아프지 않은 곳을 찾기가 힘든 몰골이긴 했다. 모처럼 나눠받은 목숨도 조만간 바닥나버릴지도 모른다. 그래도 어떻게든 살아 있다. 살아 있으니까 해야 할 일… 이랄까, 어떻게든 하고 싶은 일, 하지 않을 수는 없는 일이 있었다.

동료들을 보고 싶다. 분명 모두 무사할 거라거나 틀림없이 볼 수 있다거나 그런 생각은 조금도 없고 기대하지 않았지만, 아무튼 보고 싶다. 그러니까, 찾자. 이 목숨이 다할 때까지, 계속 찾자.

놈을 남겨두고 하루히로는 걸었다. 한동안 걸어가다가 돌아보니 놈의 시체에 샐러맨더들이 몰려 있었다. 절대로 비꼬는 것이 아니라, 놈에게는 두 번째로 어울리는 방식의 끝이라고 생각했다. 아마도 제일 어울리는 건, 화룡에게 도전해서 불꽃 입김에 타 죽거나 잡아먹히는 것. 그것은 이루어지지 못했다.

갈 곳은 없다. 방향조차 모른다.

가끔씩 화룡의 모습이 작게 보이면 묘하게 위로가 되어 자연히 웃음이 흘러나왔다.

아픔과 피로로 걷고 싶지 않게 되면 순순히 앉아 쉬었다. 눕는 경우도 있었다. 만약 다시 일어날 수 없게 된다고 해도 그때는 그때다. 받아들이면 된다. 그러나 분명 그렇게 되지는 않겠지. 의식이 없어져버리면, 그건 물론 어떻게 할 수도 없다. 단, 그때가 올 때까지는 이 바람이 꺼지는 일은 없겠지.

동료들을 만나고 싶다.

이 판국에 그게 뭐냐고, 한심하다고, 그렇게는 생각하지 않아.

역시 혼자는 싫다. 외로워.

몇 번인가, 잠이 든다기보다는 정신을 잃었다. 눈이 뜨이면 기뻤다. 아직 살아 있다. 아직 더 찾을 수 있다.

이런 식으로 어디까지고 하염없이 갔었지. 그건 언제 일이더라?

자전거를 타고… 자전거…?

잘 모르겠지만, 어디까지 갈 수 있는 걸까? 어디까지든 갈 수 있는 것 아닐까. 계기는 뭐였더라? 그래. 흔히 볼 수 있는, 그거다. 무지개. 비가 그친 뒤였다. 무지개를 본 것이다. 그 무지개는 어디에서 시작되어 어디에서 끝나는 걸까? 가보려고 했다. 반드시 발견하겠다.

그때에는 도중에 포기했었지. 지금이라면 포기하거나 하지 않아. 갈 수 있는 곳까지 가고, 그랬다가 무지개가 사라져도 다시 나타날 때까지 기다리면 되니까.

눈을 감으면, 아아… 뚜렷하게 보인다.

무지개다.

하늘 저편에 일곱 색깔 무지개가 떠 있다.

무지개를 향해서 가자. 저 무지개를 목표로, 어디까지고 가보자.

땅울림을 느끼고 눈을 떠보니 꽤 가까이에 화룡이 있었다. 올려다볼 수 있을 만큼 가까웠다. 손을 흔들려다가 그만뒀다. 가만히 있자. 밟혀 뭉개질 것 같은 느낌도 들었다. 그렇게 되어도 그 또한 어쩔 수 없다.

눈을 감고 그 무지개를 보고 있었다.

어느 틈엔가 화룡은 없어졌다. 살아 있다. 아직 살 수 있다.

하지만 과연 몸이 무겁다. 무겁다고나 할까, 한없이 무디다.

쉬면 될까? 그렇다. 잠시 쉬자.

마침 좋은 장소가 있다. 우묵한 곳이다. 그곳은 어째서인지 좀 시원했다. 좀? 아니, 꽤 서늘하다. 바닥이 차갑다니, 신기하다. 여기는 사방 어디나 뜨거우니까. 뒤늦게나마 내가 기어가고 있다는 사실을 깨달았다. 걷는 것도 제법 힘드니까. 기어가는 것도 편하지는 않지만, 걷는 것보다는 낫다.

이 우묵한 곳은 어디까지 이어져 있는 걸까? 한참 더 계속되는 것 같다. 하지만, 이쯤이 좋을까? 여기가 좋아. …갑자기 완전한 어둠에 휩싸였다.

그 순간, 이제 틀렸나… 라고 생각한 것 같은 기억이 흐릿하게 있다. 그런데도 눈이 번쩍 뜨였다. 살아 있는 것 같다. 질기네.

살아 있으면, 죽지 않는구나.

손가락 하나 움직일 수가 없다. 숨을 쉬는 것만도 힘겹다. 그런 상태가 계속 이어져, 회복 같은 건 도저히 바랄 수 없었는데도, 갑자기, 일어날 수 있을 것 같다는 생각이 들고, 뭐든 시험해보자는 심정으로 일어나봤더니 일어날 수 있었다. 이래서야 죽을 때까지 상당한 시간이 걸릴지도 모르겠다. 그때까지는 살아 있는 수밖에 없는 건가? 그렇다면 뭐, 살아주지.

그렇긴 해도 바위벽에 등을 기대고 앉은 자세를 취하자 그 순간 심지가 빠져나간 것처럼 몸이 늘어져버렸다.

무지개가 보이지 않아.

어둡네. 여기는, 어두워.

—그보다, 여기, 어디지…?

우묵한 곳.

서늘하다. 우묵한 곳?

얼굴을 그쪽으로 돌렸다.

저건… 구멍, 아닌가?

"…진짜야?"

어둡고, 눈도 침침해서 잘은 보이지 않지만, 아마도 구멍 같다. 우묵한 곳 바닥에서 직경 2미터 정도의 구멍이 입을 벌리고 있다. 수직이 아니라 비스듬히 경사진 것 같다. 그냥 동굴이라고는 생각할 수 없었다. 이 서늘함. 이상하다. 왜냐하면 여기는 용암투성이인 산 위니까. 하루히로는 그 구멍 바로 앞에 있다.

분명, 통로다.

저 구멍은 그림갈로 통한다.

"…이런… 일이…."

돌아갈 수 있다.

그림갈로.

"여기가… 무지개의…."

목구멍 안쪽에서 신음 소리가 흘러나왔다. …뭐가.

뭐가, 무지개의 시작이란 거야? 무지개의 종착점이란 거야? 무지개 같은 건 없어. 처음부터 없었다. 환상이다.

어차피 무리라고. 이제 슬슬 진짜로 움직일 수 없을 것 같고. 게다가 혼자서 돌아가서 어쩌려고? 안 된다. 동료와 함께가 아니면.

혼자서 찾아다니다가 목적한 장소에 도착해봤자 아무런 의미도 없잖아.

이것이, 준비된 결말인가?

이런 식으로 끝나는 건가?

무슨 쓸데없는 생각을.

─그래도, 어디까지나 만약에 말인데, 혹시 힘이 조금이라도 되돌아와서 다시 걸어갈 수 있게 된다면, 찾겠지. 동료를. 그러다가 결국 아무도 모르게 죽어간다. 한심해도, 힘들어도, 지겨워져도, 죽을 때까지 뭔가를 찾아 헤매면서 살아간다. 계속 살아간다.

또 일어날 수 있을지 어떨지는 모르겠다. 일어날 수 있으면 좋겠다… 고도 생각하지 않지만, 일어나버린다면, 질리지도 않고 또 발버둥치겠지.

지금은 자자.

자장가라도 들려주면 좋을 텐데.

혼자는 싫은데.

누군가, 곁에 있어줬으면.

누군가.

…부탁이야.

여기에 있어주는 것만으로도 좋으니까.

"…어웨이크(눈을 뜨라)."

꿈이다. 분명 꿈을 꾼 거라고 생각하다. 저 목소리. …들어본 적이 있다. 남자 목소리다. 저건 누구인가? 하지만 지금 들은 것이 아니다. 그러니까 꿈이겠지.

눈곱이 낀 건지 눈꺼풀을 드는 데 꽤나 애를 먹었다. 감상은? 아직 살아 있다… 인가? 용케도 살아 있네. 하지만 정말로 살아 있는 건가? 사후 세계라거나 그런 거 아니야? 그렇게 의심하고 싶어지기도 했다.

뭔가 들린다. 환청이 아니라면, 발소리다. 이래 봬도 도적 나부랭이다. 죽어가는 상황이긴 해도 그 정도는 구분할 수 있다. 발소리가 다가온다. 여럿이다. 아마도 다섯 명.

"앗…."

목소리가 들렸다. 억지로라도 고개를 들어 올려 목소리가 들린 방향으로 눈길을 향하지 않을 수가 없었다. …살아 있다.

"하루…!" 메리가 뛰어왔다. 안아 일으켜주고 얼굴을 만진다. 메리. 미인이구나. 새삼 느끼는 거지만. 응. 이제 말이야. 뭐랄까. 아무 말도 할 수 없다고나 할까. 하루히로는 웃으려고 했다. 웃을 수 있을지 어떨지. 자신이 없다.

"하루 군, 하루 군…!"

"하루히로 군…!"

"하루히로…!"

"말도 안 돼, 젠장! 진짜야? 빌어먹을…!"

―빌어먹을이라고 하지 마. 뭐, 괜찮지만.

아니, 괜찮지 않다고.

그다지.

"금방 치료해줄 테니까! 하루…! 들려?! 힘내! 괜찮으니까! 다들 있으니까!"

하루히로는 끄덕이고 눈을 감았다.

무지개가 보였다.

— 다음 권에 계속 —

작가 후기

　저는 액션 게임을 잘 못 합니다. 왜냐하면, 똑같은 일을 도저히 반복해서 할 수가 없기 때문입니다. 플레이를 하는 동안에, 아, 이 타이밍에서 이렇게 하면 되는 거구나… 라는 게 보이기 시작합니다. 한 번이나 두 번은 그대로 플레이할 수 있지만, 그 이상이 되면 어렵습니다. 왠지 장난스러운 마음 같은 것이 싹터서 다른 짓을 해버리는 것입니다. 아니, 그건 단지 연습부족 아니야? 몇 번이나 반복해서 플레이를 하다 보면 할 수 있게 될 거야… 라고 생각하시겠지요? 그런 건지도 모르지만, 사실을 말하자면 저는 빨래를 개는 것도 서툴러서 똑같은 형태로 개는 것을 어째서인지 도저히 못 하겠습니다. 같은 형태로 개겠다, 반드시 같은 형태로 개겠다고 상당히 의식해서 전력을 다해 임하지 않으면, 어라? 이상하네? 비슷한 디자인의 티셔츠 열 장이 전부 다른 형태로 개어져 있네? 그런 일이 일어나버립니다. 티셔츠 같은 건 같은 형태로 개지 않으면 옷장에 넣을 때 불편합니다. 속옷이나 양말 같은 것도 그렇습니다. 덕분에 제 옷장 속은 언제나 카오스 상태입니다. 이것은 아마도 성질이랄까, 뇌의 구조 문제 아닐까 생각됩니다. 무슨 연유인지 제 뇌는 그런 식으로 생겨먹은 것이겠지요. 그래서 저는 액션 RPG를 좋아하는데도 아주 못 합니다. 슬픈 일입니다.

어쨌든, 이 후기를 쓰고 있는 지금은 11월 24일이고 애니메이션 「재와 환상의 그림갈」 방송 시각까지 아직 조금 남아 있습니다만, 그렇다고는 해도 이제 금방입니다. 얼마 전에 더빙하는 것을 견학했습니다. 근사한 애니메이션이 될 것 같아서 기대됩니다. 공부가 되기도 합니다. 간간이 JOKER에서 오쿠바시 무츠미 씨가 연재하는 만화 「재와 환상의 그림갈」도 이야기의 줄거리는 소설과 기본적으로 같습니다만, 디테일 부분에서 조금씩 느낌이 다르기도 해서 자극이 됩니다. 저는 소설을 더욱 열심히 써야겠습니다. 그림갈도 이제부터니까요.

하루히로 일행은 힘겹게 한 걸음씩밖에 전진하지 못합니다. 이런 상태로 도대체 어디까지 갈 수 있을까? 어딘가에 분명히 도달할 수 있는 걸까? 조금 불안하기도 합니다만, 나아가다 보면 길은 분명 이어질 것입니다. 일단 종착점 같은 것도 제 머릿속에 없지는 않습니다. 모든 것은 그들 하기 나름이니까 어쩌면 전혀 다른 장소에 도착해버리거나 할지도 모르겠습니다만, 그때는 그때입니다. 지금까지 좀처럼 등장할 기회가 없었던 사람들도 조금씩 얼굴을 내밀예정이므로 기대해주십시오.

어쨌든 페이지가 다 찼습니다. 편집 K 씨와 시라이 에이리 씨, KOMEWORKS의 디자이너님, 그 외 이 작품의 제작과 판매에 관여해주신 분들, 그리고 지금 이 작품을 집어주신 여러분께 진심으로 감사와 가슴 가득 사랑을 담고 오늘은 이만 펜을 놓겠습니다. 또 만나 뵐 수 있다면 기쁘겠습니다.

주몬지 아오

역자 후기

처음 RPG 게임에 빠져들 무렵에 의문으로 느꼈던 것이 있습니다. 분명히 인간과는 다른 생김새를 한 생물인데, 왜 어떤 이는 몬스터고 어떤 이는 '다른 종족'일까?

엘프나 드워프는 인간과 흡사한 외모를 지녔습니다. 대개의 경우 몬스터가 아니라 다른 종족으로 나옵니다. 하지만 오크는 주로 멧돼지 같은 얼굴이고 코볼트는 개 얼굴입니다. 이들은 몬스터로 등장할 때도 있고, 감정 교류가 가능한 다른 종족으로 등장할 때도 있습니다. 그 기준은 도대체 뭘까요? 저는 이런 이종과의 우정 같은 내용을 좋아합니다. 파티에 몬스터를 멤버로 넣으면 즐겁습니다. 사실 같은 종에 같은 종족… 즉 같은 인간이라고 해서 다 친구인 것은 아니지요. 적이 되어 서로 죽고 죽이기도 하죠. 현실은 더욱 그렇습니다. 그래서 이번 이야기는 작업하면서 더욱 많은 생각이 들더군요.

다음 권에서는 새로운 국면으로 접어듭니다. 앞으로도 함께해주시면 기쁘겠습니다.

2016년 8월

이형진

재와 환상의 그림갈 level. 7
저 너머의 무지개

2016년 9월 8일 초판 인쇄
2016년 9월 15일 초판 발행

저자 · AO JYUMONJI
일러스트 · EIRI SHIRAI
역자 · 이형진
발행인 · 안현동
편집인 · 황민호
출판사업본부장 · 박종규
책임편집 · 성명신 김지연 장연지
마케팅본부장 · 김구회
마케팅 · 이상훈 김학관 김종국 반재완 이수정 임도환
국제업무 · 이주은 김준혜 장희정 오선주 박경진 위지명
제작 · 심상운 최택순 성시원
한국판 디자인 · 디자인 우리
발행처 · 대원씨아이(주)

서울 특별시 용산구 한강로3가 40-456
편집부 : 02-2071-2104 FAX : 02-794-2105
영업부 : 02-2071-2061 FAX : 02-794-7771
1992년 5월 11일 등록 3-563호

http://www.dwci.co.kr/

원제 灰と幻想のグリムガル 7
© 2015 by AO JYUMONJI
First published in Japan in 2015 by OVERLAP, Inc.
Korean translation rights reserved by DAEWON C. I, INC.
Under the license from OVERLAP, Inc., Tokyo JAPAN

ISBN 979-11-334-3119-9 04830
ISBN 979-11-5625-426-3 (세트)